I0672381

ESPANTADO DE TODO ME REFUGIO EN TRUMP

Orlando Luis Pardo Lazo (La Habana, 1971) es un escritor y bloguero cubano. Ha publicado el libro de crónicas *Del clarín escuchad el silencio* (Hypermedia, 2016), el volumen de cuentos *Boring Home* (El Nacional, 2014), el foto-libro digital *La Habana abandonada* (Restless Books, 2014) y la antología de narrativa *Cuba In Splinters* (O/R Books, 2014). Actualmente realiza un doctorado de Literatura Comparada en Washington University de Saint Louis, Missouri.

Orlando Luis Pardo Lazo

ESPANTADO DE TODO
ME REFUGIO EN TRUMP

De la presente edición, 2019:

© Orlando Luis Pardo Lazo
© Editorial Hypermedia

Editorial Hypermedia
www.editorialhypermedia.com
www.hypermediamagazine.com
hypermedia@editorialhypermedia.com

Edición: Ladislao Aguado
Diseño de colección y portada: Herman Vega Vogeler
Corrección y maquetación: Editorial Hypermedia

ISBN: 978-1-948517-42-3

Quedan prohibidos, dentro de los límites establecidos en la ley y bajo los apercibimientos legalmente previstos, la reproducción total o parcial de esta obra por cualquier medio o procedimiento, ya sea electrónico o mecánico, el tratamiento informático, el alquiler o cualquier otra forma de cesión de la obra sin la autorización previa y por escrito de los titulares del copyright.

Orlandito, te voy a bajar la luna para que
puedas jugar mejor con ella como pelota.
José Lezama Lima.

EL LIBRO DE LOS DOCE

Ana Dopico
@ADopicodelValle

You are blocked from following @ADopicodelValle and viewing @ADopicodelValle's Twe
Learn more

Aron Modig
@aronmodig

You are blocked from following @aronmodig and viewing @aronmodig's Tweets. Le

Elaine Díaz
@elainediaz2003

No puedes seguir a @elainediaz2003 ni ver los Tweets de @elainediaz2003 porque te ha
bloqueado. Más información

Iroel Sánchez
@iroelsanchez

You are blocked from following @iroelsanchez and viewing @iroelsanchez's Tweets. more

Karol Cariola Oliva
@KarolCariola

You are blocked from following @KarolCariola and viewing @KarolCariola's Tweets. Learn more

regis iglesias
@maverick18mcl

You are blocked from following @maverick18mcl and viewing @maverick18mcl's Tweets. Learn more

Negracubana
@Negracubana

You are blocked from following @Negracubana and viewing @Negracubana's Tweets. more

OrlandoLuisPardoLazo
@OLPL

No puedes seguir a @OLPL ni ver los Tweets de @OLPL
información

MCL
@oswaldopaya

You are blocked from following @oswaldopaya and viewing @oswaldopaya's Tweets. more

Fernando Ravsberg
@Ravsberg

You are blocked from following @Ravsberg and viewing @Ravsberg's Tweets. Learn more

Antonio G. Rodiles
@AGRodiles

You are blocked from following @AGRodiles and view

Zoé Valdés
@zoevaldes

You are blocked from following @zoevaldes and viewing @zoevaldes's Tweets.

GNOSIS, GÉNESIS, GENTRIFICACIÓN, GENITALIA

Otra vez lo ha hecho. Otra vez ha escrito el libro que ningún cubano desearía escribir.

Tenía que ser él.

¡Apártense, pues, échense ahora a un lado los lectores! ¡Vengan a él las víboras con sus colmillos de patria que ya no le hacen ni cosquillitas!

Amnesia, anestesia.

Anafilaxis.

Maneras de comer tanta mierda con la muerte masiva en clave cubana y con la libidinosidad al límite de esa lengua arcaica: el cubano.

Para colmo, ahora repercutiendo en el *tic-tac-toe* de la incorrección política y entre los fuegos presidenciales del *twitterati* Donald J. Trump.

¡Aleluya! Una dosis mínima de terror literario no es un mal antídoto para empezar. El tiempo apremia: la lucha continúa, el castrismo es cierto.

Así que no debiéramos desaprovechar ni una sola línea escrita de cubano a cubano para nuestra democratiquísima tarea de difundir el terror. De hacerlo popular, potable.

El terror al alcance de todos.

El terror como salvación.

Intentar lo intolerable. Insistir en la intransigencia.

Nuestro pueblo se lo merece después de tantas décadas de decadencia, donde nos dedicamos a desterrar odios y a la tétrica tarea de amasar al amor.

Asco de retórica.

Retruécanos de la retórica. Retóricas de la Revolución.

Hay que invertir los polos, compañeros y compañeras. A ovario abierto y corazón quitado. Hay que provocar por lo menos un cortocircuito. A pepe timbales.

No seamos tan cobardes, cubanitos sin Cuba. Hay que causar una hecatombe: un estadio terminal, un Estado de excepción. Caigan las cabezas que caigan.

Devenir acéfalos.

Fornicar falos, vaciar vaginas.

Seres humanos con vocación venática de ceros humanos.

Tengan fe en el empeoramiento humano, en una vida sin futuro, en la utilidad de la vileza y, por supuesto, crean a ciegas en el ominoso ogro o acaso homagno de Donald J. Trump.

Ja.

Otra vez lo ha hecho. Otra vez ha escrito el libro que ningún cubano debería morirse sin escribir.

Pedirte que lo leas del pí al pá sería un sinsentido para contigo mismo. Por eso mismo te lo estoy pidiendo por primera vez: léete, deslíete.

Tenía que ser él: máscara fue, mentira fue. Tú sabes, un Martí de muñequitos en pleno siglo XXI cubano.

Tenía que ser Orlando Luis Pardo Lazo.

BASURA BLANCA

Para un curso del doctorado tengo que leerme *Basura blanca*, el *best-seller* de *The New York Times* que Nancy Isenberg publicó el año pasado.

2016 o 2666. Que igual ya no es el año pasado.

Total. En el exilio, el año pasado es cualquier año. Anteayer, hoy, pasado mañana. Total, ya estamos todos aquí. Así que ahora es cuando es. Ya nunca llegamos, ya nunca vamos a volver.

Como la muerte, es un gran alivio no tener que irse de Cuba por segunda vez.

Basura blanca, *best-seller*, *The New York Times*: cuántas cursivas para una primera línea. Cuánta cursilería de clase media. Todo, con tal de intentarlo con todo en contra. Un nuevo viejo libro de Orlando Luis Pardo Lazo que, como el autor, no será sino basura blanca: este libro, objeto volante sí identificado que supura puro supremacismo antes del parto †, en el parto †, y después del parto †.

Privilegios de blanquito con residencia permanente.

Este libelo, esta constitución cubana en los tiempos de Donald J. Trump.

Este manifiesto por mi diferencia. Este diario de la debacle.

Este panfleto post-político de la voluntad impopular.

Esta confesión sin cura. Esta cura de caballos. Esta curita que no sana, sana, culito de rana.

Este ruido, este rugido.

Este testamento. Esta testadurez de mi parte.

Esta reverendísima patada en el mismísimo culo de la patria. Este poemario.

Esta, por fin —y lo logré yo antes que nadie—, gran novela cubana de la no menos grandiosa Revolución Cubana.

Advertencia: si eres cubano, en este punto ya puedes dejar de leer. Tumba esta lectura desde su primera página. Ni te esfuerces más allá de este párrafo. Punto y aparte significa punto y apártate.

Te queda demasiado grande intentarlo. Te queda demasiado grande Orlando Luis Pardo Lazo.

Este es el libro de la victoria. Y tú eres, por cubano, un perdedor.

O al revés. Da igual.

Este es el libro de la derrota. Y tú eres, por castrista, un vencedor.

Así que no habrá coito político conmigo a estas alturas de la historia. No hay manera de penetrarnos tú y yo, en términos de imaginación. Esto es a la cañona. A la burdajá. Nada de acoso: violación.

En efecto, si otro me viola, te violo yo.

Estequiometría para principiantes: dale al que no te dio. Primera, segunda y tercera ley verde oliva de la termodinámica.

El totalitarismo como ecuación. La literatura como suicidio. La lectura como un acto de consumada comemierdá.

En esto estamos ahora. Y es inevitable, irreversible: $\Delta G<0$.

Espontaneidad explosiva, la energía libre de Gibbs. Las partículas libres de Higgs: el bosón de la barbarie, qué vacilón.

Ya sé que no sabes ni lo de que estoy hablando. Googléalo. Al final eres igualito que yo. Desde el principio eres igualito que yo. Y por eso no te mueves de aquí, camarada. Por eso no te vas a ninguna otra página. Porque somos de la misma camada. Calaña. Uña y carne.

Mira, mejor acostúmbrate antes de empezar: yo te fascino, mi fascismo de facineroso te fascina. Ambos somos demasiada basura blanca para no caernos requetebién.

Te irías a la cama conmigo, lo sé. Pero yo nunca te dejaría dormir ni una noche allí. Entre otras cosas, porque el exilio es el lugar donde los cubanos no tenemos ni camas.

Me dirías, si supieras hablar sin miedo:

—Síngame el alma, amor. Párteme el corazón y muérete. Hazme inmortal y cállate. Mira que ya has hablado mucho más que Fidel.

Y sería verdad.

En una década he escrito hasta por los codos. Por las caries. Lo he dicho todo por ti y por mí, en ese orden. O no tanto.

Ahora es que recién comienzo a decir. Por mí y por ti, en este otro orden. Mejor salte del medio, cubano. Como lector, tú ya no pintas nada de nada aquí.

Ponte a leer el mamotreto de Nancy Isenberg, como hago yo. Una edición fea como carajo. Casi quinientas páginas de fealdad editorial norteamericana.

Para colmo, debo echármelo en menos de una semana, entre otros mamotretos por el estilo. Por el hastío. Feos como carajo también.

El desarrollo es ansí.

Amorfo. O, mejor, sin forma.

No confundan la peste con el mal olor.

A esta anorgasmia masiva de libros y demás objetos vendibles los norteamericanos la llaman «productividad». Así viven ellos. Así cogen cáncer y se curan. No una, sino varias veces. Así sobreviven a su feliz fachada de fealdad y eficiencia. Así se hacen ricos y votan cada cuatro años. Así se les va la vida, ocupados en sus doctorados.

Combatiendo contra el racismo.

Mártires que cayeron maniatados en la lucha sin cuartel en contra de una omnímoda misoginia.

Míos Cids campeadores. Campeones en contra de la homofobia autótrofa.

Detectores de -ismos y de mil joyitas así, que, según pasan los años, se van graduando, generación tras degeneración, con sus títulos de PhD siempre listos para fosilizar el futuro.

Todos en contra de los Estados Unidos de América, ese campo de concentración (y no exactamente del capital).

Así, también, se les llena este país de inmigrantes con título. Esos son los peores. Como tú. Como yo. Esos somos los peores.

Indios con levita. *Indians in frock coats*, nos llama Ricardo Pau-Llosa en un poema, citando apócrifamente a la divina diva Sarah Bernhart, que antes de la Revolución Cubana ya viajaba a la Isla para regurgitar todo su aburrimiento francófono en una Habana puta y provinciana como ella sola.

Una ciudad recién cubanizada. Pobre Habana.

Un caos sin España, con las tropas de Teddy Roosevelt ya a punto de desembarcar por segunda vez.

No importa ahora quién era, es, o será Ricardo Pau-Llosa. No es nadie. Como tampoco ya importa quién fue la susodicha Sarah Bernhart. Dos Don Nadies de la cubanía a caballo.

Lo importante es leer lo que publicó el *Saint Louis Post-Dispatch* aquel maravilloso jueves 19 de octubre de 1905 en Missouri:

Cubans are Negroes who wear dress clothes.

Puesto en boca, por supuesto, de Sarah Bernhart, la refinada francesita que iba a morir de uremia no mucho después. Porque veinte años no es nada, un parpadeo de luces que a lo lejos van marcando mi retorno. El retorno de un viajero que huye hacia ninguna parte.

Volver a Cuba, con la frente marchita. La mirada, febril.

Tener miedo del encuentro con el pasado que vuelve. Tener miedo de las noches que pobladas de recuerdos encadenan mi soñar.

Sentir que es un soplo la vida. No un poético soplo del corazón, sino un plebeyo soplo renal: morir de uremia, como murió Sarah Bernhart.

Uremia. Literalmente, orine en la sangre.

Cubans are Negroes who wear dress clothes, repiten hasta la saciedad los archivos digitales del *Saint Louis Post-Dispatch*.

Internet es la eternidad.

En cursivas, sin traducción: *los cubanos somos negros con ropita de vestir.*

La amo. Como amo a mis colegas de PhD, esa plaga con estipendio. Es un placer compartir aulas con ellos, oírlos acusar de terroristas a Donald J. Trump y a la NRA.

¿Qué hago yo aquí donde no hay nada grande qué hacer?

Como también amo a Rubén Martínez Villena, con su «pequeñez rastrera de gusano». Y su tuberculosis anacrónica para un país no europeo. Qué ridiculez de cadáver tropical.

Estaba escapado, el poeta comunista cubano. Venía del futuro y al futuro se fue muy rápido.

Bello, joven, moribundo.

Y enamorado de su único amor.

Una muchacha bella, joven, sobreviviente. Asela suya. La damisela encantada que recibía las cartas que este Rubén Darío habanero le enviaba revolucionariamente desde Moscú:

Y te dirán —¿Qué tienes…? Y tú dirás que nada;
Mas te irás a la alcoba para disimular,
Me llorarás a solas, con la cara en la almohada,
¡Y esa noche tu esposo no te podrá besar!

Diez veces mejor que Julián del Casal.

Que a su vez era cien veces mejor que José Martí.

Es decir, mil veces mejor que lo mejor de Buesa, que era un buen poeta, y lo peor de Lezama Lima, que no puso una que sirviera.

Los comunistas cubanos antes de Castro eran una casta iluminada de intelectuales. Los amo, incluso hoy. Los comunistas cubanos fueron la primera víctima mortal de la llegada del comunismo a Cuba, de la mano travestida de Castro.

No aspiro a que me comprendan ustedes. Mucho menos hoy, cuando ya sé que me he quedado sin contemporáneos.

Ahora somos fantasmas. Los aparecidos de los desaparecidos cubanos.

Qué paradoja, qué pánico, qué pudrición. El paraíso, por fin el paraíso.

El legado del castrismo se perdió hace muchas décadas en Cuba. Pero eso no importa. Cuba no importa. Es aquí, en el gran *campus* de concentración que es la academia norteamericana, donde el legado del castrismo no necesita ni resucitar.

Es aquí donde Fidel Castro es un Dios y Dios no ha muerto. Ni morirá. Es inmatable, inmutable.

La democracia únicamente sirve para derrocar a la democracia.

Los libros de la academia primermundista están llenos de mentiras absolutamente exactas. No hay manera de replicarle a uno de estos profesores devenidos profetas del *anti-establishment*. Son Castros 2.0, con más horas-nalgas en las bibliotecas que nadie. Siempre metidos hasta el cuello en esos bunkers de la Verdad.

Todo lo verifican, todo está estrictamente documentado. Son irrefutables. Justicieros de la estadística y la memoria. Han descubierto las leyes históricas de la iluminación atea, que comienzan en las cavernas del hombre primitivo y culminan en los ministerios del Hombre Nuevo en La Habana.

No hay nada que hacer al respecto. La guerra se perdió antes de guerrearla.

Respirar. Mirar hacia el falso techo del exilio cubano.

Respirar. Pensar en la violencia de la virtud.

Respirar. Abrir la frontera de México y cerrar la de Canadá. Los Estados Unidos os pertenecen. La patria os cosmopolita orgullosa.

Respirar. Leyendo espero a los ilegales.

Respirar. Rumiando la basura blanca resumida en un libro por Nancy Isenberg.

No hay que hacer nada al respecto. Por eso le paso muy por arribita a su libraco titulado *White Trash*. De todas formas, ya sé lo que dice de todas maneras. Lo intuyo por el recursivo tufito a Fidel. Basura blanca, blancos de basura.

La izquierda es ansí.

Predecible y precoz.

Me da sueño. Me da tristeza. Me da soledad.

No es culpa de la prosita levógira de Nancy Isenberg. Para nada. Es mi culpa, por citarla ahora y aquí en lugar de condenarla al closet del capitalismo *Made in The New York Times*.

Lo cierto es que ya todo me da mucho sueño en los Estados Unidos. Narcolepsia apátrida, debe ser el diagnóstico. O tal vez sea solo la muerte, que viene a buscarme en su calesita para llevarme a pasear con ella hasta mi propio Idaho privado. *My Own Private Havana*.

Esa palabra solo la conocen los cubanos de mi generación: *calesita*.

Se me aguan los ojos al pronunciarla en voz alta, rodeado de un exilio que nunca antes ni después la oirá pronunciar: *calesita, calesita, ¿a dónde vas tan bonita?*

Calesita querida.

Calesita querida de mi corazón.

Calesita querida de mi corazón sin patria pero con amo.

Los muñequitos rusos son ahora nuestra única patria putativa. Un país perdido e imperdible. Una utopía tupida en *YouTube*.

Nosotros mismos somos ahora eso, solo eso: muñequitos cubanos, sin patria pero con Castro. Y no porque fuéramos filmados en Cuba, sino porque se nos transmitían en Cuba a diario.

Día a día. Tarde tras tarde.

A las 6 por el canal 6.

Hasta la saciedad.

Dibujos animados. Basuritas blancas de infancia. Bichitos televisados que nos cayeron en la córnea como una brasa. Como un abrazo que ulceró nuestra visión del mundo a perpetuidad. La cubanía es bizquera.

Títeres que nos hemos quedado sin titiritero. Ternura hecha totalitarismo.

Colinas como académicos blancos.

El libro *White Trash* está del carajo para leérselo así como así. Del pí al pá, de arriba a abajo y de un solo palo.

Permítanme repetirlo: es un ladrillo. Un cambolo castrista de la mejor cátedra. Una muralla china a base no de ladrillos, sino de ladridos. Mejor así.

Por lo demás, toda erudición me aterra. Me recuerda de la memoria prodigiosa de Fidel Castro y sus dotes de orador ilustre. Lúcido.

Es mejor ser un analfabeto. Un bruto de mierda. Un proletario de pacotilla que votó orgullosamente por el multimillonario Donald J. Trump.

En cualquier caso, como ya debiera de ser obvio para ti, ni en una semana ni en un siglo me hubiera leído a *Basura blanca*, de ser solo por mí. Sería un riesgo: no quiero que Nancy Isenberg me convenza de lo que, total, yo ya sé. Pero igual no pude evitarlo, porque *Basura blanca* es de obligatoria lectura para mi curso y punto final. Hay que leérselo y olé. A otra cosa, mariposa.

Además, no puedo quedar en ridículo ante mis colegas en clase. Me están cazando la pelea para expulsarme de esta universidad. Es decir, de todas las universidades de la Unión.

En el socialismo está la fuerza. Generación Yedai.

Y estos tipos son como una tropita de choque, una avanzada de vanguardia para partirle las patas al ángel de Orlando Luis. Para reventarle las bolas al demonio de Pardo Lazo.

Ya lo han intentado como diez veces conmigo: por misógino, por racista, por homofóbico, por heterosexista, por eugenésico, por clasista, y por ser un sujeto neocolonial.

Ya lo dijo quien lo dijo (pero, por favor, no sufran con lo que yo gozo):

It is virtually impossible to view one oppression, such as sexism or homophobia, in isolation, because they are all connected: sexism, racism, homophobia, classism, ableism, anti-Semitism, ageism.

Y aquí, otra vez, sin captions ni traducción.

O, mejor, que se lo traduzca a la basura blanca de Sarah Bernhart la propia blanca basura de Suzanne Pharr (no tenía que haberla mencionado, pero, en fin, ya pasó):

Il est pratiquement impossible de considérer une oppression, telle que le sexisme ou l'homophobie, isolément, car elles sont toutes liées: sexisme, racisme, homophobie, classisme, capacitisme, antisémitisme, âgisme.

O, aún mejor, que se lo traduzcan al árabe de las aleyas ayatolas de Alá, que es hoy la lengua franca de la democracia global:

من المستحيل فعليًا رؤية اضطهاد واحد ، مثل التمييز الجنسي
أو رهاب المثلية ، في عزلة ، لأنهم جميعًا متصلين :التمييز
الجنسي ، العنصرية ، رهاب المثلية ، الطبقية ، القادرين ، معاداة
.السامية ، التنشئة العمرية

Supongo que sea por esto que mi mera presencia provoca tanto odio a mi alrededor. Porque todo lo cito. Porque no acato nada.

Me odian en Missouri igualito que en nuestra Cuba, donde me odiaba desde el Ministro de Cultura en persona, hasta su más sumiso súbdito, que acaso fuera Eduardo Heras León. O Basilia Papastamatíu (yo sabía que tarde o temprano tendría que teclear tu apellido por penúltima vez, yo sabía que la literatura cubana no nos iba a dejar descansar en paz: ahora eres, tú también, una argentina inmortal, una Helena de La Habana).

Lo cierto es que los cubanos no hemos hecho nada con exiliarnos. Seguimos en las mismas. En la misma miasma.

Y no me odian únicamente a mí. No.

Mis colegxs latinxs de izquierdx odian que Castro no me haya asesinado en una cuneta cubana. Odian que la Revolución me haya expatriado sin antes extirparme la lengua. Odian hasta el oxígeno exógeno que estamos forzados a compartir en clase, pulmón a pulmón. Como odian la forma de mi entrepierna entreabierta entre los pupitres del aula.

Me odian porque me temen. Los tengo aterrados. Como conejillos de izquierda.

La derecha se contagia. La izquierda, no.

La izquierda es innata.

Lo mejor es meter la nariz en *White Trash*, y leer y releer como un idiota. Total, tampoco se trata de un libro tan teórico, sino de una especie de anecdotario. El ano de un notario.

Por lo demás, a *White Trash* le sobran por lo menos cien ejemplos para sustentar la tesis única que obsesiona a su autora. Una tesis bastante vieja, por cierto: la idea de que en los Estados Unidos siempre han existido las clases sociales, pero camufladas bajo el retintín reaccionario del consumismo colectivo y el éxito individual.

Ya lo dije. Ya lo resumí.

Ya les eché a perder el final del libro. Así que ya no tienen que leerlo ni releerlo. Mucho menos comprarlo.

Boicot espontáneo. Perdónenme, no fue mi intención. Ya saben: $\Delta G<0$.

Échenle la culpa a las partículas liberales de Gibbs o a la energía libre de Higgs. Da igual. Hay isotropía narrativa entre Cuba y el exilio cubano. El castrismo se ha convertido en un bosón colosal.

Del castrismo no se sale

por ninguno

de sus cuatro puntos cardinales,

que son tres:

La Habana y Miami.

En realidad, no solo leo *Basura blanca* para sobrevivir a mi clase saturada de latinoamericanxs, sino también para intentar robarme algo útil para meter de contrabando en mi nueva novela. Que es esta nueva novela, aunque tú nunca te enteres, por estar siempre a la espera de personajes, atmósferas, situaciones y anécdotas.

Dramaturgia para *dummies*.

Pero no es fácil ejercer el plagio a costa de Nancy Isenberg. La autora-profesora me atolondra con sus ripios retóricos. Me atora con su vocabulario de razas, géneros, etnias, ghettos, castas, sectas y demás inmigrancias.

Se trata más bien de una basura policromática, no blanca.

En cualquier caso, desde que salí de Cuba estoy en una especie de resistencia radical a la hora de leer en inglés. Y el inglés era una lengua que yo en Cuba adoraba. Pero en el exilio de pronto casi ya la detesto: el *fucking* in*gless*…

El inglés bajo Castro era nuestro argot para la subversión. La base sintáctica de los mercenarios, como yo, recibiendo dineritos de la USAID, la CIA, *People In Need*, y cualquier otro tipo de conspiración.

En dictadura, la única forma de ser cubano es ser anticubano.

Tal como en el exilio la única forma de exiliarse es no ser un exiliado.

En la Isla, cuando yo era un niño bello y genial, el inglés era una cosa medio clandestina que venía impresa a todo color, importada en silencio, como las páginas sueltas de un periódico contrarrevolucionario o una revista pornográfica. O ambos.

Imposible distinguir entre semejantes adjetivos tan largos: contrarrevolucionario, pornográfico.

Da placer teclearlos y reteclearlos. Entre los dos, suman como 59 consonantes con sus respectivas vocales: el placer de lo contrarrevolucionario, el deber de lo pornográfico.

Ambos me encantan.

Una mujer fingiendo un orgasmo en *PornHub* es la clave secreta de cualquier liberación personal.

Solo que el inglés, esa jerga de élite, ahora me resulta un fastidio hasta para pronunciarlo OK. Demasiadas fonías inexactas. Vocales voluminosas que no nos caben en la boca a los cubanos.

Y mucho más fastidioso me resulta leer tanta mierda mentalizada en ese lenguaje. Tanto blablablá blanco con una sintaxis de escuelita primaria, salpicada de consonantes cuádruples, cuadripléjicas, que no existían en Cuba, y encima minado con vocales que suenan cada una como un pastiche de vocales. Panal imposible de paladear.

El inglés es complejidad por gusto. Por el gusto del gasto.

En inglés, por lo demás, los norteamericanos dan la impresión de que todo lo saben. Todo lo comparan. Todo lo cuestionan. Todo lo relativizan. Todo lo catalogan. Mientras yo me cago norteamericanamente en sus madres.

Para colmo de males, los norteamericanos ahora todos insisten en hablar el inglés con acento de país pobre extranjero. Léase, de *shithole country*.

Así les parece patéticamente más políticamente correcta su propia lengua: menos misógina, menos racista, menos homofóbica, menos heterosexista, menos eugenésica, menos clasista, menos dialecto neocolonial.

Menos Orlando Luis Pardo Lazo y menos Donald J. Trump.

Por cierto, los *Tweets Completos* de Donald J. Trump se merecerían un Premio Nobel de Literatura, al menos tanto como se lo merecieron las letricas guajiras de Bob Dylan.

En español, sin embargo, todos los angloparlantes hablan una suerte de jerga cubanx-americanx risible, solamente equiparable a cómo habla *Siri* en el *iPhone*. O cómo traducen en voz alta los robots de *Google Talk*.

Muy cómicos. Están del carajo con la conjugación y el tonito.

Últimamente incluso detesto oír mi propio acento infantilizado en inglés. Su fonía rota. A veces casi sueno como un troglodita de izquierdas.

Me apena, de paso, no poder emocionarme con nada dicho o pronunciado en inglés. Me apena que el mundo entero sea ahora para mí un planeta de robots parlantes que repiten en masa que quieren ir a Cuba antes de que Cuba cambie.

Vayan a Cuba antes de que Cuba cambie y no me resinguen más la existencia, por favor.

Déjense de abuso conmigo, si no quieren que les saque un AR-15 en el aula. Mi consejo es que no se tiren con los cowboys cubanos de la medianoche marxista del alma, ¿ok? Guerra avisada igual mata hasta a los más avispados.

Sigan cada cual con su rutina revolucionaria y no se la jueguen conmigo, si no quieren que les meta una patada en el carro: *Hey, I'm walking here, I'm walking here!*

Ojalá Nancy Isenberg sea una mujer de ultraizquierda.

Up yours, you son-of-a-bitch! Ojalá fuese miembro del Partido Comunista de Cuba, o como quiera que se llame su equivalente aquí. *You don't talk to me that way! Get outta here!* Ni cojas luchas con eso. *Don't worry about that.*

Ojalá que *White Trash* triunfe, por los siglos de los siglos, como una diatriba en contra de la indecencia de ser hoy por hoy norteamericanos aquí. Mejor así. Más ganancias para *The New York Times.* De hecho, cuanto antes se termine esta mierda de la democracia, mucho mejor.

Donald J. Trump llegó con medio siglo o medio milenio de retraso. El rubito de oro no podrá cambiar absolutamente nada. Nuestro Agente Naranja tendrá que reconocer que perdió ante el sigiloso gato de Barack Obama: *Change, we can't.*

Una última cosa antes de empezar: para mí toda lectura es una violación, incluida *White Trash.*

No hay placer sin poseer al otro. Como no hay posesión del otro sin convertirlo antes en un objeto.

Me basta, Su Señoría. Llama al *911* ahora, si así lo deseas. Dale.

Disquen el *911* y déjense de complejos conmigo. Si de todas formas tú, por ejemplo, eres tremendo tronco de delator. Se te ve en la carita. Se te nota el nerviosismo al hojearme.

Además, leer en los Estados Unidos es ahora eso, apenas eso: delatar al autor. Por los canales correspondientes.

Quién me lo iba a decir en Cuba. He emigrado al desierto.

Quién nos lo iba a decir en Cuba. Afuera ya no había nadie cuando llegamos.

Un país sin paisaje. Ni uno solo de los cubanos está esperando ni a uno solo de los cubanos de adentro.

Permítanme presentarme como corresponde, antes de comenzar el resto de los capítulos. Digamos que soy Orlando Luis Pardo Lazo. Y digamos que soy el profesor-coautor de un mamotreto como ballena blanca llamado *White Trash, the 400-Year Untold History of Class in America.*

Este libro será, pues, la historia incontada de nuestros primeros 400 años como desclasados dentro de la Cuba de Castro.

Gracias a la blanquibasuridad de Nancy Isenberg, mi coautora, los cubanos por fin sabremos lo que son las clases sociales: «una estratificación económica creada por la riqueza y los privilegios».

Y defenderemos esa definición de negros con ropitas de vestir al precio que sea necesario.

Améen.

COTORRAS, COARTADAS, CONTRABANDOS

Se incurre en contrabando cuando se intenta introducir o extraer (mediante ocultamiento, engaño, enmascaramiento, soborno u otra forma de evasión) especímenes protegidos en Cuba.

Los especímenes se trasladan en el interior de envases de alimentos y medicamentos (galletas, harina de maíz, confituras, café, té, chocolate, leche en polvo) y también son enmascarados con pinturas, barnices, barro, con apariencia de objetos de artesanía artística (simulando ceniceros, maracas, figuras de animales y juguetes).

Salir y entrar a la cañona de Cuba por supuesto que constituye un crimen.

Cuando se trata de especies vivas, se descubren en el interior de artículos religiosos, envases plásticos perforados, envoltorios hechos de papel metálico, preservativos y cinta adhesiva. Incluso adheridos al cuerpo, bajo la ropa interior, en los zapatos, así como adormecidas en el interior de maletas, tubos, cajas y otros artículos.

Salir y entrar a la cañona de Cuba califica en ocasiones como un acto de creatividad conceptual.

Existe una base legal que ampara la autorización otorgada por el Centro Nacional de Seguridad Biológica para los especímenes que puedan constituir un riesgo. Por suerte, la vigilancia mediante el empleo de las técnicas radiológicas es altamente efectiva.

No hay patria que no sea frontera.

Ni frontera que no sea patriota.

A wall is a wall is a wall.

OLPL ANTES DEL ALBA

Todos los días me despierto y reviso las *webs* de tema cubano. Poco antes del amanecer. A la luz del alma. Celestino antes del alba. Orlando Luis Pardo Lazo rezando para que nunca más salga el sol.

Lo odio, al sol.

Lo odio como realidad de las radiaciones y el calor, entre otros cadalsos cubanos de sudar en clave de socialismo, vivamos donde vivamos.

Pero también lo odio como metáfora. El sol es lo peor de la poesía cubana, siempre tan solar como solariega. Tan solícita, tan sosa. Tan sumisa, tan soez.

No leo nada, por supuesto, de la internet. Ni siquiera los titulares. ¿Para qué? Siempre dicen lo mismo y con las mismas palabras.

Cuba como costumbre. Cuba como carencia de imaginación.

Cuba como una gangrena que no se cura ni avanza. Peor que un cáncer: una cosa estática, estatizada.

Pero sigo pasando y repasando las páginas de internet. Antes del primer rayo de sol, ese enemigo estético.

Las paso y repaso medio sonámbulo todavía, en duermevela decrépita de cubano que durmió fuera de Cuba otra vez.

Así en Cudillero, Asturias, de donde eran mis abuelos paternos, como en Reykjavik, Islandia, la isla sin sol asesino que me robó el corazón. Leer por leer.

Y toda esta energía mala, miserable, metida en mi mente minutos después de despertar. Justo minutos antes del inevitable amanecer.

Lo odio, también. Al amanecer. Y a ustedes, que me leen por leerme ahora.

Leer cubanos es una idiotez. Como escribir en cubano es otra tarea de idiotas. En ambos casos, es mi obsesión. Mi vida, mi verdad. Mi extremo estado de cubanidez terminal.

Pero no leo nada, como ya dije. En realidad, lo que hago es reconocer al vuelo la forma de las palabras, la manera en que el editor las distribuye por todo el espacio inexistente de la *web*.

Espero que coincidan conmigo en esto. Internet no existe.

Ni en Cuba ni en ninguna otra parte.

Dice Konstantin Kavafis que ustedes, los cubanos, todo el tiempo se la pasan diciendo así:

Iré a otra tierra, a otro mar,
y seguro que una internet mejor hallaré.
En la Isla toda conexión está de por sí condenada,
y muere nuestro corazón
como mueren, a solas, las ideas de la desolación.
Donde navego solo veo
los oscuros píxeles de mi país
y los incontables años que perdimos por gusto allí.

Pero entonces Konstantin Kavafis nos responde a todos los cubanos así:

No hallarás otra tierra ni otro mar.
La misma internet irá para siempre contigo.
Volverás a las mismas redes,
y en las mismas páginas web llegará tu vejez.
En tu misma Isla envilecerás.
Pues la internet es siempre la misma y es ninguna.
Otra no busques, no la hay.
Ni para los otros, ni para ti.
La internet que perdiste en Cuba
la has perdido en toda la Tierra.

Espero que coincidan con él en esto. Aunque, por desgracia, Konstantin Kavafis no existe.

Ni en Cuba, ni en Ítaca. Ni en ninguna otra parte.

La vida no estaba en ninguna parte.

Y entonces, en esa frontera frágil entre la madrugada y la mañana, el exilio se me convierte un poquito en mi casa. Y esa falsa certidumbre me hace un poquito feliz. Así, en diminutivos.

Feliz de corazón, corazón. Feliz de saberme mejor de lo que supuestamente fueron alguna vez los cubanos.

Feliz de ser yo. Único, irrepetible, irreparable.

Un cubano sin Cuba en el corazón. Pero, por suerte, con Cuba todavía clavada, como una lapa más que una daga, en ese órgano tan abusado por la poesía cubana.

Ya lo dijo quien lo dijo: *los poetas cubanos son marionetas del corazón*.

Poetas que paren una poesía *comatosa*, *ñoña*, *romantipobre*. Y por eso mismo, tan roma. Tan roñosa.

Acabó con esa definición el checo cubano Carlos Alberto Aguilera, autor de un panfletico homónimo titulado *Das Kapital*. Todo autor lleva en su pecho una Bayamesa y un Capital.

La poesía cubana, leída al amanecer en el trópico, como el timo del siglo de Lo Cubano. Y Lo Cubano, fundamental y fundamentalistamente, entendido como una de las formas más formidables del fascismo.

Pero no. Ni eso. Menos que eso.

Porque la poesía cubana no le llega ni a los tobillos al totalitarismo. Nuestros poemitas de patria paupérrima son solo funambulescamente fascistas.

¡Hasta el fascismo en Cuba es una falacia!

Con la falta que nos hubiera hecho un buen poeta fascista.

Pero qué va. Desde hace por lo menos dos siglos, Cuba no pare una poesía que sobreviva sin la cantaleta de Cuba.

De esa tara no se escapó nadie. Ni siquiera yo.

De esa tara no se escapará ni quien ya haya conseguido escaparse.

En esto, el chileno Roberto Bolaño descaradamente mintió. Porque Ernesto Pérez Masón, aquel escritor fascista imaginario que Roberto Bolaño incluyó, como ejemplo de Cuba, en su libro *La literatura cubana nazi en América*, no es más que un autor de mentiritas.

Una ficción. Otra ficción.

Como la internet de tema cubano que reviso y reviso a diario, sin revisarla.

Porque ocurre que, al abrir las dichosas páginas *web*, no importa lo que digan los titulares, yo siempre sé muy bien de lo que en realidad se está hablando. Y cómo lo están hablando. Y hasta dónde se atreverán en cada caso los editores, que siempre se derriten de pánico. Por muy disidente o exiliada que se pinte esta o aquella *web*, sus editores son todos muy ciber-cautos.

Los cubanos saben muy bien que con el castrismo no se juega así como así. Por eso cada anticastrista, de algún modo más o menos obsceno, es al final un agente del propio castrismo.

Del totalitarismo no se sale. O no era tan totalitarismo nada.

Así es cómo yo leo y releo los límites de la internet cubana, sus complicidades cobardes. La mediocridad, la miseria, la manipulación, el miedo. Y también, nadie lo olvide, la mentira al por mayor.

Así es cómo nos vamos ganando nosotros, los cubanos, nuestra tajada tan tétrica de una cubanidad sin Castros. Es decir, de una cubanidad con Castros, pero detrás de la fachada.

Nuestra historia se escribe con h de hipocresía.

Detrás del fascismo, la felicidad.

Detrás del flautista en jefe, las ratas.

Y así, de vez en cuando, las ratas esclavas retornan del palenque cosmopolita a su cepo cultural. A su aula-jaula.

Así está, como ejemplo, El Tosco, el magnífico José Luis Cortés de la banda NG La Banda, tocando sus sensiblerías de negro sinfónico en Re Sostenido Mayor, bufando la flauta no por casualidad ante a la piedra magna donde yace el polvazo vudú de nuestro incombustible Comandante en Jefe.

Normalmente me levanto con dolor en los parietales. Un dolor de p que me parte en cuatro los parietales.

Sueño mucho, y sueño mal. Sobre todo un instante antes de despertar.

El exilio es el lugar donde uno amanece exhausto de soñar. En mi caso, el exilio es también el sitio donde uno amanece exhausto de despertarse.

La vida era ayer.

Por cierto, siempre sueño con escenarios cubanos.

Aunque no pasa gran cosa en mis sueños, excepto la tristeza de ver que todo sigue estando exactamente allí. Allá.

Tal como yo lo dejé, en mi barrido barrio de Lawton. Y que, por lo tanto, no ha sido más que una muerte de mentiritas mi vida entera desde que salí de allá. De allí.

Fue el martes 5 de marzo de 2013, día de la supuesta muerte de Hugo Chávez. A las cuatro y cuarenta y cuatro de la tarde: casual, o no tan casualmente, a la hora cumbre de *La vida es silbar*, aquel filme medio futurista de Fernando Pérez.

Un futuro que de pronto ya casi está otra vez aquí, en el año 2020. Mientras chapoteo a cráneo partido en cada amanecer fuera de mi país. O, para no ser tan narcisista como lo soy, mientras chapoteamos a cráneo partido en cada amanecer fuera de nuestro país.

Pronombres posesivos. Obsesivos.

Son las pesadillas que me manda la patria para despertarme, con la puntualidad de un campamento militar.

De pie, patriotas expatriados del patriarca.

De pie, patriotas escapando por el pan.

De la cama, salto entonces para la universidad. Porque al doctorado hay que llegar puntual, puntual, puntual. Porque tenemos el corazón feliz, feliz, feliz. Como en los muñequitos.

A la vuelta de cinco años fuera de Cuba, todavía sueño con la imposibilidad de despertar en mi casa. Aunque sé muy bien que mi casa en Cuba ya no era mi casa. Como mismo sé que fuera de Cuba nunca podré tener otra casa.

Es el precio de despertar libre, la tasa de interés por haberme liberado. Librado.

Lo cierto es que amanezco bastante zombi. Perdido, extraviado. Como un haitiano con halitosis que no encuentra el altar ateo de su Habana natal. Un caracol colimado por la locura barroca de un Carpentier medio baboso y medio cabrerainfantilizado.

Intuyo que de este trauma nunca me voy a librar. Ni a liberar.

Amanezco boqueando por aire, asfixiado, como si los Estados Unidos fueran una mala película de la que ni yo, ni tú, ni nadie conseguirá despertar.

Un filme de presupuesto barato, de lo peorcito del ICAIC. Con actores profesionales, como yo, que son el tipo de actor más viciado. Y con un director amateur que supongo deba ser el lector.

Si algo conservo vivo a esta primera hora del día, es la capacidad de reconocer a mis similares. A mí sí que no se me despinta ningún cubano, ni de cerca ni a ninguna distancia.

Ni vivo, ni muerto.

Ni haciéndose el vivo conmigo o, peor, haciéndose el muerto para ver el entierro que le doy.

No se preocupen. A todos les daré un entierro de reyes. Léase, un entierro de basura real.

Basura de raza mala. Basura taína revolucionaria. Basura siboney con un par de seborucos en lugar de sienes.

Hatueyes de la victoria.

Hierro y fuego al invasor.

Para mí, la cubanidad es detectable a muchas leguas de lejanía, a pesar de los miles de kilómetros de cable y del reflejo con lagañas miopes a esta hora de la mañana.

Dije lagañas, no legañas.

A las seis y seis de la mañunga, por ejemplo, hora simétrica hasta lo sensual, voy rebotando de *web* en *web* en el cuarzo poscastrista de mi *smartphone* o en el plástico premoderno de mi laptop.

Qué manera de adjetivar tiene este niño.

Puro vómito de perro rabioso.

Disidencia de qué.

Exilio de qué. Etiqueta #Cuba de qué.

A otros con esos *hashtags* de palo y sus campañitas de marabú.

¡Abajo la sociedad civil! ¡Abajo la democracia!

Abajo Cuba Libre y arriba los libres cubanos.

Sé muy bien quiénes son ustedes. Sé de sobra hasta dónde dan y hasta dónde no dan. Los conozco como si los hubiera parido yo. Hoy.

Recuerden que yo he sido uno más de ustedes, entre ustedes. Nadie lo olvide, a la hora de pasarle por arribita a estas páginas donde predomina el nombre de Donald J. Trump.

Aquí no hay truco. A mí sí que no me van a joder. Mucho menos ahora: a la hora de recoger los bates, y los guantes, poco antes del amanecer.

Aquí estaremos todos desnudos, con el culo al aire, tal como la Cuba de Castro nos desnucó. Nos descojonó hasta la biografía. Como pollos de granja, dando brinquitos a ciegas. Descabezados, con el cuello retorcido de por vida tras la muerte nonagenaria del granjero en jefe Fidel.

No habrá rebelión en la granja.

Estamos hace ratón y queso en tiempo de descuento.

De aquí nadie va a salir vivo. El totalitarismo no tiene *tie-break* ni *exit* de emergencia. Así que esto es candela al jarro, hasta que suelte esa costra de castrismo que tiene amelcochada en el fondo. En el culo de la botella.

De la botija. De la baratija.

Por el momento, me basta con despertarme a diario. Con darme cuenta de que, al menos por un rato más, estaremos vivos.

Nos basta con ponernos entonces, como un gesto de gratitud ante Dios o el Estado o ambos, a perder el tiempo con la paginería *web* de tema cubano: clics cuyo único despropósito es no leer ni dejar a nadie leer.

Clics para hacer bulla, para hacer bulto.

Se trata de un estar sin ser en la internet cubaniche. De un estar *online* por el placer de estar *online*. Y de un estar actualizados por el vicio o la vagancia de estarlo.

Cliquear sobre los incansables Cancios que crecen como la yerba mala, criaturas que son caldo de cultivo para el castrismo a lo largo y ancho de los cuatro puntos cardinales, que son tres: La Habana y Miami.

Cliquear sobre los moralistas Morales con sus hijitos caídos desde del oriente cubano en un puestecito de alcurnia en la televisión Made in Miami.

Cliquear sobre la lluvia de Yusnabys que Martí nos prometió y Fidel nos la cumplió, en una generación Y de agentes de influencia cuyas consecuencias antropológicas tardaremos siglos en elucidar.

Despertar en Saint Louis, Missouri, con el mismo olor a bruma de Pinar del Río, mogotes bajo las nubes hechas de espuma y polen. Olor a leña, a leche de vaca recién parida. A mujer en celo, en semen.

Olor a Orlando, a letra mojada por el rocío tibio y grumoso sobre las teclas de mi laptop.

La luz de la provincia cubana se traga el tiempo y deforma el espacio, se come el sonido y lo regurgita, destiñe los colores, hasta derretir la forma de todas las cosas.

El mapa de Cuba todo chorreado de niebla, de San Antonio a Maisí. Parece un caimán corroído.

Nada que ver con la luz que se dispersa, por ejemplo, en los valles y ríos de la siempre civil Matanzas. Nada que ver con la luminiscencia enceguecedora de Camagüey.

Sol horizontal, tibio todavía a esta hora sin hora. Albúmina a ras del alba. Horizonte prometedor. Serán ya las siete o las siete y algo de la madrugada, no más.

Despertar con aquel salitre del sur fangoso en los labios. Despertar amándote en aquellas recónditas ciénagas, entre cocodrilos cubanos al borde la extinción y manatíes confundidos con sirenas lactando. Templar entonces al compás de los mangles y en la clave cumbaquínquincún del prehistórico manjuarí. Despertar poniendo cuños sobre un buró: hasta eso le envidio a Cuba, a los cubanos con Cuba.

Despertar extrañando aquellos despertares en una posada pobre, con una tipa cualquiera encuera sobre la cama, portadora de virus nobles como una medalla de honor. Miles y miles de mujeres cuyos nombres benditos siempre estoy a punto de confundir. Porque todas en Cuba se vestían con el mismo y único nombre maldito del amor.

No toda Cuba amanece a la misma hora, no sé si recordarán ese detalle. En cualquier caso, no se crean el despotismo geográfico de un solo huso horario para toda la Isla. Podremos vivir en la misma hora, sí, pero en cada esquina de Cuba amanece un poquito antes o un poquito después.

Nuestro país era eso: una multiplicidad de vidas. Una sincronía emocional que, durante décadas, fue mucho más importante para los cubanos que los destinos cuánticos del cosmos.

En el exilio, sin embargo, amanece siempre a deshora. Casi al azar. Y eso es para mí el horror: no poder diferenciar ni siquiera la hora. Ni la fecha. No sentir si los colores que despuntan el día son los de un lunes obvio o los de un miércoles medio enjuevestido de fin de semana.

En el exilio, la vida privada de los cubanos se reduce a la espera de un velorio que otros cubanos tendrán que pagar por ti, acaso tras la consabida colecta digital.

El exilio es donde los cubanos cadáveres sí podemos decir de verdad: *ay, mi amor, no somos nada.*

El exilio es la patria perversa del pegamento. Nos une ese vaciamiento, esa barbaridad. Lo bruto, lo brutal.

En el exilio, si algo nos salva es la cruelísima comunión de no tener ya nada en común entre los cubanos.

DEAR MR. PARDO LAZO:

Sus colegas de PhD me han asegurado que usted cometió una violación de la integridad profesional al hacer «comentarios inapropiados y alienantes que contribuyeron a crear un ambiente inseguro, hostil e improductivo en el aula».

La queja identificó preocupaciones sobre una «retórica problemática y ofensiva» de su parte y, específicamente, sobre comentarios de que, según lo reportado, usted defendió el racismo, el sexismo, la homofobia, la discapacitofobia, la eugenesia y las empresas neocoloniales. También se quejaron de que usted dominaba regularmente la discusión, e interrumpía a las estudiantes femeninas, desacreditando los argumentos de esas colegas.

La mayor parte de la denuncia destaca comentarios ofensivos atribuidos a usted en el aula como parte de discusiones de clase o en presentaciones sobre novelas y literatura. Hubo opiniones contradictorias respecto a su comportamiento en clase y en la manera en que usted participa en las discusiones de clase.

En este momento, la escuela de PhD no puede concluir que las presuntas declaraciones y comportamientos atribuidos a usted, tal como se describen en la queja, han rebasado el nivel de una violación de la política de integridad profesional, de modo que este asunto ameritase ser enviado al Comité de Integridad Académica y Profesional para una audiencia formal.

No obstante, reconocemos que sus compañeros de clase se han visto impactados por la interacción con usted.

TITLE IX, #METOO

Una compañera de aula me ha denunciado. Fue y se puso a decir pestes de mí ante los abogados de *Title IX* de la universidad. *Title IX* quiere decir que de pronto Orlando Luis Pardo Lazo ya es y será para siempre un acosador sexual. Sí, yo también: *#MeToo*.

Ahora soy de nuevo como aquellos tiradores que enseñaban sus piltrafas patéticas en los parques y cines de La Habana. Pero en mi caso se trata ahora de una pinguita cincuentenaria, no circuncidada pero igual asustada y austera, perdida en los calzoncillos de una universidad de élite en Saint Louis, MO.

Genitalia privada. Pública promiscuidad.

No lo dudo, en absoluto. Probablemente mi acusadora tenga toda la razón: acosador y bien, acosador y qué.

Ya nada me asombra de mí. Ya nadie sabrá nunca en realidad quién fui. Rima y todo.

Para eso es el exilio. Para perder todo contacto con la realidad. Para rimar mierditas consonantes y enseguida ser denunciado por rascabuchador (con suerte, por repellador).

Para devenir pajuzos en otro idioma: *Ouch, little* mamita, *touch me* aquí. Dale, *deal. Look how* rico *it is. Do you* te gusta? *In Cuba* le decimos a esto un *pink gun*...

Barbarismos de forajido. Locura del logos. Libido lívida, bilingüe.

Acusadme, no importa: la historia nos condenó.

Lástima que no me diera cuenta antes. Lástima que no supiera antes que yo soy como soy. Un Junot Díaz muchas veces peor. Porque la derecha no tiene perdón de Dios, ni del Estado.

Parece una contradicción de términos, pero no.

Dios es también de izquierdas.

Como las religiones. Como el lenguaje. Como la derecha misma lo es. Como el presidente Donald J. Trump es estrictamente de izquierda.

No le cojamos miedo a la palabrita.

A-co-sa-dor, a-co-sa-dor.

Así mismo los cubanos le cogimos miedo a la palabra «revolución» y, mira tú, qué curioso, todavía la tenemos ahí: intacta, trócula, interminable. Como el dinosaurio al despertar en el cuentecito de Augusto Monterroso.

Y discúlpenme que no lo cite *in extenso*. Pero el minicuento de Monterroso, además de salirnos hasta en la sopa a los cubanos, como Fidel Castro en persona, literariamente es una minimierda, digan lo que digan de él los Premios Nobel de Literatura (el izquierdista Mario Vargas Llosa incluido).

En cualquier caso, mi coleguita me denunció una mañanita de otoño.

Dijo que yo la miraba en estéreo (se dice *stare* en inglés), que yo le olía el pelo a distancia (su champú de llama andina, supongo), y que, cada vez que coincidíamos en nuestro PhD (así en el aula como en el bus), yo le maullaba, sin necesidad, palabras que la mal representaban como una «gatita».

Miau, mami. *Meow, mom.*

Eso se llama escribir.

Poner a circular monosílabos, sin necesidad de maullarlos.

Estoy muy orgulloso de su denuncia. Me ha consagrado en tanto escritor. Mi víctima ha legitimado, sin saberlo, la fuerza fascinante de mi discurso.

Delirio. Deleite. Delito.

Acosar es un placer.

La acosada era, por supuesto, de Chile. Exactamente del PCCh, el partido comunista gemelo del PCC.

Una Camila.

Otra Camila.

Tan vil y tan verde olivo como la Camilita Vallejo, diputada que viajó a Cuba solo para concluir que Chile se merece contar con un Castro a perpetuidad.

Espero que ninguna de mis dos Camilas me denuncien de nuevo por inmortalizarlas ahora aquí. Mis dos queridas Camila con colitas del Colo-Colo.

Si la nombro es por un mínimo acto de reciprocidad. Si menciono su nombre es en gratitud a sus servicios prestados, en tanto denunciante que me hizo más y mejor escritor.

Después de la denuncia por acoso sexual, el diluvio. El deschave. Porque toda denuncia por acoso sexual es otra manera de acoso sexual, de provocación más o menos perversa.

Quien denuncia, desea no solo el placer de la denuncia en sí, sino también el placer de poseer al denunciado.

Por eso los Estados Unidos de América son hoy por hoy un prostíbulo interestelar. *The Junot States of Díazmerica.*

En este paraíso parapolicial del toca-toca, Donald J. Trump sería apenas un bebé. El tonto de la colina (literalmente *on* y en *The Hill*), un abuelito bueno que apenas ya toca ni deja tocar, más allá de sus malabares verbales de rubito abusador: *grab'em by the pussy.*

Mientras tanto, los abogados de *Title IX* de la universidad me citaban a mí, en lugar de interrogar en su oficina al presidente Donald J. Trump.

La venganza sería conmigo, que por desgracia aún no había hecho nada de todo lo que me hubiera encantado hacer. Y de pronto yo ya estaba inmerso en medio de un gran escándalo *pussygate* personal.

Todos los pajuzos acosan, pero los pajuzos del totalitarismo siempre pagan la culpa.

El edificio del *campus* universitario donde está la oficina de *Title IX* es como una casa de visita del G-2 cubano: G-IX o Title-G2, imposible distinguir las siglas a estas alturas de la corrección política.

Para los lectores adánicos de la izquierda académica, para aquellos a los que no les conviene imaginarse nada en la Isla: una «casa de visita» en Cuba significa un local secreto de interrogatorio y tortura. Y hay miles en todo el país. Me consta en persona.

Por su parte, la oficina de *Title IX* está decorada con una especie de alambre de púa que te obliga a entrar y salir por el mismo caminito. Como un Camilito recién graduado. En mi caso, como un Camilito que acaso nunca se va a graduar.

El interrogatorio duró una hora exacta. Eso es lo bueno de los norteamericanos, más allá de todas sus mojonerías. Te matan, pero te matan en tiempo y forma. Con estilo económico. Con respeto cronológico. El sadismo sería aquí una especie de despilfarro: *Title IX is money.*

Y a otra cosa, mariposa.

A acosar a otra crisálida.

Los gusanos somos ansí.

No voy a dar detalles del interrogatorio. Basta decir que, a nombre de todos los cubanos libres, acosen o no acosen a sus respectivas Camilas, me defendí como un diplomático de carrera. Como un cabroncito profesional. Como un culpable consumado. Y, como tal, fingí inocencia o algo parecido a la inocencia. Casi clamé virginidad.

No pedí perdón, por supuesto, porque eso es siempre peor. Una vez acosador, hay que seguir para siempre acosando. Hasta las últimas consecuencias. De tu punto G hasta la garganta.

Eso es lo mínimo que las vaginas víctimas esperan de un pene violador: que tengamos que demostrar nosotros mismos nuestra culpabilidad, que nos echemos para delante de manera espontánea.

No sufran con lo que yo gozo, por favor.

Porque todo esto a Orlando Luis Pardo Lazo le encanta.

La leche es la base legal de la democracia.

En un momento indefinido de mi defensa, como corresponde, lloré: *Tears in Title IX.*

Would you know my name if I touch you in heaven?

Would it be the same if I suck you in heaven?

Eran lágrimas de cocodrilo, claro, porque nadie que no quiera a Castro puede llorar de verdad con el corazón. En todo el hemisferio occidental solo la tiranía cubana tiene derecho a practicar la ternura y la sinceridad. A nosotros, los gusanos, no nos queda más que ejercer nuestra debida dosis de manipulación y crueldad.

Would you hold my hand if I touch you in heaven?

Would you help me stand if I suck you in heaven?

En otro momento de mi defensa, con sutileza de sobreviviente, sugerí sutilmente que la chilena que me acusaba por desgracia podría estar un poquito chiloca. Es decir, que la pobre estaba muy mal de su cabecita, porque sus padres, entre otros traumas neoliberales, tal vez habían sido víctimas del general Augusto Pinochet.

Ya sé, sí. En efecto, tal como se veía venir, se me fue un poco la mano. Que en mi caso coincide con la lengua.

Beyond the door there's peace, I'm sure.

And I know there'll be no more Title IX in heaven.

Antes de ordenar que me retirara de su oficina parapolicial, los expertos en sexología súbita de mi universidad me impusieron un *Edicto de No Acercamiento* a mi coleguita del cono sur.

Ahora hasta la policía de este campus escolástico anda con mi nombre apuntado en el filo de sus cartucheras. Listos para meterme un balazo en la nuca, si me propaso de la raya con otra colega hembrita. O con otro colega varón.

El acoso es el acoso es el acoso y, por si no lo saben, Missouri es un estado donde se permite el *open-carry*. Es decir, Missouri es un territorio comanche donde es legal el acto de llevarla afuera. A la vista.

Como en Alaska, donde también estuve. Vista hace fe.

«Atrapar al criminal, atrapar al criminal»: ya lo dijo quien lo dijo, nuestro inolvidable e inimitable Huckleberry Hound. Aquellos muñequitos en blanco y negro que nacieron a finales de los años cincuenta, codo a codo con la Revolución en technicolor de Fidel Castro Ruz.

Imaginen a esos policías rosados.

Orangutanes bien comidos con placa de sheriff. Ni republicanos ni demócratas ni independientes. Tiratiros de cogotes curtidos por la pasión de la pólvora.

Pum, pum.

Bang, bang.

Cowboys ya listos para hacer diez dianas en mi culo, cada vez que me cuele en plan de acosador en un aula o, peor, en el gimnasio universitario.

Entrando y saliendo sin hacer bulla. Yo, artero como una rata. Un cubano calladito, para así vacilar más bonito el repertorio de sayitas cortas y senos en fornicaticia flor.

Saint Louis es un paraíso de puntas de nalgas asomándose bajo la tela y la tentación. Un zoológico gratis donde me mareo olfateando los aires adolescentarios como un oso hormiguero. Como un oso del hormigueo.

I can smell your cunt, dijo en cámara Hannibal Lácteo.

Que en español castizo de la madre Patria sería:

—Puedo oler tu coño.

Yo, sentado en la biblioteca mitad pública y mitad privada *Olin Library*. Mitad pública y mitad púbica, propiedad privada que me priva e impacta en plena entrepierna.

Yo, fisgoneando esas caritas y boquitas pintadas, mientras finjo masticar alguna plasta macrobiótica en el comedor.

Yo, el Marxturbador dialéctico caído del Caribe.

Que en cubano de Cuba se diría así:

—Puedo oler tu Kunta Kinte, cosita, puedo oler todo tu Toby todavía por estrenar.

He de reconocer que esta cualidad de descaro se la debo democráticamente a los Castro. Décadas de dictadura me hicieron un depravado gonadal, un Hannibal de La Habana.

Lástima que aún no atreva a cometer mi primer crimen. Lástima que haya hecho esperar tanto a mis coleguitas del cono sur: seguro que por eso mismo me denunciaron, por ser solo un calientacráneos.

Tal vez los Castros también me hicieron, por carambola, un reprimido radical.

Ni acoso ni dejo acosar.

En realidad, paranoias aparte, no me cabe la menor duda de lo que pasó. Camila fue solo un peón. Una peona weona.

La concreta fue que, simple y llanamente, me mandaron a matar desde La Habana insular. Para eso sirven los viajecitos anuales a Cuba de mis colegas de doctorado. Para reclutarlos al por mayor, como ganado ideológico. Y, de paso, para ponerlos a conspirar en contra de cualquiera de sus colegas que no esté a favor de los Castro, como ellos.

Es decir, como yo.

Por eso me acusaron de todo.

He aquí la lista de Satán Orlando Luis en Saint Louis: sexópata, pornógrafo, pedofílico, voyerista. Con un toque de racismo, homofobia, transfobia, islamofobia y, la más dulce esperanza de la patria: misoginia agravada por mi supremacismo blanco.

Porque, en Cuba no sé, pero en los Estados Unidos de América yo sí me declaro blanco y recontrablanco. Al que me diga «latino», le digo «la tuya».

Ah, y ya casi se me olvidaba. La ridiculez retórica de la academia norteamericana también me acusó de ser un promotor de la empresa neocolonial. Cualquier cosa que esto signifique a estas alturas de la caricatura.

Así de desquiciada anda la izquierda de línea dura.

Así de desquiciados somos los supremacistas blancos que quedamos, no solo de línea dura sino de libidinosidad dura también.

Es sabido que desde 1968 toda universidad de USA funciona como un sóviet resucitado con capital. Un koljós capitalista de lujo, una reserva ideológica para los Bernie Sanders que vendrán.

Y, lo más cómico de estos agentones y agentonas: no cobran ni un quilo prieto partido por la mitad. Denuncian por denunciar, por amor al arte de la chivatería. Como mismo yo acoso por acosar: para cumplir al pie de la letra con la ley de acción y reacción.

En la academia del Primer Mundo se incuba una intelectualidad inclusivamente cubanofóbica.

Nos deploran, por deplorables y por malagradecidos que somos. Por ser tan individualistas y tan anti-comunidad. Por ser tan consumistas y, sobre todo, por no haber sabido comernos con papa a nuestro comandante Fidel. Por malagradecidos.

La izquierda nos odia por nunca haber amado con el alma a su Fidel, teniéndolo tan cerquita en casa.

El latinoamericano promedio daría un ojo de sus caras incaicas, con tal de vernos ciegos a los cubanos sin Castro. Con tal de hacernos pagar el precio de nuestra traición a la Utopía ladinoamericana.

No les basta con nuestro exilio de por vida. Para ellos, los exiliados del castrismo somos cien veces menos que inmigrantes. Menos que parias. Menos que las heces fecales históricas que amenazan con enmojonar sus éxtasis de fidelidad.

Menos que gusanos.

Y pensar que a sus bolsillos de delatores van a parar las becas de miles y miles de dólares de donación familiar. Barriga llena, corazón castrista.

Y pensar que el dinero del imperialismo se invierte para liquidar al imperialismo desde sus mismísimas entrañas. La verdad es que Martí era un monstruo, tal como se lo reprochaban sus miles de mujeres por carta: un visionario, un profeta que tenía tanta fuerza en el falo como en la labia.

Quién me lo iba a decir en Cuba.

Vine a los Estados Unidos para terminar bailando en casa del totalitarismo. Me cogió la rueda de la Revolución, ese engranaje de ensayistas que no perdonan ni a la madre que los parió.

Yo tampoco se las perdono, a sus respectivísimas madres.

La cuna de la Revolución Cubana no está en el Moncada ni en la Sierra Maestra ni mucho menos en Playa Girón, sino en estos bunkers de borrachitos bonachones y homofundamentalistas de donde se procrean, por degeneración espontánea, los Michael Moore y los Oliver Stone.

Queridos Caracortadas de la victoria.

En el pueblo hay muchas Camilas.

MIAMI BEACH NOTICE

MIAMIBEACH

NOTICE

It is unlawful for a sexual offender or sexual predator convicted of a sexual offense, as defined in section 21-280 of the Miami-Dade County Code, to knowingly be present in a County or municipal park, when a child under the age of sixteen (16) years is present, unless the sexual offender or sexual predator is the parent or legal guardian of a child present in the park.

Violators subject to enforcement pursuant to Section 21-284, Miami-Dade County Code

MAKE GREATNESS AMERICAN AGAIN

Cuando regresé de mi beca en Islandia pensé que me iba a morir de pena.

Tenía que haberme quedado allá, en Reykjavik o en algún pueblito perdido al borde del Círculo Polar. Tenía que haberme hecho pescador. O suicida de *icebergs*.

Ponerme a dar clases de español en una aldea vikinga. Haberme acostado con una mujer que oliera a brujería de foca y esperma de ballena en fase de extinción. Sentarme de una puta vez a escribir mi novela en silencio, en lugar de escandalizar a Cuba y media con esta apología entre apocalíptica y apopléjica para complacer o compadecerme del presidente Donald J. Trump.

Pobrecito el rubio de la Casa Blanca, tan cerca de los Demócratas y tan lejos de mi fascismo de cubano sin Cuba.

Tenía que haberme muerto en Islandia.

Como Robert J. Fischer, el invicto campeón mundial de ajedrez.

Una tarde fui a su tumba, por cierto. No una tarde, sino muchas tardes perdidas fui hasta su lápida. En una capillita destartalada.

Me arrodillé ante los restos inmortales de Bobby Fischer, mi amor. Y le pedí perdón.

Perdónanos, Bobby, por toda la mierda que te hicimos pasar en vida. Por envidia. Perdónanos por tu rabia de niño, que no pudiste controlar hasta justo una noche antes de morir, en Reykjavik. Solo en alma, en un hospital público de Islandia. Sin Brooklyn, sin familia, sin mí.

Bobby, te amo.

Bobby besando a un caballo sobre los líquenes nórdicos del otoño en que yo nací. O casi.

También le di las gracias, como se lo debía desde 1971, a nombre mío y el de mi padre, que fue quien me lo presentó por escrito en La Habana, tan temprano como en 1977, mientras yo aprendía a leer en la barriada de Lawton, en una de esas escuelitas primarias cubanas llamada inevitablemente Nguyen Van Troi.

Años impares, imparables. Imperdonables.

Bobby, mi bebé, perdóname por no haberme quedado contigo en Islandia.

Disculpa mi mediocridad de cubano que, como todos en todas partes, se hizo el loco y te abandonó a tu suerte. A tu desgracia de ser para siempre el mejor.

Nada, que cuando regresé de mi beca en Islandia pensé que me iba a suicidar en mi beca de Saint Louis.

Los Estados Unidos me parecieron horribles esta segunda vez.

No es lo mismo llegar del Caribe que llegar del Atlántico Norte, ya habituado a las auroras boreales y al halo húmedo de la libertad personal.

Tampoco es lo mismo regresar a tu país, por muy mierdero que sea, como Cuba —que no un estercolero, sino en puridad un *shit hole*—, que regresar de un exilio pasable a otro exilio peor.

La sensación de abandono fue inconsolable.

La sensación de abandono que, desde agosto de 2016, sigue siendo inconsolable en enero de 2019. Incondicional, inconmensurable.

Vine llorando todo el viaje, sobrevolando Groenlandia y Canadá en un avión de IcelandAir.

Me había metido casi un año entero en Islandia, islita íntima, reviviendo en cada esquina de la ciudad los sueños infantiles que mi padre me inculcó en Lawton.

Fui Bobby J. Trump y fui Donald J. Fischer.

Me sentí campeón mundial de ajedrez con pasaporte yanqui (aunque al final de su vida, hasta eso los yanquis anticapitalistas le arrebataron).

¡Abajo América!

Fui el cowboy solitario de Brooklyn y le gané cada día otra vez el match de ajedrez al ex campeón del mundo soviético, el oso triste de Boris Spassky, que hoy agoniza secuestrado en Moscú, también traicionado por Occidente y su decadencia sexualizada pero asexual.

Como mismo el mundo libre te traicionó a ti.

Y a mí. Y a nosotros, los cubanos campeones mundiales en el arte de un juego ciencia llamado sobremorir a Fidel.

En el avión de IcelandAir, yo disimulaba mis lágrimas yendo al baño constantemente. Hasta que las aeromozas comenzaron a sospechar de mí.

Por mi pinta, por mi barba, por mi llantén sin justificación.

Imagino que imaginaron dos cosas, en perfecto islandés de muslos para lamérselos hasta el origen mismo de la civilización:

1) que yo era un terrorista de origen cubano, el nuevo Orlando Bosch;

2) que yo era un compulsivo masturbador tropical, un triste tirador de baños.

En ambos casos, con toda la razón de parte de esas rubiancas irresistibles que fungen (o fingen) como aeromozas de IcelandAir.

Mujeres que vuelan.

Que se vuelan, que te vuelan.

Tipas así nunca fallan. No se equivocan en nada, como la izquierda internacional. No pierden en nada, ni jugando a las escupidas.

Son autómatas de la verdad. Detectan la verdad literalmente al vuelo. Y la ponen en práctica de inmediato. Hímenes *ipso facto*.

Lo que ellas nunca supieron es que la tristeza no me permitía ni sonreír. Ni tocarme la piltrafa a 10,000 penes de altura.

Yo era el cubano más solo del planeta y nadie lo sabía. El más solo de todos los planetas, incluidos los extrasolares. Y regresaba de Islandia con una piedra muerta en el corazón.

Svarta keilan.

Un cono negro de melancolía coagulada en mis gónadas y mi garganta. Incapaz de insurrección. Estéril de toda erección.

No creo que haya sido algo subjetivo. Mucho menos un espejismo emocional por la pérdida súbita de altitud.

Los Estados Unidos no me parecieron, sino que eran realmente horribles esta segunda vez. En menos de un año lucían como otro país, feo y desmañado. Aburrido, arrasado. Con yerba mala comiéndose los jardines y un churre étnico estampado en las fachadas a medio desvencijar.

Un escenario *weird*, obamificado.

The United Eeries of America.

Donald J. Trump había llegado demasiado tarde.

Los vagones de los metros, por ejemplo, eran una soberana asquerosidad. Las escaleras olían a orine, una cochinada con charquitos y todo. Peste a pobreza, peste a podrido, peste a pueblo en descomposición.

No había capitalismo por ninguna parte.

La gente se encasquetaba su ropa raída, en medio de la mucha miseria y la mucha segregación.

Los negocios cerraban cada noche más y más temprano, para no perder la oportunidad de hacer menos dinero. Ya nadie quería ganar. La nación había sido hechizada por el oficio de perder.

Además de, por supuesto, la tarea titánica de criticar al capitalismo que igual ya nadie se iba a poner a construir. Porque eso era una cuestión del Estado: socialismo soez a las dos manos.

Puaf.

Grafitis comunitarios por todas partes, cuasi comunistas.

Y lo peor: unos murales hechos por minusválidos o algo por el estilo, casi siempre con palomas de la paz que parecían gallinas genéticamente atrofiadas.

En fin, una nación deshabilitada: disabilicracia para demócratas que pedían a gritos un tercer término para Barack Obama.

El horror hecho cancioncita políglota sobre el poder de las minorías y la magnanimidad económica del amor.

Arhg.

Rabiaba el verano vacuo de 2016 y yo regresaba del exilio al exilio, por aire. Llorando como un bebé Bobby. Llorando como lo que soy: un niño hermoso que no supo cuándo se quedó atorado en el cuerpo de un cadáver enorme.

Mis Estados Unidos se habían trastocado en un país supurante de gente rara llegada de cualquier otra parte. Con trapos de colorines. Con jergas de consonantes fuera del alfabeto normal. Escribiendo al revés. Trazando sus triptongos al trozo, la diacronía de sus diptongos, y sus hiatos de muelas cariadas con halitosis. Más un repingal de iglesias en cada cuadra.

In Church We Trust, era ahora el gran negocio de la explotación del creyente por un vago predicador. Los vivos viviendo de los bobos, como en Latinoamérica. Como en Cuba.

Si el buenazo de Lincoln resucitara, habría que volverlo a matar. Teatro dentro el teatro.

En verdad os digo, nunca vi tantas iglesias juntas por metro cuadrado como cuando aterricé en Illinois desde Reykjavik, vía Múnich y vía Chicago, hasta caer de cabeza en la aldea alguna vez altanera de Saint Louis, MO.

Caer de culo.

Missouri, molicie. Missouri, mojón.

Diríase que el abandono había calado hondo en el espíritu y en el bolsillo de los negocitos pequeños y medianos de esta ex gran nación.

Juraría que ya nadie quería invertir dinero en grande en la antigua tierra de la especulación. Estaban cansados de ser excepcionales. La indolencia *Made in USA* se hacía así indistinguible de la indigencia Hecha en Cuba o en cualquier otro *shit hole*.

Demasiado blablablá y muy poco baro.

Leyes para todo. Pero, en definitiva, leyes para nada.

Todo el mundo rabiando contra todo el mundo. Todo el tiempo perdiendo el tiempo en internet, denunciándose mutuamente. Bloqueadores de blasfemias. Imposible terminar de teclear una oración sin ser acusado del más radical racismo, por ejemplo, que sería el racismo del que se cree no racista. Como yo.

Casi que es mejor confesarse racista *a priori*. Como yo.

Y tratar entonces de expiar nuestra culpa secular como cada quien pueda. Qué locura, qué lujo, qué libertad.

Y el presidente Barack Obama echándole más leña al fuego.

Por esas fechas andaba haciendo campañita electoral al descaro, para que la gente votara a ciegas por Hillary Clinton. Una tipa a quien él mismo, ocho años antes, había hecho talco en los debates pre-presidenciales. Por demagoga y corrupta. Pero a quien después el propio Obama contrató como Secretaria de Estado, incluida la plusvalía de 33,333 correos electrónicos borrados por la rubia peligrosa de un solo teclazo.

Obama andaba por esos días chantajeando a la América negra. Los trató como a niños, no como a ciudadanos. Les echó miedo con el coco millonario del que pronto sería el 45to presidente Donald J. Trump.

Lo oí apenas aterricé en el aeropuerto Lambert de Saint Louis: «no se puede ser un buen negro norteamericano y a la misma vez votar por el blanquito de oro Donald J. Trump». Algo así dijo el mulatico de pico fino y muela demagógica.

Las pantallas del aeropuerto repetían a troche y moche los debates presidenciales. Y los comentarios post-debate presidencial. Enseguida me di cuenta de que, a todos y cada uno de los casi veinte candidatos republicanos, la gente los llama «fascistas» sin ningún recato.

La nación estaba antifascistamente en peligro. O perdida ya sin remedio.

Y los Demócratas eran la única opción para salvar a la democracia.

Jeb Bush, fascista, acuérdate de Bagdad.

Ted Cruz, fascista, acuérdate de la NRA.

Marco Rubio, fascista, acuérdate de La Habana.

Y mil y una delicadeces así. Nada del otro mundo. Comemierdurías de país desarrollado a punto ya de caer al fondo sin fondo del Tercer Mundo.

Con Ben Carson no se atrevían demasiado, pues no era blanco y eso siempre es lo más respetable. Al menos en los medios masivos de difusión, la negritud en este país sigue siendo un escudo ético de impunidad.

A Ben Carson solo le pedían que se fuera de vuelta a sus quirófanos y que no se metiera en esto de la política. La guerra no era contra él, sino contra el sistema. Es decir, la elección de 2016 sería para destruir al sistema. Incluido al sistema electoral en sí.

We shall overvote, we shall overvote, we shall overvote.

Un día.

A Donald J. Trump, sinceramente, nadie lo llamaba nada. Todavía.

Donald J. Trump era aún entonces el tipo infiltrado del Partido Demócrata dentro del Partido Republicano. Una especie de Agente Naranja espontáneo, un golpe de la Providencia que garantizaba con creces que el planeta entero se mofara de los veinte candidatos conservadores.

La elección estaba ganada antes de ganarse.

Ja.

Y Donald J. Trump era la patente de corso para que Hillary Clinton trampeara al cascarrabias de Bernie Sanders, y saliera ella electa por amplio margen como la primera mujer presidenta en la historia de los USA.

E pluribus hymen.

Así que no habría necesidad de elecciones presidenciales en noviembre del 2016. Todo estaba atado y bien atado de antemano. El que se moviera no iba a salir en la foto. Y los demócratas terminarían gobernando la única democracia de las Américas —además de Chile— por lo menos por otros ocho años. Dieciséis en total.

Quién sabe si treinta y dos.

Ojalá que sesenta y cuatro.

Perfecto. No habría lío conmigo, correligionarios, porque a mí sí que ya todo me daba irrevereconsultivamente igual.

Yo solo regresaba a los Estados Unidos por error. Y por error regresaba llorando, arrepentido de todo e incapaz de refugiarme en ninguna parte.

USA no era, no es, y nunca será del todo mi maletín.

The United Strangers of America.

Toda vez en el exilio por segunda vez, uno asume que, más temprano que tarde, tendremos que exiliarnos por tercera y probablemente por decimotercera vez.

Así fue que, un par de meses después, cuando ese martes de votación, en noviembre, el mapita de *Google* comenzó a teñirse de rojo de un Estado a otro Estado de la Unión, por algún fenómeno científicamente no explicable, yo empecé a ponerme existencialmente feliz.

Qué paradoja, qué picapica, qué perversión.

El rojo del comunismo de pronto significaba todo lo contrario aquí: una emancipación económica, un alivio del alma, una reivindicación del capital.

También, una gorrita que la gente miraba con odio en mi universidad. ¡Me encanta!

Después de varios meses de depresión, creo que fui la única persona, de costa a costa de los Estados Unidos de América, que se alegró con la elección contundente del presidente Donald J. Trump: una especie de homenaje al Robert J. Fischer que se le reviró a Washington DC desde Yugoslavia. En este caso, desde Eslovenia (país exportador de megamujeres).

Por cierto, Donald J. Trump nació el mismo día que Ernesto Ché Guevara y Antonio Maceo, para los que gustan de las coincidencias macabras: 14 de Junio, el Día T.

Un superhéroe de Wall Street contra los superhéroes de la Plaza de la Revolución de La Habana.

Lo cierto es que ni siquiera los que votaron por Donald J. Trump se alegraron demasiado de haber ganado en noviembre del 2016. Dentro de su propio Partido fue donde más se lamentó la victoria. Creo que los republicanos, acorralados entre la corrección política y un complejo de culpa neoesclavista, bien hubieran preferido perder.

Los principios por encima de los *profits*. Esta es la ética patética que ha cauterizado hasta los tuétanos a este país.

The United Sterilities of America.

Fue una fiesta medio funeraria, la medianoche del martes 8 al miércoles 9 de aquel noviembre luminoso y lánguido de 2016.

Ahora sí se abrirían, por fin, las grandes alamedas. No me crean a mí: mejor pregúntenselo al chileno arrepentido Ariel Dorfman en *The New York Times*, el denunciador profesional que denunció incluso a la madre de un joven mártir incinerado por Pinochet.

Al otro día en mi universidad se hizo un silencio ensordecedor. Lo recuerdo bien. En el cuartel general de la CNN en Atlanta dicen que hasta se fue la luz. O la quitó Jimmy Carter.

En California, los castristas *cannabis* querían de pronto independizarse. Con Arnold a la cabeza, el austriaco de músculos hasta en el cerebro.

Y la ex Primera Dama pasó a ser oficialmente la primera desaparecida política del dictador Donald J. Trump. En efecto, Hillary Clinton se desmayó y no ha resucitado hasta el día de hoy. Fue un suculento suicidio, un acto de prestidigitación política.

Quien sí apareció y muy bien aparecido, poco después de la medianoche, fue el hijo pequeño del nuevo presidente, bostezando y todo partido de sueño en cámara. Al pobre lo habían mantenido despierto hasta demasiado tarde, solo para tenerlo parado a un lado del discurso de aceptación presidencial de su papá.

Como es lógico.

Cuestión de ritos, además de un reto.

Pero la izquierda oligofrénica, abusiva al punto de la lascivia, la emprendió enseguida en contra de la inocencia del niño. Supongo que por ser blanco.

Barron, el autista. Barron, el burro. Barron, el bugarrón.

Le dijeron de todo.

Todas las fobias que tanto critican los castrofílicos en USA, todas se las echaron encima a un infante de escuelita primaria. A un angelito que no tenía ni idea de la avalancha de rabia revolucionaria a su alrededor. Y todo simplemente por tener el mismo apellido de Donald J. Trump, por compartir el 50% de su genética. Por ser rico y contar con una herencia.

Racismo levógiro, clasista.

Apartheid blancófobo, como en Sudáfrica hoy.

Quedaba así inaugurada la próxima temporada de odio: *Hate Lives Matters. Occupy Hate Street.*

La izquierda idiopática es ansí.

Mi universidad amaneció hecha un mausoleo. Un necrocomio. El campus completo era como un cometa cubierto de hielo hipócrita. Mucho peor que si se les hubiera muerto algún familiar, a cada uno de mis colegas y profesores.

Están del carajo los norteamericanos. Y, sobre todo, se ponen del carajo las norteamericanas.

O tal vez ya intuían algo peor. Porque, de hecho, en un par de semanas un familiar muy muy muy querido se les iba a morir. De Cuba al cielo, primero Hillary Clinton y después Fidel Castro: los dos grandes desaparecidos históricos de Donald J. Trump.

Necronoviembre de luto.

En cualquier caso, justo después de las elecciones, pasada la euforia de mi rencor, me sentí tan, pero tan fuera de lugar, que me entendí, por primera vez en la vida, sin lugar.

Homeless de remate.

Y fue entonces cuando, a la vuelta de cuatro años, me fui de Cuba de verdad, después de haberme ido de mentiritas otro martes, el 5 de marzo del 2013, cuando me fui sin darme cuenta de que no habría marcha atrás.

Fui a las clases ese día y luego me fui corriendo a casa. Cataplún. A encerrarme en mi estudio pagado con un escueto estipendio estudiantil.

Me vi solo, desolado. Asolado. Y satisfecho.

La felicidad tiene ese don.

No solo porque no se puede compartir con nadie, sino porque ser felices nos recuerda que ya estamos a punto de morir, ese otro acto de suprema soledad.

Y solo eso es lo que nos despierta a la vida. Solo así nos damos cuenta de que la felicidad es efímera y es intransferible. Y es hoy. Ahora y aquí.

Now is the moment.

Me fui a mi estudio mínimo, porque es mejor evitar que tener que lamentar. O eso creía yo.

No me burlé de nadie en la universidad. No grité «Viva Trump, hijos de puta». Ni tampoco le di el pésame a nadie.

Repito, para evitar equívocos: me retiré hosco y fosco a mi estudio mínimo, porque es mejor evitar que tener que lamentar. O eso creía yo.

Now is the omen.

A nadie le pregunté por quién doblaban las campanas del campus. Pero muy pronto sería obvio que las campanas de los Estados Unidos siempre iban a doblar por mí.

Y por ti, no trates de disimularlo.

Porque esto es con nosotros, entérate de una buena vez. Contra nosotros.

Y porque el exilio cubano es eso: un estado de doblaje incesante. Campanas de un camposanto colosal, descolocado.

TE ESPERO EN LA ETERNIDAD

El socialismo
y
el sistema político
y
social revolucionario
establecidos
por esta Constitución
son
irrevocables.

En ningún caso
resultan reformables
los pronunciamientos
sobre
la irrevocabilidad del socialismo
y
el sistema político
y
social.

La profesora entró al aula y dijo como si fuera lo más natural del mundo:

—Se nos ha ido el hombre más grande de la humanidad.

Se *nos* ha ido, dijo.

Es decir: a nosotros, a todos en el aula y en la universidad. Y en la ciudad de Saint Louis y en el estado de Missouri. Y en los Estados Unidos. Y en el resto de los estaditos de mierda del hemisferio americano. Y en la civilización occidental y más allá.

El *hombre*, dijo. No el ogro ni el militar ni el megalomaniaco. Mucho menos el tirano o el asesino en serie estatal.

Más grande de la humanidad, dijo. Se nos había ido, pues, un profeta. Un mesías, un cristo, un buda. En cualquier caso, un redentor.

La Revolución se quedaba así huérfana desde esa clase de altos estudios latinoamericanistas, hasta que llegase el fin de la eternidad. Si es que llegaba.

Pensé que yo no había oído bien: la edad, el exilio en extinción, la ira, la depresión galopante. O el churre de otoño dentro de mis orejas.

Cualquier cosa podía ser, menos que la profesora hubiera entrado en el aula y dicho como si tal cosa:

—Se nos ha ido el hombre más grande de la humanidad.

Pensé que yo había muerto. Pensé que era yo el muerto que todavía no se daba cuenta de estarlo, en lugar de Fidel. Pensé que en mi muerte yo soñaba que se había muerto Fidel, y que por eso me volvía loco en medio de un aula de graduados de una universidad foránea.

Pensé en Cuba, en que nunca más volvería a ver a Cuba estando yo vivo.

Recuerdo que era un lunes. El lunes después del viernes 25. Noviembre también se moría.

Y entonces la profesora comenzó a llorar, con una expresión inescrutable de gran autoridad teórica, gracias en parte a su talento y en parte a su salario de magnitud sideral. De cinco ceros.

El capitalismo es ansí.

Dulce noviembre. Un mes de vida para cada amor de la vida. Como en la película.

Donald J. Trump twitteando *Fidel Castro is dead!* y esta profesora llorando lágrimas chilevolucionarias en un aula anti-norteamericana.

Propaganda por cuenta propia, en su perfecto español del Cono Sur. Coño Sur.

Te recuerdo, Amanda.

Yo me quedé frío, pasmado. Pensé que me iba a desmayar sobre mi pupitre de madera yanqui, acaso carpinteado con mano de obra esclava.

La frente mojada, una mueca ancha, mientras Amanda seguía habla que te habla de él.

De él, de él, de él.

De Fidel.

Gracias a la Primera Enmienda, no había mucho que hacer al respecto. Dejarla que terminase en paz. Verla secarse las mejillas con un pañuelito de holán fino.

PhD, HdP.

Pensé en Harold Cepero y Oswaldo Payá, asesinados a sangre fría por órdenes de Fidel Castro en julio de 2012. En un sitio de Cuba todavía por determinar.

Pobres Harold y Oswaldo. Lucharon para que la izquierda continental ganara sus estelares salarios de cinco cifras a costa de defender a su ejecutor.

Pensé en Laura Pollán, asesinada clínicamente meses antes de asesinar a Harold y Oswaldo, en octubre de 2011, a manos del mismo hombre más grande de la historia de la humanidad.

Pobre Laura, Damísima de Blanco, maestrica de barrio con un corazón tan grande que le cabía Cuba completa como quinientas veces.

Pensé en Orlando Zapata Tamayo, asesinado en febrero de 2010 durante una huelga de hambre en una cárcel cubana, meses antes de asesinar a Laura Pollán unos meses antes de asesinar a Harold y Oswaldo.

Los mataron no porque el régimen sea malo. Los mataron porque el régimen solo se hace respetar matando. En ese sentido, los mataron por nuestra culpa, para garantizar nuestra gobernabilidad a ultranza, a perpetuidad. Para domesticarnos.

Harold, Oswaldo, Laura, Orlando: perdonen no a los Castros, sino al pueblo cubano.

Los Castros no tuvieron la culpa de ser los Castros. Es más, ahora en la academia dicen que fueron buenos presidentes, porque repartieron cosas baratas entre los cubanos que se quedaron. O sea, que no se quedaron.

Mientras la profesora hablaba y hablaba en su mapudungun de Amanda marxista, protegidos sus derechos de expresión por la Constitución imperial, confieso que sentí una perversa simpatía por el general Pinochet Ugarte.

Solidaridad con los asesinos, sí.

Solidaridad con los asesinos y bien.

Mata, que el Señor proveerá.

A esto nos han empujado al pueblo cubano: a sentir simpatía como compensación, a aplaudir los crímenes cometidos en contra de los criminales de Castro. A amar a los verdugos, siempre que sean verdugos de los verdugos de vocación verde oliva.

Damos pena ajena. Damos piedad propia.

Pinochet, por cierto, había nacido el mismo día en que Fidel se murió. Otro 25 de noviembre pero de un siglo y un año atrás, en 1915.

Necronoviembre de 2016, y yo deglutiendo mis ganas de portar un AR-15 en el aula, sea o no sea un fusil de asalto. Tampoco soy un experto, apenas un ejecutor amateur.

The American People versus Orlando Luis Pardo Lazo.

Orlando Luis Pardo Lazo *versus* la cubanoamericanita Emma González.

Salí de clases y cogí mi guagua número 1, en afrenta y oprobio sumido.

Cabizbajo, de vuelta a mi estudio de alquiler. A mi casa extranjera que nunca se convertirá en nada parecido a un hogar.

Viajé, como de costumbre, entre un ejército de perdedores. Pobres pobres, la mayoría. Como Orlando Zapata Tamayo. Como Laura Pollán. Como Harold Cepero y Oswaldo Payá.

Como tú y como yo. Nosotros, que nos detestamos tanto.

Literalmente, porque los cubanos siempre estamos a punto de arrancarnos la testa.

Les miré las caras. Vi sus viditas vaciadas y palpé su mutismo de clase. Los entendí, uno a una. Y les ofrecí, una a uno, la mejor tajada de mi indolencia.

No me solidaricé con nadie.

Que se jodan. Que se vayan. Que dejen de ser tan comunistamente norteamericanos.

No los queremos, no los necesitamos. La guerra es la guerra, compañeros.

Además, dentro de aquel bus funerario con destino a la debacle, todos me parecían también como medio compungidos por la muerte reciente de Fidel Castro, un viernes 25 de cumpleaños transdictatorial.

Todos participaban del luto global, de ese culto siniestro a los hombres más humanos de la humanidad. Todos, de haber tenido el dinero para pagar sus clases en mi PhD, hubieran llorado junto a la profesora chilena que profesó sin pudor su pena panamericana.

Fue un momento de epifanía: se me reveló que ellos tampoco tenían la culpa de nada. La muerte es inocencia por los cuatro costados, que son tres: La Habana y la nada.

En tanto raza arrasada, ellos estaban en todo su derecho de lamentar, acaso como venganza segregada, la muerte tan tardía, ya casi innecesaria, del capataz negrero Fidel Castro.

Nuestro exilio *in extremis* es esto: una guagua repleta de perdedores que imploran en silencio por la resurrección al tercer día de su comandante en jefe. Todo, con tal de tirar al monte, como cabras huyendo del capital.

La biografía de los cubanos es esto, pensé, una vida donde no somos más que espectadores en clave de Castro: el telón se levanta, cae el telón, y seguimos sentados en la misma grosera guagua que, sabemos pero lo disimulamos, nunca nos devolverá a nuestra parada.

La vida para los cubanos corre ancha y ajena al otro lado de la ventanilla. Ojalá que el chofer se anime un poco y nos mate, contra un poster o bajo una rastra.

They shoot Cubans, don't they?

WENDY, ENA, ZOÉ Y OTRAS CHICAS DEL MONTÓN

Le llamábamos Revolución. Pero era el fin de otra cosa.

Nunca volvieron los ochenta. Nos quedamos esperándolos, como Penélopes despeinadas. Nuestros Odiseos odiaban a nuestra Ítaca. Tan pronto partieron, nunca volvieron la vista atrás.

Wendy Guerra salía en el Noticiero ICAIC Latinoamericano, recostada como una diosa plebeya a una columna colonial, los brazos abiertos de par en par en la tela lumínica de la sala oscura. Y poco después ya aparecía con una contrata laboral hablándole a la edad de oro, pedofílica en plena televisión estatal, con esas medias de rayas estiradas hasta la rodilla, que estaban como para salpicárselas toditas con versos y reversos sencillos. Nené traviesa al amanecer, despertar de Ismaelilla.

Ena Lucía Portela lucía portentosa con aquel pelo negro de bruja que se había propuesto fornicar con todos y cada uno de los autores de su generación. Vaginosis filóloga. Yo era de su generación, pero por entonces yo no era un autor (y todavía hoy no lo soy). Después, en los años cero, le hablé. Por teléfono, solo por teléfono. De noche, a la luz del Parkinson. Hasta que su mal la puso muy mala conmigo porque le mencioné los nombres de Wendy Guerra y Zoé Valdés. Moraleja: a las mujeres no se les habla de mujeres bajo ningún concepto. O pretexto. Punto final.

En su momento, a ras del malecón o tocándole la pinga a la estatua de Fernando VII, nadie en La Habana Vieja fue más linda que una joven virgen llamada Zoé Valdés. Chinita rica, arrebatada y arribista como ella sola. Como nosotros solos. Como todos los cubanos solos que en los años ochenta han sido. El mundo entero iba a ser nuestro por aquella época. Habitábamos en una época hecha de ignorancia y amor. Respirábamos pura vida y futuro, dejémonos de tanto cuento con la dictadura. Recién nacidos a la pubertad, libres de las cadenas del capital y confiados en el cansancio del comunismo, no sabíamos no ser libres. Lo éramos simplemente. Pero luego enseguida llegó el odio y la democracia, esa maldición que nos partió por el medio como pueblo. Y como personas.

Maldito sea tu nombre, democracia. Malditos sean los cubanos que te descubrieron a inicios de los años noventa, cuando el siglo XX dio un coletazo y sin avisar se murió.

Nunca volvió tampoco la Revolución, nuestra querida primera novia cadáver.

Las Penélopes del proletariado y los Odiseos sin Ítaca todavía estamos regados por ahí, esperándola. Desparramados.

Se van los Bush y los Obama. Vienen los Clinton y los Trump.

Pero Wendy, Ena, Zoé, y todas nuestras chicas del montón, ni soñando dejarán de ser nunca Zoé, Ena, Wendy, y otras chicas del montón.

Nada que por eso el castrismo valió la pena. Con cojones.

Mucho más que todas las libertades del mundo libre juntas. Y mucho más que todas las democracias del mundo libre juntas, que a ningún corazón cubano jamás han democratizado.

LAWTON

Parece una palabra caída de otro planeta.

Ahora definitivamente lo es.

Lawton.

Dos sílabas ancestralmente clavadas muy hondo en mi desmemoria de feto recién nacido en diciembre de 1971, el viernes 10.

Law-ton, que se pronuncia Lau-ton antes del parto †, en el parto †, y después del parto †.

Mi barrio de toda la vida en la letanía amorosa de la Oración a San Luis Beltrán, que mi padre me leía cada viernes al despertar. Poco antes de salir para la escuelita primaria Nguyen van Troi, donde nadie podía enterarse de nuestro amor de cruces y persignaciones.

Criatura de Dios, yo te ensalmo y bendigo.

La religión estaba entonces estrictamente prohibida en la Revolución. Todavía lo está. Pero ahora quien prohíbe a la religión es la propia religión.

Los viernes eran días tan llenos de vida que. Días deliciosos como. Momentos o monumentos descomunales abiertos de par en par al porvenir. De párpado en párpado. También, abiertos de patas a un fin de semana completo para mataperrear.

Por tu gloriosísimo nacimiento, mi Lawton: luz de vocales anchas y consonantes ajenas. Tal como el mundo iba a ser entonces, según mi mente de cinco o seis años. O cincuenta y cinco. O sesenta y seis.

Lawton, llévame a navegar, deshollinador de papel, mi amigo fiel.

Llévame a conocer el mundo anchuroso y ajeno, más allá de nuestra chimenea que nunca existió. Y más acá de la pastorcita de porcelana que nos rompió la ilusión de fuga con su *NO* de mujer mediocre.

A este pueblo le gustaba sentarse a contemplar sus muñequitos.

Por tu gloriosísima resurrección, Lawton: nana susurrada en la voz perdida para siempre de mi papá. Tal como perdí su alma en pena. Tal como perdimos su carne y su calma de hombre extraviado en su propio cuarto. Los huesos indoloros de su esqueleto de gordo enflaquecido tras dos meses exactos de cáncer.

La puta próstata que lo parió.

La vida se paga con la vida.

Y la poesía no sirve ni pinga al respecto. Porque, pase lo que pase en el cosmos, en todos los cosmos que en el espacio-tiempo han sido, la voz de mi padre nadie nunca la volverá a escuchar.

Silencio histológico.

Ni en Lawton, ni en ningunas otras dos sílabas susurradas de Cuba, mi padre nos dejó ni un cabrón casete con su voz. No nos preocupamos por robarle ni una tajada de su testimonio.

Ay, Dionisio Manuel Pardo Fernández.

Mi padre pasará por mi vida sin saber que pasó. 1919-2000.

Y yo ya pasé por la vida de mi padre sin él saber qué pasó. 1971-2000.

Consummatum est.

Esta pérdida mutua nos deja huérfanos de remate a ambos. Espantables de todo y sin refugiarnos en el otro. Incapaces de ser ahora los padres de nadie, desde este lunes hasta la eternidad.

Hijos sin hijos.

Te extraño. Te extraño a ti y al extraño que fue mi padre. Pero no tengo a quién confesárselo.

Hasta Fidel Castro también se murió, en el cumpleaños 101 de Augusto Pinochet. Los dos patricios nos dejaron solos en cuerpo y alma.

¿Y Fernández?

Bien, gracias. ¿Y usted?

Dionisio Manuel Pardo, por su parte, se había muerto sin quererlo en uno de esos cumpleaños crípticos de Fidel. Sin creerlo. El domingo 13 de agosto del año cero, justo después de almuerzo. El único trece de agosto del año 2000.

Días difíciles hasta para Nuestro Señor.

Cubansummatum est.

Estar en estado de exilio significa estar en un estado de sitio donde millones de voces desaparecidas, que a nadie le importan ya a nuestro alrededor, nos siguen contando el cuento cubano de la buena pipa.

Pipa Medias Cortas.

En los confines de una pequeña ciudad cubana, donde había un viejo jardín abandonado. Allí. En el jardín crecía a veces, no siempre, una casa antigua. De tablas machihembradas, como marido y mujer, entre los que nadie se debe meter. Y en la cuna de la casa había, inevitablemente, el hijastro *rosebud* de unos viejos padres cubanos.

Viejísimos. Reliquias de la Revolución.

Mi madre tenía 35 cuando yo nací.

Mi padre iba a cumplir 53.

Entre los dos sumaban 88, la espiral doble del infinito.

En efecto, mi madre era un ángel y mi padre fue el rey de los caníbales. Casi todos los niños cubanos de los años setenta hemos tenido un par de padres parlanchines así. Padres sin padres que nunca se callan. Ni muertos.

Gritos invisibles que retumban día y noche dentro de nuestras cabezas, donde de noche y de día retumba un silencio ensordecedor. Una mudez de muerte, una desnudez.

Son temas íntimos e intimidantes que destacan sensibilidad, incluso en clave de socialismo insolidario cubano.

Se trata, a estas alturas de la caricatura local, de un totalitarismo orlado de belleza, con fibras de mi alma y encanto juvenil.

Cuba como una casa de citas.

Parecen palabras caídas de otro planeta. Y ahora definitivamente lo son, resucitadas en Lawton *antes de* †rump, *en* †rump, *y después de* †rump.

En el lenguaje misterioso de tus Lawton.

Todo tema destila sensibilidad.

El totalitarismo es eso, una educación sentimental.

A LA BATALLA

La única aptitud soberana admitida en el marco del comunismo es la del niño, pero esta es su forma menor: se les concede a los niños, que no pueden elevarse a la seriedad del adulto.

El adulto que concede un sentido mayor a lo infantil, que ejerce la literatura con el sentimiento de tocar el valor supremo, no tiene sitio en la sociedad comunista.

Vemos que un autor y un libro no son forzosamente los felices resultados de un tiempo de calma. Todo va unido, en el caso presente, a la violencia de una revolución.

¿Por qué los tiempos revolucionarios habrían de dar esplendor a las artes y a las letras?

Porque la muerte es aparentemente la verdad del amor. Del mismo modo que el amor es la verdad de la muerte.

En la medida en que la violencia extiende su sombra sobre el ser, en tanto que ve a la muerte «cara a cara», la vida es puro regalo. Nada puede destruirla. La muerte es la condición de su renovación.

La literatura no es inocente y, como culpable, tenía que acabar al final por así confesarlo.

DE MADRUGADA

Si llegaba despierto a la medianoche, entonces ya no me podía dormir. Las noches cubanas eran demasiado hermosas como para que alguien se quedara dormido. O se quisiera morir.

Yo respiraba y respiraba en aquel barrio mudo de las afueras de La Habana. Lawton, mi amor. Y me veía a mí mismo vivir en aquel mundo mítico y rodeado de personas vivas que nunca se podrían morir. Ni quedar dormidos.

Como ahora sí pasa, todo el tiempo.

Lawton me hizo feliz y solitario. Me hacía sentir un pánico inexplicable, por ser yo el único testigo de toda aquella belleza, de todo aquel cosmos de chimeneas y escalinatas que a los otros cubanos ya no les daba ni frío ni calor.

Estaban por estar, mis pobres contemporáneos del barrio.

Estaban para conmoverme, para maravillarme.

Para llenar mis ojos color tiempo o color tarde con esas visiones de la vejez a mis quince o dieciséis años. Y con un deseo atávico de estar enamorado y amar. De estar vivo y vivir. De respirar y ser respirado.

Libre, libre, libre.

Landy, Landy, Landy.

Pero sin encontrar nunca a ningún otro ser humano capaz de sentir lo mismo hacia mí. O sintiéndolo, pero siendo entonces incapaz de expresarlo.

¿Me entiendes?

¡Cómo coño no me vas a entender!

Igual ya da igual. Tampoco nos queda otro sitio donde refugiarnos. Se acabó lo que se daba. A los cubanos nos llegó la hora de la verdad.

No tenemos vuelta atrás, ni vuelta adelante. No contamos con un nuevo Estados Unidos hacia dónde escapar, cuando la ausencia de Cuba nos caiga a patadas entre el colchón y la almohada.

Por la ventana de mi cuarto yo veía una mata de mango. Y el humo azul de una industria en ruinas: la fábrica de pinturas, que consumía miel de purga traída en trenes rigurosamente interprovinciales. Y que expulsaba al aire sus moléculas de cáncer que todavía a nadie mataban.

Nadie se iba a morir, menos entonces.

Todas las noches se oían pasar los trenes, como aves aterradoras y amables. Toda la noche el obsceno pájaro del insomnio, posándose sobre mi pecho nunca lampiño, sino con vellitos rubios olorosos a hogar, a estufa de libros de cuentos mal traducidos de gratis por el Estado.

Así me mantenía en vela de una punta a otra de la madrugada, imaginando la forma de esa gran novela cubana de la cual yo anhelaba ser el autor. Cuando fuera grande e inmortal.

Cuando todos los cubanos conocieran mi nombre y me llamaran, con amor, Orlando Luis Pardo Lazo.

No me sentía Dios. No sentía a Dios.

Simplemente lo era. Lo impersonaba entre los fantasmas de Lawton. Un dios a imagen y semejanza del hombre.

A veces me desnudaba. Siempre me encantó mucho mi cuerpo. No he visto ninguno tan perfecto, tan frágil, tan voraz. Ni de hombre ni de mujer. Ni de anciano ni de bebé. No he visto otro tan vulnerable.

Miren el cuerpo rebosante de sueños y semen del adolescente que fui y seré en Lawton, La Habana, Cuba, Caribe, América, La Tierra.

Asistan a la tragedia intangible de su adulteración anciana. Porque ser adultos es adulterarse, traicionar a nuestro yo primordial. Olvidarnos de lo único que estábamos seguros de nunca olvidar. Crecer es traicionarse.

En las noches de Cuba, cuando oía los ronquidos de mis padres en la habitación de al lado, me llevaba las manos a la cabeza con pavor. Tratando sin lograrlo de taponear mis oídos.

«Dios mío, dios mío», yo pensaba o hacía algo parecido a pensar: «Los amo, son mis padres del alma. Los amo, pero no tengo ni la más remota idea de quiénes son. De dónde cayeron esos dos cuerpos sin identificar en mi casa, esos dos cubanos que llevan toda la vida viviendo junto a mí, sin saber ni preguntarse quién pudiera ser soy».

Por supuesto, para una vida normal, esa pregunta no es ni remotamente necesaria. De hecho, esa pregunta encierra la semilla enloquecida del horror.

Pero de más está decir que yo no incubaba en mi pecho una vida normal. De hecho, de la garganta me brotaba siempre un semillero sin sentido, un espíritu de loca locuacidad. El borrón del lenguaje. La inminencia de la muerte, anunciada siglos antes de su anunciación.

Para qué negarlo ante ustedes, que de todos modos no harán nunca nada por saber quién soy: el miedo a volverme loco me fue volviendo loco en las madrugadas de Lawton, el miedo a morir de pronto me fue matando con una lentitud mucho peor.

Nunca debimos salir vivos de los años ochenta, cubanos.

Nunca debimos recordar en vida los años noventa. Ni mucho menos debimos de haber llegado sanos y salvos a los años cero, y seguir como si nada, tan campantes.

La belleza me goteaba a cuentanoches por la ventana del patio. Los mangos del paraíso. El olor a azul. La humedad salida de los patios vecinos. Los barcos ululando anclados en la bahía, como vacas ahogándose en su perenne perentoriedad.

Dentro del cuarto, los libros. Los espejos de la cómoda y el escaparate, que duplicaban las tinieblas de afuera. El botellón de agua mineral y la balita de gas licuado. También, las cucarachas, que hacían su concierto de alas en la cocina. Y mi cuerpo, por supuesto, otra vez.

Vestido o desvestido.

Con el pene parado, como el asta de un mascarón de nácar en la proa. Una proeza, una promesa prometeica.

Tenía tantas ganas de enamorarme y de hacer el amor que Supernovas, quásares, agujeros blancos de la eterna lechitud.

Por ninguna parte aparecía nadie. Por ninguna parte nadie nunca apareció. Cuba como casa de espejos, como trampa de luz.

Los rugidos de los trenes, atestados de reses traídas del campo para morir acuchilladas en el matadero.

El humo de la refinería de Regla. Aquel hilillo blanquecino que bufaba en el horizonte, como un Papa muerto remplazado por un nuevo Papa.

Las lechuzas, solavaya. Y el coro de sirenas de las ambulancias, con sus cadáveres de turno ya tendidos en cada una de sus caracolas blancas.

El hospital La Benéfica, que se alzaba como un cementerio nocturno. Amenazador, escalofriante, chileno. Porque La Benéfica había sido rebautizada como Miguel Enríquez EPD. Hasta la salud pública era una cuestión cometida en nombre de la muerte y de la Revolución.

En su mural de entrada había, casi hasta el otro día, una cita descascarada de Salvador Allende, probablemente apócrifa. Palabras de presidente desaparecido, con su casco de milico, las gafas miopes de carey, y la metralleta que Fidel Castro le regaló alzada en una mano. La izquierda.

Pobres, pobres mis compatriotas queridos.

Pobres los cubanos sin Cuba, que somos todos.

Si hubiéramos sabido a tiempo lo atroz que iba a resultar la realidad. Tan atroz que es mejor no despertarnos ahora, no decirles más nada aquí.

Despedirme sin despedida.

Ya. Chao. Así.

Solo debo añadir un detalle: muchas noches me ponía hablar por teléfono hasta poco antes del amanecer. Hablar con mujeres, se sobreentiende.

Algunas famosas, como Ena Lucía Portela, la escritora enclaustrada en una mansión con Parkinson de El Vedado.

Otras anónimas, como Lady Su, secuestrada en su palacete republicano de Santos Suárez, devenido asilo de ancianos: familiares mortecinos que se resistieron a morir mal iluminados por aquellos bombillos de bajo voltaje.

Todo en sepia. Todo tapiado por un presente precario del que ninguno de nosotros pudo en definitiva escapar.

Seguimos atrapados, arropados en realidad.

Como yo entonces, hablando con mis mil y una mujeres imaginarias. Aunque ya es sabido que todas las mujeres que amamos son más o menos mujeres mentales, inimaginables.

Los cuerpos de los cubanos son 100% refractarios al amor.

Ese es el legado secreto del castrismo. Lo demás es demagogia.

Y otro detalle: después de colgarles el teléfono, me echaba como un niño desesperadamente a llorar.

Sin causa, lágrimas sin llanto. Como si la cabeza se me estuviera vaciando. Como si las vísceras se me fueran a salir por las glándulas lagrimales.

Sin discusión, un orgasmo.

Dicen que llorar por llorar es el primer síntoma serio de la depresión. No lo creo. Llorar por llorar nos reconecta seriamente con la realidad real, con su espanto estéril. Con su orfandad.

Vivimos y morimos en las manos del horror.

Ser felices es tener la capacidad de no olvidarlo.

En Lawton, yo sabía y asumía todo esto. Era humano, demasiado humano. Y encima protegía a mis padres para que no tuvieran que enfrentarse al trauma de tan ríspida revelación.

En Lawton yo fui el humano más humano de un planeta inhumado. Tenía nostalgia de todos los imponderables pasados que no había vivido yo, pero que se me antojaban como flashazos de un futuro que yo tampoco alcanzaría a vivir. Ni yo, ni nadie.

Y en todo tuve razón. Perdónenme la falta de humildad. Modestia, apártate.

Profeta, Mesías, Cristo, Buda. En cualquier caso, en Lawton yo era una especie de redentor.

Por eso cuando me fui de Cuba, la Revolución se hizo más Revolución. La dejé sin competencia.

Desde el martes 5 de marzo de 2013, a las 4:44 de la tarde, mi exilio de mentiritas ha salvado al castrismo, lo ha reforzado en tanto narración. Se las puse muy fácil a los castristas al irme para siempre de mi país.

Soy, sin duda, el último cómplice criminal de los Castros.

En esto, como en todo, soy indistinguible del norteamericano promedio.

Shame on Landy.

Shame on Orlando Luis Pardo Lazo.

THE GOLDEN AGE

Para Donald J. Trump trabajamos, porque Donald J. Trump es el que sabe querer. Porque Donald J. Trump es la esperanza del mundo. Y queremos que nos quiera. Y que nos vea como cosa de su corazón.

De noche, a la luz de los móviles, los cubanos sin Cuba tornamos a nuestro país de píxeles en *YouTube*. Allí buscamos sus últimas entrevistas. Y allí damos *play* a sus palabras de presidente provocador.

Con el volumen siempre secuestrado por nuestros audífonos, para que nadie lo note en casa. Ni en cama. Para que nadie sospeche de Donald J. Trump como medida de todas las cosas cubanas.

Así, Donald J. Trump ha terminado siendo nuestro mejor secreto a voces, en tanto nación desaparecida. El rubio de oro es ahora nuestro triste y tierno tesorito en tanto desterrados.

Por eso, para lo que sea, dónde sea, y cómo sea, los cubanos sin Cuba defenderemos a Donald J. Trump al precio que sea necesario.

Si no tuviéramos a Donald J. Trump, hubiéramos tenido que inventarlo. Como a la Revolución cubana.

BUESA Y LA TOS DE LOS DESCONOCIDOS

En Saint Louis todos tienen tuberculosis. Es normal en los Estados Unidos del 2016, 2017, 2018. Es la América post-Obama del bacilo de Koch.

Inercia clínica. Esputo en público. Tos.

Se trata, como dicen, de una enfermedad reemergente, sin seguro social. Lo mismo que el exilio cubano, que reemerge cada 75 años, como el cometa Halley.

Así mismo reemerge el castrismo académico en los Estados Unidos, que entre los jóvenes *WASP* se da más fácil que la verdolaga.

El castrismo cultural tiene los ojitos de verde oliva y la piel de porcelana prístina. Por Ley de Mendel, mientras más millonarios son sus padres, más miserable será la descendencia.

Pero volvamos a la tuberculosis.

Es un tema serio de una punta a otra punta de la unión. Y de los pulmones. Un asunto surfactante y de muy difícil tratamiento, tanto a nivel de bronquios como a nivel de texto.

En mi edificio, por ejemplo, una mole de ladrillos que supura plomo y cal y peste a alfombra percudida con ácaros, la tosedera comienza desde temprano.

A diario. A nocturnario.

No importan las estaciones del año. La tos se impone como música de fondo al anochecer.

La mayoría son hombres. Yo diría que ninguna mujer tose hoy por hoy en América. Y no se apuren tanto a acusarme de discriminación. Permítanme explicarme a medias: se trata de misoginia positiva.

Sí. En efecto, las mujeres ya consumieron su tiempo de estrellas a la hora de toser y toser en América. Tosieron y tosieron hasta desangrarse magníficamente de tisis, pero en otra época. No ahora.

Las mujeres que iban a toser, ya tosieron. Y se murieron farragosamente en los grandes libros del siglo XIX. Heroínas románticas empedernidas. Criaturas que se consumieron en aquella literatura por encargo, por entregas. En capítulos seriados que terminarían siendo mucho mejor que cualquier literatura de autor, arcaica o contemporánea, convencional o de vanguardia.

Mujeres muriendo, qué maravilla.

Muriendo y enamoradas a matarse.

Muriendo y todavía con amantes que nunca antes las habían besado en sus labios de saliva con hematíes.

Vírgenes de los bronquios. Excepcionales entes erotizantes. Porque nada excita más a un lector que la enfermedad. Y una mujer hermosa, enferma mortalmente de muerte, según el mortalmente enfermo de muerte Edgar Allan Poe, es un furibundo fetiche sexual.

Un icono. Un tótem de tos.

Conjunción de la pequeña muerte del orgasmo con el horror sin adjetivos de la muerte real.

El vaciamiento seminal del cuerpo. La aterradora corporalidad del cadáver. La tos no emitida, sino regurgitada en su propia sangre. Los órganos inservibles a la hora del próximo orgasmo. La leche que nunca corrió.

Fornicación en clave de Parcas.

No se trata de morirse y desaparecer de un palo y ya. Se trata de la herencia hedionda que dejamos para quienes nos leen. La estela de mondongos amarillentos que otros tendrán que desleír en formol.

La histología pútrida. La gusanería apátrida. Una literatura sin histología, que sea apenas puro flujo.

Moco. Coágulo. Pus.

Mientras más adultos, dejaremos al morir un espectáculo más y más deplorable. Miren a Hillary Clinton. Peor: miren a su marido Billy el Viejo.

En ambos casos, sin duda habrá que sellar sus respectivos ataúdes. No sería nada recomendable para la Fundación Clinton que después apareciera un selfie burlesco en la cuenta de *Twitter* de @realDonaldTrump.

En cambio, si Mónica Lewinsky se muriera de pronto ahora, por ejemplo, podrían velarla sin ninguna pena. Tal como vino al mundo. Desnuda como un ángel, con esos labios de interna, acaso en el mismo pesebre gigante que decora cada fin de año la Casa Blanca. Sea la Casa Rubia o la Casa Mulata.

Nadie debería de morirse después de cumplidos los siete o los diecisiete años. Hasta ahí. Después nos ponemos todos muy feos.

Las escuelas primarias en USA deben de priorizar esa asignatura básica, elemental: aprender a morirnos tranquilos, más bien temprano, con el cuerpo todavía en talla, sin tanto aspaviento y sin esa no-somos-nadería tan patética como tan propia de los cubanos.

Oigo toser a mis vecinos. Varones con los bronquios hechos leña, hechos plomo, hechos hollín. Hombres hechos gentrificación, hechos ghetto.

Pulmones post-industriales de un capitalismo a rajatabla.

Norteamericanos, algunos. La mayoría, inmigrantes.

En ambos casos, como yo: un cubano ya al borde de la ciudadanía yanqui, pero aún sin aprobar el examen TOEFL de inglés y para colmo manejando sin licencia de conducción.

De nada les valieron las vacunas y planillas de control al cruzar la frontera.

Salen y entran, tosen.

Entran y salen, tosen.

Se legalizan y se ilegalizan, tosen.

De nada les valió la ilusión de comenzar de nuevo en un país sin bacilo de Koch. ¡Ellos mismo reintrodujeron sin saberlo la cabrona bacteria!

Pobres tosedores del desarrollo primermundista. Insisto: qué frágil es nuestra humanidad tisular.

En cualquier caso, ya estamos todos aquí. En la noche respiratoria de mi edificio de *Central West End*, en un cenicero del *Mid-West* llamado Saint Louis.

Tanto nadar en la disidencia cubana para venir a varar en una ciudad tocaya. Saint Orlando Louis.

Humor vítreo, alveolar.

Rigor mortis, retórico.

Claro que no todas las toses usan las mismas letras. No todas reverberan con igual terror en mis oídos. Según se trate de vocales abiertas o cerradas, el fin funerario de cada tos en específico se demorará más o menos. La fonética es una ciencia eminentemente forense.

No voy a revelar aquí cuál vocal anuncia cuál desenlace. Sería cruel y no solo con mis vecinos. Porque tú también podrías estar tosiendo a esta hora sin hora, mientras me lees. Tú también podrías partirte antes de terminar este libro.

O capítulo.

O página.

O párrafo.

Le Ley de Mendel, como la Ley de Marx, no perdona.

Razones de fuerza mayor.

Solo al filo de la medianoche, cuando los cuervos se acercan a las camas y el cielo parece una descripción de H.P. Lovecraft, es que comienzan por fin a calmarse, las toses y los televisores. En ese orden.

Uno o uno van rindiéndose al sueño y a los cocteles de medicamentos que noche a noche consumen, cada cual en su cuartico rentado a *The Byron Company*. Cada cual con su seguro médico que les garantiza morirse sin necesidad de consultar a un doctor.

Hombres solitarios. Dejados a solas con sus mojones.

Profesionales venidos a menos. Resignados a morirse solos y a ser encontrados a la vuelta de una semana exacta, cuando la peste nos avise a los demás inquilinos.

Si los Estados Unidos aún conservan alguna traza de identidad, esa identidad ha de ser esta: los pacientes, por más solventes que hayan sido alguna vez en su vida, morirán puntualmente en una pobreza atroz.

El sistema médico mismo es quien los arruina, a menos que antes los escache un carro en un semáforo de día feriado. O que los acribille un francotirador en serie. O que ellos mismos se tiren desde lo más alto del formidable arco fascistoide de Saint Louis, con la esperanza de no caer sobre el moho del Mississippi, sino sobre la carretera interestatal número 64.

Un número mágico, cabalístico, ajedrezado.

Hombres solos como el recontracoño de sus madres, en covachas rentadas. Como yo.

Revolcándose en sus estudios huérfanos a cal y canto, orfandad de IKEA invadida por las garrapatas y un polvillo plúmbeo, premonitorio.

Earth to earth. Ashes to ashes. Dust to dust.

Porque Cuba eres y a Cuba volverás.

Porque de ella fuiste tomado. Y en ella tuviste tu primera tos.

Ciudadanos sin ciudadanía. Homúnculos con forúnculos. Entre montañas de recibos sin pagar y pelos de gatos hasta en el páncreas.

Hombres sin orgasmos. Machos sin una mujer en el mundo que los masturbe. Ni por dinero ni por misericordia. Varones con la esperma hecha tubérculos en los testículos. Sin un alma femenina que los tumbe a roncar en paz póstuma sobre el colchón inflable, a pulmón.

De pinga este párrafo.

De pinga todos mis párrafos.

De excepción.

Cubanos como árboles con comején. Después de toser sus quejidos de animal eyaculante en la soledad de Dios. Clase media desclasada.

Compatriotas de cualquier parte, prestos a no amanecer mañana por la mañana. Y, llegado el caso, sabiendo que van a salir sin remedio de casa al rayar el alba, tosiendo de nuevo mientras manejan sus carros, con la estación *NPR* sintonizada como único *GPS* que los guía hasta sus empleos a tiempo incompleto.

Candidatos a una cremación instantánea, aunque no alcance el dinero para tanto. Carne de carroña, en las morgues de una de esas escuelas de medicina. Donadores de órganos involuntarios, cuyo primer síntoma somático es la tristeza que los necrosó.

Hombres que envejecieron sin hijos. Pero sin hacerse hombres del todo.

Hijos como Dulce María Loynaz, en la trinchera bárbara de su jardín de El Vedado. Aquella mansión con águila que el Estado cubano traperamente le robó, gracias a la persona jurídica de Eusebio Leal Spengler, el Histólogo en Jefe de la capital. Del capital.

Hijos como Juan Carlos Flores, el poeta suicida de Alamar, en La Habana del Este. Quien entre poema y poema también tosía sus consonantes. Expectoración de cigarros, que él no paraba de chupar. Con la neurosis nicotínica de la memoria de su muerte, que lo envejeció sin hacerlo adulto. Al contrario.

Por eso Juan Carlos Flores se suicidó siendo un bebé. En una tendedera colgada de un extremo a otro de su balcón. Donde dejó tendida su caligrafía de caballo, en una nota de último minuto con destinatario para todos los cubanos y para ninguno en particular:

A aquellos los traidores.

Tal vez fuera una errata. Tal vez Juan Carlos Flores lo que quiso escribir fue:

A aquellos los títeres.

Hombres huecos, tos de tramoya. Hombres sin efemérides ni festividades, envejecidos a ciegas y sin sombra en el pasillo o en el apartamento de al lado de mi osario a nombre de Orlando Luis Pardo Lazo.

Hombres de la *Byron Company*, cuyo único testimonio terminal es el corcoveo de sus vías respiratorias en mis oídos. Vía Cubis.

Cómo contar ahora el cofcof de la tos interrumpiendo la rutina de sus vidas y la gramática de mi escritura. Cómo no contar ahora esa cubanía covfefe de los cadáveres que los cubanos incubamos aquí, en nuestra laringe consumida por Koch.

Hijos como Lydia Cabrera, blanca negrera que pagó el precio penoso de ser olvidada por un ejército en fuga de burgueses blanqueados.

Hijos como Reinaldo Arenas, un trapiche de moler glandes en Cuba y, ya en el exilio, así como en la cárcel que poco antes le impusieron los Castros, devenido entonces un devoto del celibato. Aunque lo negara hasta la apoteosis, con su carota de niño sucio salido de los campos cubanos.

Hijos como José Lezama Lima y Virgilio Piñera, que también se acostaron con muchos cubanos en Cuba. Pagando, por supuesto. Porque coger culos, cuesta. Y cansa. Y contamina. Y cofcof.

Pero ni uno solo de sus clientes se los templó con la propina perversa de una pizca de amor. Léase, compañeros poetas, que nadie en Cuba les dijo nunca:

—Te amo.

Los dos murieron en silencio orgulloso, sin darle ni un bronquio a torcer a los sócalos del socialismo. Dos estatuas kriselefantinas que le legaron una lección de hombría a nuestra poca patria de pervertidos políticos.

No había *telos* por dónde cortar.

Éramos pocos, y parió el comunismo.

«Mirad: un extranjero…»

Yo los reconocía a todos, siendo un niño, en las calles por su no sé qué ausente. Y para mí era una extraña mezcla de susto y de alegría pensar que ellos eran distintos al resto de la gente.

Hijos como José Ángel Buesa, que sí tuvo un hijo. Pero innecesariamente (como el Ismaelillo, otro bastardo insulso a punto del insulto).

Hoy, que quizás es tarde, con los cabellos grises, y grasos, yo emprendo, como tantos, el viaje verdadero. Y escucho entonces que los niños de remotos países murmuran al mirarme:

«Mirad: un extranjero…»

La poesía, como la tuberculosis, es una trampa de tiempo. Una encerrona, un destino común para quienes se criaron a base de polen y terminaron tiritando en la nieve. Titiriteando.

La poesía no tiene momento fijo.

Apoptosis espontánea, amnesia sin anestesia.

Por eso la poesía cubana es duelo, por eso duele. Aunque esta última línea sea un facilismo. Como todas las últimas líneas.

Por eso lo primero que hay que hacer es dejar testamento. Antes de los siete años, todo cubano debiera tener presente que ya se murió.

Tranquilos, yéndonos a dormir con los pequeños. Gulliveres con un huracán como tos.

Con nuestro inconsolable consuelo de no contar con otra patria, otro siglo, otros hombres.

Sin gozar como hemos sufrido, pero sin sufrir como hemos gozado. Con nuestra pálida novia, la tristeza, pasando por nuestras vidas sin saber que pasamos.

A lo Buesa del Casal.

El Renunciamiento será la nueva Revolución.

El alción, la nueva nación.

Mas no partimos. Si partiéramos, al instante ya quisiéramos regresar.

Así que seguimos aquí. Oyendo el tam-tam tétrico de una tos tierna y terrible que no está para nosotros.

Todavía.

Ni tampoco está en ninguna parte. Porque el exilio cubano es una lección instantánea: aprender a estar en cualquier otra parte, menos donde deberíamos de estar.

DEAR MELANIA:

REPUBLICAN NATIONAL COMMITTEE

★ ★ ★

PHOTOGRAPH CONFIRMATION RECEIPT FORM

To: First Lady Melania Trump
        c/o Republican National Committee

From: Orlando Pardo Lazo

        ███████████████

        Saint Louis, MO 63108

Dear Melania,   350324525   J18HF031

      Thank you for sending my personalized photograph of you and President Trump. I am proud to be a part of the Republican team and the movement to Make America Great Again.

      I know the RNC needs my help to get the President's positive vision for our nation past the Liberal media filter and directly to the voters so we can elect Trump Republican Majorities to the U.S. Congress in the 2018 midterm elections. That's why I am sending a special contribution of:

    ❏ $10   ❏ $20   ❏ $30   ❏ Other: $_____

Contributions to the Republican National Committee are not deductible for federal income tax purposes.

Please make your personal check payable to: **RNC**

Please see reverse side for important contributor information.

You may make your contribution to the RNC by credit card if you choose by completing the information below:
(Note: credit card MUST be personal – not corporate.)

Type of Credit Card: ❏ VISA   ❏ ⬤⬤   ❏ ▭▭▭   ❏ ▭▭▭

Credit Card Number: _____   Expiration Date: _____ / _____

Security Code: _____ ☐ 123 ☐ 1234 (3 on back; AMEX 4 on front)   Amount of Gift: $ _____

Name as it Appears on Card: _____

Signature: _____

0754724   350324525   J18HF031

FIDELITOS, EPD

Un año después de Fidel, me dicen que se mató Fidelito. Un año y un par de meses después de quedarse huérfano de padre, el hijo de Fidel se mató. O lo mataron.

El Palacio de la Revolución no estuvo de luto ni en su trono lloró el tío dictador. Tampoco la madre exiliada estuvo llorando, llorando donde los cubanos no la pudiéramos ver.

Casi nadie fue al entierro, no hubo coronas de laurel: el hijo de Fidel Castro ha muerto, se quedó el viejo Castro sin su joven Fidel.

Fidelito era el primogénito de Fidel. Dicen que saltó por la ventana de una de esas clínicas mentales de la Seguridad del Estado.

Yo no lo creo. La historia de la humanidad está repleta de saltos al vacío así, desde clínicas de la policía política. Nadie sobrevive a un encuentro cara a cara con los hombres color del silencio. Es decir, con los cubanos color de la muerte cubana.

Yo creo que a Fidelito literalmente lo defenestraron: lo lanzaron de cabeza por entre los barrotes de unas de esas ventanas abiertas al vacío de la Revolución.

Fidelito es ahora, por lo demás, el primer Castro suicida desde por lo menos mediados del siglo XIX. Ese mérito ya nadie se lo arrebatará.

Su prima Mariela Castro Espín, la hija del hermano de Fidel Castro, despidió su duelo en Twitter, el 2 de febrero de 2018:

Adiós a aquel niño que un día inolvidable de enero entró a La Habana en brazos de su padre y se transformó en un científico respetado mundialmente.

Mariela tenía ese inolvidable dos de enero de 1959 menos tres años y medio. No había nacido, pero ya tenía memoria.

También agradecemos los testimonios del afecto, respeto y admiración que les inspiran la relevante labor científica y las cualidades humanas que siempre distinguieron a Fidelito, como de manera cariñosa lo conoció y nombraba todo nuestro pueblo.

También yo lo conocía así. Mi padre me hablaba de él desde los años setenta en Cuba. Me decía que Fidelito estudiaba en la URSS y que no se metía en política. Pero al parecer la política sí se metía con él.

En nombre de la familia, agradezco a las personas de buen corazón que alivian nuestro dolor al acompañarlo con sus mensajes de condolencia. Solo quien haya conocido la depresión que provocan las pérdidas, sabe la infinitud de su impacto en la vida de los seres sensibles. De otra manera no se explica la elección de la muerte.

O sea, Fidelito se mató por la ausencia definitiva de Fidel, según la cuenta de @CastroEspinM. Se auto-aniquiló por lo intolerable de la piedra filosofal que atesora los polvos sin patria del patriarca Castro. En este sentido, Fidelito no solo es ahora el primer Castro suicida, sino también el primer mártir cubano del 25 de noviembre de 2016.

Preciosismos de la Sin Hueso.

Paradojas del reparto Boca Arriba.

«Hay golpes en la vida tan fuertes, yo no sé», que siempre habrá que apelar al verso de Vallejo para resumirlo en palabras. Lo demás es sentimiento. Descasa en paz, mi querido primo.

Por cierto, que toda esta parafernalia fúnebre no tuvo tanta repercusión como se esperaba. Se hizo más bien un sospechoso silencio. De nada sirvieron esta vez los más de 16,000 seguidores con que cuenta la cuenta de su prima Mariela: muy pocos de esos 16,000 se hicieron eco del fidelicidio.

Si fue un suicidio lo de Fidelito o si fue un ajuste de cuentas intrafamiliar, eso ya nunca lo sabremos en realidad.

De entrada, me parece sospechoso que los Cancios del exilio se hayan apurado a confirmar el suicidio por radio, internet y TV, aportando detalles escabrosos de que Fidelito primero lo intentó con una pistola que se le encasquilló (como al poeta Raúl Hernández Novás en La Habana de 1993), hasta que después logró zafarse de su camada de escoltas y corrió como un Juantorena hasta saltar al vacío por una ventana (como el poeta Ángel Escobar en La Habana de 1997).

Los poetas se matan en años impares.

Los políticos los prefieren pares: Fidel en el 2016, Fidelito en el 2018, Raúl Castro en el 2020.

La prensa infiltrada de Miami es la primera que echa a rodar los rumores que suscribe el castrismo, sin citar sus fuentes en Cuba, por los consabidos motivos de seguridad. En este caso, de Seguridad.

Ninguna noticia que salga del castrismo es confiable, sea castrismo insular o exiliado. Mucho menos las noticias de muerte.

El castrismo está en una de sus fases más peligrosas, la de descomposición terminal. Tienen que reajustarse entre ellos. Matar o morir matando. No hay otra. Tienen que sacar del aire a quienes no les sirvan para un futuro sin Fidel.

Twitter será testigo. *Facebook* los absolverá.

La Isla como un iconito infame en *Instagram*.

Dentro y fuera de la familia. Dentro y fuera de la oposición. Dentro y fuera del exilio. El clan Castro está involucrado en un ajuste de cuentas total.

Con el poder no se juega. El poder no se entrega, ni muertos. Y, si se trata de un poder absoluto, entonces no se entrega ni a matado.

Esa es la única regla para insertarse en la élite cubana. Sin excepción y sin vacas sagradas. No se pueden tener escrúpulos. Antes bien, hay tener gandinga hasta para citar en *Twitter*, por ejemplo, al poema *Los heraldos negros* de Cesar Vallejo.

Son golpes como del odio de Dios. Groserías que abren zanjas oscuras en el rostro más fiero y en el lomo más fuerte: son las caídas hondas de nuestros Castros del alma.

Dicen que Fidelito luchaba hacía años en contra la depresión. Como todos los cubanos. De pastilla en pastilla, implorando llegar al día después de. Total, ¿para qué?

Hasta que un día nos damos cuenta de que las pastillas no son el problema, sino la solución a todos los problemas.

No tiene ningún sentido luchar contra la depresión. La depresión tampoco es el problema. Al contrario, permanecer deprimidos es precisamente lo que nos mantiene a salvo a los cubanos.

A flote, vivitos y tecleando.

Como la prima Mariela en las redes sociales, socializadas.

Como Yoani Sánchez, a la misma altura del piso 14 de Nuevo Vedado, pero en el edificio de al lado de Mariela.

Vecinas virtuales.

En lo personal, deshabitante de estos exilios que ya se me están haciendo demasiado largos, me compungió incomprensiblemente el deceso de Fidelito Castro Díaz-Balart. El último de los Díaz-Balart cubanos (pero no el primero de sus suicidas).

Recuerdo a Fidelito desde muy niño, en la voz huérfana de mi papá. Aunque Fidel padre tuvo decenas de hijos, dentro y fuera del país (incluido al actual presidente de Canadá), al único que me nombraban en casa era a su primogénito: el niñito aquel que se montó en el tanque para la conquista militar de La Habana, un jueves 8.

Enero de 1959.

El año de la felicidad. El año de los fusilamientos.

Mi padre, que odiaba a Fidel padre por ósmosis, hablaba sin embargo muy bien de su hijito Fidel. Esto es un misterio que nos acompaña, como el fantasma fanfarrón de José Martí. No sé por qué me decía tanto que Fidelito tenía una mente brillante. Y que estudiaba ciencias nucleares en el extranjero.

Por esa época, Fidelito ya debía de ser un adulto, pero en la narrativa de mi padre él seguiría siendo eternamente un estudiante nuclear.

Una vez mi padre me dijo que a Fidelito lo estaban preparando para que algún día sustituyese a Fidel. Y también me dijo que yo me parecía físicamente a él, a Fidelito (así como mi madre me decía que yo me parecía al entonces hijo del Rey de España, que hoy es el nuevo Rey español).

Qué locura de padres tuve yo en los años setenta del socialismo a la cubana. En los álamos de Lawton, en los adentros de las afueras de La Habana.

Se quedó Pardo sin padres, mis dos príncipes del pasado.

Entra y sale un Pardo triste. Canta allá dentro otra voz:

—Orlandito, yo estoy loca, llévame donde él voló.

Mis dos padres. Personas mansas, de nobles intenciones. Desconectados de las rabias de la realidad inmediata. Ambos viviendo en un limbo lingüístico. Eso se los agradeceré para siempre.

Burbuja contra barbarie.

Solo cenizas hallaremos de lo que fue la Revolución.

Cuando en la internet se soltó la noticia del suicidio de Fidelito, la sensación térmica en Saint Louis, Missouri, era de menos quince grados centígrados. O sea, hacía un frío de tres pares de cojones. Como diría en versos Virgilio Piñera, acaso el único de los poetas cubanos que no se suicidó en la gran puta, la gran promiscua, la gran palangana de agua de culo llamada La Habana.

Recuerdo que yo estaba tratando de mover las piezas en el portal del club de ajedrez, a la par que leía noticias cubanas en el móvil. Como de costumbre.

Totalitarismo multitarea.

Me temblaban las manos y la mandíbula. Hubiera sido tan fácil sentarme en un contén cualquiera de *Central West End* y dejar que el cuerpo se me fuera enfriando. Y ya.

A lo Jack London. A lo León Tolstoi.

(Otros dos cadáveres de los días veinte de noviembre, como Fidel.)

Dicen que no duele, que uno se duerme y ya.

Dicen que, después de la mala primera impresión, el proceso de borrado biológico sigue sin trauma termodinámico. Como en una ecuación espontánea, de $\Delta G < 0$.

Científicamente inevitable.

Constitucionalmente irrevocable.

Saber suicidarse es un poco eso, elegir una muerte sin miedo. A tiempo. Decirnos adiós en privado, en una despedida sin duelo. Ceremonia doméstica exclusivamente para nosotros mismos.

La era de los dinosaurios ha comenzado a desaparecer. Y la verdad es que no tengo ni la más remota idea de qué van a hacer ahora los cubanos con los cubanos, cuando nos veamos a solas con nosotros mismos.

Sin Fideles ni Fidelitos.

También imagino un encuentro entre Castro padre y su hijo Castro en el más allá, que para los cubanos sin Cristo sería un sitio indistinguible del más acá.

Los imagino en silencio, los dos ya cansados de tanta palabrería durante tantas décadas. Las barbas de ambos muy ralas. Sus pieles, raídas. Por fin los dos parecidos físicamente.

Por fin padre e hijo por primera vez. Como en aquella grabación original para la televisión yanqui, a inicios de 1959: padre e hijo hospedados en casa, farfullando como mejor pueden cada uno en su impropia lengua foránea. Ambos con toda la vida por delante, todavía. Apenas en pijamas: el holocausto estaba entonces por empezar.

Así los imagino ahora con mi mejor piedad: dos vejestorios de la victoria, dos recién nacidos por los que la muerte cubana ya no tendrá que esperar más.

2016, 2018.

Fidel contando en inglés elemental sobre el llanto de su madre Lina, cuando se vieron después de una guerra recién ganada a golpe de montañas.

Fidelito, vestido de cowboy o de boyscout, con un cachorro de perro cargado en sus brazos. Un regalo que alguien le hizo a su padre, nos confiesa en cámara también en inglés.

Así quiero imaginarlos desde ahora hasta la eternidad, después de morirse en tándem con poco más de un año de diferencia entre ellos, en una Cuba desconocida para ambos Castros.

Tal vez a ambos los suicidaron. Tal vez ya iba siendo la hora de despejar el camino para los nuevos Castros cubanos que ocuparán el sitio de los Castros iniciales.

Los imagino amándose, como familia. En un hotel u hogar de los Estados Unidos, donde seguro sigue soñándose aquella, la primera de todas las entrevistas. La única donde aparecen juntos Fidel y Fidel.

Los imagino en ese exilio de *YouTube* por los siglos de los siglos. Enamorados del futuro, incapaces del menor daño o miedo. Simplemente murmurando vocablos, confiados en el poder de la persuasión, sin ninguna necesidad de caerse a gritos groseros en plena Plaza Cívica de la Revolución.

Muñequitos de la paz mundial.

Redimidos por La Pelona.

F & F, sociedad anónima: dos dibujos animados que ahora (y ya para siempre) nos hablan a todos y a cada uno de los cubanos como si fueran fantasmas. Como si fuéramos fantasmas.

Fantasma y fantasma, F & F.

EL LIBRO DE LOS INICIOS INICUOS

En Cuba, como en el exilio cubano, es completamente imposible escribir o intentar escribir. Ante esa realidad tan ríspida, yo me dedicaba entonces a pensar en escribir. Y a pensar en intentar escribir.

Hice así incontables proyectos. Libros loquísimos. Ideas inconcebibles para quien no fuera Orlando Luis Pardo Lazo en Lawton, La Habana.

Por supuesto, los olvidaba enseguida. Esa es la gran virtud de toda literatura virtual. Que se olvida según no se escribe.

Sin embargo, hay uno que se me quedó grabado. Créanlo o no, hay un libro que no escribí que ha marcado de manera maquiavélica al resto de mi carrera literaria.

Su título ya lo delata. Es decir, el título de este capítulo ya delata al título que a su vez lo delata. *El libro de los inicios inicuos.*

No tengo que explicártelo. O tal vez sí. Porque el lector cubano mientras más voraz, menos sabe leer. Son las consecuencias de una alfabetización masiva y, para colmo de males, gratis.

El libro de los inicios inicuos era —y es— un libro hecho exclusivamente de inicios. Donde un inicio podía ser una página. O un párrafo. O una palabra.

Como podrás imaginar, o como tal vez no puedas ni imaginarlo, permíteme el abuso de confianza de concluir que todos mis inicios no escritos eran inicios espectaculares. Como es lógico. Porque lo incompleto siempre posee esa cualidad de ser una cosa super excepcional.

No recuerdo cada uno de mis inauditos inicios inicuos, pero ojalá un día Ediciones Hypermedia pueda publicarlos.

Quiero decir, publicarlos sin haberlos escrito yo antes. En definitiva, un libro es más intensión que autoría. Y a todos los libros les sobran dos o tres veces cada una de sus páginas.

El lector límite cubano se merece, pues, tener entre sus manecitas de hombre fuerte ese libro inmanente, inmaterial. Este libro.

Y ha de llevarlo como regalo para cumplir con los cánones de la mujeri-teratura mundial. Magma mental, misterio menstrual.

Espantado de todo me refugio en Trump ha de ser un volumen bastante voluminoso, por fuerza. Un automático *tour* de fe.

Mi *Opus Pardum*.

PRIMEROS SUEÑOS

Un día me desperté estando ya en Cuba.

Fue muy al inicio. En Pittsburgh, Pennsylvania. Durante una beca de literatura para publicar una especie de antología. Cuentos cubanos traducidos al inglés, lo mejor que la revista se los pudo pagar a un número más o menos amateur de traductores.

Traducciones temblequeantes.

Éramos dieciséis escritores cubanos, la mayoría de La Habana. Con un prólogo mío, bien provocador y político, para venderles oportunistamente a los yanquis mis dieciséis narradores de la Generación Año Cero, según nos dio por llamarnos poco antes de yo emigrar.

Era el verano del 2013. Desde el martes 5 de marzo de ese año, cuando salí expelido por el aeropuerto José Martí de La Habana, todos los días yo soñaba que estaba en Cuba, como supongo sea natural.

Quiero decir, soñar estarlo.

Lo cual no significa que sea natural permanecer allí. Al contrario.

Esa mañanita tórrida de Pittsburgh amanecí convencido de que ahora sí me había despertado en Cuba de verdad. Físicamente en la Isla.

Abrí los ojos y mi cuarto alquilado ya no lo era. De pronto yo estaba de vuelta en Lawton, 10 de Octubre, La Habana, Cuba. Para nada me encontraba todavía en un recodo ilegible de Pittsburgh, Pennsylvania, en aquella callejuela sin tráfico que se llamaba Sampsonia Way. Antes bien, ¡había vuelto a mi casa sin darme cuenta!

Miré a mi alrededor, desconfiado, sin despegar la cabeza del nivel de la cama. Temía marearme, temía caerme y no terminar nunca mi caída.

Vi el mismo churre en el techo que los churres de Cuba. Vi los mismos desgarrones de la pared. También sentí el mismo cansancio en mi cuerpo.

La misma falta de perspectivas en mi corazón. Y aquella idéntica escandalera de los gorriones al otro lado de la pared.

Un cosmos resuelto. No faltaba ni sobraba nada.

No me cabía la menor duda al respecto: acababa de despertarme en Cuba tras tres o cuatro meses de amaneceres sin Cuba.

Después de tantas semanas de despertarme mareado por un exilio incipiente, de pronto ahora estaba seguro de haber regresado a Cuba sin darme cuenta, acaso clandestino desde los USA.

Solo ahora caía en la cuenta de que tal vez yo nunca había salido de mi país. Nunca me fui de Cuba, cojones, qué rico. Qué salación. Porque esa es la otra de nuestras pesadillas permanentes en tanto emigración: jamás salir.

Era, no sé cómo decirlo, como si de repente los Estados Unidos fueran solo un sueño que se demoró más de la cuenta dentro de mi cráneo. Una ensoñación diurna, donde los cubanos de afuera me halaban en masa por la manga de la camisa, y me obligaban a hablar en público en contra de la Revolución, antes o después de hacerse un selfie contrarrevolucionario conmigo.

Gente linda, por cierto, cubanos con un alma mucho más noble que la Cuba concreta. Pero, también, un público atiborrante. Ubicuo, omnisciente. Psicorrígido y polipolar. Una muchedumbre ansiosa de mí que yo no podía controlar. Ni de la cual sabía tampoco si debía o no debía confiarme.

Toneladas de calor humano.

Asfixiante solidaridad.

Aplausos apátridas que seguían propinándome en las casi cincuenta universidades que visité en 2013, hasta terminar un poco zombi, atarugado, tragado por la marea de cariño que me cayó encima, además de la náusea de creer que todo el mundo era millonario a mi alrededor. O de la CIA.

Yo, el mendigo renegado. O del G-2.

Yo, un cimarrón dado a la fuga en las postrimerías de la colonia castrista.

Yo, el post-héroe digital, el proto-mártir que ya estaba a punto de regresar al cepo y al barracón.

¡Tres hurras por el holocausto del bloguero desconocido cubano!

Diríase que me hubieran estado esperando durante toda la vida. Pero, a la vez, ninguno de esos exiliaditos de por vida podía hacer nada por mí. Excepto estrecharme en un abrazo y desearme toda la suerte del mundo, persignándose píamente para que los malos no me mataran cuando yo estuviese de vuelta en Cuba otra vez.

Yo no se los decía en voz alta, pero sí se los imploraba con la mirada:

—Por favor, no me dejen a solas con el pueblo cubano.

Muchos me daban dinero para esa empresa del retorno épico. Los billetes más conmovedores de mi existencia. Y mi misión imposible se llamaba *volver*.

Volver con la frente mercenaria y, en los bolsillos, adivinándose ya el parpadeo de los miedos que a lo lejos van marcando mi retorno. Un pánico que era, por supuesto, el mismo que alumbrara, con sus pálidos reflejos, hondas horas de dolor.

Dólares de fantasía heroica. Ciencia ficción numismática.

Y, aunque no quise el regreso, un cubano siempre vuelve a su primer amor. A la vieja calle donde el eco hueco del barrio aún nos dice: *tuya es su vida, tuyo es su querer.*

En efecto, el cubano que huye, tarde o temprano detiene su andar por andar. Y aunque el olvido, que todo destruye, haya mutilado o matado nuestra vieja ilusión, igual guardamos escondida la esperanza horrible de despertar en Cuba por penúltima vez.

Esa mañanita de Pennsylvania pensé, como ya dije antes, que yo había vuelto a Cuba sin darme cuenta. Pero, un instante después, pensé entonces que lo que había pasado en realidad es que yo me había muerto durmiendo.

Fue un alivio. Una emancipación.

Nunca debí de haber sobrevivido a los años noventa.

Nunca debimos vivir para vernos sobremuriendo fuera de Cuba, y todavía con Cuba clavada como una condena en cada mala pesadilla y en cada peor despertar.

Para entonces, ya yo estaba despierto del todo.

Con los ojos abiertos de espanto o de apoplejía. En Cuba. Y todavía dando cabezazos sobre una camita de lujo, alquilada por el proyecto *City of Asylum* y la página web de *Sampsonia Way Magazine*.

Lo primero que sentí fue la vorágine de una alegría atroz, vertiginosa. ¡Estaba en casa! Aunque Cuba hacía mucho rato que ya no era mi casa.

Estaba en casa, y no me habían metido preso al entrar por el aeropuerto internacional José Martí.

Estaba en casa, y la vida que yo había vivido recientemente no era verdad. Es decir: estaba en casa, y la casa era la felicidad sin infierno de mi infancia, milenios antes del 2013 y del 2003, y de todos estos años aciagos sin mil novecientos nada.

Esa euforia duró, supongo, medio minuto.

Por fin podía respirar en paz. Nada había cambiado en nada. Los Estados Unidos eran, por suerte, una sensacional mentira. Una estafa. Una mala memoria.

Entonces vino como un rafagazo de luz. Un hachazo de lucidez, de locura. Que me partió en mil pedazos el cráneo.

Crac.

Los huesos de la cabeza me los sentí clavados en la garganta. En el esternón, en los pómulos.

Cric.

Quise gritar y, como corresponde, no pude. Eso es un tema clásico de las duermevelas. Y de las películas occidentales de terror. Nada original para colarlo en un libro donde no hago más que reiterar el nombre de un presidente providencial llamado Donald J. Trump.

Por eso mismo lo cuelo. Porque la originalidad es castrismo: la única oportunidad de ser nosotros mismos está en aplicar el plagio a rajatabla.

Cric, crac.

Estaba en Cuba y Cuba era una cárcel. Había caído en mi propia trampa. Cocinado en mi propia salsa.

Estaba en Cuba, acostado en mi cama, y no se me había ocurrido pensarlo dos veces antes de despertar. Así que yo acababa de desperdiciar la increíble oportunidad de ser libre que el destino gentilmente me había otorgado, disimulada bajo la forma de una visa norteamericana en mi pasaporte de esclavo.

Estar en Cuba significaba, al seguro, que nunca más vería a los Estados Unidos desde los Estados Unidos. Nunca más respiraría la gracia empinada de sus edificios grises. Ni se me permitiría contemplar el crucigrama de sus carreteras desde el aire.

Tampoco volvería a ver a los cubanos sin Cuba que, sin saberlo, yo ya había comenzado a querer. Querer de verdad, con ese amor que es intrínsecamente inexpresable. Porque uno ama solo mientras uno no se entera de que está amando.

Pensé en que nunca más tendría en mi mano un móvil con internet, para textearles directo a los ojos a tanta y tanta gente regada por el planeta Cuba.

Pensé en Rolando Pulido, el diseñador solitario y triste de Rego Park, Nueva York. La encarnación misma del amor, en un escenario de escarnio donde todos ya lo han abandonado a su suerte. Donde todos ya lo hemos abandonado a nuestra suerte, como castigo para demostrarle que los ángeles cubanos también deben odiar.

Pensé en Rosa María Payá. Y en la muerte de su padre que yo presencié en Cuba, más de una vez. Porque varias veces en Lawton, de madrugada, vi en sueños cómo los oficiales de alto rango del Ministerio del Interior lo desnucaban, a Oswaldo Payá. Y, antes de reventarle los huesos del cráneo, cric crac, esos mismos cubanos de verde oliva primero le hablaban, casi con humanidad: le decían que muchas veces le habían dicho que lo iban a matar.

Tuve una arqueada. Sentí revoltura en el estómago.

Me temblaban todos los músculos. Comencé a sudar.

Salté de la cama para el carajo, estuviera donde estuviera esa dirección. Total, ser cubano y estar vivo es la misma mierda en todas las partes.

Me dio fatiga. O un infarto. Supongo que por el cambio tan brusco de posición. Saqué la cabeza y puede que medio cuerpo por la ventana.

Pensé que iba a vomitar hasta las vísceras de mi cadáver, sin saber del todo sobre cuál ciudad vomitaba. Si no lo echaba todo afuera de un palo, ahora mismo ya, sentí que me iba a desintegrar. A volatilizar.

A hacer humo, por combustión espontánea, ese fenómeno tan común en aquellos libritos *Believe It or Not* de Ripley's, que mi padre en Cuba los atesoraba como si de una Biblia de Biblias se tratara.

Miré afuera. Recuperé un poco la visión.

El paisaje era igual de pedestre al de, por ejemplo, ayer. Casitas de madera y ladrillo, con chimeneas y antenas parabólicas. *Town houses*, la llaman aquí. Creo. O *shotgun houses*, da igual.

Vi negros jóvenes y blancos empobrecidos, casi siempre muy entrados en edad. Vi la basura en sus bolsones y latones de plástico, sacadas por las abuelas de esos negros jóvenes y blancos empobrecidos, mujeres ya sin edad.

Vi perros haciendo caca, al lado de sus dueños y dueñas con cara de caca. Pinguitas de violadores en potencia y vaginas amargadas, todos resecados al compás sin compañía del *crony* capitalismo.

A esa hora, tan temprano, ya había allá arriba un cielo más azul que todos los cielos juntos de Cuba. Gracias, cubano. Pero no me invites más a que busque por el mundo otro cielo tan azul como tu cielo. Mira, comemierda: cualquier cielo es más azul que los cielos desazulados de Cuba.

Entonces vino como otro rafagazo de luz. Otro hachazo de locura, de lucidez. Fueron las ardillas.

Bastó este delicado detalle biológico para detener de un mazazo mi alucinación geográfica. Qué Cuba de qué: yo estaba lo más lejos posible de casa. Aún más, en Cuba yo nunca había estado ni remotamente cerca de tener una casa.

Estar en casa es, cuando menos, una reducción al absurdo.

No es para quedarnos en casa que construimos una casa. No es para construir otra cárcel que los cubanos escapamos de nuestra cárcel original.

Metí el cuerpo dentro de mi cuarto alquilado y corrí al baño.

Feliz, me puse a mear como un loco. Litros y litros de meado en libertad.

Ardillas y urea. Orine espumoso, bullente, oloroso, límpido. Casi semen.

Tuve una erección espectacular. ¡Estaba vivo! Aunque me negara a seguirlo estando, yo estaba vivo por segunda vez. Vivo, y lejos de Cuba para el recontracoño de su madre.

Levanté la cabeza y me vi.

En el espejo del baño me corrían un par de lágrimas por las mejillas. Pero no estaba llorando. No soy uno de esos personajes masculinos que lloran solos, de una punta a otra punta de nuestra provinciana literatura local.

Tampoco soy un Padura.

Ni un Raúl Castro en 1989, gimoteando en su discurso de destrucción del MinInt, a la hora de fusilar a los jerarcas de la inteligencia cubana, mientras el Mario Conde de Leonardo Padura recién comenzaba el cadalso de sus cuatro estaciones policiacas.

Soy yo, soy Borges y soy Beatriz.

Soy el alef alucinante que los cubanos estábamos esperando desde que Reinaldo Arenas se suicidó, casi en vísperas de mi cumpleaños número 19.

Balanceándome como un bobo ante el espejo pittsbúrghico del baño, recordé una palabra de mi niñez lawtoniana, regalo extraviado de mi madre María: *botiquín*.

Suena a rumba reumática, a estas alturas de la historieta patria: *botiquín-quín-cún*...

Y después otra palabra: *mercurocromo*, que huele a policlínicos y ambulancias.

Y luego otra: *rojo aseptil*, cuya rima clandestina no es con *reptil* sino con *lagartijita*.

Y enseguida vino un desfile de sílabas que mi memoria de 2013 no sacaba a flote desde se murió en Cuba aquel niño que en Cuba nunca del todo nació:

Yodo.

Violetas gencianas.

Jarabe de tolú.

Bejuco ubí.

Ipecacuana.

Curitas.

Lavado.

Supositorio.

Vick vaporú.

Pomadita china.

Mentol.

Timerosal.

Ciproheptadina.

Diazepam.

Y ese clásico endémico de la Isla: aspirina.

Aspirar a aprender a una biografía sin pronunciar más a Cuba.

Minutos después de un amanecer de verano en Pennsylvania, supe que nunca más volvería a mi patria. Ya lo dijo quien lo dijo, el lobo locuacísimo de Thomas Wolfe: *you can't go home again.*

Ah, Cuba: no hay ninguna forma de regresar a casa.

Back home to your family. Back home to your childhood. Back home to exile. Back home to the escapes of Time and Memory.

Ah, cubanos sin Cuba: no hay manera de que, no regresando, dejemos ni por un instante de regresar al hogar.

MARICONZONES Y BIEN

Muchos de esos pepillos
Vagos
Hijos de burgueses
Andan por ahí
Con unos pantaloncitos
Demasiado estrechos

Algunos de ellos
Con una guitarrita
En actitudes elvispreslianas
Y que han llevado su libertinaje
A extremos
De querer ir a algunos sitios
De concurrencia pública
A organizar sus shows
Feminoides

Por la libre

Que no confundan
La serenidad de la Revolución
Y la ecuanimidad de la Revolución
Con debilidades de la Revolución

La sociedad socialista
No puede permitir
Ese tipo de degeneraciones.

ISAURO, LA 1, Y EL SUPREMACISMO BLANCO

La ruta 1 era del paradero de Párraga. Iba hasta el Muelle de Luz, creo. Y atravesaba Lawton de una manera muy rara: cerca de la Loma del Burro, bastante lejos de mi casa. Entre colinas y pinos y líneas abandonadas de los tranvías de la época de la tiranía.

Quiero decir, de la época de la otra tiranía, la del general Gerardo Machado. A inicios de los años treinta. Cuando ya La Habana era La Habana.

La puerta de las Américas.

La Suiza del Caribe.

La perla del Edén.

Yo vivía en un hueco, entre las líneas del tren y el estadio de pelota del Club Ferroviario. Hoy todo en ruinas.

Vivía, no. Vivo todavía en ese hueco, pues allí se conserva mi casita de tablas. Con mi madre de 82 años metida aún dentro.

Recuerdo cuando la ruta 1 era de guaguas Leylands. Verdes, vernáculas. Con una antorcha roja sobre el radiador. Con alas acaso de águila anglo en sus insignias metálicas. Las ventanas con barrotes traídos desde Inglaterra y, por dentro, todo lo largo del bus, un cordelito para sonar la campana.

Igual que lo tienen aquí, en los Exilios Unidos de América.

Ding dong, ding dong.

Increíble. Las Leylands eran la civilización occidental hecha guagua rodante sobre el asfalto de La Habana.

La ruta 1 en los Estados Unidos, sin embargo, va desde Clayton hasta la estación de *Central West End*, haciendo un lazo de ahorcado en la *Washington University* de Saint Louis, que es el cuartel general del socialismo *Made in Missouri*.

Supongo que una especie de Cuartel Moncada conceptual.

La 1 norteamericana pasa justo por el frente de mi casa de apátrida, en Waterman Boulevard. Años atrás, en Providence, Rhode Island, casualmente también viví un tiempo en otra Waterman Street.

Tal vez no tan casualmente.

A falta de mar, Waterman.

A tres quilos el cubo, la tinaja a medio: aguador, santo remedio.

De noche, a la luz del alma, esta ruta 1 es manejada por un blanconazo traslúcido. Un reptil, una especie en extinción salida de otra época.

Un tipo de completo uniforme, con la tela tan azul como las venas que se asoman bajo su piel. Con un reloj analógico de guaguero que le cuelga de su correspondiente cadenita a la altura de la cintura. Una joya a imitación de la plata: *piúteri*, le llaman aquí (y a mí siempre me suena a *putería*).

Las manos de uñas cuidadísimas, de chofer mujer.

El cuello del uniforme almidonado, acaso por otra mujer.

Y una gorra de reglamento, tan respetable como risible en su rigidez. El tipo parece un soldadito de plomo, un cadete constitucional.

Ignoro su nombre. Pero yo lo llamo, sin nombrarlo en voz alta, Isauro. Como Isauro se llamaba el chofer que vivía en mi cuadra de infancia en Lawton.

Isauro, el de Tati.

Isauro, el gigante albúmino de la calle Fonts. Un blanco sin cruce de razas, en aquella Cubita remezclada en el chanchullo de un verso de Nicolás Guillén.

He debido venir inverosímilmente hasta el *Mid-West* norteamericano para reencontrarlo. Fantasmas que esperaban por mi fantasma.

Gracias, Isauro, mi amor.

Gracias, Isauro, el amor de Tati.

Isauro se murió muy temprano en Cuba, un día de entresemana a las cinco de la tarde. Supongamos que fue un miércoles, como hoy.

La precisión de la hora la recuerdo por Tati, que decía siempre, sin importarle mi presencia de seis o siete años:

—Cada día, a las cinco de la tarde, lo que quiero es que se abra la tierra y me trague.

Pobre Tati, no quería seguir en Cuba sin su Isauro. Le asistía toda la razón del mundo. Uno no debe quedarse en el mundo desvariando por desvariar, sin amor. Como sin amor he seguido desvariando por desvariar yo.

Así que un día la tierra cubana por fin la complació. Y otra tarde de tedio Cuba se abrió, y se tragó a Tati junto a su amor de otra época, de otra tiranía.

Tati Gil e Isauro Pérez se habían conocido cuando el machadato. Y se habían enamorado como eran los amores de aquella época ya ida: para siempre jamás.

Amores cubanos mucho más fuertes que la inconsistencia insular de Dios. Pero, por desgracia, amores cubanos que no fueron más fuertes que el desprecio destructivo del Creador, arrasando con los mejores corazones que confiaron toda la vida en Él.

Su Isauro era igual a mi Isauro. Dos blanconazos traslúcidos. Pieles de otro planeta, así en Lawton como en Central West End.

Dos Isauros de completo uniforme, ambos milimétricamente simétricos en el azul venoso de mi desmemoria. No dejo de sorprenderme. No me esperaba esto tan tarde ya en mi vida. Pero aquí están, rutilantes, al volante de una y otra ruta 1 transhistórica, transnacional, transfantasmagórica.

Me aterran. Pero los amo.

Y amo a sus respectivas Tatis también.

Sus uñas delicadas de hombrote mujercita al volante. Con ese lenguaje delicioso de los camagüeyanos de pura cepa, de puro tinajón. Más el retintín de sus descomunales relojes de cuerda, pendulándoles a la cadera como esferas de una cuarta dimensión cubana, según los frenazos y baches de sus simétricas guaguas.

Rutas 1 con rumbo a la reja del cementerio.

Rutas 1 de una desmemoria cuyo rescate me ha sido encargado exclusivamente a mí.

Gracias a mi estipendio de doctorado en los tiempos de resistencia al presidente precario Donald J. Trump, que no mueve un dedo por mí porque está muy ocupado en contra de la izquierdada ignorante, pero que igual me da mucha confianza para que yo nunca me deje callar por esa chusma antifascista de la justicia social.

Abajo el antifascismo facineroso.

Abajo la justicia social y los justicieros sociales.

En efecto, la mera presencia de Donald J. Trump en los medios masivos de desinformación, me recrea el clima propicio para yo escribir sin culpa en mi estudio, cualesquiera que sean las culpas que yo deba ahora eximir.

Trumps, Tatis, Isauros, Islas: a todos puntualmente los amo.

Tremendos tristes tigres que me permiten sobrevivir a mis lúgubres noches, lejos de mi entrañable totalitarismo.

A veces, cuando la desolación aprieta, pienso que el Isauro Pérez de la Tati Gil me ha venido a buscar hasta este barrio de la ciudad segregada de Saint Louis. Y pienso que ha venido a buscarme, por supuesto, para llevarme a la muerte de la mano con él.

Gracias, Isauro Pérez.

Toma mi mano, amor. Pero, fíjate bien: no me sueltes en medio del viaje que me da mucho miedo. Porque aún sigo siendo el niño aquel que se maravillaba de tu olor orgulloso a tabaco y a combustible de bus.

Isauro Pérez, mi amor, llévame donde tu Tati Gil. Pero ni se te ocurra presentarme por el camino a ningún dios de esos. No es necesario, ya sé todo lo que había que saber sobre dios. Y es decepcionante. Solo llévame, por favor, al jardín donde las Tatis de mi infancia, de nuevo y esta vez para siempre, todavía estén.

Ellos nunca tuvieron hijos. Tati e Isauro hacían un chiste sobre esa esterilidad no elegida. Si hubieran tenido un hijo, decían, tendrían que haberle puesto fulanito o menganita *perejil*: o sea, Pérez Gil.

De niño, ese elemental juego de palabras me hacía revolcar de la risa. Era un chiste que siempre funcionaba como si fuera nuevo en mí. Como Cuba lo era también entonces. Como el lenguaje lo fue.

De adulto, mejor ni les cuento. A fin de cuentas, este libro no es sobre mí, sino sobre el espanto de los cubanos que nos hemos refugiado de todo en el aura isáurica de Donald J. Trump.

Muchas noches sueño con él, con ellos: los Isauros isómeros de mi muerte mansamente exiliada. Una muerte ya sin resistencia a morir. Una muerte exhausta, extranjera, después de tanto miedo y tantas muertes de mentiritas cada mañana por la mañana. Al alba, al amortecer.

Aunque parezca imposible, los dos Isauros me han contado historias de conspiraciones y de almas en penas, con cuarenta años de diferencia entre sus relatos.

El primer Isauro me lo cuenta en cubano. En el aire límpido de aquella Cuba recién nacida de los años setenta. A la luz de las escalinatas y ante la pátina tiznada de los televisores en blanco y negro de marca Электрон-216.

El segundo Isauro me lo cuenta ahora en inglés. Citando canales de *YouTube* y emisoras nocturnas de radio en Saint Louis, a las que él llama puntualmente por teléfono después de la medianoche no yanqui sino confederada, para persuadir de este o aquel complot a un público mucho más paranoico que él. Que yo.

Que ellos, que nosotros.

He tenido el privilegio que en vida le fuera negado a Tati.

He podido ver otra vez en vida a su Isauro. Porque en el paraíso no se vale. Tal como Tati lo sabe. La vida es ahora y aquí, nunca eterna. Lo efímero es lo real.

Perdóname, Tati, por favor, por tomar prestado a tu Isauro sobre la Tierra.

Isauros todavía pedaleando con sus respectivas rutas 1 de caja mecánica. Blanconazos espectaculares, espectrales: una raza soberanamente superior, incluso al compararla consigo misma.

Hombres a todo, humanos a todo. Con una edad mutua que calculo alrededor de los setenta y tantos años. Es decir, un siglo y medio si sumamos a mis dos Isauros, sin contar a Tati. Que acaso sea, más temprano que tarde, la edad con que terminaré muriéndome yo.

Choferes pulcros, inteligentes, amorosos con sus mutuas mujeres. Quién sabe si hasta un poco adúlteros, como es debido, pero sin fallarle jamás a sus deberes para con el hogar.

Isauros muertos, cada uno antes de su tiempo, como corresponde. Porque la muerte es así, anacrónica. Siempre ventajista, abusiva siempre. Como Dios con los amantes de Dios.

Choferes sabios de la ruta 1, timoneles sin timón de una vida desaparecida. Isauros valientes y bellos ante su condición de mortales. Al contrario de mí, que los recuerdo aquí y allá con un pánico desesperante reventándome el alma debajo del esternón.

No quiero morir, cric. Crac, no quería morir.

Mientras más escribo y escribo como talismán de la eternidad, más me he ido convirtiendo en un exiliado muy feo. Acobardado, acobardante. Asco de mí.

Me paraliza el pecho un lamento al mismo estilo de Tati. Y cada día, a las cinco de la mañana, lo que quiero es que la tierra se abra y también me trague.

No amanecer. Ser un exiliado cubano es tener entre pecho y pecho a un Isauro de Tati y a una Tati de Isauro. No habanecer.

Tati, ¡cuánto tiempo! ¿Pensaste que no me volverías a ver?

Qué boba, chica, qué bobería: este no es momento para llorar, sino para reírnos de un chiste viejo. De un juego de palabras viejísimo, de un trabalenguas elemental. Pérez Gil, perejil. Como la memoria que nos corre azul por las venas y después se hace cielo tan azul como tu cielo, a la hora sin hora de despertar sin que se despierte de la muerte nuestro único amor.

Tati, tú no te preocupes. Tampoco es necesario que me preguntes cómo llegué hasta ti.

Fue fácil. Era fácil. Ahora por fin lo sabemos.

Isauro tu amor me trajo, Tati. Siempre estuve aquí. Nunca nos separamos en Lawton.

Ríe, ríe por fin, por más que todos estén tan tristes al subir y bajarse de la ruta 1 con destino a la debacle.

Ya puedes y ya puedo y ya podemos ser feliz: soy yo, soy tu Orlando Luis Pérez Gil. Tu memoria de Isauros en una Isla desmemoriada.

Por fin estamos todos juntos, ahora y aquí. De nuevo y esta vez para siempre, acurrucaditos en una esquina kitsch de aquella Cuba de los cubanos que nunca nos fuimos de ti.

La cubanía como un tierno estado de taticidad.

Las revoluciones perecen, pero los campos de perejil para siempre permanecerán siempre en mí.

DE REVOLUTIONIBUS ORBIUM COELESTIUM

El hecho de que la palabra «revolución» significase originalmente «restauración», algo que para nosotros constituye precisamente su polo opuesto, no es una rareza más de la semántica.

En el uso científico del término se conservó su significación precisa latina. Y designaba el movimiento regular, sometido a leyes y rotatorio, de las estrellas. El cual, desde que se sabía que escapaba a la influencia del hombre y que era, por tanto, irresistible, no se caracterizaba ciertamente ni por la novedad ni por la violencia. Por el contrario, la palabra indicaba claramente un movimiento recurrente y cíclico.

Referido a los asuntos seculares del hombre, solo podía significar que las pocas formas de gobierno conocidas giran entre los mortales en una recurrencia eterna, y con la misma fuerza irresistible con que las estrellas siguen su camino predestinado en el firmamento.

Nada más apartado del significado original de la palabra «revolución» que la idea que ha poseído y obsesionado a todos los actores revolucionarios. Es decir, que son agentes en un proceso que significa el fin definitivo de un orden antiguo y alumbra un mundo nuevo.

Hay una grandiosa ridiculez en el espectáculo de estos hombres —que habían osado desafiar a todos los poderes existentes y retar a todas las autoridades de la tierra, y cuyo valor estaba fuera de toda duda— capaces de someterse de la noche a la mañana, con toda humildad y sin un grito de protesta, a la llamada de la necesidad histórica, por absurda e incongruente que les pareciese la forma de manifestarse esta necesidad.

Fueron engañados por la historia. Y, en este sentido, han llegado a ser los bufones de la historia.

BLESSING DEVOS

Poco después de que una colega me denunciara en la universidad, muy aterrada ella por la forma en que, según dijo entre lágrimas, yo la miraba con ojos como si fueran manos (yo lo hubiera dicho mucho mejor: «mirar a lengüetazos»), y poco después de tener yo una pata en el aula y la otra de *homeless* en la calle, expulsado de la universidad por violador, en *YouTube* apareció la antihéroe más odiada por la izquierda académica norteamericana: la señorita Betsy DeVos.

Bendita seas, Miss DeVos.

La flamante Secretaria de Educación de la administración de Donald J. Trump apareció en pantalla, impasible, pero metiendo una arenga maravillosa sobre los abusos del *Title IX* en Estados Unidos.

Es decir, sobre la pila de mentirosos y, sobre todo, mentirosas, que se la pasan acusando a los hombres como venganza sexual. Como ventajismo de género. Como bullying inverso. Como histeria de la imaginación.

Han inventado incluso una enfermedad: la masculinidad tóxica.

Imagínense si a mí se me ocurriera ahora aquí hablar no digamos ya de la feminidad tóxica sino, por ejemplo, de la negritud tóxica. O de la homosexualidad tóxica. O de un islamismo tóxico. O, mejor, de una inmigración tóxica.

Me comen vivo. Por una pata.

Menos mal que no lo llegué a decir.

La fulminante Secretaria de Educación, una flaquita republicana de armas tomar, explicó del pí al pá, sin que le temblara la voz y sin pelos en la lengua, cómo por culpa de una carta oficial de Barack Obama, el 4 de abril de 2011 (Día de los Pioneros en Cuba), miles y miles de denuncias falsas se han hecho desde entonces en los colegios de USA.

Todo el mundo clamando acoso sexual: el acabose del tocatoca. Todo el mundo pidiendo la expulsión de todo el mundo de los colegios y cátedras, sin necesidad de presentar ni una sola evidencia. Ni mucho menos de llevar el caso, con su debido proceso, ante un tribunal judicial.

Para ser víctima, basta con decir, de manera anónima por lo general: *tengo miedo, soy una víctima del poder, tengo mucho miedo*.

Tal como el poeta Virgilio Piñera se lo soltó en la cara al dictador Fidel Castro, en el verano post-invasión de 1961, en plena Biblioteca Nacional José Martí, a escasos metros de la Plaza de la Revolución de La Habana.

De hecho, este caso cubano debería ser considerado por la academia norteamericana como el primer referente confirmado a nivel mundial de un expediente de *Title IX*: un poeta pájaro denunciando a un tirano macho-alfa por acoso sexual, social.

Pero, al contrario de todos los casos que desde entonces han sido, en Cuba desde 1961 sí ganó el más pingú. El poder de los con poder. Y esa falocracia es la misma que hoy hechiza a las norteamericanitas heteros y a los homo norteamericanitos.

Al igual que Nancy Isenberg, la colectora de basura blanca en *White Trash*, mi Lady DeVos nació en *Wikipedia* un tin antes de la Revolución Cubana.

Estas mujercitas pre-fidelistas me encantan. ¿Para qué voy a negarlo? Tengo fijación con ellas. Para no decir que las acoso a nivel ciber-textual.

Es que haber vivido antes de la Revolución Cubana tiene que haber sido super excitante, incluso para la anorgasmia endémica de los años cincuenta en familia. Con Coca Cola, carro cola de pato, revistas *Life* y *The Saturday Evening Post*, más un sofá de frente a la tele en technicolor.

La venerable DeVos dijo en cámara, desde una universidad de Virginia:

—La idea de que restringir el derecho a un debido proceso es servir mejor a la víctima, no hace más que crear nuevas víctimas.

Aplausos. *I like her so.*

La brava DeVos dijo directamente al micrófono, en un campus castrista hasta la coronilla, como todos:

—Demasiados estudiantes y profesores se han debido enfrentar a investigaciones y castigos, simplemente por decir lo que piensan o por enseñarlo en clase.

Aplausos prolongados. *I love her so.*

Y, como coda, la divina DeVos soltó este codazo que bien pudiera haber sido *#TrendingTopic* sin necesidad de haberlo twitteado yo en mi cuenta @OLPL:

—Si todo es acoso, entonces nada lo es.

Ovación. *I adore her so.*

Un bombazo para la historia. Una revolución republicana.

Sentí ganas de zumbarle un *e-mail* de inmediato a mi Secretaria salvadora en Washington, D.C.

Dear Betsy.DeVos@ed.gov:
I just called to say I love you.
Espero que al recibo de esta te encuentres bien, en compañía de tus seres conservadores más queridos.
And I mean it from the bottom of my heart.
Quedo de usted,
Sincerely,
Su acosador acosado.
De hecho, se lo escribí de verdad. Estoy loco para el carajo.

Le hice una cartica al estilo de *Dear Colleague* que me pareció de lo más contentona y contundente. Un mensajito encuadrado a una sola página, como le gusta a la parquedad pragmática de los yanquirules.

Nada de barroquismos de bárbaro. Nada de malabarismos tercermundistas. Escueto y cortante, al grano. Como un bisturí. Una cosa concreta, práctica. Impactante.

Ya me imaginaba a Betsy DeVos leyéndola en su canal de *YouTube*. Así que la imprimí y se la firmé. Le puse un buen sello de banderón con 50 estrellas y se la hice llegar a Madam DeVos, gracias a la oficina del congresista Lord Díaz-Balart.

La mafia de Miami es la mafia de Miami es la mafia de Miami.

Fuera de esa piñata no existimos. Fuera de esa piñata todo es oscura oquedad.

Para algo tenían que servirme mis contactos con esta hampa de ampanga. Ya que en seis décadas no pudieron tumbar a los Castros desde La Florida, por lo menos podían exonerarme ahora a mí en Missouri.

El que esté libre de acoso que tire la primera correspondencia. Quien acusa primero, acosa mejor.

En realidad, en serio me encanta la accesibilidad de los funcionarios públicos en los Estados Unidos. Es justo lo contrario a la opacidad fascista de Cuba: es decir, a la tapadera privatizada del Estado castrista.

Como mismo me encanta en serio el correo postal de una costa a otra de la Unión, ese prodigio de las comunicaciones.

Como mismo en serio me encantan los negocios abiertos las 25 horas del día y durante ocho días a la semana. El *mall*, por ejemplo, es la verdadera base participativa de la democracia. Además de ser un templo hecho a la medida del hombre y de su nueva religión humana, demasiado humana.

Todo me encanta en los USA.

Empezando por la independencia de las familias, desde la más tierna edad. Comparada con el paternalismo y la dependencia castrante del clan cubano.

103

Me hipnotizan las autopistas y su libertad de movimiento geofágico, donde todos pueden desplazarse hasta desaparecer en el sitio preciso donde cada cual se sienta mejor. O peor.

Por más que yo mismo los critique y recontracritique, nadie quiere a los Estados Unidos más que yo.

Nadie debería vivir fuera de los Estados Unidos. Nadie debería de morirse sin conocer este momento maravilloso, aunque ya se va para no volver, de la historia de la humanidad.

Por eso el resto del mundo daría un ojo de la cara con tal de dejar ciegos a los USA. Todo, con tal de corromper su democracia elegante y efectiva. Todo, con tal de polarizar a su pueblo valiente y bueno y trabajador, que no gusta de los abusos ni de la abulia. Todo, con tal de cariar su confianza de titán en sí mismo. Todo, con tal de criminalizar los cimientos críticos de su capitalismo. Y con tal de crispar su fe en la justicia y su afán de tolerancia. Y, sobre todo, con tal de dinamitar desde la primera de sus torres hasta la última de sus estatuas.

Ya lo dijo quien lo dijo, el presidente sin tapujos Donald J. Trump: los países *shithole* shitholizan a los países que todavía no lo son.

Esa es la verdad de la verdad. El resto es ripio de predicador.

Cuba huecomierdifica todo lo que toca, por ejemplo, desde Angola hasta Venezuela.

En fin, que después del discurso de Betsy DeVos en septiembre de 2017, pensé que en las aulas la izquierda insular me dejaría ya en paz. Pero no. Qué mal yo estaba. Como si no los conociera de atrás.

Increíblemente idealicé a los izquierdistas. Pensé que mis colegas dejarían por incorregible al blanquito macho que soy, por lo menos hasta la próxima administración mulata. En el 2020 o el 2024.

Pero no. Idiota que soy: la izquierda es infatigable, insaciable.

Qué insalubridad. Para qué contarles.

Miren, mejor hagamos un corte aquí. Mejor nos vamos un rato a comerciales.

Les sigo contando a la primera oportunidad. Si bien esta es precisamente la primera oportunidad.

Les estaba diciendo, pues, que poco después de que una colega me denunciara en la universidad, muy aterrada ella por la forma en que, según dijo entre sonrisitas, yo la miraba con ojos como si fueran manos (yo lo hubiera dicho mucho mejor: «lambucearla con la mirada»), y poco después de tener yo una pata en el aula y la otra de *homeless* en la calle, expulsado de la universidad por violador, en *YouTube* apareció la antihéroe más odiada por la izquierda académica norteamericana: la señorita Betsy DeVos.

ELIMINADA LA PALABRA «COMUNISMO» DE LA CONSTITUCIÓN

공산주의공산주의공산주의공산주의공산주의공산주의공산주의공산주
의공산주의공산주의공산주의공산주의공산주의공산주의공산주의공산
주의공산주의공산주의공산주의공산주의공산주의공산주의공산주의공
산주의공산주의공산주의공산주의공산주의공산주의공산주의공산주의
공산주의공산주의공산주의공산주의공산주의공산주의공산주의공산주
의공산주의공산주의공산주의공산주의공산주의공산주의공산주의공산
주의공산주의공산주의공산주의공산주의공산주의공산주의공산주의공
산주의공산주의공산주의공산주의공산주의공산주의공산주의공산주의
공산주의공산주의공산주의공산주의공산주의공산주의공산주의공산주
의공산주의공산주의공산주의공산주의공산주의공산주의공산주의공산
주의공산주의공산주의공산주의공산주의공산주의공산주의공산주의공
산주의공산주의공산주의공산주의공산주의공산주의공산주의공산주의
공산주의공산주의공산주의공산주의공산주의공산주의공산주의공산주
의공산주의공산주의공산주의공산주의공산주의공산주의공산주의공산
주의공산주의공산주의공산주의공산주의공산주의공산주의공산주의공
산주의공산주의공산주의공산주의공산주의공산주의공산주의공산주의
공산주의공산주의공산주의공산주의공산주의공산주의공산주의공산주
의공산주의공산주의공산주의공산주의공산주의공산주의공산주의공산
주의공산주의공산주의공산주의공산주의공산주의공산주의공산주의공
산주의공산주의공산주의공산주의공산주의공산주의공산주의공산주의
공산주의공산주의공산주의공산주의공산주의공산주의공산주의공산주
의공산주의공산주의공산주의공산주의공산주의공산주의공산주의공산
주의공산주의공산주의공산주의공산주의공산주의공산주의공산주의공
산주의공산주의공산주의공산주의공산주의공산주의공산주의공산주의

CHINITOS DESCARAÍTOS

Empecé a abrir la correspondencia de otra persona.

Es un delito federal, ya lo sé. No tienen que advertírmelo. Pero soy así, qué le voy a hacer. La gente que me quiere me sabrá entender.

La empecé abrir y ya. Hagamos un pacto antes de empezar: si sientes que podrías verte implicado judicialmente por saber lo que hice, por favor, deja de leerme inmediatamente después de la siguiente señal de *STOP* (una especie de *trigger alert* para los *snowflakes* de la corrección política):

Boom!

Por desgracia, nunca fui un confederado. Lo reconozco. Pero igual me gusta ese pabellón de bandas cruzadas como un par de tibias y una calavera de 13 estrellas. Estrellada.

Tampoco nunca me pareció bien la esclavitud en ninguna parte, a pesar de que nací y crecí en un pueblo donde se lucha a brazo partido por serlo cada día un tin más: esclavos del Estado, ese filantrópico ogro mayoral.

Pero era necesaria esta advertencia de cara a la cobardía del lector. Es decir, tú. Bien, pues. Sigo entonces sin ti, después del STOP sureño.

Les decía que llevo meses robando cartas que no son para mí. Supongo que ya el FBI me tenga en una de sus listas priorizadas, a la altura de una Joanne Deborah Chesimard o Assata Shakur o Joanne Byron o Barbara Odoms o Joanne Chesterman o Joan Davis o Justine Henderson o Mary Davis o Pat Chesimard o Jo-Ann Chesimard o Joanne Debra Chesimard o Joanne D. Byron o Joanne D. Chesimard o Joanne Davis o Chesimard Joanne o Ches Chesimard o Sister-Love Chesimard o Joann Debra Byron Chesimard o Joanne Deborah Byron Chesimard o Joan Chesimard o Josephine Henderson o Carolyn Johnson o Carol Brown o, simplemente, «Ches»: la afronorteamerica asesina y prófuga que vive venerablemente en Cuba hace décadas.

Robo y abro esas cartas con excitación de pornógrafo infantilizado, pero no infantil.

Y, les confieso, muchas veces incluso las abro con una erección galopante. Entonces las huelo. Tan blanquitas, tan entregadas, tan impotentes. Cartas castas desvirgadas impunemente por mí, cuando las cojo y las recojo en la caja oxidada de mi buzón postal.

Me siento entonces muy vivo, muy vital. Resucito al cometer un crimen. También al comentarlo, como ahora.

Enloquezco como un adolescente pre-púber ya a punto de su primera vez. Y en el exilio siempre será nuestra primera vez, aunque sea la última.

Las cargo con cuidado. Las arrullo. Les miento, diciéndoles: ustedes, carticas ricas, me tienen como destinatario a mí.

Ellas saben que no. Y en los sobres mismos se demuestra descaradamente lo contrario: son cartas para otros exiliados.

Pero igual ya ellas no pueden hacer nada. Ni ellos, los remitentes. Ni ellos, los destinatarios originales. Y así las meto a la fuerza en mi habitación. A la cañona en mi cama.

Escenario perfecto para poseerlas. Lo que nunca he podido hacer con ninguna hembra, poseerlas a perpetuidad y en contra de su voluntad, lo logro casi a diario con esas cartas.

Cartas robadas. Así de fácil.

Deleite, delirio, delito. Los tres indistinguibles en un solo instante: orgía de instintos con máxima intensidad.

La mayoría son cartas para el antiguo residente de mi estudio alquilado. Apartamento 666 en el boulevard de Waterman. Son cartas que él sigue recibiendo, después de haberse ido hace un par de años de mi cuartucho, por suerte dejándome sin *roommate*. Porque no resisto vivir con nadie.

De manera que son cartas del pasado, pero emitidas hoy, como estrellas muertas que siguen centelleando sin darse cuenta de que murieron.

Por el nombre, el destinatario debió de ser un chinito. Ching-Juh Lai o Lai Juh-Ching, con ellos nunca se sabe. En mis cuatro décadas de literatura occidental, todavía no he entendido bien el orden de los caligramas chinos.

Prefiero leer las traducciones de Ezra Pound. El fascismo siempre es más gratificante que la cultura. Aunque le recoma el hígado a Susan Sontag y a la intifada nativa de los Anti-Fa.

Lo cierto es que mi ex-chinito ya me tiene más que jodido con su presencia perenne epistolar. Con su persistencia, en tanto destinatario ausente. Con su sociabilidad metida dentro de un sobre e impresa en papel. A la postre, el muy cabrón ha seguido siendo mi recurrente *roommate*.

Y recibe de todo, todo el tiempo.

Correspondencia bancaria. De impuestos. Reportes académicos. Postales navideñas. Cheques de ayuda humanitaria. Peticiones políticas. Multas. Donaciones. En fin.

Me pregunto dónde se habrá metido este chinito en específico, después de largarse de mi apartamento 666 en Saint Louis. Me pregunto si regresó a la China, por ejemplo. O si cayó preso dentro de los Estados Unidos, por espía o por clonador de tarjetas magnéticas, como los cubanos tránsfugas de Hialeah y Miami Beach. O si tal vez se unió a ISIS o al menos a la Revolución de los Paraguas en Hong Kong.

Me preocupa peculiarmente el destino trágico o transoceánico de este chinito en particular. Es mi chinito privado. Es mi I-Ching.

Sé que él ya no puede salvarme, ni nadie, pero igual viene hasta mí. Tal vez, pienso con cada nueva carta robada, tal vez un milagro baje. Ojalá. Un milagro que baje o suba hasta aquí, hasta mi barrio chino invisible. De donde ya no quiero escaparme, por más que todos alrededor sospechen ahora de mí.

Con razón.

Atrapar al criminal.

Me pregunto si no se habrá muerto mi Ching-Juh Lai. Es decir, me pregunto si mi Lai Juh-Ching no se habrá muerto en esta misma habitación, donde yo puntualmente leo sus cartas recibidas por nadie. Léase, secuestradas por mí.

Me pregunto si el muy asiático maniático no se habrá suicidado sobre mi mismo colchón. En efecto, hay mañanas en que amanezco seguro de haber dormido sobre el holograma de un guerrero de terracota.

Total, que cada medio minuto se mata un chinito en China.

Total, que los cubanos no somos para nada Confucios. Antes bien, así en dictadura como en democracia, despotricamos desprovistos de todo *zhong*, *xiao*, *ren* y *yi*.

Tanta palabrería sabia para, total, no saber ni templar.

Los cubanos no necesitamos de esa lealtad, ni fidelidad. Ni piedad, ni respeto, ni reverencia. Ni benevolencia ni humanidad. Ni rectitud, ni justicia, ni equidad.

La cubanía entendida como un craso estado de confusión: Confucio al paredón.

La cubanía como un caso clínico, incurable.

Eso sí, cada día me siento más y más agradecido con mi chinito astral. Porque solo él me acompaña en mis noches tan tristes, sin patria y sin lágrimas, cuando sueño infantilmente con un beso de amor imposible. En una lengua sin sed y sin fuego. Con unos labios sin fiebre y sin ansias. Ósculo oriental.

Solo él, o tal vez solo ella (porque los nombres en chino son de género inescrutable), me amortigua las pesadillas con mi Cuba continental, dejándome, generoso, el tesoro de trece estrellas inconfesables en cada sien. Y, a ratos, como quien no quiere la cosa, me deja también el borrador de un tenue perfume de nardo en el alma.

Espero me entiendan en este punto.

No solo es sexualmente excitante, sino que me asiste el derecho de saber si estoy ocupando o no la existencia trunca que algún chinito abandonó. Así se trate de solo un chinito entre los trillones de chinitos que pululan por el sistema solar.

De medianoche, desnudo junto a la calefacción, tiritando de frío y titiriteando sobre las teclas, mientras cojo impulso para ponerme a recuperar el castrismo conspicuo que los cubanos llevamos en el corazón, pienso en mi predecesor no de Guantánamo sino de un Oriente mucho más distante de La Habana.

Lo imagino a Ching-Juh Lai saltando por la ventana sobre el parqueo de los vecinos, unos negros formidables que ponen música *blues* a todo meter cada fin de semana, y entonces se caen a gritos y carcajean como bisontes que no se embisten, incluso luego de emborracharse, manteniéndose fáusticamente jóvenes y joviales a pesar de lucir ya muy ancianos.

O no tan ancianos. Pues es sabido que ni los negros ni los chinos dan muchas señales de envejecer.

De hecho, cuando me instalé en el estudio, lo primero que me extrañó fue que el vidrio de la ventana estuviera rajado de esa manera tan rara, como desdibujando la figura de un homínido enano entre las grietas del cristal. Algo así como la silueta de un osito panda, la sombra de un suicida zen.

También la imagino a Lai Juh-Ching dándome masajes misteriosos en la planta de los pies. De esto no voy a dar demasiados detalles. Pero ustedes ya se los pueden terminar de imaginar.

Lluvia. Supernova. Géiser.

Esperma de Moby Dick rociando las paredes con plomo de mi cueva cubana en *Central West End*.

Pueden ser alucinaciones. Puede ser una iluminación.

Igual los cubanos sin Cuba del siglo XXI estamos viviendo en un tiempo ajeno que ya no nos pertenece. Nos quedamos en China y trocadero.

Hemos perdido todo protagonismo. Somos los parias del proletariado. Ni el médico chino nos salva.

Quizá por esto ya no podemos comunicarnos entre nosotros. Nuestra cruz es hablar en cubano, pero con un acento apenas traducible. A imitación mortífera del cantonés.

Por eso es mejor leer cartas emitidas y destinadas para los no nacionales. Cartas a chinitos desaparecidos. Y, en ocasiones, por inercia supremacista de ladrón blanco, leer también las cartas a mis vecinos los afronorteamericanos.

Robo inter-racial, felonía inter-étnica.

Las cartas de mis vecinos las leo mientras los contemplo fiestear desde mi ventana. A veces incluso los saludo, ondeando en la mano el papel que les pertenece a ellos y que ellos ignoran que nunca les llegará.

Soy malo, muy malo.

Todo cubano debe saber leer y leer bien.

Conozco más de sus parientes del Sur profundo que ellos mismos. Podría escribir una novela muy yoknapatawpha sobre sus tragedias y tragicomedias tan faulknerianas.

Pero una cosa me llama mucho la atención en el parqueo donde pernoctan sus carros: todos son, sin excepción, Ramblers de los años sesenta.

Inverosímil, pero cierto. Porque en Cuba pasa sincrónicamente igual: los Ramblers son siempre propiedad de una sola raza.

Alguien tendría que explicar esta conección comercial entre ciertas marcas humanas y ciertas razas de carro.

El serial de televisión *Raíces* bien pudo llamarse *Ramblers*, aunque después resultó que hasta Kunta Kinte era *fake*. Como toda literatura que se respete.

Niños, si muero, dejad mi Rambler abierto.

Y dejad que el temporal, en un levante otoñal, desguace su chasis blanco.

Otra cosa y ya me callo. O casi. Me pregunto si también se suicidan los afronorteamericanos. ¿Cada cuántos minutos se matan? ¿Esa cifra es menos que la matazón de los chinitos o ese dato es más que el holocastro de los cubanos?

Post-Data:

De tanto leer ilegalmente las cartas de Ching-Juh Lai, he comenzado a responder algunas de sus misivas, pero a nombre de Lai Juh-Ching.

Pase lo que pase. Ya estoy curado de espanto. Que venga el FBI: seré con gusto el Snowden cubano.

Con suerte, un día le responderé directamente a él. O a ella. Un proceso que no debiera de ser mucho problema, pues tengo su dirección, que es la misma mía en Waterman Boulevard, y conozco la cábala de su estudio alquilado número 666, que es el mío propio.

Con suerte, un día me atreveré a hablarme a mí mismo a través de ella. O de él.

Les diré que a los dos los amo, 我的爱.

Chinitos del corazón. *In the mood for love.*

Compartir la ausencia de alguien es aprender a amarlo. De ahí que el exilio cubano, al contrario del timo de la cubanidad, sí es amor por los cuatro costados, que son tres: Lawton y *Central West End.*

Solo en el exilio cubano los Ching-Juh Lai desaparecidos nos reencontraremos con las desaparecidas Lai Juh-Ching.

El exilio es eso, una aparatosa aparición.

Un acto atroz de prestidigitación.

EDMUNDO GARCÍA *IN MEMORIAM*

Chico, yo te lo voy a resumir en mi humilde conocimiento, sin retoricismo ninguno: Orlando Luis Pardo Lazo es un descarao, galopante descarao.

Oportunista, arribista.

Que lo único que le interesa es ver cómo puede él vivir mejor y llamar la atención.

Pardo Lazo es un valet, es un tracatán. Es el guataca de Yoani, y a través de Yoani comienza a proyectarse. Y termina siendo una persona realmente sin transparencia de ningún tipo.

Pero, además, arrodillado al discurso de países extranjeros en contra del suyo. Y menospreciando todo lo que es Cuba.

Para mí es un descarao.

@EdmundoGarcia65

YULIESKI, RACISTA

Leo en *Facebook* que Yulieski Gourriel, militante de la Unión de Jóvenes Comunistas en Cuba, que ahora juega pelota profesional en las Grandes Ligas de USA, en tres segundos de *YouTube* se ha convertido en un racista radical.

«Manda mierda», pienso, «aquí vamos de nuevo».

Cuando no es Juana es su hermana. Cuando no está preso, lo están buscando. Jubo, ¿otra vez con tus jueguitos?

Mientras exista la izquierda y existan los medios masivos de comunicación, esta comemierdería del racismo nunca se va a acabar.

Racismo, S.A.

Racistas, Ltd.

«La luna, la luna», como le dijo el jubo a la paloma soplona del G-2, en aquellos muñequitos amañados de la televisión cubana. ¿Hay algún cubano vivo que los recuerde?

De ser el caso, envíame un correo a OrlandoLuisPardoLazo@gmail.com, con la condición de que no te tengo que responder.

La delación es el negocio del siglo XXI: la chivatería étnica con piel de Ética, el mongolismo multicultural, la denuncia como disfraz para ocultar la mayoritaria mediocridad.

La envidia como motor de la historia.

El odio como salvoconducto.

El victimismo como vomitivo.

Leo que Yulieski Gourriel, devenido Yuli Gurriel para el servicio de inmigración norteamericano y para la MLB, metió un jonrón a favor de los Astros de Houston, en la Serie Mundial del 2017, justo cuando su equipo estaba perdiendo el juego contra los Dodgers de LA.

Tras el batazo, nuestro mulatico insigne corrió como un cohete las bases y se metió en el banco de su *team*. Entonces se achicó los ojos con ambas manos y habrá dicho algo así como:

—¡Coge lo tuyo, chiniiiiiiiiito…!

La cuestión es que el pitcher de los Dodgers era un japonés. Yu Darvish. Un intocable, por ser un no nacional. Y ya. Ese fue todo el indignante incidente que luego magnificó la prensa marxista de los USA.

Como ven, aquí no ha pasado nada de nada.

Sigan caminando, que aquí no hay nada que ver.

Cuando más, habrá sido una jodedera cordial entre colegas contrarios que, por cierto, se conocen desde hace rato, y hasta se apoyan en sus respectivas carreras de millonarios del beisbol.

Ni una palabra más. Ni una menos. Punto y aparte.

Pero, qué va.

En las redes sociales prácticamente suspenden el juego con tal de decirle «racista radical» al cubano, que es hijo de un legendario *slugger* de la Isla: aquel peloterón archifamoso por su nombrecito afeminado de Lourdes Gourriel.

Por cierto, que Yulieski también parece medio chiniiiiiiiiito. Pero de nada le sirvió esta coartada.

Enseguida se pusieron a exigirle disculpas al Yu cubano, por haber imitado los ojos achinados del Yu japonés. Y no solo eso, sino que los entrevistadores deportivos, con sus ínfulas de interrogadores de izquierda, casi le exigen al Yu japonés que no perdonara aquel gravísimo agravio del Yu cubano.

Vaya, que lo remitiera sin escala a la oficina de *Title IX* de la MLB.

Maneras de comer mierda mediática, a costa de un salario de seis cifras al año. Peor que en Cuba (no el salario, sino la represión de la prensa). Y lo digo sin ironías. En los Estados Unidos hoy da tristeza hasta prender el televisor.

Por supuesto, yo no tengo televisor en los Estados Unidos. Lo cual no quiere decir que no esté triste todo el tiempo también. Como tú, como todos.

Después del totalitarismo, la tristeza.

Debió de haberlo dicho la sensacional Secretaria de Educación, Betsy DeVos:

—Si todo es racismo, entonces nada lo es.

El racismo solo existe en la mente de los cazadores de racismo.

Por suerte, el Yu japonés era tan jodedor como el Yu cubano.

Así que despachó la solemnidad socialista de sus fiscales con cámaras y micrófonos. Y se cagó lo mejor que pudo en la chivatería de los titulares. Y dijo que ni el Yu cubano ni el Yu japonés eran perfectos, por lo que a cualquiera se le iba la lengua, o las manos, y se le estiraban los ojiiiiiiiitos con un gesto que no había sido de agresión, sino de algarabía.

No lo dijo tan así, por desgracia, porque Yu Darvish también estaba bajo coacción. Pero al menos se carcajeó en la conferencia de prensa.

Tiró un chiste de Yu a Yu, sin complejo de culpa ni de un carajo. Para colmo, en japonés. Y sin *captions*. Que fue su mejor manera de mandar a la mierda a la inquina de los inquisidores.

Me encantó Yu Darvish.

Chiniiiiiiiiito lindo, chiniiiiiiiiito bueno, ¡chiniiiiiiiiito y bien!

Su sabiduría oriental obviamente proviene del hecho de no compartir el argot asesino de los norteamericanos, esa neohabla académica de Barack Obama que ni mil Donald J. Trumps podrán ya sacar de circulación.

Por eso hoy por hoy campean por sus respetos tantos cazadores de basura blanca. Sobre todo en la prensa y en las universidades. Porque ellos son los agentes catalizadores de la transición del capital a lo comunal.

De la méritocracia, pasamos por ósmosis a la mediocritocracia.

El mejor legado de Fidel es que ningún demócrata en el mundo cree ya en la democracia. Tal como ningún capitalista cree ahora en el capitalismo. Ni ningún propietario confía en las virtudes balsámicas de la propiedad. Ni los individuos ya se atreven a apostar con orgullo y con ego por su propia individualidad.

La historia no lo absolvió: les dio la razón con creces a los Castros y a los castrismos.

Del castrismo escuchad el sonido.

A las armas, violentos, corred.

Tocarse los ojitos en público es pecado, sí. Pero escribir, como yo escribo, sobre tocarse los ojitos en público ya implica entonces el castigo de la excomunión.

Y, en mi caso, el beneficio de la extremaunción.

JORGE DE ARMAS *IN MEMORIAM*

Sus impresiones, el verbo, la manera en que él utiliza la palabra, es eminentemente anticubana. Denostativa del pueblo del cual él es fruto.

Eso es simplemente razón, que no necesitamos otra, para despojarlo de cualquier atributo de credibilidad. Por lo tanto, yo me resisto a ubicarlo en un panorama de conversación seria sobre mi país.

O sea, él no me representa a mí. Y estoy seguro que no representa a la mayoría de la comunidad cubano-americana, cubano-española: a la nación.

Él es una persona que sencillamente va a jugar con todos los puntos que puedan ser controversiales en beneficio propio. Y eso yo no sé qué nombre darle.

Porque te digo que yo creo que, si existe un acápite que pueda ser determinado como realmente «traición» a lo que uno es, yo creo que Orlando Luis Pardo lo representa. En su inseguridad, en su falta de compromiso. Y sobre todo en la incultura supina de lo que es ser un cubano.

Un cubano es cualquier cosa menos un apátrida. Menos un apóstata.

Y él lo es.

@JorgeDeArmas

TINDER, TERNURA, TERROR

Instalé *Tinder*. Casi no tengo memoria libre en el móvil, pero me puse a borrar cosas importantes y recién lo instalé.

¿Quién necesita memoria en nuestro día a día digital, cuando ya todos estamos de lado de acá, cuando ahora todo es exilio para donde quiera que nos viremos los cubanos?

Además, *Tinder* es lo mejor de lo mejor.

Tinder es el nuevo populismo de masas, de mujerazas, más allá de razas y demás ridiculeces de género y orientación sexual.

 Tinder es la locura suelta y sin vacunar. Un poema de amor.

Tinder, mi Appmor.

Desde entonces, me paso noches enteras con la cabeza y los dedos metidos dentro de esa aplicación. Swipeando mujeres entre 40 y 50 millas a la redonda, de cualquier talante y edad. Y son un montón, pila, burujón, puñao.

Un mujeroma.

Uno tiene la impresión de que todas las mujeres de Missouri, Illinois, Indiana, Arkansas, Kentucky y Tennessee están en *Tinder*. A este ritmo, supongo que todas las mujeres de todos los estados de Estados Unidos muy pronto lo estén.

Tinder es la nueva globalización. Olvídate de Puerto Rico: Tinder será el Estado 51.

Es el clímax de nuestra soledad de adultos adúlteros y adulterados. Y es, también, para no variar, otra manera de estar ausentes. Es decir, de estar siempre presentes, pero en cualquier otra parte y no donde aparentemente ahora estamos.

No me intentes entender. No pierdas tu tiempo miserablemente así.

Mejor instala a *Tinder* ahora mismo en tu móvil. Es gratis. Es lo que hay.

Una maquinita de moler tiempo. Y carne.

Tinder es, de hecho, una cajita de tiempo al estilo de Andy Warhol. A la par que la más creativa máquina del tiempo que, por eso mismo, a ningún escritor de ciencia ficción se le ocurrió: una máquina del tiempo para desplazarnos del presente al presente.

¿No es atractivo? ¿No es, también, aterrador?

Yo les doy *Like* a todas las mujeres que me encuentro en mi *Tinder* app. No perdono a ninguna, así sea un adefesio demócrata. Y no lo hago por hipocresía, no. Mucho menos por diplomacia.

Es deseo. Así, como lo escuchas: todas todas todas me encantan. Verlas regalarse en una vidriera me da enseguida ganas de que se me regalen.

Cositas más ricas y apetecibles que esas caritas contritas en *Tinder*, no las verán en ninguna academia, burdel, ONG, bar, club o calle.

Cómo se empinan de espaldas. Cómo hacen pucheros con sus boquitas pintadas de rouge o malva. Cómo han llevado el selfie hasta sus últimas consecuencias legales. Cómo te espetan y esperan *online*. Cómo te la paran *a priori*.

Por dios, perdón. Pierdo la cabeza, nada más que de recordarlo.

Mis disculpas de nuevo, ya sé que pudieran estarme leyendo un número indeterminado de menores de edad. Ah, y antes de que se olvide: aleja a tus hijas del *Tinder* de Orlando Luis Pardo Lazo.

Muchas gracias.

Lo que ocurre en *Tinder*, se queda en *Tinder*. Esa es la única ley no escrita de esa aplicación.

El resto es basura a título de la justicia social. Advertencias obvias sobre el acoso, el contenido gráfico, el lenguaje violento, los desnudos no solicitados, el *spamming & scamming*, la discriminación, y mil bodrios así.

Un manual de marxismo resumido en la página de Guías Comunitarias que nadie excepto yo, un bibliómano empedernido, se tomaría el trabajo de leer y releer antes de ponerse a gozar en *Tinder*.

Y fuera de *Tinder*.

Porque, nadie lo dude, *Tinder* es una tentación horizontal. Como la muerte.

Supongo sea App ruso, como tantos otros que se han puesto de moda. Como *Imo*, que todos los cubanos lo usan para llamar a Cuba en video.

Total. Sea *Tinder* ruso, iraní o norcoreano, a los cubanos sin Cuba ya nos da reverendamente igual.

Después de décadas de vivir al pecho bajo la Seguridad del Estado, ningún bolo con peste a grajo va a venir a meternos miedo con sus *spywares*, geolocalizadores, y teclados ladrones de datos. Ni con sus antivirus *Kaspersky* de pacotilla, para espiar en serie y en simultáneo a la *Crooked* Hillary y al *Deplorable* Trump. Rubio sobre rubio sobre rubio.

Mucho menos nos van a intimidar los patáticos ateos de Norcorea o los iraníes tapados con trapos en el nombre de Nadie, el Compasivo y el Misericordioso.

Volviendo al tema, fue en *Tinder*, semanas o siglos o segundos atrás (el tiempo en *Tinder* es mentira), donde la conocí. Tenía un perfil deslumbrante.

De autor. De culto. De autor de culto.

Anunciaba llamarse Esmé. Ya saben, un nombre falso.

Salsosita zalamera de Salinger. Esas son la candela.

Hablamos durante varias noches por el chat interno de la aplicación. Después me dio su teléfono, y yo le di el mío a ella. Por esa otra vía, supuestamente más personal, nos seguimos texteando con fruición.

Masajes por SMS.

Sex Message Sex.

Me dijo que estudiaba Escritura Creativa en la Universidad de Washington en Saint Louis. Predecible. Y que su familia era de un rancho en Ohio. Es decir, su ex-familia. Porque en un ataque terrorista, en la zona supuestamente segura de Bagdad, Esmé se había quedado sin padres en el 2004.

Justo cuando ella estaba por cumplir trece años. La edad del juicio. Que en inglés es la edad del *juice*, del juguito.

Esmé, la huerfanita en trance de escribir su temprana autobiografía. Una candidata de cabeza al «Club de los 27 años»: cadáveres exquisitos con una fosforera blanca a punto de hacer ignición.

Por supuesto, de estar vivo, ni J.D. Salinger se hubiera creído ese cuento. Ese cuentazo.

No importa, mejor así. La ficción es lo más excitante de la vida real. Después de la fricción.

Dejen que Esmé me narre lo que le venga en gana.

Dejen que Esmé me narre las ganas que se le vengan.

Que derrame sobre nosotros su lluvia de escualidez textual, por el chat de *Tinder* primero y por SMS después.

También nos escribimos algunos correos, no muchos. El mío sigue siendo OrlandoLuisPardoLazo@gmail.com, el mismo buzón desde que estaba allá en Cuba, con los testículos torturados en trance de totalitarismo.

El correo electrónico de mi Esmé digital, como todos podemos imaginarlo, resultó ser WithLoveAndSqualor@yahoo.com. Es decir, «con amor y escualidez»: una imagen especular del correo del escritor cubano

Leonardo Padura, pero en su español de la Mantilla machista, ConA-morYEscualidez@yahoo.com (espero que Padura no se moleste por hacer público su contacto).

Esmé, mi loquita anglófona de Bagdad o berebere de Ohio. Fantaseá-bamos con hacer el amor en burka y bikini. Textos van y texto vienen. Por todas las vías, excepto las vías biológicas.

Posesión virtual, apropiación del discurso del otro. De hecho, invención de qué siente o no siente quien teclea invisible para nosotros del lado de allá.

Orgasmos en ausencia.

Objetificación al cuadrado, al cubo. A la semen potencia.

Así se nos iban las horas, mensajeando sobre esto y aquello, compar-tiendo el cualquiercosario de nuestra mediocre vida intelectual.

Ella, estudiando supuestamente una maestría en *Creative Writing*. Yo, siendo denunciado comparativamente en un PhD de Literatura Latinoa-mericana, pero en otra universidad.

«Letrinoamericana», le decía Guillermo Cabrera Infante, un Caín que sobremurió en Londres hasta que se murió, en el 2005, sin que llegáramos a conocernos.

Así vamos todos los cubanos, desperdigados de esa pobre tierra nuestra, partidos en dos, en dos mil dos pedazos, con nuestras energías regadas por un mundo sin eje. De anjá.

Viviendo sin biografía, despersonalizados.

Con patria, pero sin amor. Porque la palabra solo puede ser enlutada o hetaira en un país sin libertad, donde medra la mudez de un pueblo servil y deforme.

Ella, personaje literalmente literario. Yo, personaje literariamente árido.

Fuera de Cuba, me estaba quedando sin nada qué dar ni qué recibir. En verdad que es tiempo ya de acabar. Y qué mejor resquicio para arrasar con todo que una aplicación gratuita llamada *Tinder*.

Yesca yerma.

Cuidado: material inflamable. Ojo: pinta.

Puede que Esmé y yo no tuviéramos nada en común. Puede que no fué-ramos más que dos mentiras separadas por un par de móviles con internet.

Igual la AT&T será testigo de nuestra debacle. Como la NSA.

Lo cierto es cada vez que nos íbamos a despedir, a mí me volvían aque-llas ganas antiguas de pedirle abrazo de verdad. Como eran todos los abra-zos de antes, en la Cuba con Cuba.

Y pedírselo no en inglés, sino en cubano:

—Abrázame, Esmé.

Un gesto humano, que en la Isla nos permitía oler la piel y el pelo del abrazado. Sentirlo abrasado en cuerpo y alma junto a nosotros. Próximo, prójimo, propenso. Disponible para compartir nuestro desastroso destino. Y desatino.

Un primer gesto de confianza, para tratarnos entre seres humanos con la misma inocencia con que una Esmé debería de tratar a su gato.

También, apenas un ademán de anticipación. El abrazo como un anuncio de que, esta vez sí, no nos dejaremos alejar entre cubanos y cubanas. Hasta caer rendidos con la cara hundida muy hondo en el pecho del otro que nos amortaja.

Como dos hermanitos. Muy juntos, en una sola sepultura.

Tímidos, temblando.

Tímidos, templando.

Tinder, espantado de todo me refugio en Esmé.

Babeándonos un poco entre sueños. Ronroneando con ínfulas de musulungo más que de musulmán. Sin los alaridos de Alá ni las costumbritas más o menos judeocristianas. Sin burka y sin boca. No labios, no lengua, no saliva, no dientes, no paladar, no glotis, no encías.

Al pecho. Al patíbulo.

Abrazados aunque solo fuera por un ratico, no más. En un oasis de entrega mutua espontánea. Ecuánimes. Un paraíso de presencia corpórea, incluso a distancia. Permitiéndonos el don a dúo de descansar del deseo, ese demonio demasiado democrático.

Callar, callar juntos. Qué privilegio prohibido para los mortales. Llevamos demasiados siglos sobre La Tierra, en un habla-que-te-habla donde desde el inicio nadie nos ha dicho delicadamente nada.

Mucho menos en Norteamérica, tierra de incontinencia verbal. Nación que habla hasta por los codo, pero por un miedo mudo a permanecer ni medio minuto callada.

Mucho menos Dios, que emplea desde el inicio solo un lacónico lenguaje de señas. Como si fuéramos sordomudos, más que súbditos del Hágase Tu Voluntad.

Hágase nuestro mutismo y no el tuyo.

Del clarín escuchad el silencio.

Hasta quedarnos encandilantemente dormidos sin decir ni miau. Los dos niños, los dos ancianos. Moribundos de tedio y horror, cada vez que cae la noche sobre el exilio y nosotros comenzamos desconsoladamente a chatear.

—Esmé, abrázame.

Pero una noche, sin avisar, Esmé me llamó.

Era la primera vez en meses, tal vez milenios, que mi teléfono norteamericano sonaba.

El exilio es el lugar donde nadie te llama por teléfono sin avisar. A menos que se trate, por supuesto, de la última muerte en Cuba. Que nunca será la última, por supuestísimo, ni en Cuba ni en ninguna parte.

Me dijo, en un inglés infantil que me hipnotizó:

—*My name is not Esmé. So I guess that I don't know your real name either.*

Silencio. Estática. Silencio.

Boba. Bonita.

Desde 1961, por lo menos, yo sabía que tu nombre nunca podría ser Esmé. Para algo se hizo en Cuba una Campaña de Alfabetización. Esta es tu casa, Esmé.

Los electrones de la AT&T parecían congelados por lo peligrosamente excesivo de su pausa. Temí que fuera a colgar.

Ella no se llamaba Esmé, pero yo sí me llamaba Orlando. ¿Cómo convencerla de no ser un seudónimo de Virginia Wolf, cuando en realidad sí lo era?

Entonces Esmé me soltó, en un inglés un poco más profesional:

—No tengo a quién decirle esto que te voy a decir. Ni siquiera sé por qué te lo estoy diciendo. Pero no me dejes aquí sola, hijo de puta.

Permítanme citar la última frase en su idioma original. La recuerdo a la perfección:

—*Don't fucking leave me here on my own, you son of the bitch.*

Aquí, ¿dónde?

Aquí, en el hospital.

El Evangelio según Esmé. ¿Acaso no matan a los caballos?

La salud pública incluye el derecho a no morirse callado, sino a pegar un alarido atroz de ave herida, hiriente: un aaaaaaaaaaaahhhhhh escalofriante y fútil, anticipo de la quietud funeraria.

Un aullido sin nido y sin alas. Hibernación a perpetuidad. Un latigazo de despedida pre-pagada a la compañía AT&T.

Así rechinó en mi móvil su quejido.

Todo el tiempo en que nos habíamos estado comunicando, todo el tiempo en que filosofábamos o flirteábamos, si es que hay alguna diferencia, todo el tiempo Esmé había estado ingresada allí.

Allí, ¿dónde?

Allí, en el hospital.

—En este singao hospital —me dijo.

«*Motherfucker hospital,*» *said she.*

Deteriorándose su salud, como dicen los médicos con satisfacción de forenses.

Hablamos muy poco después de su pedido y su agresión a mi tímpano. Tampoco era necesario. Bastaba con que yo fuera, hijo de puta, y no la dejara morirse sola en un salón saturado de esterilidad.

Colgamos.

La extrañé durante las veinticuatro horas más largas de todas mis vidas vividas y las que no voy a vivir.

A la tarde siguiente, fui.

No tenía que haber ido. Ni a la tarde, ni a la eternidad siguiente. Que se jodiera, la apócrifa Esmé.

El hospital era una mole de concreto art-decó, muy cerca de mi apartamentico de alquiler: el Barnes-Jewish, en la salida de Kingshighway hacia la 64 Interestatal.

Por eso fui a pie.

Y en menos de quince minutos la tuve ante mí. Blanca, casi albina. Pecosa, pelirroja. Los ojos de un verde antinatural. Inecológico, ginecológico. Oncológico, con toda seguridad.

Las teticas super paradas. Todavía. Un buche doble de palomita posada en el Estado Árbol donde ella nació. Oh, Ohio. Con O de Orlando o de Woolf, Virginia.

Se conservaba muy bien. Todavía. Como era lógico, pues tendría más o menos unos veintitantos.

Ese el riesgo ridículo de la juventud: que a esa edad se muere mientras seguimos luciendo siempre muy bien. Y esa es la bendición brutal de la juventud: que se muere sin saber que se está muriendo.

Todo en Esmé desbordaba vitalidad. Luz y salud. Más ese halo sensual que rodea las camas de los enfermos terminales. Todo en ella parecía inmortal, menos su mirada, que irradiaba una tristeza también muy poco natural.

De otro mundo. Ya en el otro mundo.

Por un instante, pensé que su llamada de la medianoche anterior bien podía haber sido un chiste pesado, de humor negro («humor verde», es obligatorio decir ahora en los USA, para esquivar en balde la sublevación socialista).

Había algo infantil en su manera de llamar mi atención para atraerme de corre-corre a donde ella estaba ingresada, y donde tal vez se aburría mortalmente.

Pensé mal.

Esmé no se aburría. Pero mortalmente, sí.

Claro, este tipo de ideas me vienen, entre otras cosas, por el pánico propio de verme en semejante situación. Nunca me creo la muerte ajena, lo cual es un síntoma muy preocupante de que nunca llegaré a creerme la muerte propia.

Vivir, para mí, paradójicamente no llega a ser un asunto personal.

Nunca le pregunté su edad. Veintitantos era suficiente impresión. Me di cuenta enseguida de que muy pronto Esmé estaría cumpliendo una carencia completa de edad. Así que daba lo mismo sumarle o restarle un número imaginario de años: ahora ella encarnaba en persona a la raíz cuadrada de menos uno.

Para Esmé, se estaban acabando las revoluciones del tercer planeta alrededor de un enanésimo sol. Sus siete o nueve vidas de gata a imitación de Salinger se le estaban escurriendo a cuentagotas.

Físicamente, gota a gota.

Con cada suero con que los médicos la entretenían, acaso para disuadirla de que se escapase de vuelta a casa, sin avisar a nadie, Esmé entendía que no habría tal regreso a su rancho ex familiar de Ohio, ni mucho menos a la zona protegida por gusto de Bagdad, en Iraq.

Para Esmé tampoco habría un vuelo raso sobre el Atlántico, con escala técnica en Devon, Inglaterra, donde engrasar las armas o pactar un armisticio durante la Segunda Guerra Mundial, si es que abril de 1944 se animaba por fin a resucitar en los calendarios de un siglo XXI sin Salinger. Y muy pronto también sin Esmé.

Su correo electrónico sería desactivado por *Yahoo*, supongo. A la vuelta de varios años sin conectarse.

Sonrió al verme. Me tomó de las manos.

En ese instante ya nos queríamos, eso sí, como si fuéramos antiquísimos amantes. Aunque nunca nos hubiéramos tocado antes.

Nos queríamos ya, con un cariño incluso más allá de la música mental de nuestros respectivos teclados. Y, por supuesto, mucho más allá de la tontería tierna y terrible de fornicar en *Tinder* como personajes foráneos.

Como lo que éramos en definitiva.

Esmé hizo como si me halara hacia Esmé, pero no ejerció sobre mí el menor par de vectores de acción y reacción. La mecánica de Newton ya no se aplicaba en aquella salita pulcra y sobreiluminada del Barnes-Jewish Hospital. Quiero decir, que ya no tenía fuerzas.

Esmé era ahora la ingravidez de una ecuación cuántica.

Esmé $= mc^2$

Una gata de Schrödinger, a la vez viva y muerta por los intersticios de las redes sociales.

Esmé, miau.

Esmé, bye.

Su rabia retórica de *you son of the bitch* y *motherfucker hospital* era de pronto una cosa del pasado. Arqueología del día de ayer.

Ahora Esmé lucía más bien calmada. De hecho, me pidió o me ofreció disculpas por la urgencia de su arrebato. No sé bien cómo se piden o se ofrecen disculpas en español. Pero en inglés es super simple de conjugar: «*Please, forgive me.*»

Y yo le aseguré que no había nada que perdonar. Que por lo menos ahora ya nos conocíamos en persona. Que había sido un placer. Y que volvería a la tarde siguiente con puntualidad de escolar.

Y también todas las tardes del Estado, hasta el fin de la Estadidad.

Pero la verdad histórica, como dicen los académicos marxistas, es que nunca volví. Dios y la ausencia de dios saben lo duro que lo intenté. Al menos espero que Dios y su vacío divino sepan que humanamente no pude.

Yo tampoco tenía fuerzas para tanto.

Por eso mismo no vuelvo a Cuba, ni en sueños.

Esa noche, cuando salí de visitarla, las avenidas de Saint Louis lucían más desiertas que de costumbre, excepto por el desfile habitual de ambulancias y patrulleros.

Saint Orlando Louis, como todas las ciudades de los Estados Unidos, es una conglomeración de ghettos: burbujas que no se tocan ni en la tangente, gente que no se toca ni en los mercados ni en los cementerios. Excepto para caerse a cuchilladas o a tiros. O a ofensas de corte estrictamente sexista o racial.

El *Mid-West* es también el Oeste completo.

Sentí un frío sin justificación en el cráneo y un calor a mitad de pecho. Me latían de forma rara las venas del cuello y el brazo izquierdo.

Tuve arqueadas y casi me pongo a vomitar en la esquina art-decó de Maryland y Kingshighway, donde se alza una réplica en miniatura del *Empire State* de Manhattan, que a su vez es una réplica en gigantografía del edificio López Serrano de El Vedado, La Habana.

Pensé en mi propia ristra de muertos, desde mi amigo Ulises Carbonell (del «Club de los 27 años») hasta mi octogenario papá. A ninguno de ellos los ayudé. Los dejé escurrírseme entre las manos. Soy un criminal. Aunque por otros motivos, han hecho muy bien en denunciarme mis colegas del PhD.

Así que no quería añadir ni un muerto más a la larga lista de Orlando Luis Pardo Lazo EPD. Que el próximo fuera yo. Y ya. Punto y aparte. Pero no quería convertir mi memoria justo en lo que mi memoria desde el siglo XX de todas formas ya es: sombras nada más, entre mi vida y mi vida.

Qué breve fue tu presencia en mi hastío, pero qué tibias fueron tus manos y tu voz. *They shoot horses, don't they?*

Sí, y también matan a los cubanos, mujer. Esos hijos de puta que hijadeputamente se mueren solos, sin avisar, dejándonos a solas con cada vez menos y menos cubanos.

Sombras nada más, en el temblor de mi voz.

Y ni eso: sombras en un chat, en el teclear de mi *Tinder*.

SIN PEROS EN LA LENGUA

Qué empingado es este amor,
Qué empingado.

Me da sus besos a la aurora
Y hasta caricias jodedoras.

Qué empingado es este amor,
Qué empingado.

Y si tú te vas,
Si tú te vas,
Se pone encojonado.

Qué empingado es este amor,
Qué empingado es este amor,
Qué empingado es este amor,
Qué empingado.

LA CASA DE LOS GORDOS

Mi padre copiaba en un cuaderno mis primeras palabras. Me jodió completo con ese gesto suyo tan intelectual.

Me hizo, sin proponérselo, para siempre escritor. Es decir, narcisista. Es decir, espía.

Un tipo incontinente al respecto del lenguaje. Un ente imposibilitado de estar presente, incapaz de participar de la realidad. Excepto cuando esa realidad está pasada por, como ya se imaginan, mi propia escritura.

Yo, yo, yo.

I, me, mine. I, me, mine.

Mi padre me convirtió en el centro del mundo. En el autor de todos ustedes. Y en el creador de una presidencia preciosa como la Donald J. Trump.

Gracias, papá. Te perdono porque sabías muy bien lo que hacías.

Era tan temprano entonces en Cuba: finales de 1971 e inicios de 1972. La Habana recién nacía justo por aquella época conmigo. De hecho, de niño, me era inconcebible que la ciudad hubiera existido por sí sola antes de mí.

Mis padres me bautizaron en la iglesia de Lawton, una mole gris que se empina, ruinosa pero indestruible, entre las escalinatas de las calles 10 y 11. Que en Lawton se pronuncian así: «diez» y «once». Lo mismo que «doce» y «trece», y así hasta llegar al paradero de las guaguas en la calle «dieciséis».

Solo las calles 8 y 9 se pronuncian como «octava» y «novena», respectivamente. Por puro capricho urbanístico de la dicción popular de Lawton, que en su momento fue el barrio más bonito de toda la capital cubana. De todas las capitales cubanas, incluidas Madrid, México y Miami.

Más de la mitad de la iglesia fue decomisada por el gobierno, supongo que el 2 de enero de 1959. O sea, tan pronto como pudieron. En puridad, se robaron todo el convento de manera arbitraria y sin compensación.

Las monjas, expulsadas.

Los mongos, presentes.

Y así, desde muy temprano, convirtieron aquellos tres pisos en una escuela horrorosa, que le daba la vuelta entera a la manzana, entre las calles contraparalelas de B y C (que se pronuncian, sin mayores complejidades onomásticas, como «B» y «C»).

A la nueva escuela le pusieron por nombre nada menos que «Camilo Cienfuegos», porque el muy querido Camilo vivía en Lawton hasta que, en octubre de 1959 (tan pronto como pudieron también), los líderes máximos de la Revolución lo asesinaron a sangre fría en la Ciénaga de Zapata, junto a varios de sus escoltas en diferentes cuarteles, como le hicieron a Cristino Naranjo en la antigua Columbia de Marianao.

Después del decomiso del convento, la Seguridad del Estado comenzó a regar rumores estrafalarios, aprovechando la inocencia de los inquilinos del barrio. Y también la complicidad impuesta por el puro terror. Y la ignorancia natural del pueblo cubano. Y sus supersticiones. Y la generosa superchería general.

Un pueblo cubano, según el sacrosanto José Martí, que fue «servil y deforme» antes de saberse pueblo cubano como tal. Imagínense después.

Los agentes locales del G-2 dijeron, por ejemplo, que los fetos que abortaban las monjitas aún aparecían a cada rato bajo las losetas de los baños de la Camilo, cada vez que el Estado socialista debía de hacer allí alguna reparación albañal.

Mojones y monjas. Todavía hoy, cada vez que alguien me habla de catolicismo, lo primero que me viene a la cabeza es esa aliterante asociación.

Aunque la policía política no contó tantos detalles, yo siempre me imaginaba a esos fetos fétidos emanando de entre los grafitis de penes enhiestos como espadas de Voltus V, vertiéndose desde las vaginonas abiertas como libros de Biología III.

Toda una genitalia que era pintada procazmente a lápiz, por obra y gracias de los pioneros moncadistas más dotados en la asignatura de Artes Plásticas. Aunque por entonces, por supuesto, ninguno de nosotros tuviera ningún referente visual concreto de cómo luciría el sexo opuesto a la hora de la verdad.

Y así fue que Fidel convirtió a la mayor parte de la iglesia en una escuela, mitad primaria y mitad secundaria. La «Iglesia de la Camilo», la llamábamos los idiotas adolescentes de la primera mitad de los años ochenta. Aunque Camilo había sido, con su barba de fornicador y su sombrero alón, un ateo de los que hay que matar para que crean en su propia muerte.

Por eso mismo lo mataron. Para que aprendiera.

Para que creyera en ese algo sin alma que era la Revolución más humanista en la historia de la humanidad. Para que se convirtiera.

Camilo, el comemierda en jefe. El mismo que dijo que no se pondría en contra de Fidel «ni jugando a la pelota».

Camilo era de una raza republicana, obviamente. Un animal civil desprovisto de suficiente monstruosidad para saber quién era Fidel y qué era Cuba. Yo sí lo sé. Ustedes, no tanto.

Es posible que ustedes tampoco sean lo suficientemente monstruosos para entender en toda su extensión lo que nos ha pasado. Me alegro por ustedes. Hay esperanza para Cuba en esa condición sicosomática, en ese empedernido *denial* que a ratos es decencia y a ratos es demagogia democrática.

Es mejor no saber, de cara al futuro de los cubanos sin Cuba.

Pero conmigo no cuenten más: yo ya no puedo seguir llamándome *cubano* sin sentir en mi cuerpo toda la culpa y todos los crímenes de que fui capaz. De que fuimos capaces.

Yo y mi familia y todos, en ese orden.

Por cierto, las primeras palabras que mi padre me copió en el cuaderno tenían sin excepción dos sílabas. Al parecer, es cierto que el lenguaje humano comienza siendo una mera mímesis: imitación de un primate gramático que se babea al tratar de poner en funciones las cuerdas aún no vocales de su garganta.

Mi padre anotaba esos bi-vocablos como si de un nuevo diccionario se tratase. Como si fuera él quien tuviera que aprender de la lengua que yo iba aprendiendo de mis vecinos y familiares, semana tras semana y mes tras mes.

Un aprendizaje desde finales de 1971 y hasta el día de hoy, cuando ya no nos quedan a los cubanos ni vecinos ni familiares. Ni a mí, ni a nadie.

Titti significaba «pollito, gallina».

Puppú significaba «carro, automóvil».

Pappu significaba «zapato, chancleta».

Abba significaba «agua, sed».

Ette significaba «leche materna, hora de lactar al Orlando Luis Pardo Lazo bebé».

La escribidera de aquellos sonidos y sus acepciones, que por entonces no significaban para mí, sería luego lo que me obligaría a convertirme en el tronco de escritor trumpista que actualmente soy. O intento ser.

Caccán significaba «Pascual, el vecino que tenía carro».

Nerru significaba «negro, prieto, Miguel, el vecino brujo de al lado»: Miguel Heredia, el afrocubano de oro que no recordaba su propio abolengo cubano, ni mucho menos africano, con aquellos arrebatados toques de tambores para saciar santos apócrifos con sacrificios sangrientos.

Un Heredia más, aterrizado de Santiago de Cuba con su dentadura intacta de 24 quilates. Degollando palomas y carneros, tal como él en persona le partía el clítoris a las negritas y mulaticas del barrio. Y a una legión de blanquitas negreras, que ellas mismas se denominaban «cochinas», aún no sé bien por qué.

De noche, yo tenía sueños húmedos al oír a todas esas blancas bufando, que venían desde otros barrios y se venían a escasos metros de mi cama, donde mi vecino venéreo Miguel Heredia se las singaba silenciosamente en el nombre nerru de Oshún y Oyá: orishas de Tiempla Tierra a la Shola Anguengue.

Las iniciales del bembé eran la belleza y la barbarie de la sangre y la leche corriendo al por mayor en aquel Lawton noctámbulo, noctífugo, de sílabas sensoriales, al compás críptico de los tambores batá, mientras mi insomnio me turbaba las gónadas volátiles y me provocaba una varicocele ya a punto de cirugía.

Rituales al margen de la Revolución, en el cuchillo donde se cortan en perpendicular Fonts y Beales, que un poco antes simulan ser calles paralelas, solo para cruzar de la mano la Avenida de Porvenir.

En el totalitarismo, todo es metáfora.

Metáforas malas, por supuesto, como toda metáfora que se respete.

En Cuba, la poesía siempre fue peor que la represión. Desde José María Heredia, otro santiaguero singón.

Ah, tantas y tan tontas peripecias que ahora, en la época de Donald J. Trump versus Miguel Díaz-Canel, ya no significan nada para ninguno de los inconcebibles cubanos que quedaron.

Para los que pasaron la prueba del desfile de miles de fusilados. El test de las alambradas para reconcentrar a miles y miles de presos políticos. Y el examen a fondo del maratón de miles y miles y miles de expatriados. Mientras mi madre mansamente me llevaba en la ruta 1, a comprar alguna ropa que le sirviera a la gordura sin gastronomía de mi papá.

Ropazas de macho embarazado. En pleno Quinquenio Gris, mi padre era tan gordo como José Lezama Lima: el no menos extraordinario Dionisio Manuel Pardo Fernández.

Y allá íbamos, los fines de semana, mi madre y yo. A La Casa de los Gordos, sita en Belascoaín entre quién recuerda ahora qué y qué.

Digamos, por decir algo, en Belascoaín casi esquina a Neptuno.

La amnesia como bendición. Desde hace por lo menos una década doble, los cubanos tenemos la sensación de no saber nada de nada de lo que nos pasó. Ni nada de nada de lo que no nos pasó.

Dentro de la ropa de mi padre, como en aquellas palabras sacadas de libros que él me leía con su esdrújulo inglés, cabía yo completo como quince veces. Claro, que yo era entonces un renacuajo. Pero con el mismo cabezón que tengo ahora, casi ya a los cincuenta años de rodar y rodar sin hacerme adulto. Una especie de Peter Pan con fenotipo de ET.

Mi padre no era tan gordo en definitiva, sino que tenía una panza descomunal. De trillizos. Y así se lo gritaban sin pensarlo dos veces por cualquier calle.

—Vaya, Bayoya, ¿son trillizos?

La cubanía es eso: la imposibilidad de estar a solas con uno mismo. De suerte que el castrismo apenas llevó esto a su paroxismo: la dictadura cubana entendida como un exceso de confianza.

Yo fingía no entender lo que le gritaban a mi padre en las calles de La Habana. Pero era ya demasiado pequeño para no comprender. Siempre lo supe todo. Y siempre todo lo callé. Hasta ahora.

—Vaya, Tonina, ¿para cuándo es el parto?

Y mi padre también disimulaba su desasosiego, su estancia en un país sin paisanos y probablemente sin paisaje: una Cuba en la que él no se había criado, y en la cual tampoco deseaba tener que criarme a mí.

Tal vez por eso se refugiaba en la transcripción del diccionario de mis protopalabras.

Ammi significaba «madre, mamá».

Appa significaba «papi, padre».

Lala significaba «Georgina, la hija de Valladares y Clara», vecina linda del frente que, por más que también fue engordando, nunca dejó de parecerme la princesa prístina de los setenta, asomada al encantamiento de su balcón de Beales #100, altos.

Con Lala aprendí a escuchar la radio cubana:

Que no duerma el brazo ni cese el motor.

El trabajo es gloria, la vida es acción.

La radio era progreso entonces. Y las ondas significaban alegría por eso reíamos como locos, como cajitas de música orate de remate, porque en aquella época épica nadie sospechaba que todos estábamos tristes en realidad.

En la realidad. Por la realidad.

Tiquitiqui significaba: «cosquillas, costillas, risa corporal».

Mindinguilla significaba: «mantequilla». Por extensión: «mayonesa, queso crema, pasta de bocaditos».

Atti significaba: «Tati».

Y ahora pienso que Tati significaba también el amor, pero entonces muy pocos lo sospechábamos. Todavía hoy nos cuesta mucho trabajo esa sospecha.

Porque durante el desfile de miles de fusilados, las alambradas de miles y miles de presos políticos, y el maratón de miles y miles y miles de expatriados, durante toda esa década decadente, repito, se erigió a la par el paraíso prepolítico de mis padres.

Dos cubanos decentes, desconcertados. Desaparecidos en un período de tiempo mucho más corto que la desaparición de todas las especies de dinosaurios.

En la TV en blanco y negro, yerba para el dragón.

Y en la vida a todo color, ropitas de gordo para mi padre.

Pantalones de trabillas y balas anchas, cintos con hebillas de oropel, camisas mal recortadas de cuadros, pañuelos para los mocos por el cupón de la libreta industrial, calzoncillos mata pasiones, y un abrigo de aquellos llamados «impermeables» sin fecha de expiración, porque por entonces los inviernos de Cuba eran mucho más fríos en La Habana que en el exilio.

Así y todo, no nos podemos quejar.

Como en un chiste arcaico sobre la Unión de Repúblicas Socialistas Soviéticas, en efecto, allá en nuestra Cuba queridísima *no nos podíamos quejar.*

Y eso era un alivio atroz, una rampa de lanzamiento para la felicidad.

Vivimos en la Isla quizá no como quisimos, pero sí como pudimos. Derribando algunos templos y levantando otros que tampoco perduraron, ni fueron a su vez derribados, porque la fuga de los cubanos no deja huellas.

Porque las huellas de los cubanos no dejan historia. Porque la historia de los cubanos es tan efímera como un fotón enfrentado a su antifotón.

Contrapunteo cubano al son del tiple y el güiro. Al sol soez del tiroteo a traición y los ahorcados columpiándose en una güira. Mientras mi madre me llevaba milagrosamente a salvo de vuelta a casa, otra vez en la ruta 1, cargando con el tesoro que significaba aquel bulto de ropas obesas para mi papá.

Por más que hoy busco y rebusco, en mi diccionario de bebé baboso no aparece ninguna palabra que signifique «gracias». Al parecer, por entonces no era un término ni remotamente necesario.

Por eso se me ocurre sospechar que en el totalitarismo cubano, los cubanos vivíamos bajo un excepcional estado de gracia.

La casa de los gordos era, también, la garantía de que engordaríamos en casa. De que no sería necesario cambiar para otro sistema de guaguas.

La Habana era por entonces nuestro común paradero.

DE ÁNGEL A ANGELINA, UN SOLO CASTRO

Las escenas no se diferencian demasiado. En nuestros predios, la pornografía es tan transhistórica como atemporal.

Imaginemos, pues, a Ángel Castro, el voluntario español que viajó a la Isla a matar a los cubanos alborotosos, gente de machetes tomar que por entonces se empeñaban en imponernos por la fuerza esa cosa arcaica llamada la libertad.

Imaginemos entonces su pinguita gallega, su pellejito blanconazo echado hacia atrás. Con esmegma: léase, fana. Y notemos cómo el semen sale finalmente a chorrazos fidelitozoides dentro de la vagina servidumbril de la señorita Lina Ruz.

Diciembre de 1925. Dos extranjeros se singan al margen de toda ley matrimonial, sea peninsular o criolla, en el Batey Birán de unas Pascuas sangrientas que ningún cubano conocería hasta poco antes o poco después del triunfo de la Revolución, en enero de 1959.

Imaginemos ahora a Angelina Castro, su prototípica papayona XXXL antes las cámaras y micrófonos de la industria porno del Miami más perverso, pero a la vez pacato. El exilio cubano es otra península promiscua de expatriaditos políticos y eyaculadores incontinentes de dos por tres: léase, de tres por quilo.

Y, de no ser mucho pedir, imaginemos que Angelina Castro no se tiempla con un dildo a una afronorteamerica con várices hasta en los créditos, sino que se echa bocarriba para que sea el miccionario Ángel Castro quien se la clave como una yegua.

A la caballuna, mi mula. A las dos, mi revoluciój.

Ángel refocilándose dentro de Angelina: continuidad de los Castros.

Las escenas no se diferencian en casi nada. Lo que pasa es que, en nuestros predios, la patria puede ser ara o pedestal o pastillas para pararla o para paralizarnos los nervios, pero lo que nunca será la patria entre los cubanos es un ejercicio extremo de imaginación.

Por eso estamos como estamos. Por eso hemos estado como hemos Estado. Exhaustivos, exhaustos. Extintos.

Glandes acéfalos y úteros inútiles. Castrofroditismo a la carta.

FUNERARIA *FACEBOOK*

Ya tengo más amigos muertos que no muertos en *Facebook*. Que es como decir: ya tengo más amigos muertos que no muertos en la vida real.

La virtualidad es hoy por hoy nuestra realidad más inmediata. A falta de soberanía, incluso a falta de ciudadanía, los cubanos somos ahora animales de bits.

Abrir mi página de *Facebook* me provoca una sensación muy extraña. Aquí les dejo el enlace, como testimonio de no sé qué: https://www.facebook.com/orlandoluis.pardolazo

Visítenme. Síganme. Pídanme la mano (no se las daré).

De paso, háganse mis amigos también. Como Toqui, aquel títere que emergió del socialismo de los setenta, cantando *yo quiero ser tu amiiigo...*

Por más locuras que comparto sin ton ni son, por más chats políticos o pornográficos en los que me meto, por más provocaciones inciviles y patadas por la cabeza que le doy al castrismo y a los supuestos líderes de la disidencia (rabia, Rodiles, resabia), por más fotos privadas de mis partes públicas que mando en plan de acosador 2.0, por más gente que bloqueo al primer comentario capcioso, por más amor que recibo e indolencia que doy, igual no se me quita la sensación de que ya no nos queda casi nadie allá afuera.

De que estoy terminado. De que estamos terminados.

Somos un pueblo en exquisito estado de desaparición.

Le castrime exquis boira le vin nouveau.

Muros y muros vacíos, repletos de información infantilizada y despotismo digital. Perfiles de nuestra paleohistoria posnacional. Fotos falsas, imágenes retocadas. Cachitos de videos sacados de su contexto original. Etiquetas que nunca estimaron la presencia de nadie. Timo inestimable,

136

manipulación al por mayor. *Facebook* como basurero virtual. Y, para colmo, como fidelismo censor (los cancerberos de *Facebook* me borran mis mejores videos en vivo tan pronto como los publico).

Ausencia quiere decir olvido. Las almas que no se han querido da lo mismo si alejan o se acercan más.

Ausencia quiere decir odio. Pero también libertad. Más allá de la labor de zapa de los *trolls* comunistas de toda laya y ralea, en nuestras cuentas de *Facebook* los cubanos recuperamos cierto poder. A par que nos despersonalizamos a perpetuidad.

Mi *mouse* recorre todas esas cuentas vacías en silencio solemne. No es la patria, sino yo quien os contempla orgulloso, cubanos de ninguna parte. Veo vuestros pabellones nocturnos, nuestros claustros de mármol después del marasmo de Marx.

Mausoleo de soledades. Cenotafio de la cubanidez. Almamenterio.

Allí, en esos páramos de mayor realeza, me paso los días del exilio saltando de aquí para allá, dando *Likes* y *Shares* a trote y moche, comentando como cuando la vida todavía era verdad, y se suponía que Fidel nos iba a durar para siempre: como una enfermedad congénita sin la cual los cubanos ya no sabríamos coexistir.

El castrismo como cola loca.

Husmeo parientes distantes. Detecto promiscuidades. Felicito y soy felicitado por entes inmateriales. Me hundo en los historiales ajenos, como si depositara mis despojos vitales en mi propia tumba. Accedo a todos esos *timelines* sin consistencia en línea del tiempo.

Aporto de todo, como ya he dicho. Aspiro a la condición de dios ubicuo.

Comentarios carroñeros. Memes desmemoriados. Dólares de *crowdfunding* para la última campañita humanitaria. O para el primero de los próximos velorios.

Facebook es nuestro fabuloso festín de fantasmas.

Aquí estamos todos. Aquí ya no nos queda nadie. Se han ido a cualquier otra parte los exiliados. Es más, nunca estuvimos aquí.

Llámese *web* o tela de araña, llámese red o radical rabia social, abrir mi *Facebook* es como diseccionar un cadáver en campo minado.

5000 amigos de muy mala memoria. La democracia vendrá a Cuba ataviada de Alzheimer.

Por mi parte, humildemente recuerdo hoy, por ejemplo, la portada del libro que en el otoño de 2018 me publicó Hypermedia, esa editorialita endémica, concebida por quién sabe quién para los cubanos que carecen de Cuba por todas partes.

Caja china, portazo más que portada, vasos comunicantes para escandalizar demócratas. Confieso que traté y traté, pero no pude evitar ponerme a mí mismo en primera plana. Desnudo, con el culo a la cara.

Y, por si el Parkinson de pronto nos separa, aquí les dejo ahora el *link* de la editorial como testimonio prepóstumo de no sé qué: www.editorialhypermedia.com

Visítenla. Síganla. Échenle una mano en *Facebook* (seguro que se las muerde, ingrata).

De paso, háganse sus amigos también, por favor. Como Toqui, tótem y tabú de la tristeza en los tiempos de totalitarismo, yo ya no quiero ser más tu amiiigo…

El título de este libro, gracias al apóstol de todas las apostasías cubanas, es *Espantado de todo me refugio en Trump*, como en la carta de José Martí a su Joseíto Martí.

Digamos que me llamo Ismaelillo.

Ojalá no quede títere con cabeza antes †, durante †, ni después † de este parto.

Un cuaderno epitafio. Bitácora de la barbarie y la bellaquería cubanas. Música del Titanic para repentistas Media Cara y extremistas Elpidio Valdés.

El libro del trumpismo cubano. Con suerte, un manual del sionismo insular (esa asignatura pendiente). Y un búnker para la derecha cubana que nunca fue. Y un osario orgulloso para la derecha cubana que llegará muy tarde.

Porque hasta Fulgencio Batista fue un hombre de izquierda, por si no lo saben (yo sé que tú no lo sabes: no lo sabes saber). De hecho, el batistato fue nuestra única dictadura de izquierda. Y nuestro mejor ramalazo de nacionalismo.

Con *Espantado de todo me refugio en Trump* apuesto por una especie de autismo contra mis colegas de izquierda, que son todos y para el mal de todos.

Con este libro libre les he dado groseramente por la vena del gusto: se las he puesto bien fácil con mi magnífico mamotreto de la derrota.

Ahora me pueden incinerar con propiedad. Entregarme a los tribunales del Socialista Oficio.

Espero que nadie se me queje después, cuando estemos todos muy viejos y *Facebook* sea solo el espejismo de por dónde se le coló el comunismo a América, por donde cogió carcoma el continente.

Atiéndanme, quiero decirles algo que quizás no esperen, doloroso tal vez.

Elemental, Castro: si la oposición cubana va a resultar como resultó en el exilio Orlando Luis Pardo Lazo, un *neocon* nato, supremacista álbeo para más señas, entonces, por más que los académicos norteamericanos no querían reconocerlo al principio, de pronto ya no tuvieron más remedio que ponerse de parte de la Revolución Cubana.

Y con razón.

Te conozco, mascarita con cátedra. Era muy tierna la tentación de un *tenure* para impartir esos cursitos verde oliva de verano en La Habana.

Pero no tengáis miedo, profesores verdugos y profanadores de víctimas. Abrid vuestros corazones a Castro.

Dejad que los académicos se alejen de mí.

Espantado de Trump se refugian en Cuba.

Aplausos.

Ovación.

(Transcrito a partir de las versiones taquigráficas del Consejo de Estado.)

Mientras más lectores yo consiga sacar del closet del castrismo para que den la cara, más me sentiré satisfecho con *Espantado de todo me refugio en Orlando Luis Pardo Lazo*.

LEONARDO PADURA *DIXIT*

—Mi odio nunca me permitirá trabajar para construir la nueva sociedad. Pero es la mejor arma para destruir esta otra sociedad, y por eso os he convertido a todos vosotros, mis hijos, en lo que sois: los hijos del odio.

—Mañana, pasado mañana, dentro de dos días, cuando estés frente al hombre al que tienes que matar, recuerda que es mi enemigo y también el tuyo. Que todo lo que dice sobre la igualdad y el proletariado es pura mentira, y lo único que quiere es el poder. El poder para degradar a las personas, para dominarlas, para hacerlas que se arrastren y sientan miedo, para joderlas por el culo, que es con lo que más disfrutan los que gozan del poder.

—Y cuando le revientes la cabeza a ese hijo de puta, piensa que tu brazo es también el mío: yo estaré allí, apoyándote, y somos fuertes porque el odio es invencible.

AMAR A MÓNICA, ODIAR A OBAMA

Leo en un periódico norteamericano, de cuyo nombre no quiero acordarme, que en 1998 el novelista Toni Morrison dijo que Bill Clinton era el «primer presidente negro» de los Estados Unidos.

Wow.

¡*Wow* a secas!

Sin emoticones. ☺

El tipo se tostó con mantequilla. ¡El Toni ese es tremendo pichao!

Y lo soltó así, con todas sus letras y colores, porque a Bill Clinton lo estaban acusando de perjurio y lo querían defenestrar deshonrosamente de su máximo cargo. Todo por una boquita Barbie de basura blanca, un chica almodóvar de élite que succionó su pene presidencial en plena *The White Trash House*, en la esquina más erótica de Washington, DC.

El tal Toni Morrison saltó, como un tigre étnico, a la defensa del negro rubio que se adelantó en más de una década al rubio negro de Barack Obama.

Arcoiris musical. Genética dodecafónica.

Para nuestro Toni en la literatura yanqui, como para media nación y medio mundo mediático incluso en 1998, el fascismo republicano no solamente quería linchar a Bill Clinton por su desliz eyaculador, sino que era una venganza por ser «nuestro primer presidente negro» en 222 años de Unión.

A pluribus lingua.

Toni de remate. Morrison de atar.

One flew over the cock's nest.

Alguien voló sobre las portañuelas de la patria.

Radical islamic sexorrism, pudo haberlo dicho en ese momento el por entonces aún no presidente Donald J. Trump.

Por cierto, Mónica Lewinsky, la succionadora secreta, es una mujer mucho más sincera que toda la clase política norteamericana.

He visto sus entrevistas en *YouTube*. Y me ha enamorado. Platónicamente, se sobreentiende.

A ratos, parece una niñita perdida al otro lado de las empalizadas. Pero a ratos es una hembra adulta muy honda, capaz de reír y ruborizarse en cada una de sus escenas en cámara.

Esa es la base conceptual del porno: saber estar presente en todo momento de la representación. No hay que leer a Umberto Eco para darse cuenta de esto.

Uno tiende a creer en Mónica Lewinsky como en Dios Madre. La veo como una verdadera sobreviviente de aquel período promiscuo que nunca debimos dejar atrás: los innovelables noventa.

Una época dejada sin épica por el colapso gratuito del comunismo y que, sin embargo, los cubanos no la vimos pasar. No la supimos narrar.

Me pregunto, por ejemplo, dónde está la gran novela cubana de aquella década. Y dónde la gran novela cubana de todas las décadas.

Los cubanos ni siquiera tuvimos un Toni Morrison. Para no mencionar a un Bill Clinton o a un Barack Obama. Los cubanos no hemos tenido a ningún cubano desde Fidel Castro.

A Bill Clinton, para no ir más lejos, la prensa de la Isla lo llamó «pusilánime» por dejarse chantajear por el exilio de Miami (pero era mentira: él solo se dejó toquetear, pussylánime.)

A Barack Obama, en cambio, lo llamaron, muy a pesar de nuestro Toni Morrison, un «negro falso»: un negrito de biscuit a imitación del Bronx. Y encima lo amenazaron en público con llenarle de balas su cabecita con canas de Premio Nobel de la Paz.

Con una AK-47, supongo.

Tranquilos. Sigan leyendo. Que aquí no ha pasado nada. El AK-47, por no ser norteamericano, no clasifica como un rifle de asalto.

Y parece que por fin ahora les ha llegado la hora de la revancha. Por lo que la emprenden enfáticamente en contra del republicuadragésimoquinto presidente Donald J. Trump.

Escúchenme, que aunque me duela el alma yo necesito hablarles, y así lo haré: se puede ser castrista y se puede ser cobarde, concedido, pero comportarse como un castrista cobarde es ya el colmo de la reiteración.

Dejad en paz a Donald J. Trump. El pobre tipo todavía no ha podido ni hacer una guerra genocida. Venid a por mí. Atrévanse contra Orlando Luis Pardo Lazo. Tírense conmigo y con la guagua andando, si tienen con qué. Contra el tráfico.

Los espero en el próximo párrafo.

Pero, pensándolo bien, lo más probable es que en el próximo párrafo me porte entonces como una mansa palomita. De las pacifistas, de las de Picasso.

Por el momento, amemos un poco a Mónica: esa primera dama Michelle blanca que, aunque no estaba autorizada a succionar los néctares máximos de la nación, así y todo cedió a su sed, atreviéndose a la aventura de su propia avidez.

Para que la democracia algún día se decida a recalar en Cuba aunque sea por casualidad, hay que destronar a todos los Toni y olvidar a todos los Obama.

Sospecho, compañeros y compañeras (en ese orden patriarcal y nunca al revés) que los lectores cubanos debiéramos aprender un poco de esa lección que la Lewinsky nos legó.

8,737,540,000

Sadly,
the American dream
is
dead.

That's
when we become Greece.

UNA ALLENDE Y UN LAGE EN SAINT LOUIS

Mi amigo Lage vino a visitarme a Saint Louis.

En efecto, Jorgito Lage es un Lage de los Lage de verdad, en La Habana. Su tío Carlos Lage iba a ser el candidato oficial de la transición cubana, cuando se muriera Fidel. Si es que se moría Fidel, porque durante décadas nadie tuvo eso muy claro. Ni siquiera yo. Porque durante décadas Fidel fue el único cubano inmortal.

Probablemente Carlos Lage hubiera tenido que hacer campaña oponiéndose al líder de la oposición pacífica, Oswaldo Payá, para que la supuesta transición contara con algún viso de credibilidad ante la comunidad democrática internacional.

Pero ahora los dos están muertos, enterrados a 1959 pies bajo tierra en La Habana: el doctor Carlos Lage y el ingeniero Oswaldo Payá. Hacía rato que yo estaba intentando poner a estos dos nombres juntos en una misma oración. Bien, ya lo hice.

Dos hombres buenos. Cubanos urbanos, de la raza blanca, varones. Vecinos casi: Lage en Nuevo Vedado y Payá en el viejo Cerro. Ambos habaneros de pura cepa. Ciudadanos modelos, incapaces de cometer un crimen. Y, sin embargo, ambos enfrentados por culpa del castrismo en sus roles de verdugo (Lage) y víctima (Payá).

A Lage lo amenazaron de muerte y ahora está más quieto que estate quieto. No puede salir del país, ni dar entrevistas a ninguna prensa, ni escribir sus memorias. Es una no persona clásica, un caso de estudio para los catedráticos con cojones: esa especie en extinción.

A Payá simplemente lo mataron a golpes. Los oficiales del Ministerio del Interior cubano le reventaron el cráneo en una carretera probablemente de Camagüey, en la tarde del domingo 22 de julio de 2012.

El castrismo es una maquinita de moler carne. Al castrismo no lo sobrevive nadie. Ni castrista, ni opositor. Esa es su garantía de poder. Pero esa es también su maldición: no dejar a nadie capaz de darle algún tipo de continuidad. De forma que esa es, de paso, nuestra esperanza: los cubanos confiamos en la capacidad criminal del castrismo para propiciar su autodestrucción.

Su autofagia. Su apoptosis. Su implosión.

Martirologio de sus cadáveres traidores, como Payá. Lagicidio en vida para sus fieles difuntos, como el ex vicepresidente Lage y el ex canciller Felipito, entre otros ministros de la muerte.

Mi amigo Jorgito Lage, en cambio, es escritor. Precisamente por eso, él y no su tío es el más político de los Lage.

Carlos Lage, con sus altos cargos en el Buró Político y el Consejo de Estado, no fue más que un administrador adulón del régimen. Eficaz, pero reciclable. De política, el Dr. Lage no sabía nada de nada. Era un lector muy malo. Es decir, nuestro «reformista» de línea blanda, según la Comunidad Europea, leía mucho (incluso las memorias morbosas de los agentes secretos de la KGB Sudoplatov y Sudoplatov), pero en la práctica el tipo no sabía leer.

Lage era un ignorante de marca mayor sobre cómo la política cubana se construye con un crimen pequeño, casi salvo, puesto encima de otro crimen mayor, más malvado: maléfico.

El médico Lage no sabía ni le convenía saber. Pero, por desgracia para él, no le bastó con esa ignorancia para salvarse. Así, mientras que a Oswaldo Payá lo asesinaron porque conocía todo sobre el totalitarismo cubano (y para colmo lo denunció en público sin pánico, como un hombre libre), a Carlos Lage lo sacrificaron simplemente porque su cobardía resultaba demasiado decente para el aparato de espionaje, tortura y ejecución de los Castros.

Un aparato atroz que necesita continuar operando con la misma impunidad después de los Castros originales. Una maquinaria mórbida que necesita de cubanos sin alma para no desaparecer junto con la memoria hecha polvo de Fidel y Raúl, esos dos cambolos funerarios caídos en la provincia siempre hostil e inhóspita de Santiago de Cuba.

Por eso, cuando Fidel Castro murió por primera vez, en el verano del 2006, su hermano menor le escondió la bola al tío de mi amigo escritor. El generalote no confiaba ni en su propio vicepresidente vestido de civil. En este caso, creo que Raúl Castro llevaba mucha razón. Un tirano no debe ceder así como así el batón de la barbarie a sus ciudadanos. Ni en Cuba, ni en ningún Estado opresor que se respete.

Eso sería mucho peor. Pégate al agua, Fifo.

El que a hierro mata, a hierro muere.

De hecho, es sabido que la dirección de la Revolución estuvo formalmente considerando si fusilarlos o no fusilarlos, tanto al cándido Carlos Lage como al can canciller Felipito Pérez Roque. Finalmente, el clan Castro decidió por piedad únicamente desaparecerlos, enviándolos a sendas empresas estatales, donde desde febrero de 2009 ambos cobran un salario a cambio de pretender que ellos no son ni Carlos Lage ni Felipito Pérez Roque.

Ambos actúan su juego de rol en clave de Revolución: su juego de destronados, de tronados.

A su vez, por esa época el régimen cubano echó a rodar un rumor de que Carlos Lage se había ahorcado en su casa, para así alimentar la larga tradición de suicidios inducidos en la Isla. Una costumbre común entre los asesinos de Estado, que culminó en febrero de 2018 nada menos que con el primogénito de Fidel Castro: Fidelito Castro EPD.

Sea lo que sea, nuestro tío Carlos Lage estuvo en el pico de la piragua. Lo han dejado vivo de milagro. Tal vez porque ya no estaba vivo ni de milagro. Y ahora este *Carlitos's way* cubano se ha convertido en uno de esos personajes cronicables en las columnas más o menos cautelosas de la ex bloguera Yoani Sánchez, que por cierto ya no tiene ni blog: su web *Generación Y* es el soldado desaparecido de la tardía transición democrática cubana.

Charlie Lage es hoy por hoy en La Habana un zombi a sueldo de cualquier ministerio fantasma. Acaso un personaje de las telenovelas eternas de Félix B. Caignet o de la propia Iris Dávila, la madre de Uncle Carlos y la abuela amada de mi amigo escritor Jorge Lage.

La vida es así. El derecho de no ser.

La vida siempre empieza.

Iris Dávila, que se marchó silenciosamente un viernes, cuando ni Fidel Castro en persona lo esperaba tan pronto. Una mujer arco iris, decente como sus tres hijos Lage, que vivió y murió en la misma casa que se ganó peso a peso (*paycheck* a *paycheck*, diría el senador Marco Rubio) con su trabajo intelectual antes de la Revolución.

En esa vivienda muchas veces la visitó el Comandante en Jefe, mientras ambos vivían sus respectivos matrimonios. Iris no ocupaba más que un pequeño espacio, siempre escribiendo, por lo que a su vez ella ocupaba todos los espacios. Como nunca protestó ni se quejó de algo, fue una mujer inmortal. Lo contrario de su hijo huérfano Lage.

Por decisión propia sus restos fueron cremados y esparcidos en el Jardín Botánico del Parque Lenin, entre plantas de flores escogidas por ella, para que así su polvo de órganos escapara del frío y silencioso mármol, pero no de la prosa reflexiva del compañero en jefe Fidel.

Sospecho que Carlos Lage (para no mencionarlo más), al contrario que Oswaldo Payá (para nunca dejar de mencionarlo), no supo quién era Castro su empleador. Ni mucho menos Castro el hermano de su empleador.

Su tío el empleado: el pobre Carlos de mi amigo Jorgito Lage, el escritor político de la Generación Año Cero.

Muchos de los que Fidel mató con sus propias manos, incluso habiendo sido aliados suyos hasta el final, tampoco entendieron nada hasta que ya era demasiado tarde para entender. Ninguna de esas víctimas de verde olivo lograron escapar del frío y silencioso mármol. Todos somos Iris.

Tal vez por eso, sea de manera inconsciente o por pura mala intención, en un cuento de Jorgito Lage, es Fidel mismo quien descubre, por azar ocurrente, el don que tiene uno de sus guardaespaldas falderos: el tipo es capaz de detener el tiempo según su voluntad.

Para colmo, por simple contacto físico, ese guardaespaldas puede transferirle temporalmente su super-poder nada menos que al comandante en jefe, a quien él debe defender a costa de su propia vida de ser necesario.

No les voy a arruinar el resto de la historia. Está incluida en la antología de cuentos traducidos al inglés *Cuba in Splinters*, un libro que presentamos Jorgito Lage y yo en una librería izquierdosa de Saint Louis, en la gentrificada barriada de *Central West End*.

En general, se sobreentiende que no hay librerías de derecha. Eso es un hecho.

Por lo demás, todo texto impreso, hasta tanto no se demuestre lo contrario, es en principio de izquierda. Como tampoco hay intelectualidad ni ideología ni carrera universitaria que no sea de izquierda.

Aplaudir, por ejemplo, ya es un acto intrínsecamente de izquierda. Como debatir. Como dialogar. Como cualquier tipo de cónclave o. congreso. Y como cualquier organización pública que involucre a más de un individuo, para negarle de inmediato su individualidad. Y como cualquier comentario consensuado en la prensa.

Todos estos no son sino epítomes de la izquierda incesante. De hecho, son su hábitat histórico, su nicho vital. La izquierda inmanente, inmarcesible, inmortal.

El cuento de Jorgito Lage se llama *Epílogo*. Pero yo lo rebauticé, sin su permiso, como *Epílogo con Fidel*. Y lo incluí así mismo en la antología *Cuba in Splinters* que en 2014 compilé para O/R Books, en New York, junto a otros diez escritores cubanos que fueron traducidos, lo mejor que se pudo pagar, a una lengua muerta llamada el inglés en los tiempos de Bo Obama.

Valga aclarar aquí que la traductora del libro no es que sea de izquierda (que lo es a matarse), sino que traducir como tal ya es una profesión que implica los ideales de izquierda: una magnífica manipulación multicultural.

En este caso, ella se llama Hillary Gulley, y es en definitiva la autora de *Epilogue With Fidel*. Y podríamos entonces considerar a Jorgito Lage como el traductor al cubano del cuento en inglés original de esta Hillary hermosa como ella sola.

Por cierto, ese cuento de Jorgito Lage funciona como una especie de despedida delirante de Fidel Castro. Un contramonólogo. Fidel, caminando por calles congeladas fuera del tiempo. Asomado y asombrado ante una Habana ahistórica, deshabitada por cuerpos cubanos sobre los que Fidel tiene, por fin, el control total, al ser capaz de detenerlos en el justo tiempo humano en que nos tocó convivir con él. Con Él.

Fidel asistiendo al espectáculo estético de una Cuba anticrónica, fuera del reloj, sin manecillas de mercado, gracias al nombre igualitario de la Revolución, la Compasiva y la Misericordiosa.

Fidel O'Akhbar, desplazándose en medio de toda esa parálisis de país como un lobo solitario y a la vez como un cordero sacrificial. Qué imagen, qué imaginación. Nada más que por redactar este párrafo yo debiera de haber sido Donald J. Trump y ocupar la silla presidencial en lugar de Donald J. Trump.

Fidel, curioseando ante la vulnerabilidad de las casas de los cubanos. Fidel, un cojonú capaz de violar cada intimidad ciudadana. Fidel, testigo terminal del fin del fidelismo en un cuentecito firmado por un sobrino del tío Lage. Díganme si mi amigo Jorgito es o no es el más político de los Lage.

Yo diría aún más: nuestro Lage en la literatura cubana ha sido hasta ahora el único político de los Lage.

Un escapado, un infante terrible. Un anciano que desde sus quince años entendió que él nunca va a envejecer: su miedo al tiempo se lo impedirá, por las buenas o por las regulares. Lo más probable es que por las malas.

En una u otra variante, estuve muy muy muy feliz de que Jorgito Lage haya venido a visitarme desde Nuevo Vedado hasta *Central West End*. Lo extrañaba tanto. Todavía lo extraño. En puridad, los dos estamos ahora mucho más que exiliados: yo afuera y él adentro de aquella Isla que nos convoca a destriparla a golpes de palabras.

Por cierto, la novelista chilena Isabel Allende también vino a Saint Louis por la misma fecha que Lage. Parece un recurso literario, pero no lo es, aún siéndolo. La tipa vino y bien.

La menos política de los Allende pasó por Missouri precisamente a lo mismo que pasó el más político de los Lage: a presentar su último libro (que espero no sea el último, en ninguno de los dos casos). Y, como corresponde, Isabel Allende lanzó el suyo en la misma librería Left Bank Books donde, un día después, Jorgito Lage y Orlando Luis Pardo Lazo lanzaríamos a *Cuba in Splinters* en nuestro argot *ingless* de Manhattabana.

Santiago de Cuba y Chile son
de un pájaro las dos alas,
reciben flores y balas
sobre el mismo corazón.

La Moneda es el Moncada. Los Andes son la Sierra Maestra. Tremendo teatro de títeres literáridos, donde Pinochet sería el lampiño villano y Fidel su barbudo llanero vengador.

No es necesario aclarar que esta Allende chilena es una Allende de los Allendes chilenos de verdad. Su tío Salvador fue el primer presidente electo por el castrismo continental, en septiembre de 1970. El pueblo chileno jamás lo eligió (Allende perdió todas sus elecciones), pero igual ganó por un dedazo a título del congreso de la nación. Y desde el inicio mismo él y solo él fue el culpable de que se comenzara a incubar otro tipo septiembre, pero en 1973.

Como dato curioso, más allá de sus bravuconerías de burgués, Salvador Allende nunca aprendió a disparar la AK-47 que le regaló premonitoriamente Fidel. El presidente apuntaba y apuntaba por la ventana, casi siempre hacia los cielos del sur, pero en la práctica nunca apretó el gatillo. Por eso un agente del Ministerio del Interior cubano tuvo que suicidarlo en pleno despacho, el día del autogolpe de Estado, que en definitiva a los cubanos les iba a salir tan mal.

Porque pasó que el general Pinochet los traicionó en el último momento, quedándose con todo el poder, en lugar de transferirlo de la Junta Militar al MIR de Miguel Enríquez, tal como fuera acordado semanas antes, durante la visita clandestina de Pinochet a la Plaza de la Revolución, donde el Tata celebró el cumpleaños AK-47 de El Caballo, y donde de paso el chileno recibió el visto bueno del cubano para que Salvador Allende designase a Augusto Pinochet como el nuevo Jefe de Ejército.

En fin, el Mal.

Paranoias aparte, digan lo que digan los historiadores de izquierda (no hay historiadores de izquierda, sino que la Historia misma es de izquierda), y diga lo que diga el ADN forense de la sangre de Allende diluida a lo Quentin Tarantino aquel 9/11 de 1973, lo cierto es que para los Castros se cerraron entonces las grandes alamedas de la provincia chilena. Y todo por culpa del protagonismo geopolítico de Pinochet[1].

---

[1]   Más que un caudillo, Pinochet fue ante todo un autor latinoamericano. Tal como el Premio Nobel de Literatura Gabriel García Márquez dijo de Fidel Castro que escribía mejor que nadie (de hecho, el caudillo cubano es sin duda el creador del concepto literario del Boom), así mismo Pinochet ha dejado un legado de legajos sobre geografía militar, incluido ese clásico del plagio creativo que es su volumen sobre Geopolítica. También de Pinochet están disponibles, aunque no en internet (porque no hay un intersticio de internet que

En Cuba, una vez oí decir que al tío de Isabel Allende lo mató Patricio o Tony de la Guardia, o ambos, los gemelos *serial-killers* de Punto Cero, donde radicaba el búnker ocupado por décadas por el estadista superior inmediato del tío de Jorgito Lage.

Todo es cíclico. Carlos, Salvadores, Tonys, Patricios, Oswaldos. Menuda manada de búfalos blancos camino a un matadero *Made in Marx*. Al castrismo solo es posible sobrevivirlo estando ya muertos. Sobremorirlo. De ahí la fascinación tanática que nos causa, típica de todo fascismo auténtico.

Isabel Allende es escritora, supongo que todo el mundo lo sabe. Tiene 76 años y de pronto se ha vuelto a enamorar, dijo en público durante su presentación en Saint Louis. O sea, que se está acostando ahora con un abogado de Boston, el que, por supuesto, remató todos sus negocitos para mudarse con la multimillonaria a Los Ángeles.

Money can buy me love.

Yo no soy abogado, por supuesto (aunque si me dejan hablar, no me matan), pero sí he estado varias veces en Boston, sin toparme con Isabel Allende hasta ahora. Mala $uerte la mía.

I'll get you anything, my friend,
if it makes you feel alright.

Visité en Boston la tumba de Edgar Allan Poe, por ejemplo.

I'll give you all I got to give,
if you say you'll love me too.

Y tengo, por suerte, tres décadas menos de edad que el galán jurídico de estreno de la escritora chilena. Pero con gusto igual remataría esta carrera de mierda que hago en Literatura Comparada y me iría a vivir con Elizabeth Allende a donde sea, como sea, y para lo que sea: novelista en jefe, ¡ordene!

Ordene sobre esta tierra, que vamos a hacer el amor donde el Imperialismo nos deje.

I may not have a lot to give,
but what I got I'll give to you.

---

no sea de izquierda, incluidas las redes racistas, las de supremacismo blanco y hasta las de pornografía infantil), sus otros tres volúmenes sobre El día decisivo de su propio golpe de Estado, sus visiones sobre Política, politiquería y demagogia, y acerca de la Transición y consolidación democrática chilenas. Para no mencionar, por supuesto, su ninguneada novela biográfica Camino recorrido, memorias de un soldado, que constituye una confesión que Fidel Castro no solo nunca se atrevió a hacerle al pueblo cubano, sino que además le prohibió, bajo pena de muerte, que se atreviera a hacerla en su nombre el Premio Nobel de Literatura Gabriel García Márquez. *Quod scripsi is crisis.*

Se trata de una proposición decorosa: yo le ofrezco a ella sexo pasado por Castro, a cambio de una lonja de su inmortalidad pasada por la Unidad Popular. Ah, hacerle el amor a una Allende. De solo pensarlo tengo ya una erección. Dura, dictadura.

Tell me that you want,
the kind of thing that money just can't buy.

Aunque, por desgracia, yo no sería el primero de los cubanos en lograr acostarse con una Allende. Pues ya antes otros compatriotas habían succionado primero y suicidado después a Tati Allende en la Isla, la hija de Salvador, que fue engañada en la cama durante años (técnicamente, violada) por un agente de la Seguridad del Estado cubana: un oficial del G-2 que cumplía órdenes de Fidel en persona, por lo que la abandonó tan pronto como su útero dejó de tener valor de uso.

Internacionalismo ginecoloproletario.

De tanto fornicar y fornicar sin amor, los cubanos hemos terminado siendo una partida de desalmados. El socialismo nos convirtió a todos los cubanos en el pueblo menos humano en la historia de la himenindad.

Por lo demás, en la presentación de Left Bank Books, Isabel Allende contó algunos chistes de clase media, en inglés, con temas y tonos ligeramente incorrectos para los estándares de su audiencia autista norteamericana: la mayoría, mujerangas de joyas caras y orgasmos baratos.

Un público que le perdonó sus pujos andinos de inmigranta, entre risitas nerviosas y aplausos para sí mismos. Y a nadie se le ocurrió acusarla de acoso ante los abogados de *Title IX* de mi universidad, como me acusaron a mí. Así que Isa se salvó por esta vez en tanto chilenita caliente, como a la postre me salvé yo de la acusación.

Total, que todo era de una bobería bochornosa. Una novelista jugando a ser una novedad. Con un libro que insistía en ser, por milésima vez, su «última novela traducida al inglés»: *In the Midst of Winter*. Que en mi opinión es, reincidentemente, la peor de todas las novelas que Isabel Allende ha publicado en cualquier idioma. Aunque, en su caso, la próxima novela será siempre por *default* la novela peor.

No sé. Un escritor debiera dejar de escribir después de escribir su primer y único libro: léase, yo debiera dejar de escribir después de mi primer y único *Espantado de todo me refugio en Trump*.

En un momento determinado, Isabel Allende mencionó a Paula. A las dos Paulas: a su hija muerta y al libro sobre la muerte de su hija muerta.

—Paula, te quiero. Muérete ya.

Qué línea más aterradoramente humana, ¿la recuerdan?

Mi amigo Jorgito Lage se puso muy nervioso, sentado a mi izquierda en un rincón de la librería de izquierdas. Se le notaba a la legua su nerviosismo de visitante recién aterrizado desde La Habana.

Yo también me puse muy nervioso, por supuesto, pero disimulándolo. Yo, siempre ausente. Siempre un actor, yo.

Éramos el par perfecto de hipocondriacos cubanos. Dos tipos en *denial* a perpetuidad. Ninguna terapia de grupo podría ayudarnos, ni ninguna farmacopea floral. Tampoco ningún servicio ni sistema socializado de salud mental. Pues los dos sabemos, hace bastante rato, que los dos andamos perdidos entre estos bosques, y que nada puede hacer nadie para ayudarnos.

Estamos demasiado conscientes. Somos demasiado conscientes.

Por eso no aceptamos de ninguna manera la esterilidad de la muerte. Por eso vivimos entre las mamparas de las metáforas. Porque, con tal de no morirnos sin saberlo y en plena salud, preferimos la molestia maldita de una vida vivida en eterna enfermedad.

—Jorgito Lage, te quiero. Muérete ya.

Al salir, cogimos un taxi Uber. Hacía frío. Era noviembre.

Anochecía en el otoño de 2017 y yo cargaba sobre mis hombros como quince denuncias académicas por violencia o violación verbal, por misógino y sexópata, entre otras esdrujuleces.

Yo, el peor de todos: más vil que Vargas Vila.

De nada me valió ser más célibe que célebre. Mis colegas del PhD me habían detectado mucho antes de yo darme cuenta de lo que en realidad soy: un machista rayando en el voyerismo (bollerismo), un pornógrafo con propensión de extrema derecha, un homófobo en el closet de la homosexualidad, un trans-racista, un militante del *radical islamophobic counterterrorism* y, como plusvalía, un neocon neoliberal.

Era noviembre. Hacía frío. Cuba quedaba en casa del coño de nuestras madres, allá lejos, donde aún no existían ni los Estados Unidos. Sin embargo, Latinoamérica entera estaba ahora aquí. Rodeándonos. Tan cerquita, muy dentro. Los Estados Latinos de América y olé.

Teníamos hambre y estábamos solos, en el corazón de cristal del corazón de cristal del *Mid-West*, mi amigo Jorgito Lage y su enemigo Orlando Luis Pardo Lazo. Dos *Billy the Glass* a punto ya de morir.

—William Glass, te queremos. Muérete ya.

(En efecto, ese diciembre, poco antes de mi cumpleaños el día diez, el autor de *In the Heart of the Heart of the Country* por fin sucumbió a la Parca, a la Puerca).

El taxi *Uber* nos soltó en el *Scholastic Chess Club* de *Central West End*, el club de ajedrez más importante de todo el país. Probablemente, de todo el planeta. Sin exageración.

Un club de excelencia, gracias a las cuentas bancarias del republicano Rex Sinquefield, votante de Donald J. Trump. Y también gracias a la bondad conservadora de su corazón de cristal, que fue capaz de comprar los archivos que al campeón mundial Robert J. Fischer el Estado de Bienestar le decomisó.

En la acera, créanlo o no, nos dimos de bruces con Leinier Domínguez, el Gran Maestro cubano de ajedrez. Un super élite.

Leinier estaba también de visita en Saint Louis, para jugar en un torneo profesional donde se disputaban miles y miles de dólares de marca Rex.

¡La Isla entera diríase que estaba de paso en Saint Louis!

Dos escritores sin obra y un ajedrecista campeón. Cubanos que no tienen ya nada que decirse al final de la noche. Al final de la dictadura cubana.

Parecíamos un trío de no sé qué. Lo más probable es que Leinier Domínguez se haya asustado con nuestra intriga a su alrededor, parados cada uno a cada lado de su genio ajedrecístico.

Como dos matones. Como si fuéramos a secuestrarlo de vuelta a Cuba. Sobre todo ahora que Leinier Domínguez se quedó en los Estados Unidos y reniega, sin formar mucho aspaviento, de jugar a sueldo del Instituto Superior Latinoamericano de Ajedrez, el ISLA de la Isla, que es el monopolio castrista del juego ciencia. Y sobre todo ahora que la Federación Cubana de Ajedrez le prohibió a Leinier Domínguez que, a pesar del ser el número uno de Hispanoamérica, jugara con el Equipo Castro-Cuba en las próximas Olimpiadas.

Pobre Leinier, perdido entre esos bosques. Y los cubanos nada podemos hacer para ayudarlo. Así que simplemente saludamos en silencio solemne al mejor GM cubano vivo de la historia del ajedrez, y al mismo tiempo nos despedimos de él.

En plena acera. Como aceres autómatas. En la intemperie instantánea del ahora y aquí: es decir, del ningún lugar.

—Leinier Domínguez, te queremos. Muérete ya.

La medianoche de Missouri avanzaba. Memoria y miseria, miseria y memoria.

Compramos algo de comida para llevarnos a casa, el último de los Lage y el primero de los Pardo Lazo. Fue en El Burro Loco, el restaurant mexicatl. Y regresamos caminando a mi casa. A mi cama.

El frío pelaba. No teníamos guantes, ni bolsillos.

Ni manos. Éramos menos que un par de mancos.

Níveo noviembre. Con gusto hubiéramos caminado abrazándonos entre los dos. Pero nuestra mutua masculinidad tóxica nos lo impedía.

Llegamos a casa. Comimos en casa.

Nos acostamos en la cama. No nos acosamos. No osamos.

Jorgito Lage y Orlando Luis Pardo Lazo, como los ositos de peluche del Henry Miller de Ahmel Echevarría (otro narrador ausente): dos hombres que no crecieron, dos víctimas invisibilizadas sobre el colchón extraño de mi estudio alquilado en Waterman Boulevard.

Lage y yo, los sobrevivientes más recientes de la Operación Peter Pan.

Mi calefacción no funcionaba bien. Tal vez *Byron Company* era parte de la conspiración de los *White Trash* contra los inmigrantes. Así que compartimos un par de colchas eléctricas.

Lage me pidió que yo cerrara la única ventana del cuarto. Y Orlando Luis Pardo Lazo la cerró por él, rezando para que no le diera claustrofobia y entonces me pidiera abrirla. Hasta que el frío lo obligara a estornudar con su nariz de Ringo Starr joven y enseguida me pidiera lo contrario otra vez. Y así y así, por el resto de la madrugada Mizzou y hasta el fin del exilio.

La cubanía es un poco eso: un ciclo de combustión interna, un carnaval de Carnot, una comemierda.

Nos acurrucamos. Cuerpo contra cuerpo, cadáver contra cadáver. Y, por supuesto, no nos dijimos ni una sola palabra sobre aquella presunta promiscuidad. Sospechosos habituados a la sospecha.

Hacía ya casi un cuarto de siglo desde la primera y única vez que hablamos, en La Habana. Por lo tanto, tampoco nos hacía falta decirnos ya mucho. Dentro de otro cuarto de siglo, para el aniversario número 100 de la Revolución Cubana, tal vez valdría la pena añadir algún comentario. O al menos una nota en blanco al pie[2].

Por el momento, estábamos bien. No podíamos quejarnos. Asistíamos a un cosmos resuelto.

Deseé que ninguno de los dos muriera después del otro. Sería un acto involuntario de innecesaria crueldad. Pero, medio minuto después de mis

---

[2]

elucubraciones macabras, noté que Jorgito Lage ya estaba roncando. Que es otra manera de morirse antes de que el otro se muera: el sueño como competencia desleal.

Pensé que esto era todo lo que quedaba ahora de la transición cubana hacia la democracia: Lages roncando la pesadilla de los justos, Allendes ninfómanas, y Pardo Lazos insomnes, con una punzada asfixiándome entre pecho y pecho. Un «aire», como diría mi abuela Braulia, que no por vieja y analfabeta no supo advertirme desde mi infancia:

—Tápenme bien los espejos, que la muerte presume —me repetía—: guarden bien el pan, para que haya con qué alumbrar la casa.

Mi abuela, que no tiene, la pobre, ya casa. Ni cara. Ni descaro.

Ancianita ancestral perdida entre estos bosques que ahora cogen la forma de capítulos en mi autobiografía a la carrera, sin carrera. Y ni ella, ni ustedes los braulios sin Braulia, podrían hacer ya nada para ayudarme.

—Orlando Luis, te queremos. Muérete ya.

ONOMÁSTICO

Pardo Lazo, Orlando Luis.

15, 16, 17, 24, 25, 28, 36, 39, 56, 65, 68, 74, 85, 112, 118, 125, 130, 138, 139, 142, 149, 153, 155, 157, 161, 169, 180, 187, 196, 202, 210, 218, 227, 229, 230, 233, 263, 269, 290, 304, 309, 311, 312, 325, 328.

Trump, Donald John.

14, 15, 16, 19, 21, 24, 25, 33, 37, 38, 44, 46, 48, 49, 50, 51, 55, 69, 90, 97, 98, 101, 104, 115, 128, 131, 141, 142, 149, 154, 157, 163, 169, 171, 176, 181, 191, 198, 199, 203, 204, 217, 218, 223, 234, 251, 252, 254, 258, 269, 276, 290, 297, 300, 307, 313, 317, 319, 325, 327, 328.

SEPARÓ LOS TULES DEL TOTALITARISMO

El exilio tiene sus ventajas, no crean. Por ejemplo, en el exilio se pueden leer tranquilamente, sin interferencias del Estado, todas las grandes novelas cubanas, publicadas donde quiera que se hayan publicado.

Y no son muchas, por cierto. Para contar esas grandes novelas cubanas nos bastan con los dedos de una mano. Y nos sobran dedos también. Somos un país literariamente subdesarrollado.

Otra ventaja del exilio es que esas grandes novelas cubanas se pueden leer tranquilamente, sin interferencias del Estado, más de una vez. Y en varios idiomas. Una por una, secuencialmente. O todas a la misma vez, en paralelo. Da igual.

De hecho, el exilio cubano es el sitio donde a los cubanos ya todo nos da rigurosamente igual. Continuidad del castrismo, pero sin castrismo.

Leer en libertad es así. Un collage, un remix, un sinsentido.

Hoy abro la traducción de *Paradiso*, hecha casi al mismo tiempo que el original de Lezama Lima.

Lo tradujo Gregory Rabassa, un tipo que no dejó títere sin traducir en Latinoamérica. Una fiera, sobre todo a la hora de descubrir bichos raros en español, y presentarlos en el mercado anglo como si fueran los evangelios canónicos del *Boom* Latinoamericano (que hoy habría que llamarlo la Explosión Latinxamericanx).

Qué cosa más contraproducente fue ese *Boom*.

El mayor movimiento literario de lengua hispana en todo el siglo XX, tan revolucionarios y tan antiimperialistas como se pintaban esos autores, los muy patéticos, y terminaron etiquetados con un *nickname* en inglés.

¡Bum!

No sé por qué amanezco con ese monosílabo en la cabeza. La quinta vocal.

Igual abro la edición del *Paradise* de Gregory Rabassa y me pongo a leerlo en voz alta. Es solo un decir, claro. Porque el exilio es también el sitio donde los cubanos por fin aprendimos a no alzar mucho la voz.

Lo que en Cuba era pánico a la policía política, fuera de Cuba se llama cortesía, civismo, civilización.

Estoy acabado de despertar. En el género masculino eso implica, como ya saben (o por si no lo saben), una erección.

Las feministas con fe en la emasculación masiva le llaman a este efecto de izaje un síntoma de la «toxicidad masculina». Y, por cierto, tienen razón.

En verdad a esta hora de la mañana, con la verga al brazo, puesto ya el pene en el estribo y con ansias de lamerte, me siento como un cohete. Un cañón de carne, un misil a punto ya de micción. En cualquier caso, un poder fálico fulminante. Un cojonú capaz de penetrar a una elefanta, a una cetácea, a una dinosauria. Y, también, a una académica norteamericana. De esas que viajan a Cuba con Castro en el corazón, precisamente para provocar un encuentro cercano de carnal especie. Con un pingú.

En efecto, toxicidad hasta los tuétanos y bien.

Masculinidad tóxica al tutiplén y bien.

Denuncien mi ingle ante los tribunales *Title IX* del Sato Oficio Inquisitorial.

Lo importante es templarse a rajatabla cualquier cosa que se mueva en el mundo. Excepto a una feminista, vale, aunque ya es sabido que las feministas se caracterizan precisamente por su inmovilidad: así se identifican dentro de su gremio. Esa es su identidad más íntima: su intransigente insingabilidad.

En fin.

Les decía que el exilio es el sitio donde las mujeres se multiplican al por mayor. Como es lógico. Porque cuando el tiempo es breve, las ansias crecen y las esperanzas menguan. Así y todo, los cubanos llevamos nuestras viditas sin biografía gracias al indecente deseo que tenemos de poseer putas.

Teseos del deseo: abrid las áridas Ariadnas.

Masturbar Minotauras.

Alaridos de hembra con hambre. Halar el himen del laberinto.

Total, todo para terminar amasando un montón de adioses y despedidas de duelo. Con patria, pero sin amor.

Por eso pongo el libro (los libros, *Paradise* y *Paradiso*) sobre mi librero improvisado, para así tener libres ambas manos para tocarme. Leer es eso: hacernos tocar por el autor. Y tocarlo mientras lo leemos, mientras lo desleímos.

Al cubano que en esa bandera no crea, se le debe azotar por cobarde.

Ajusto el libro (los libros, el de Gregory Rabassa y el de José María Andrés Fernando Lezama Lima) contra el vidrio de mi ventana. Me gusta leerlo(s) así, reclinado(s) en contraluz, parado(s) en alto, como si de un doble rosario de oraciones se tratara.

El original desmintiendo a la traducción.

La traducción ocultando al original.

Al leer en distante ribera, con el alma en lujuria sombría, capto de reojo la paz póstuma del desierto que crece al otro lado del cristal y de la celulosa.

Es maravilloso. Soy ahora. Estamos aquí.

Miren, muchachos, ya está amaneciendo más allá del lomo de estas dos grandes novelas cubanas. Pasen, muchachas, el sol es tibio dentro de mi estudio de alquiler, pagado puntualmente por una universidad privada.

Baldovina's hand separated the edges of the mosquito netting and felt around, squeezing softly as if a sponge were there and not a five-year-old boy.

Oigan cómo cruje ese inglés. Qué patiseco.

Qué pobreza más rica en comparación con la lengua de Lezama Lima. Que no era el español, por supuesto, ni mucho menos el cubano. Sino un batiburrillo llamado a secas *lezamalima*.

Vernáculo volátil de nuestro barroco. Volutas barruecas del mil novecientos quincuagésimo noveno círculo de un infierno insular.

Pertinencia del pene, en tanto *potens* de copulación con el castrismo cultural. Jardines invisibles de la Seguridad del Estado, vaginas maristas.

Érase una vez en La Habana, un 16 de febrero de 1966 (pero no el único 16 de febrero de 1966). La cosa fue en ediciones *contemporáneos*, con minúsculas: todo un detallito de avance, homenaje de vanguardia tardía. Tarada.

La Revolución Cubana, la Compasiva y la Misericordiosa, publicó 4000 ejemplares únicos de *Paradiso*, autografiables por el ya no tan joven gordo Lezama Lima.

La carga de los 4000, impresos con tinta importada de Europa por la U.N.E.A.C., específicamente en el taller 206-04 «Mario Reguera Gómez» de la E.C.A.G., sito en Benjumeda No. 407.

Durante mi lectura, respeto quisquillosamente la puntuación original. También sus erratas. Porque en una edición príncipe todo debe entenderse como canon instantáneo, karma instantáneo. *Habeas textus.*

Hebras de hierba habanera que se me enredan ahora, desde el primer párrafo farragoso, con la visión de esa negra doblada sobre la portañuela con sarampión de un bebé: Baldovina manoseando la masa de carne amorfa que, muchos capítulos después, se convertiría en el autor de Baldovina, esa negra doblada sobre la portañuela con sarampión de un bebé, manoseando la masa de carne amorfa que, muchos capítulos después, se convertiría en el autor ya no solo de la negra Baldovina doblada sobre la portañuela con sarampión de un bebé, sino manoseando al resto de su *Paradiso* también.

Los restos de su *Paradiso*. Pasto para el plagio casi simultáneo de *Paradise*, con *copyright* de Gregory Rabassa.

Paraíso con pespuntes de pedofilia. De un trapiche caribe de provincias saltamos al hospitalito de un campamento militar del exilio, eones antes de los antibióticos y de la avalancha psicodélica de los hongos *psilocibios cubensis*: esa matica estercolera, coprófaga, y gregaria (valga la redundancia), si es que hemos de creer en El Evangelio según San Wikipedia.

Del señorito Lezama Lima caemos en el sueño lácteo que nos desvela la infancia. Que nos la devela.

Fobias freudianas mal traducidas al inglés desde aquel español íncubo, incubano, incubado en una ciudad capital con H. Horrores hinsonoros, himsomnes.

De la medianoche infinita a la pequeña muerte de los escarabajos que escapan. De lo monstruoso a lo misterioso solo hay dos pasos, un par de pánicos.

De una madre muerta en familia en La Habana, a un padre que moriría de tos en su exilio literario. Literárido.

No se le puede pedir más al primer capítulo de una primera y única novela. Sea *Paradiso* o *Paradise*, o tal vez sea ahora esta. Espantado de todo, no encuentro refugio ni en Orlando Luis Pardo Lazo.

Dejemos en paz a aquel bebé republicano, con su pinguita enhiesta y llena de ronchas bajo la mano mañosa de una mujer. Una negra aún con trazas de su pedigrí de esclava: ama de llaves, alma de llaves. Baldovinas de la victoria. Analfabetas, sabias. Con su savia de oráculas ancianas, aciagas.

Vidente de Delfos a ciegas, al margen de la dictadura y la democracia, guardando con celo en su botiquín los alcoholes y las estopas para bautizarnos. Mientras de sus senos, desbordantes como desiertos colgantes de Habanabilonia, mana toda la temprana tibieza de un mundo sin huérfanos. Una Cuba sin cadáveres.

La temprana tristeza de ser felices en medio de la guerra, porque aún no ha muerto el primero de los seres queridos que de bebé recordamos.

Desde entonces, la inmortalidad siempre cumple sus cinco años. Después, toda iniciación es infierno.

Jadeos de asma infantil. Unción senil de pomaditas y pociones mágicas, al son del balbuceo bárbaro de sílabas mitad afro y mitad afrodisiacas. Conjuros cubanos.

She unfastened the flap of his nightshirt and looked at his thighs. Abrió también la portañuela del ropón de dormir, y vio los muslos, esa mujer santera que acaricia los cojoncitos católicos de su impropio autor.

His small testicles full of welts growing larger, and as she moved her hands down she felt his cold and trembling legs.

Los pequeños testículos llenos de ronchas que se iban agrandando, y al extender más aún las manos notó las piernas frías y temblorosas. La retórica como roncha: *welts* versus *Weltliteratura* local.

Es sabido que Lezama Lima publicó su *Paradiso* de manera ilegal, abusando del poder de su carguito como jefe de redacción en la U.N.E.A.C.: lo que por entonces se llamada una «botella» gubernamental, para que el gordo fuera tirando durante su vejez, y no se nos fuera a morir de hambre en plena adolescencia de la Revolución.

También Lezama Lima fue un asalariado del Estado cubano. También Lezama Lima se vendió al peor postor.

«Librero con patas», le gritaban al autor de Baldovina los negritos transnietos de Baldovina, en plena calle cubana. Vivían en el mismo barrio, una zona roja de policías y prostitutas. Policías prostituidos, prostitución policiaca.

Por esa ilegalidad de Lezama Lima, Cuba tuvo que desviar cuantiosos recursos para recoger de las librerías la casi totalidad de la tirada: exactamente unos 3999 ejemplares.

Era lo justo para con los demás autores del paraíso. No por gusto la Revolución se había hecho para arrancar de raíz todos los privilegios y, de paso, emancipar de un plumazo a las Baldovinas.

Así, para poder alfabetizar al tumulto de pobretones cubanos, la Revolución debió decomisar un burujón de bibliotecas burguesas, para hacerlas pulpa popular donde imprimir los incontables cuadernos escolares que, al menos en los años sesenta, eran muchos más necesarios que los inmetibles tomos de una *Enciclopedia Británica* zozobrando en Centro Habana.

De pie, con el pene de pie por los deseos de orinar, sigo leyendo en voz alta (es un decir). Recién despertado o aun soñando, hojeo al objeto *Paradiso* desde mi atril, respirando el odioso oxígeno recién fotosintetizado por los árboles de *Central West End*: matas que yo nunca sabré nombrar (por mí que se mueran mejor).

En Cuba no había estaciones, concedido. Pero en el exilio hasta la primavera es apócrifa.

El muy condenado, comentó desesperada Baldovina, no quiere llorar. *The little devil, Gregory Rabassa muttered in desperation, he refuses to cry.*

Me gustaría oírle llorar para saber que vive.

Me gustaría oírme llorar para saber que vivo.

Al principio del exilio, llorar era para mí una rutina ridícula. Cada cabrona noche lo hacía. Buah, buah, buah.

Llorar sin ningún motivo, a moco tendido. Llorar sin extrañar. Y sin estar triste ni un carajo.

Llorar hasta quedarme rendido, tendido. Extendido en el ataúd sin tapa de los mil y un estudios de alquiler donde me refugié, nómada de una punta a otra punta de la Unión, esperando a ver hasta cuándo duraba el oprobio del obamato.

Fui donaldjtrumpista antes de Donald J. Trump.

Waiting for the DJ Trump in Miami.

Tocándome, por supuesto. Única continuidad que se me ocurre entre la Cuba ubicua y la carencia crónica de Cuba.

Learning to Die in Obamanation.

Mi cuerpo, mi cadáver. Una gota de esperma grandulona solidificándose sobre mi pecho, *a thick drop of sperm-oil.* Hielo hirviente, incesante fricción de la ficción.

Gorgeous groserías de Gregory Rabassa: *Woe to thee, O homeland, when thy king is a child and thy princes read in the morning!*

Excentricidades del Eclesiastés.

Hallowed be thy name.

Lecturas al límite. Límiteratura.

Thy Paradise come.

Imagino a Rabassa desnudo, de pie, decrépito. Rabassa rabo en mano, traduciendo a mano con la otra mano. Como tiene que traducirse toda la buena literatura pornográfica.

Un zar del sur en el norte, descubridor de poéticas exóticas y fuentes de la eterna belleza. Un orientalista del hemisferio occidental, cazador de cimarrones latinos (hoy habría que llamarlos cimarronxs latinxs).

Todos y cada uno de aquellos autores autóctonos fingiendo hacerle resistencia al mercado, pero igual ávidos de ser expuestos en una lingua franca llamada por entonces el inglés.

No quiero, no quiero: échamelo en el sombrero.

También Lezama Lima fue un mercenario (por eso mismo el Estado cubano se vio forzado a impedirle cobrar sus 30 monedas a nombre del rabino Rabassa).

The herald of a king who has won a battle near a castle without the inhabitants being aware of it.

Ya murió, como todos. Ya perdió su batallita el sin par bardo de la prosa Gregory Rabassa. Hace bastante poco, por cierto, el lunes 13 de junio de 2016.

Falleció a la intraducible edad de 94 años, casi medio siglo después del ilegible Lezama Lima (por eso mismo es el único cubano que vale la pena leer, además de leerme a mí: molestia aparte).

De haberlo intentado, pude haber conocido a Gregory en los Estados Unidos. Pero, a la postre, preferí dejarlo pasar. Me aparté de sus traducciones como quien se aleja de un rey que ya ha librado sus combates a ras del castrismo. Y sin que nos enteráramos nosotros, los habitantes de su castillo.

Sin que nos desenterráramos nosotros, los deshabitantes de su castrillo.

Gregory Rabassa era hijo de un cubano, por cierto (de lo contrario no estaría hablando de él). Aunque yo siempre me lo he representado como el hijo bastardo de Baldovina con Oppiano Licario.

Par de personajes. ¡Qué engendros para una raza nueva! Léase: ¡qué gente, caballeros, pero qué gente!

Universalidad del roce, del frotamiento, del coito de la lluvia con sus menudas preguntas de sobremesa.

El pájaro copulando con la nodriza no engendran a un felino de bobería bisexual. No es más que el parto producto de una esclava babalú templándose por el culo a un maricón opiáceo.

La ondulación permanente.

Demonios priápicos enmarañados como dos ovas en un nido de tucanes. Boas ováricas en una prolongada cadeneta sexual que rayaba en un prodigio uterino. Indecencia intestina de sus sólidos *buttocks like a deep, dark river between two hills of caressing vegetation.*

Con aquellas nalgonas blindadas como *primal clay. Her carnal flower a fat spider. Her copper circle* cediendo, pután como ano de macho, bajo las rotundas embestidas del glande en todas las acumulaciones de su casquete sanguíneo, como aquellos monstruosos organismos que aún recordaban la indistinción de los comienzos del Terciario, donde la digestión y la reproducción formaban una sola función.

The Cuban Cenozoic. Xenofilia a la cubana.

—Yo sabía que usted vendría esta noche última.

Subtitulaje de la televisión cubana según la mano de Rabassa:

—*I knew that you'd come this last night.*

No es lo mismo «esta noche última» que «this last night». Pero tampoco se puede hacer mucho más al respecto. ¿A qué aspiraban ustedes? No jodan tanto con la carrera de Traducción Comparada.

No se le pueden pedir peras ni parecidas al *Paradise* que al colmo del *Paradiso.* Traducir es así. Y todo traductor es asao.

Por eso en el pabellón de al lado hay hoy un cubano. O al menos eso cree creer el padre de Lezama Lima, antes de morirse la medianoche pasada: *a Cuban in the next ward.*

—Hablé esta mañana con él, quisiera hablarle de nuevo.

Un cubano en el pabellón de al lado. Por supuesto, tenía que ser Oppiano Licario.

Breve definición de exilio: el lugar donde de pronto tenemos a otro cubano en el pabellón de al lado, justo a la hora de fallecer en un hospital foráneo.

Soledad sin extremaunción: darnos cuenta a esa hora de que estamos rodeados por nadie. Por aire, *the breathing was a death rattle now*.

De ahí las lágrimas que lavaron el rostro del coronel Lezama, padre de un Lezamita con salpullido, abandonado a la deriva en la Isla al cumplir apenas sus cinco años.

Definición negativa de patria: los padres cubanos no lloran delante de sus hijos que en breve serán apátridas.

En mi barrio, a la luz del alma, en el pabellón de al lado de mi hogar de tablas en Lawton, quedaba la casita de mampostería de los otros Rabassas (o tal vez fueran los mismos Rabassas).

Los Rabassas de la Revolución eran gente buena como ninguna. Habitaban en Beales #100, interior (altos).

Fefa y Rabassa, los padres. Gilberto, Rey y Taymí, los hijos sin padres.

Puede que se me esté olvidando alguien, por supuesto. Porque desde entonces han pasado ya demasiadas águilas sobre el mar.

Puede incluso que mi transcripción de sus ortografías no sea la más exacta. Mejor así. La memoria es un músculo que es más saludable tenerlo atrofiado: un órgano que si se practica demasiado, nos mata.

Traducir de memoria. Trucidar de memoria.

Toda memoria es un testimonio de la traición.

El padre de la familia cubana de los Rabassa trabajaba de matarife en el matadero de Lawton. Apuñalaba vacas antes del amanecer. Les partía en dos el corazón, con la benevolencia de un solo tajazo.

Sin sadismo, sin dolor. Como si fuera la cosa más natural.

Rabassa padre nunca fue un verdugo, excepto con las personas que más amó. Porque un día fue a él a quien se le partió en dos carcasas cubanas su corazón.

Cric, crac.

Solito, sin puñalada. Como una especie de Chacumbele Rabassa, que él mismito se mató.

Y entonces Fefa tuvo que sobrevivirlo agónicamente treinta y tantos años. No concibo una crueldad más grande. Para colmo, involuntaria.

Forzar a Fefa a adaptarse a esa nueva vida vacía, vaciada de su Rabassa. Fefa de Lawton, mujer fiel hasta que la senilidad le desfiguró la novela rabássica de su primer y único amor.

Pobre Fefa.

Pobres Rabassas en clave de *Paradiso* Castro, que nunca leyeron en el exilio al *Paradise* del otro Rabassa.

En los últimos años, Fefa ya no le fue fiel. Ni tampoco le fue infiel. Ni le fue nada de nada. Porque la amnesia le fue borrando abusivamente hasta el alma.

Hasta que un verano ella no supo más quién había sido aquel tal Rabassa, muerto hacía ya tanto. Y entonces Fefa no supo más de quién había sido Fefa, viva en solitario desde hacía ya tanto.

Como tampoco supo nunca más acerca de quiénes habían sido ellos dos antes, durante, y después de la Revolución Cubana, la Compasiva y la Misericordiosa, cuando el amor era el amor era el amor en los tiempos del matadero de Lawton.

Es la tragedia de no morirse juntos, cuando se muere una de las dos alas del amor. Es el insulto de no envejecer con un cubano no al lado, sino en nuestro mismo pabellón.

Estoy entrando en una soledad, por primera vez en mi vida, que sé es la de la muerte. Quisiera tener alguien a mi lado.

No captions. Sin traducción.

Cierro la traducción de Lezama Lima que décadas atrás hiciera el gran Gregory Rabassa.

Parece que le pagó el *copyright* a Ediciones Era, en su versión mexicana de 1968. No tengo ni la menor idea de por qué el traductor no usó la edición príncipe cubana de 1966.

Tal vez Gregory necesitaba un tin de distancia con sus *contemporáneos,* con minúsculas. Tal vez Rabassa requería recordar un poco menos el original cubano, para así ponerse a redactar de manera mucho más profesional, promiscua, antes de que se hiciera demasiado tarde para todos y cada uno de los cubanos, cuando todos y cada uno cumpliéramos nuestros 94 años.

Cierro también la traducción del gran Gregory Rabassa que décadas atrás hiciera Lezama Lima.

¿Cómo distinguir cuál es cuál a estas alturas de la sin historia?

¿Quién le dio qué al desmemoriado y quién se murió de qué, cuándo, cómo, dónde, por quién?

Ah, qué Cuba escape cuando la lenta evaporación de todo lo verdadero *injures at the root the slow emanation of everything true.*

Lejanía de ensoñación. Cercanía hesicástica, placentera. Pesadillesca, como todo pene o placenta que se respete a estas alturas de la sin patria.

Lecturas lejanas como Cuba donde atesorar, al borde de esta funeraria llamada el exilio, cierta fe en las Fefas de un futuro menos fósil, cuando a los cubanos por fin se nos olvide el amor con que no nos amamos entre cubanos.

CONGRESISTA EN JEFE

Asegúrate de salirles al paso dondequiera que tengas que salirles al paso.

Si ves a alguien de esta Administración en un restaurante, en una tienda por departamentos, en una gasolinera, vas y les armas un buen tumulto. Y los repudias.

Diles que ya no son bienvenidos.

Nunca más, en ningún parte.

@RepMaxineWaters

DE CUANDO PEDRO ME NEGÓ TRES SEVCECS

Uruguay se merece un capítulo aparte, incluso en la era Trump. Un patíbulo aparte.

De Uruguay viene toda la embarrazón de izquierda en Latinoamérica. Mucho antes de Mario Benedetti y sus versitos de carrusel. Y mucho después de Eduardo Galeano y su sentenciosa chealdad del sur.

Uruguay es la Cuba de Latinoamérica (porque, nadie lo dude, Cuba nunca fue ni será parte de Latinoamérica: Cuba, desde antes de 1492, siempre fue un *shithole country* excepcional).

De Uruguay, como corresponde, son Aníbal Quijano y Daniel Chavarría. Así que ya se pueden imaginar. Teóricos del totalitarismo, escritores con ínfulas de un Robin Hood de cátedra. Pobres tipos que tuvieron que asistir en vida al fracaso de una utopía tupida por el totalitarismo cubano.

Eso siempre se lo agradeceré en persona a Fidel Castro: nuestro invencible comandante en jefe enterró para siempre cualquier humanidad posible en el rostro del socialismo latinoamericano.

El castrismo demostró que la izquierda no sabe gobernar por sí sola. Son tan tiranos como el más indecente de los derechistas. Seamos, pues, misericordiosos con ellos. Benditos benedettis condenados hasta la derrota siempre. Y no hagamos leña del uruguayo caído.

La cosa con Uruguay empezó desde muy temprano, con José Enrique Rodó. Hasta terminar acaso con Ángel Rama. Pasando, supongo, por Ernesto Ché Guevara. Que si no lo era en vida, en muerte ha de serlo también: uruguayo y recontrauruguayo.

En La Habana, todavía hoy en el 2019 escribe y delata el uruguayo Fernando Ravsberg, haciéndose allí el bloguero contestatario de la BBC londinense, y pretendiendo incluso ser censurado por los líneaduras de la Revolución.

Permíteme sonreír, Ravsberg.

Tronco de singao el urogallo ese. Un milico capaz de ejecutar a sangre fría a sus enemigos de clase, tan pronto se lo ordene el alto mando de su comando.

Uno de esos uruguayos ubicuos me acusó en su programa de televisión basura en Miami. Porque esa es la otra cosa: los muy cabrones más temprano que tarde se van todos del Uruguay, esa especie de Argentina obsoleta, cuya única ventaja es no contar con tantos argentinos metidos a un tiempo dentro del país.

Por eso nos odian. Porque son igualitos que los cubanos. De hecho, nosotros somos la competencia de los uruguayos.

En ambos casos, un par de pueblos cobardes que huyen de sus tiranos solo para corromper cualquier esquina del mundo que requiera el concurso de nuestros modestos esfuerzos.

Tendría muchas cosas que decirte a ti y a nuestro pueblo sobre la uruguayidad, pero siento que son innecesarias a la luz de la era Donald J. Trump. Igual las palabras no podrían expresarlo tal como yo lo quisiera, y así no vale la pena emborronar cuartillas con la cantaleta de la uruguayidad.

Nada legal nos ata a los exiliados cubanos con el Uruguay. A menos que el desprecio sea finalmente legislado como discurso de odio por el Congreso de los Estados Unidos. Nos despreciamos mutuamente, eso es todo. Pero confiemos en que los congresistas no pasen semejante libelo de ley. No vale la pena.

Volviendo al uruguayo ubicuo que me acusó de traje y corbata en su noticiero de Miami: el tipo soltó en vivo y en directo por América TeVe que prácticamente había sido yo quien tumbó las Torres Gemelas de Nueva York.

Orlando Luis Pardo Lazo, el autor intelectual del 9/11.

Gracias, Pedro, por poner la primera piedra de mi nueva iglesia.

Nuestro hombre en América TeVe me encasquetó la burka de terrorista y soltó en público, a las 8 y 8 de la noche o sobre las 20 y 20 hora militar, que yo aplaudía toda esa monstruosidad musulmana.

O sea, que no solo soy un islamofóbico para mis colegas de la universidad, sino también un terrorista islámico radical para la izquierda del Coño Sur.

¡Me encanta!, como diría Estelvina en *Alegrías de sobremesa*.

Mejor así. De todas formas, Uruguay es una nación de analfabetos letrados. Así que bien pueden hacer junticos una pira con todos mis libros, que son bastantes, y ponerlos a combustionar quijotescamente en la azotea de la Torre de la Libertad o en el altar mayor de la Ermita de la Caridad (que, en realidad, se trata de una virgencita playera que en 1961 un cubano se robó de su templo católico en Guanabo).

Tampoco es culpa del uruguayo de América TeVe. Ni del cubano secuestrador de deidades. Es la vida la que nos hace hacer lo que nos hace hacer.

El pobre presentador me atacó porque así se lo impusieron los guionistas y asesores de su programa estelar, que en su mayoría son agentes sin sueldo del Estado cubano, infiltrados en el exilio durante décadas: periodistas con cargos y premios. Directivos con prestigio de intransigentes y demás figuras públicas respetables. Es decir, solventes.

A medio ICAIC y a medio ICRT la inteligencia cubana los ha ido plantando, como si fueran topos o tubérculos (léase, ñames), en nuestra segunda capital llamada La Habana del Norte: ese Miami uruguayizado, con sus *malls* como templos abiertos 25 horas al día los 8 días de la semana. Todo en el nombre de Marx, el Compasivo y el Misericordioso.

Make América TeVe Great Again.

La idea es deslegitimar a todos los protagonistas cubanos que tengamos cierto potencial presidenciable de cara a un futuro sin Castros. La idea es hacernos talco a tiempo.

Gracias, Pedro, por el privilegio de tu magnicidio *a priori*.

En ese sentido, la televisión de Miami es el más efectivo ministerio mediático de La Habana, dedicado 100% a frustrar las esperanzas de emancipación de los cubanos, así como a fomentar una transición del castrismo al neocastrismo que no sea un cambio fraude, sino un fraude incambiable.

Vivimos en una era de yadiraescobarización global.

Estamos en el período edmundogarcíazoico del poscastrismo.

Pensándolo bien, la jerga cubanoamericana, propiamente pronunciada con todas sus letras en América TeVe, suena bastante parecida al uruguayo. Que a su vez suena bastante parecido a ese tumbaíto *online* que tienen las voces de *Google Translate* y *Google Maps*.

En apenas un par de minutos, precisamente por el aniversario del 9/11, el uruguayo ubicuo difamó deliciosamente sobre mi escritura de élite.

Te perdono, Pedro, porque sabes muy bien lo que haces.

No me retracto de nada. Antes bien, te he inmortalizado de cara a las generaciones de los cubanos sin Cuba que vendrán.

Mírate aquí ahora. Aleluya, uruguayos: he puesto a vuestra patria mucho más alto de lo que vos podrían ni imaginar.

Igual los cubanos ya sabemos que esta es una guerra perdida hace rato: Norteamérica se nos ha ido convirtiendo en una siniestra especie de Uruguay septentrional.

Como no supieron construir el comunismo en la Pachamama, ahora tratan de imponerlo a costa de criticar las *commodities* del capitalismo funcional. La izquierda uruguayizada de USA es eso: envidia endémica, edípica, epidémica. Fidelismo freudiano, Edipo Rev.

Permítanme sonreír antes de la coda o el codazo final. En efecto, la cara de Pedro en su programa, cuando el presidente Donald J. Trump fue electo, era todo un poema.

Me basta, señor juez. Ha sido un honor haber sido el primer mártir cubano de la Ur-uruguayidad. Ojo por ojo y Pedro por Pedro.

Sin rencor. Despacito, siéntense en la puerta de su estudio (de alquiler o de televisión, son lo mismo) y veremos pasar el cadáver de nuestros enemigos.

Por lo demás, díganle a Catalina que se compre un uruguayo que. Que la Yuma se les está pasando (les queda demasiado grande para sus fenotipos de imbéciltebrados).

ÍNDICE, DEL MEDIO, ANULAR

El libro de los doce: gnosis, génesis, gentrificación, genitalia, basura blanca, cotorras, coartadas, contrabandos. OLPL antes del alba. *Dear Mr. Pardo Lazo:*
Title IX, #MeToo, Miami Beach Notice, Make Greatness American Again: Te espero en la eternidad, 25 de Noviembre, Día F.

Wendy, Ena, Zoé y otras chicas del montón. Lawton, a la batalla, de madrugada. *The Golden Age.*

Buesa y la tos de los desconocidos.

Dear Melania: Fidelitos, EPD. El libro de los inicios inicuos, primeros sueños. Mariconzones y bien.

Isauro, la 1, y el supremacismo blanco. *De revolutionibus orbium coelestium, Blessing* DeVos.

Eliminada la palabra «comunismo» de la Constitución. Chinitos descaraítos: Edmundo García *in memoriam*, Yulieski, racista, Jorge de Armas *in memoriam.*

Tinder, ternura, terror. Sin peros en la lengua. La casa de los gordos: de Ángel a Angelina, un solo Castro. Funeraria *Facebook.*

Leonardo Padura *dixit*: amar a Mónica, odiar a Obama.

8,737,540,000.

Una Allende y un Lage en Saint Louis, onomástico. Separó los tules del totalitarismo.

Congresista en Jefe, de cuando Pedro me negó tres Sevcecs: índice, del medio, anular.

Cuándo Coño Comeremos Pollo. Nuestros anos verde olivo. «Joven, usted no ha cometido errores».

Foto de familia, basura negra. James **F-word** Joyce: clarias y capitalismo. Acitílopoib, aispoib, cipoib.

Toqui cuando todos estén tristes, todos los pocos de patria. Lunes, lunes. *TT.* El asilo de Dolores.

Ché, Monseñor, Amigo. Cartas al pie del castrismo: decretos, duelos, derechos, lo cubano en la cubanía.

Toda la noche oyeron pasar pájaros, para leer al Pato Lemebel. *Heil,* Orwell, a los mártires del Cepero Bonilla: ¿la verdad os hará qué?

Batista, amigo, el pueblo está contigo. Cardenal y Ortega cultivo, a lo Vargas Vila. *White Trash.*

A falta de culo, Segunda Enmienda. Adiós a Cuba.

Lecuona en su Valhalla, Uber Cuba.

Me dice diciembre: *D. Trump Will Set You Free.*

Recordar *Titanium,* días de diálogos, mierda en Venecia, diálogos de agentes. Nada de Frank: ¡Fernando! Pluriparticastro.

Genitalia, gentrificación, génesis, gnosis.

National Revolution Association, índice.

CUÁNDO COÑO COMEREMOS POLLO

Extraño la inmortal Rusia europea de los zares blancos.

Después del triunfo de la Revolución obrera, ya todo fue vulgaridad, mala literatura, peor periodismo y, por supuesto, peste a grajo.

Bolcheviques meando en los jarrones del Palacio de Invierno. Suicidándose los unos a los otros. Padrecitos déspotas del proletariado. Para colmo, exportando una lengua medieval que usa esos caracteres cirílicos que son más feos que el carajo: Б, Г, Д, Ж, З, И, Л, Ц, Ш, Щ, Ю, Я, y otros garabatos así.

Que no son griegos ni eslavos. Ni europeos ni asiáticos. Ni africanos ni árabes. Pura agua tibia, un alfabeto a mitad de todo y en el medio de nada.

En efecto, la nación más grande del planeta, durante casi un siglo fue simplemente incapaz de producir un vocabulario verosímil. Como mismo tampoco llegaron a desarrollar un desodorante decente: camaradas con fana, Unión de Repúblicas Socialistas Esmégmicas.

Los rusos pusieron a medio mundo en el cosmos, incluido a aquel mulatico cubano de su natal Guantánamo, pero no pudieron imprimir una revista de rostro humano como *Playboy*.

Los comunistas les tienen pánico a los conejitos.

La barbarie es siempre vegetariana.

En este sentido, la influencia soviética en Cuba fue más bien una ilusión. Una emanación en el éter estéril del siglo XX.

Y allá fueron nuestros imitadores locales, la tralla mallakovski de la poesía antillana. Empezando por Nicolás Guillén y su horrísona *Oda a Stalin*, gran capitán, a quien Changó protege y a quien resguardan los orishas Ochún y Chanchán.

Fuera de ese poemita compaysegundón del mulato comunista cubano (qué más podíamos esperar de un camagüeyano), no quedó de los rusos en Cuba ni un solo gen que sirviera para generar algo. Ni electricidad.

Fueron puro detrito, biología abofada. Bolos bobos que eran mala hoja en la cama y muy mala cabeza en la central termonuclear de Cienfuegos. Mil fuegos. Un millón de fuegos.

Por cierto, cuando Fidel Castro en 1976 obró el milagro materialista de la Constitución, ese legajo de la sumisión, en uno de los tantos artículos que de su puño y letra él mismo redactó, puso que la existencia de Cuba dependía de la existencia de aquel Imperio de cuatro letras: URSS.

Las siglas del siglo. El tetragrámaton del terror tierno.

Del Río Bravo a la Siberia, una sola nación.

Y así se quedó escrito durante dos décadas, hasta que la URSS se desintegró. ¡Fuach! Como por arte de la guerra de las galaxias.

No pocas veces me sorprendo en Saint Louis ponderando sobre el pobre fascismo, devenido en cosa diabólica, en pésimo ejemplo para los niños, en caquita eso no se toca, y todo porque los pobres fascistas perdieron la segunda guerra mundial. Por el momento.

El comunismo, en cambio, victorioso de víctimas y vilezas, hoy se erige como la esperanza del mundo porque supo conquistar a tiempo las capitales de Europa. Y los corazones cómplices del capitalismo en América.

Cuando el Muro de Berlín se cayó en 1989, después de mucho cojear, el Partido Comunista cubano (apócope de Fidel Castro) tuvo que reescribir a la carrera aquella Constitución hecha a imagen y semejanza del caudillo, pues ahora sin la URSS la Isla entera se había tornado cómicamente anticonstitucional.

Un archipiélago Cubag fantasmagórico, como el propio Fidel después de su primera muerte en el verano vernáculo de 2006.

Tan pronto soltaron el notición necrológico, recuerdo que en La Habana la gente se miraba en la calle con una complicidad criminal. Nadie decía nada, pero todos ya lo sabíamos todo: si no era de inmediato, igual Fidel un día se nos iba a morir de verdad.

Fuera en la Plaza de la Revolución o fuera en un aula de universidad privada norteamericana, valga la redundancia (porque no hay universidad privada que no sea norteamericana).

En efecto, el inmortal envejeció de súbito.

Con su mirada de vidrio empañado, de buitre ensañado. Las manos de momia, con unas uñas de mujer poco higiénica. Los pómulos con pecas, anunciando la decadencia irreversible de su oradora alma. También la metástasis inminente y la corrupción carnívora de su Máximo Cadáver.

Los gusanos ya estaban a punto de deglutir a Fidel.

La vejez como magnicida. Gracias a la vida, que nos ha quitado tanto. En Patria Descanse.

Total, que hasta su muerte nos la escamotearon.

Porque los cubanos solo nos enteramos de su fallecimiento gracias a un twitazo del recién electo presidente Donald J. Trump:

—*Fidel Castro is dead!!!* —gritó de alegría el agente naranja en su cuenta @realDonaldTrump.

Era una nochecita gélida de Viernes Negro (¿ahora habrá que decirle Viernes Verde?), el 25 de noviembre de un año que, pasados apenas un par de años, ni uno solo de los cubanos podría recordar con certeza hoy.

Fidel Castro no nos dejó a los cubanos ni un triste testamento donde por lo menos nos pidiera perdón. Se fue mudo, el muy mariconzón. Como muda se volatilizó la Unión Soviética, hace ya un siglo y un milenio atrás.

Solo por esto los cubanos tendríamos que reconocer que ya nuestro tiempo pasó. Que este mundo ya no es el mundo que conocimos como cubanos.

La tristeza es tener que ser testigos de esta tristeza.

Teníamos que habernos despedido de Cuba hace mucho rato. Cambiar de *cassette*, cambiar de casaca. Cambiar de cosacos: olvidar el significado arqueológico de las siglas CCCP.

Tampoco es que recordemos mucho a estas alturas de nuestra mutua falta de humor. Yo, por ejemplo, no podría mencionar más a que a dos rusocubanos de Santa Cruz del Norte, en la frontera volante entre La Habana y Matanzas: Polina y Dmitri, matrioshkas mínimas de mi desmemoria.

Dmitri estudió conmigo Bioquímica en la universidad. Después, los dos fuimos biólogos moleculares en los laboratorios *top-secret* del Polo Científico del Oeste. Específicamente, en los flujos laminares y los bioterios del CIGB (todas las siglas son de cuatro siglas): esa especie de Silicon Valley pero en el municipio Playa, erigido entre las broncas del barrio de La Corbata y las heces fecales del río Quibú. Tal como se demuestra, todavía hoy, al dorso de los billetes de 50 pesos cubanos (la decadencia del CIGB, quiero decir, no los mojones fluviales a la deriva).

A Fidel Castro le encantaba aparecerse en el CIGB a las mil y quinientas de la madrugada, para ver si las fermentaciones de levadura estaban o no estaban ya a punto de caramelo. Y para averiguar si las electroforesis de poliacrilamida tenían buen poder de resolución cancerígena. O para preocuparse porque los PCR seguían contaminados con el ADN plasmídico de alguna bacteria importada de contrabando.

Al contrario de Dmitri, que se hizo anarcosindicalista y sobrevive de vuelta en Rusia (o al menos eso aparenta en sus redes sociales), Polina reside ahora en una cuenta de *Facebook* que postea pastillas contra la depresión, consejos de videntes rusas bisexuales, y premios literarios en el vacío conceptual dejado por mí. Y, de paso, se fotografía desnuda a lo Wendy Guerra, con quien a su vez me gustaría fotografiarme desnudo a mí.

El castrismo es un ciclo corporal, más que corporativo.

La patria es la piel. De plátano.

Tal como toda memoria es una máscara. Una cáscara.

El siglo XXI es el verdadero territorio de los muñequitos rusos, aquel suplicio que le costó la carrera al comediante Bernabé.

Oro parece, horror es.

Ved esta gran sala. Fidel Castro ha muerto. Como se puso del lado de los poderosos, merece honor.

Hace muy bien el que señala el daño y arde en tentaciones totalitarias de ponerle remedio. Encanta la tarea de echar a los hombres sobre los hombres.

Vedlo en esta gran sala, rodeado de retoños de verde oliva, en una selva de aplausos asesinos y frenética fidelidad. Hurras hieráticos para que nadie olvide que, pegados a nuestras persianas sin patria, los cubanos hemos oímos caer, uno a uno, como ladrillos del Muro del Malecón, a los cuerpos de otros cubanos en plena calle.

Y todos decían, como en una operación masacre de mentiritas:

—No me dejen solos, hijos de puta.

Desde entonces no hemos querido recordar ni un chistecito soviético más. Han sido demasiados jaques al descubierto para una sola nación.

Cuándo coño comeremos pollo de qué. Déjense de tantas cuándocoñocomeremosgilipolladas, que ya están todos más que grandecitos.

Cada cual que vaya clavando los tornillos sin rosca de su propio ataúd. Por favor, ¿podríamos volver al ajedrez?

NUESTROS ANOS VERDE OLIVO

En el socialismo viví de mi esfuerzo, como se hace en el capitalismo, pero sin libertad ni prosperidad. Eso me dio seguridad personal y autoridad para plantear mi desencanto y romper con el dogma.

Y hablo de la libertad y de los derechos porque un día en que fui a visitar a mi hijo a la casa de su abuelo, un jerarca del régimen y exfiscal de la república, él puso su arma sobre la mesa para leerme la cartilla cuando le pedí que me ayudara a salir de Cuba:

—Quiero que sepas que si yo te pego tres tiros aquí, no habrá nadie en este país que vaya a atreverse a preguntarme por qué fue.

Así de simple y brutal era el socialismo.

Lo mínimo que yo podía hacer era romper con todo aquello y regresar al capitalismo democrático, desde luego.

@RobertoAmpuero

«JOVEN, USTED NO HA COMETIDO ERRORES»

Saint Louis tiene el mejor club de ajedrez de los Estados Unidos. Y probablemente el mejor del mundo.

Está muy cerca de mi casa, en la esquina más concurrida de *Central West End*. Uno de los pocos rincones remanentes de USA donde todavía puede fumarse de todo y beber alcohol en plena acera.

Como en Nueva Orleans.

Como en La Habana.

Un recodo libre de corrección política. Con unos troncos de hembras tremendos, que vociferan muy alto y se sientan con todos sus labios abiertos de par en par, como párpados plásticos, como prótesis de entrepiernas, mientras degluten sus margaritas con NaCl y rumian sus chistecitos obscenos sobre el flamante presidente de la Unión.

Grab'im by the penis.

Asumo que muchas de esas féminas formidables, incluso siendo conservadoras de corazón, hubieran votado por Bernie Sanders, si Hillary Clinton no le hubiera hecho trampas en las elecciones del 2016.

Por eso adoro al eclecticismo yanqui, que es como adorar al ecumenismo confederado, que es como habitar en el eterno retorno de un *remix* sin retorno.

El club de ajedrez de Saint Louis lo fundó, inevitablemente, un millonario. La ciudad completa de Saint Louis la deben de haber fundado dos o tres millonarios, no más.

«Dinero viejo», le llaman a este milagro del *Mid-West* los críticos apocalípticos del capitalismo. Sobre todo en mi universidad.

Siá, cará. Abajo los intelectuales.

Wenn ich Kultur höre... entsichere ich meine Browning!

179

Rex, porque así se llama nuestro tiranosaurio altruista, es un republicano de pura cepa que, como no pudo lograr un alto coeficiente de ELO jugando al ajedrez, se dedicó entonces a que muchos votantes demócratas en Saint Louis (y en todo el país) al menos pudieran mejorar un poco sus ELO.

Rex fundó el mejor club de ajedrez de los Estados Unidos y a cambio solo pidió un panteoncito de 64 casillas para su inmortalizar su yo. A falta de ELO, ego.

Y por eso allá va ahora a perder su tiempo Orlando Luis Pardo Lazo, escritor frustrado de Cuba que se pone a mover las piezas en el club de ajedrez, perdiendo diez de cada diez partidas, incluidas las pocas que gano o hago tablas.

No soy ni siquiera un jugador mediocre. Soy mucho menos que un amateur: una calamidad con patas. Pero lo amo: amo al ajedrez y amo a su mecenas el rey Rex.

Por cierto, hay muy buena luz en ese club consagrado a Caísa. Por eso voy muchas veces a leer allí, a memorizar los mamotretos de izquierda con que me recluta el claustro latinoamericanista de mi PhD: pura propaganda travestida como alta teoría. Puaf.

Pero la verdad es que avanzo poco. No aprendo nada de nada sobre la justicia social. Y mucho menos aprendo algo de algo que no me lo hubiese enseñado ya mi padre sobre el ajedrez, en el Lawton de un siglo y un milenio antes de Rex Sinquefield.

Mi propio ELO apenas ha rebasado los 1600. O sea, nunca podré mostrárselo con orgullo a mis nietecitos de la Era Post-Castro. Entre otras cosas, porque nunca habrá una Era Post-Castro.

Para colmo, en el club de ajedrez hay un retrato enorme de José Raúl Capablanca, el genio cubano campeón mundial. Qué pena, Paco, qué pena.

Al menos tengo la decencia de, cada vez que juego, ir primero hasta su marco de vidrio e implorarle de rodillas su imposible perdón.

Discúlpame, Capa. No estés tan de capa caída, cubanazo. Ya sé que me tocó a mí ser la vergüenza del ajedrez cubano. No pude evitarlo, supongo. La extrema derecha es ansí. Brutica, además de brutal.

Por eso escribo libros como *Espantado de todo me refugio en Trump*. En venganza. Por frustración.

Wenn ich Kultur höre... entsichere ich mein Trump!

No sé si ya les he dicho que en el club conocí una noche lúgubre a Leinier Domínguez, el gran Gran Maestro de élite cubano: un güinero ajedrecista que es decente hasta la tristeza, y que ahora se ha quedado a residir para siempre en Miami, como media humanidad, que por fin le ha dicho basta al castrismo continental.

Allí en Miami él espera no sé qué o no sé a quién, entre *malls* y templos protestantes al por mayor, acaso hasta que le llegue a Leinier su tarjetica verde a nombre de la administración de Donald J. Trump.

Mejor la *green card* que el uniforme verde oliva de los escaques castristas.

En el club también conocí en persona a Nazi Paikidze, que en 2016 y 2018 ha sido la campeona de los Estados Unidos, aun siendo de nacionalidad georgiana. Georgiana de Georgia, el ex país.

Nazi es una rubia valiente lo suficiente como para encararse ella solita al régimen islamista de Irán, que en el nombre de Alá (no el Compasivo y el Misericordioso, sino el Miserable y el Criminal) impide que las mujeres jueguen al ajedrez, a menos que primero acepten taparse hasta la cabeza con uno de esos trapos de la mafia musulmán.

Irán trata a las ajedrecistas, pues, como putas profesionales.

Y con una lógica irrefutable, por lo demás: si ellas no se tapan la promiscuidad de su pelo, entonces se le pararán los pingones al respetable público espectador.

Alá es glande.

Esa es la misión de los Guardianes de la Revolución, así en Cuba como en Irán.

En club conocí también al prodigio precoz de Noruega, el implacable campeón mundial Magnus Carlsen. Y no me hice ni un selfie con él: soy un exhibicionista en su fase terminal de desaparición. De hecho, acabo de cerrar hasta mi cuenta de *Instagram*. Y las de *Twitter* y *Facebook* están las dos en veremos, porque se la pasan censurando los videos en vivo que publico insultando a la izquierda internacional.

El club escolástico de ajedrez en Saint Louis, Missouri, USA, es un lugar limpio y bien iluminado, perfecto para suicidarse al estilo como un estilete de Ernest Hemingway.

Peón 4 Rey de corazón roto.

Caballo 3 Dama por saltar al vacío.

Alfil 8 veneno en sangre.

Bala 1 sien, la mejor manera de coronar.

El club cuenta, además del regajero de Grandes Maestros de cualquier nacionalidad, con unos personajillos muy peculiares: como toda red que uno lanza a lo más suculento de cualquier sociedad, allí en el club también se pesca de todo, en pleno esternón gentrificado del Medio-Oeste septentrional. En el castísimo cinturón de la Biblia.

Son gente noble y solitaria.

Pobres tipos que llevan dos y tres décadas intentando subir el ELO por encima de los 1600, como yo. Varados de por vida en 1959, como yo.

Por lo que ni siquiera son expertos municipales. Y nunca cumplirán con el sueño que da sentido a sus viditas vividas al margen de un capitalismo ahora fase fidelista de corrección.

Gente de bien, humildísima, con la ropita raída y el olor de la piel tan penetrante.

Se ve que son pobres de solemnidad, pero proyectando todavía cierta imagen de aristocracia. Una actitud de caballeros medievales, donde la dignidad se supone que suple con creces la humillación de sus derrotas a diario.

Es una debacle indetenible. Un genocidio ajedrezado. Un holocausto *blitz* tanto como *Blitzkrieg*. Pero resistiendo. Firme ahí, coño. Ajedrecistas por el capitalismo: ¡seamos como Rex!

Rodilla en tierra. Apretando el culo y dándole a los pedales. Cada quien con sus barbillas empinadas al cielo, orgullosos hasta el jaque mate final que los depositará en una lápida sin apellidos. Ken, Mario, Dennis, Matthew, Orlando Luis, y otros chicos del montón: los super perdedores del triunfador Super Rex.

A todos los amo.

Con todos he compartido comentarios, cabezazos, contrasentidos, y también un poco de mi comida. Y del estipendio que me pagan por coger golpes y aguantar groserías en mi universidad.

Con los *homeless* de la tierra quiero yo mi suerte echar.

El club de ajedrez de Missouri me complace más que la universidad.

En cada uno de estos anónimos habitantes se mantiene viva la llama de una alegría sin causa. Ocupan, lo mejor que pueden, un universo donde las piezas son movidas por otros y no por ellos. Pero sonríen ante tamaña artimaña celestial.

Y encima estas criaturas aún son capaces de no hacer trampas para ganar un partido. Justo lo contrario del mundo de ganadores a su alrededor, donde diríase que todos están todo el tiempo ofuscados, odiándose entre sí precisamente porque cada uno cree que es el otro quien ha triunfado.

No sé si consiga explicarme.

Al menos sé que no me importa mucho explicarme.

Estos personajillos del alma son una lección de vitalismo natural, aunque casi nunca consigan contagiarme. Tal vez para mí en siglo XXI ya sea muy tarde.

Salí al exilio una vida demasiado tarde.

Sea el 4 de Julio, sea en Halloween o en Christmas o por el fin de año, igual estos homúnculos humildes persisten de 10 de la mañana a 10 de la noche en el club, sobre una mesa con 64 escaques sin Castro.

Son veteranos. Son la basura blanca.

Somos.

Y estas son nuestras camillas de disección. Sobre estos patíbulos de ahogados ellos almuerzan, comen, duermen, cagan. Sobre este gólgota algebraico yo también almuerzo, como, duermo, cago.

Aquí aguardamos por un golpe de dados para ganar aunque sea el peor de los campeonatos, por los cuales se paga una cuota para jugar. Y no muy barata que digamos.

En ocasiones contadas, yo les pago a ellos sus respectivas tarifas de inscripción. No me dan lástima. Lo hago solo para que así mi bancarrota de fin de mes sea un poco más humana.

Me doy lástima. No me dejes solo, hijo de puta.

Aquí movemos y removemos nuestras 16 piezas de ajedrez por persona, a la espera de ser descubiertos por algún cazatalentos que sea también un empedernido perdedor.

Aquí, en la medida de lo posible, nuestras mentecitas obsesivas y frágiles estudian los análisis de ajedrez de un sinfín de partidas, gracias a esas minicomputadoras en que se han convertido hoy los Apps de ajedrez, incluso en los modelos más mierderos de teléfonos móviles.

Aquí seguimos zozobrando, viajeros inmóviles.

Al respecto, hace poco, para poner un ejemplo, mientras jugaba ajedrez contra mi App en el aula (me aburría en la clase de Revoluciones Comparadas), le gané nada más y nada menos que al programa oficial del campeón del mundo, Magnus Carlsen.

Hoy por hoy, cualquiera puede retarlo: basta con bajar la aplicación *Play Magnus* de internet, la que, como casi todas, primero resulta gratis y, después, cuando ya estás enviciado, se convierte en otra fuente de gastos.

Igual inténtalo. Te juro que no gano nada por promocionarlo.

No sé cómo le gané, pero le gané. Un golpe de azar anti-Magnus.

El exilio es eso. Una marea, un mareo. Una tiradera de peones encima del próximo exiliado.

No tiene sentido insistir con tantas definiciones. Lo importante es contar cómo nos pasó lo que nos pasó.

Fue una Apertura Bird.

Yo con las Blancas (típico de un supremacista miembro de la USCF). Y el Magnus Carlsen digital con las Negras (sin mayor filiación documentada).

En este punto de mi desesperación de escritor, solo espero que sepas leer mis anotaciones para atrapar a un laberinto llamado no literatura, sino ajedrez.

1. f4	d5
2. Cf3	Cf6
3. e3	Ag4
4. h3	Axf3

Primera sorpresa. No sabía que a las Negras le interesaba soltar así como así a ese Alfil. Evidentemente, no entiendo la paisajística conceptual de esta apertura. Ni de ninguna.

5. Dxf3

Lo comí con mi Dama sin pensarlo y seguí jugando contra el campeón mundial en mi Samsung, un *smartphone* bastante modernito para su precio. Mientras tanto, en el aula la profesora explicaba con su español de izquierdas la suerte que tú y yo hemos tenido, al contar con una pléyade de revoluciones y revolucionarios en media Latinoamérica.

5. ...	Cbd7
6. g4	e6
7. g5	Ce4
8. d3	Cd6
9. e4	Cb5

Hice cuatro jugadas de peones, una detrás de la otra: g4, g5, d3, e4. Lo hice para espantarle su caballo por todo el centro del tablero y ganar así un poco más de espacio antes de perder.

No se ve bonito, lo sé, y encima viola la regla iniciática de no mover tantos peones antes de desarrollar las restantes piezas. Pero ya está hecho.

10. Ae3	Ac5
11. Axc5	Cxc5
12. Df2	Ca4

Después de cambiarle su otro alfil, lo dejé al galope con sus dos caballos, dando brincos de carnera de aquí para allá. Por lo que no se me ocurrió otra cosa que seguir tirándole encima al negro cada peón blanco que me diera la gana.

Ya ven, el racismo es ansí.

No por gusto esta partida se jugó en el ghetto liberal de una universidad que hasta el otro día, como quien dice, fue un bastión de estatuas confederadas.

Ninguna guerra es civil. Mucho menos en ajedrez.

13. b3	Cb6
14. a4	Cd6
15. Ag2	c6
16. a5	Cd7
17. h4	O-O
18. Cc3	Te8

Por mi parte, decidí no enrocarme, como sí acababa de hacerlo *Play Magnus*. Preferí dejar a mi Rey parapetado en el centro, para poder colimar al suyo más rápido, trayendo a mi par de torres a apuntar por rayos X contra su flanco del Rey.

19. Rd2   b5

Y peones van y peones vienen. Como diría Elpidio Valdés: «Corneta, toque usted a degüello».

20. b4   Dc7
21. e5   Cf5
22. d4   Tad8
23. Ce2   Cf8
24. Ah3   Ce7

A falta de resistencia noruega, seguí empujando mis peones dentro de las trincheras en retirada de Magnus App, cuyos vikingos de píxeles lucían cada vez más restringidos, dioses paganos que boqueaban por una bocanada de aire nórdico antes de morir.

25. c3   a6
26. h5   Td7

El análisis de la computadora en este punto me da una ventaja de casi +2. Es decir, en este punto ya estoy técnicamente ganado. Pero lo cierto es que aún no tenía ni idea de qué hacer para concretar ese triunfalista +2. No será la primera ni la última vez que pierdo en posiciones generosamente ganadas.

27. Cc1   Tdd8

Cuando vi que *Play Magnus* empezó con su dale pa'lante y su dale pa'tras con la torre de la columna *d*, entonces sí me empecé a creer de verdad que ya lo tenía arrinconado. Arratonado. Si lo dejaba seguir en su propia salsa, chapoteando como Chacumbele, él solito se iba a matar. *Appoptosis*.

28. Cd3   Da7

Llegados mis peones hasta su quinta fila, ya no había vuelta atrás. No fui yo quien ganó. Simplemente sucedió. De pronto no tuve más remedio que irrumpir con rabia en su enroque, pasara lo que pasara después.

29. g6   hxg
30. hxg   Cfxg6
31. f5   exf
32. Axf5   Cxf5
33. Dxf5   Te6

Demasiado tarde para defenderte con esa torre. Estás cogido y no lo sabes. O lo disimulas muy bien. No te hagas el sueco, noruego.

34. Dh5   Rf8

Huyendo. Gracias. Un puente de plata para los enemigos en fuga. Para los enemigos en fuga, un puente de patria.

35. Cc5

Y esto fue todo. Mi ventaja computacional es ahora +8, según mi *Samsung*. Por muy Magnus que fuera este App, el Rey negro ya está reventado. Como Cafunga. Se pudiera rendir aquí mismo, sin ningún tipo de complejo racial. Pero todavía me tiró sus últimos orgullosos gollejos.

35. ...   Tde8

36. Taf1!!!

¡¡¡Triple admiración!!! En lugar de comerle la Torre de e6 con mi Caballo, traje mi Torre Dama al frente de guerra. Total, igual me podría comer la suya un par de movidas después. Aunque a la postre ni siquiera me hizo falta cobrarle esa calidad.

36. ...   Dc7

37. Dg4   Rg8

38. Dh3   Dc8

Quítenmelo, que lo mato.

39. Dh7+   Rf8

40. Thg1   Re7

Ya esto da pena. Por favor. Cuba estaba a punto de hacer historia y esa historia dependía ahora de mí, de mi remate con un par de clics. Y, sin embargo, ni uno solo de los cubanos se daría por enterado de mi historicidad. Hasta hoy.

41. Txf7+   Rxf7

42. Tf1+   Re7

43. Dxg7+   Rd8

44. Cb7+

Y ahora me tiene que regalar su Dama. Toda guerra humana culmina así: arrebatándole a la cañona el aparato reproductor del otro, y usándolo entonces utilitariamente para reproducirnos nosotros.

44. ...   Dxb7

45. Dxb7   T8d7

El derecho al pataleo de los ahorcados. Acaso un *bluff* de último minuto del programador.

46. Dxa6   Tc7

47. Db6   T6e7

48. a6

Y este peón ahora ya va de cabeza a coronar en la casilla a8. En dos jugadas más tendríamos una segunda Dama blanca sobre el tablero. Me encantan.

Por eso en este punto, pero tras pensarlo como media hora (comiéndose por gusto mis baterías), *Play Magnus* se rindió con un cartelito efímero en la pantalla del móvil.

No lo mostró ni por un segundo, así que no me dio tiempo a capturarlo como imagen, de cara a la posteridad. De haber podido grabar ese mensaje medio de capitulación y medio de congratulaciones, por supuesto que lo hubiera publicado en el espacio en blanco que les dejo ahora a continuación:

No importa, ustedes me creen. No tienen más remedio que creerme. Esa es la diferencia entre mis lectores y yo: que yo ya no creo en ustedes, como mismo ya no creo ni en mí.

En cualquier caso, este fue el resultado oficial del *match*: Blancas __1__, Negras __0__.

Firmado por ___Orlando Luis Pardo Lazo___ a los __19__ días del mes de ___Noviembre___ de __2018__.

Dado en el cumpleaños número __130__ de ___José Raúl Capablanca___, nacido en el siglo XIX en La Habana y caído en combate, como todo cubano sin Cuba que se respete, en uno de esos siglos XX de nuestra cubanidad *Made in Manhattan*.

Tenía demasiadas mujeres, el jaquematador Capablanca.

Y una noche, en el club de ajedrez, lo traicionó no sin ternura, la presión.

TORNEO DE
AJEDREZ 1973
EJERCITO DE
LA HABANA

LOS MEJORES COMBATIENTES AL X FESTIVAL

FOTO DE FAMILIA

To: Orlando Pardo Lazo,

Thank you for your friendship and dedication to our cause. Grassroots leaders like you in Missouri are the key to fulfilling our bold agenda to Make America Great Again!

Best Wishes,

Commemorative Registration Number:

BASURA NEGRA

Después de empezar con un capítulo llamado *Basura blanca*, por supuesto que tenía que venir otro capítulo titulado así: *Black Trash*.

Son dos palabras que en los Estados Unidos ya no pueden ponerse juntas en ningún libro. Mucho menos en un libro que tenga en portada y contraportada la mala palabra «Donald J. Trump».

Solo los blancos pueden ser basura blanca ahora, por culpa de ser precisamente del color que son. Tautología étnica. La blancura como barbarie insalvable.

Pero los negros basuras no son basura negra. Para nada. Cualquier culpa al respecto es una culpa de la sociedad. Y, de hecho, habría que pagarles una reparación solo por ser precisamente del color que son.

En cualquier caso y color, este no es un capítulo sobre raza. Entre otras cosas, porque «raza» y «racista» son palabras confusas al punto de la complicidad, tal como desde el siglo XIX le gustaba criticarlas a un españolito de Manhattan criado en Cuba y llamado José Julián.

Dread.

En efecto, fue Martí y Pérez quien dijo que al hombre no le asiste ningún derecho especial por pertenecer a una raza o a otra. Y acto seguido dijo:

—Dígase «hombre», y ya se dicen todos los derechos.

Dread. Dream.

Peca por redundante la basura blanca que dice «mi raza», como peca por redundante la basura negra que dice «mi raza». Para nuestro Apóstol ya a punto de martirologio en 1895, todo lo que divide a los hombres, todo lo que los especifica, aparta o acorrala, es un pecado contra la humanidad.

Un crimen de lesa basuridad, sea blanca o negra o de cualquier densidad genética de la melanina mentirosa en nuestra epidermis.

191

¿A qué blanco sensato se le ocurre envanecerse de ser blanco? ¿A cuál se le ocurre envanecerse de no ser negro? ¿Y a qué negro sensato se le ocurre envanecerse de ser negro? ¿Y a cuál se le ocurre envanecerse de no ser blanco?

Dread. Dream. Descent.

Insistir hoy en las delirantes divisiones de raza (como insiste la izquierda odiosa en lo inextinguible de las clases sociales como motor de una revolución en contra del capital y la propiedad) se llama castrismo cultural.

Instigar hoy desde la academia cómplice semejante racismo malo, rabioso, retrógrado, es atentar contra los restos retóricos que van quedando de lo que alguna vez fueran las democracias desarrolladas.

Nadie es hoy más racista que los cazadores profesionales de racistas en el Primer Mundo.

Nuestro mártir Martí habla también, por supuesto, de un racismo «bueno» y «justo», que es el racismo que sirve para recordarnos que se trata solo de un prejuicio ignorante, inercial en su ignominia, sin relación real con ninguna de las llamadas razas.

En las sociedades libres, algo que nunca hemos conocido los cubanos en Cuba, donde «hombre es más que blanco, más que mulato, más que negro», todos «se tratarán con lealtad y ternura, por el gusto del mérito y el orgullo de todo lo que honre la tierra en que nacimos». Así como «por el cultivo de la mente, por la propagación de la virtud, por el triunfo del trabajo creador y de la caridad sublime».

La fórmula del amor triunfante, con todos y para el bien de todos, era para él tan sencilla que podía ser espontáneamente concebida por cualquier escolar: «mérito» + «cultura» + «comercio» = unión.

Dread. Dream. Descent. Despair.

Entonces, por fin, cuando en virtud de practicar esa grandeza, los cubanos por fin nos hayamos olvidado de nuestro color, «la palabra *racista* caerá de los labios» y «cada cual será libre en lo sagrado de la casa».

Dread. Dream. Descent. Despair. Decision.

Seas blanco o negro, seas negro o blanco, supongo que no tendrás ni la más puta idea de la basura en blanco y negro sobre la que estoy hablando ahora aquí.

A ver si me entienden, bien masticadito: les estoy haciendo un montaje en paralelo de José Julián Martí y Pérez con *El extranjero*.

Pero les hablo no del librito de Albert Camus, el Premio Nobel de Literatura que en 1960 fue ejecutado por los servicios secretos de la KGB soviética, sino de la novela *El Extranjero* original: un bumerang arrojado buche a buche por el Camus negro norteamericano: otro comunista y, como tal, otro renegado del comunismo.

Lo mismo que el argelino francés. Y también, como Albert Camus, acosado por la basura blanca de los Partidos Comunistas, así en la estéril Europa como en los productivísimos USA.

No podemos negar que hay algo de lo real-maravilloso en la estética tétrica de los comunistas estadounidenses, sean yanquis o confederados. Pues viven, invariablemente, en unos apartamenticos rentados de pésima muerte. Como yo. Y en las afueras de las grandes ciudades, casi en las afueras de una vida vivible con alegría.

Allí se atrincheran, austeros, auras atoradas en su incipiente vejez, y desde allí padecen plenamente de su anorgasmia ancestral. Entre estantes repletos con manualitos de acción y propaganda, todos carcomidos por el consumismo de las polillas de la colonialidad y la saga neoliberal.

Allí se parapetan, con sus patéticas pataletas en contra de la prosperidad, entre montañas de ropa interior sucia, revistas paleológicas sobre el deporte y la mujer en la URSS, y ese olor a sopitas baratas que caracteriza al proletariado que prefiere no trabajar, sino pensar en la plusvalía de, por ejemplo, llevar la Revolución Cubana a cada mercado que funcione libre en el mundo.

Un mulato de Santiago de Cuba habló de eso, por cierto. Del «derecho a la pereza»: es cierto que ya «el vicio del trabajo está diabólicamente arraigado en el corazón de los obreros», pero «¿cómo pedir a un proletariado corrompido por la moral capitalista una resolución viril?»

El santiaguero se llamaba Pablo Lafargue y se templó, al estilo santiaguero, durante casi medio siglo diecinueve, a la hijita Laura de Karl Marx.

De hecho, a la postre la convenció de dejarse matar por él, en el cumplemuertes menos 105 de Fidel Castro, otro 25 de noviembre pero de 1911. Y después nuestro cubano en *Das Kapital* se suicidó, mientras todavía estaba tibio al cadáver de su amor de clase.

Otro suicida de la Isla, el exiliado Guillermo Rosales hubiera dicho, acaso como despedida de duelo desde un recodo de *El juego de la viola*, que los cuerpos de los comunistas cubanos despiden cierto tufo totalitario: huelen histriónicamente como a un taller de bicicletas. Teatro de manivelas manipuladoras.

Pero yo les estaba hablando de otro hijo nativo, de otro extranjero: del autor de la novela *The Outsider*, firmada por Richard Wright.

Un tipo que tecleaba a piñazos sobre la ametralladora dialéctica de su maquinita de escribir.

Un visionario, un profeta sin miedo a quedarse solo con la peste de sus palabras. Y sin pánico edípico a que los hijos de puta lo dejáramos solo, abandonado a su suerte de sierpe, en medio de la insultante insulsez de la intelectualidad estalinista euroamericana.

Era poco antes del milagro tan tardío del macartismo.

Richard como demonio de los desposeídos, un paria de clase. Wright como lumpen afronorteamericano ilustrado: un dios humano, demasiado humano. Al punto de resultarle inútil al izquierdismo *ad usum* de *avanti popolo, alla riscossa, bandiera rossa trionferà: evviva il comunismo e la libertà...*

Así en el Kremlin como en Coyoacán.

Así en La Moncloa republicana de antes como en la Cataluña ñáñiga de hoy.

Así en La Moneda cubana de antes como en El Miraflores cubano de hoy, dos filiales filiales del Ministerio del Interior.

Así en *The New York Times* de Manhattan como en la Plaza de la Revolución de La Habana.

Richard Wright, un siquitrillado. ¡Se ñamaba!

Lo parametrizaron en USA, tal como los comunistas europeos parametrizaron a Camus. Porque la izquierda lo único que no perdona es la inspiración individual.

Primero, intentaron cooptar el vigor de su voz. Trataron, como es costumbre académica, de blanquearle la mente al negrito bocón. Es decir, quisieron callarle el pico, comprándolo con un puestecito a sueldo del Estado dentro de la gran marcha levógira de la humanidad.

Cazar al monito revolucionario. Ponerlo a menear su colita en un aula o jaula del zoocialismo *Made in USA*. Captar al negro cimarrón, maniatar en el cepo moscovita al esclavo huyuyo del Sur. Destruir delicadamente su locura locuaz de liberto. Y sentarlo entonces a redactar la basura roja de esta o aquella revolución resentida.

El mismo racismo de Marx, Engels y Lenin. El mismo racismo de los Castros en Cuba.

El mismo racismo de los caza-racismos hoy en *The United Racists of America*.

Pero Richard Wright no entendía con nada, ni nadie. Ni fuera, ni dentro de su ghetto. Era un bacán de cuidado, incluso siendo tan cuidadoso. Con su literatura al límite, le bastó y le sobró para hacerse respetar. Espetar.

Justo lo contrario de los escritores cubanos que, antes o después del castrismo, dentro o fuera del ghetto de Miami o la editorial Letras Cubanas, imploran en masa no ser respetados por el poder.

Richard tenía una inteligencia desquiciada: una mente a mil, hecha a golpes de lecturas y abusos, de familia y fundamentalismo, de democracia meridional y discriminación industrial. Wright era un uno, que es justo lo que le falta al pueblo cubano: ser menos pueblo cubano y ser más uno.

Ser unos. Ser uno.

A este Ricardo Corazón de León Negro, con su dicción deslumbrante y sus diálogos de delincuente, los liberales de hoy seguro ya lo hubieran acusado de acoso sexual, ante una de esas abogadas extrajudiciales de *Title IX*.

Este Richard Leonwright se resistió mientras le duró la risa y la rabia, batiéndose como un Quijote cojonú contra todo tipo de prensa panfletaria y oportunista. Unos medios tan mediocres como manipuladores. Y tan percudidos como los de hoy con sus *fake news* importadas, con inocencia de Rosenbergs o Zuckerbergs, desde el corazón del corazón de la CCCP.

Cualquier tiempo pasado tuvo que ser mejor.

Hoy es mañana todavía.

La de Richard Wright fue una Edad de Horror donde, por ejemplo, para ser escritor, siendo negro, había que empezar por publicar una *Oda a Stalin*, gran capitán, a quien Changó proteja y a quien resguarde Ochún…

Como lo hizo, en plena posesión de sus facultades miserables, nuestro Poeta Nacional Nicolás Guillén, ese reguetonero cubano radical:

A tu lado, cantando,
los hombres libres van:
el negro, de ojos blancos
y barbas de betún;
el blanco, de ojos verdes
y barbas de azafrán.

Nicolás Guillén y sus compases de cabezas y cabezas cortadas a cercén. Un *insider* en lugar de un *outsider*. Un camagüeyano de las cavernas y ciertamente un castrista antes del castrismo.

El exilio cubano es mucho más tolerable cuando uno lee al negro Richard Wright en una mano, mientras con la otra mano uno lee a la blanca Ayn Rand.

A esa tal Ayn Rand la negaron no tres, sino trescientas treinta y tres veces antes del alba. En parte, por infame inmigrante. Porque la izquierda odia individualmente a cada uno de los inmigrantes, pero los amasa a su conveniencia siempre que se comporten como una masa no pensante.

Una feminista anodina llegó a tildar tortilleramente a Ayn Rand de ser una «traidora a su propio sexo». Como si fuera una ofensa, cuando se trataba virtuosamente de la más bella verdad.

Hay que traicionar hasta a nuestro propio sexo.

Cero identidad. Cero raza. Cero cubanía por los cero costados.

Escuchen, por ejemplo, estos parlamentos impotables de un personaje del personaje Richard Wright:

—*Negroes can be Fascists too: fundamentally, Fascism has nothing to do with race.*

Qué época. Qué emancipación.

Pobre Ayn Wright. Pobre Richard Rand.

Muertos los dos con una mueca de desprecio ante la decadencia de la democracia, pero sin dar su prosa a torcer a los demagogos del maccastrismo.

De ellos no obtendrían ni una sola sílaba de sometimiento.

I know nothing whatsoever. I have nothing whatever to say.

I acknowledge nothing. I affirm or deny nothing.

I belong to nothing. I subscribe to nothing. I admit nothing.

Acostúmbrense de una vez y por todas a esta idea, blanquitos de la victoria: a la basura blanquinegra de Orlando Luis Pardo Lazo tampoco le sacarán ni media sílaba de sumisión. Y no por guapo (que sí lo soy, y muchísimo), sino porque el exilio es el sitio donde ni rendirse ya tiene sentido.

Exiles can be Fascists too: fundamentally, Fascism has nothing to do with exile.

Ah, aquellos dos grandes capitanes son una inspiración para los cubanos que ya nunca tendremos capitán, a quienes ojalá que Changó no nos proteja ni nos resguarde Ochún, si alguna vez caemos en la tentación de claudicar ante el castrismo después de los Castros.

Ya lo dijo quien lo dijo: a tu lado y a tu lado, queridos y heridos Richard Wright y Ayn Rand, en silencio de solitarios a ultranza, los hombres[1] libres de toda raza y color van.

Vamos.

---

[1] Antes o después del término «hombres», se ha omitido el vocablo «mujeres» con plena conciencia de que su uso sería aquí sintácticamente incorrecto. De paso, también para provocar la ira ridícula de los redundantes epígonos del genocida venezolano Nicolás Maduro. Y, en general, para despertar el desprecio y las denuncias de los policías del pensamiento que, empezando por el lenguaje y terminando en un proceso de *Title IX*, aspiran a monopolizar toda idea propia a cambio de la imposición de una ideología iguali(totali)taria.

JAMES *F-WORD* JOYCE

F-word me on the stairs in the dark, like a nursery-maid *f-word* her soldier, un-buttoning his trousers gently and slipping her hand into his fly and fiddling with his shirt and feeling it getting wet and then pulling it gently up and fiddling with his two bursting balls and at last pulling out boldly the mickey she loves to handle and frigging it for him softly, murmuring into his ear dirty words and dirty stories that other girls told her and dirty things she said, and all the time pissing her drawers with pleasure and letting off soft warm quiet little farts behind until her own girlish cockey is as stiff as his and suddenly sticking him up in her and riding him.

F-word me dressed in your full outdoor costume with your hat and veil on, your face flushed with the cold and wind and rain and your boots muddy, either straddling across my legs when I am sitting in a chair and riding me up and down with the frills of your drawers showing and my cock sticking up stiff in your cunt or riding me over the back of the sofa.

F-word me into you arseways, lying on your face on the bed, your hair flying loose naked but with a lovely scented pair of pink drawers opened sha-melessly behind and half slipping down over your peeping bum.

F-word me in your dressing gown (I hope you have that nice one) with nothing on under it, opening it suddenly and showing me your belly and thi-ghs and back and pulling me on top of you on the kitchen table.

F-word me naked with your hat and stockings on only flat on the floor with a crimson flower in your hole behind, riding me like a man with your thighs between mine and your rump very fat.

F-word me if you can squatting in the closet, with your clothes up, grun-ting like a young sow doing her dung, and a big fat dirty snaking thing co-ming slowly out of your backside.

F-word me, darling, in as many ways as your lust will suggest.

CLARIAS Y CAPITALISMO

Un colega del doctorado, de los que aún no me ha denunciado todavía (repárese en la reiteración adverbial), traduce clarias al inglés desde el argot vietnamita.

En serio. Ese es su proyecto para graduarse de PhD en mi universidad: las clarias comparadas.

Y no cualquier claria, por supuesto (eso sería ofensivo para su talento bilingüe), sino las clarias gigantes, entre otros detallitos técnicos sobre cómo traducir sus bigotes de gato sin traicionar la intención del autor, convirtiendo a golpe de poesía pezgatuna el vietnamita primitivo en un inglés post-imperial.

Espero que mi colega de doctorado me denuncie tan pronto como lea esta denuncia que, profilácticamente, le escribo yo ahora en su honor. A cara descubierta, con el corazón en la mano.

Aunque no sea mofa, sino homenaje, espero que ni él ni tú ni nadie comprendan nunca que cada cosa que toco por escrito se convierte de inmediato en una carta de amor. Incluso en una carta de amor al presidente Donald J. Trump.

Cada lector que me lee y me deslíe es ahora mi hijo. Ustedes son mis únicos hijos de la vejez. Por eso a todos y a cada uno les digo, en son de apóstata apostolado:

—Hijo, espantado de todo refúgiate en mí.

Ese debiera ser el título de este libro: *Espantado de todo refúgiate en mí.*

No tengan miedo de leer la palabra «Trump» en portada y contraportada de este volumen inverosímil de una literatura al límite que, por eso mismo, no cabe ni el canon ni en el mercado. Y, afortunadamente, mucho menos encaja en los predios despóticos de la academia norteamericana.

No se desgasten por gusto. La palabra «Trump» no es peor que la palabra «Yoani», por ejemplo.

Además, Donald J. Trump es, de algún modo, el hijo único de la vejez de los cubanos sin Cuba, que somos todos los cubanos. Un pueblo desaparecido como por arte de magia.

Por arte de Marx. Por arte del Mal.

Una nación sin soberanía que sigue secuestrada entre el escepticismo y la esperanza, entre la patria y la pared, entre el capitalismo y las clarias.

Tanto mi colega de PhD como yo sabemos que «claria» es un eufemismo para no mencionar la obscenidad del término «pez gato», esa recombinación de limpiapecera con lombriz solitaria. Una especie que es oriunda de cualquier parte, menos de la civilización occidental.

Vomitivo.

Igual de tanto discutir en clase los textos de mi colega viet-cong, uno va aprendiendo las siete maravillas del mundo a lo largo y ancho del río Mekong.

Para empezar, ese río nunca se ha llamado Mekong. Como todas las palabras actuales, «mekong» es también un barbarismo. Algo que alguien oyó mal, y transcribió peor. Como un eructo. O un peo.

Nada de Mekong, compañeros. Mekong ni mierda. El río se llama en chino Lahn Xang. Es decir, el de «cauce rápido». Prodigiosa imaginación, ¿no?

Si un río corre rápido por su cauce (como rápido corren los carros por los carriles del ferrocarril), pues a ese río se le pone de nombre el de «cauce rápido». Y ya.

Etimología elemental. Millones de chinos no pueden estar equivocados: Lahn Xang y bien.

La clave cultural reside aquí en el hecho de que, excepto en el idioma español, que es la madre y la madrastra de la retórica por la retórica, el resto de los dialectos universales son muy concretos. Y nombran las cosas sustantivamente, por asociación. Las más de las veces, por onomatopeya.

El idioma cubano, específicamente, como lenguaje sería un hijastro bastardo, a medio camino entre la onomatopeya y el horror a decir algo que tenga sentido. Sin ánimos de ofender.

Por ejemplo, échense cómo suenan los ríos cubanos: Zaza, Quibú, Toa, Guamá, Caonao. ¿Qué más podía esperarse de gente capaz de nombrar a un río así?

Dialectos dictatoriales para un pueblo dictadurizable: esa es la génesis de nuestra degeneración nacional, la base geogramática de nuestra mudez y sordera local.

Mientras tanto, en las antípodas del planeta, cuando el falso río Mekong va bajando hacia el sur, por una ribera hay un tipo de chinitos que lo llaman «Lanchang», que literalmente es el mismo nombre del reino de los «cien mil elefantes».

Me refiero, por si no lo saben, a la República Democrática Popular Lao, donde se le llama al río redundantemente «Lanchang» porque hasta sus aguas bajaban a beber los elefantes salvajes de la selva. Y también los domesticados del reino.

En el siglo XXI, sin embargo, ya no quedan ejemplares de ninguna de las dos especies. No hay elefantes sueltos ni enrejados. La claria los depredó.

Por otra parte, en la ribera de enfrente del falso río Mekong hay otros chinitos que le dicen simplemente «Mae Kawng». Que ya no significa nada, sino apenas «río Kawng».

Claro que, justo por esa zona, los conceptos de «río» y «madre» son medio sinónimos, según mi colega de PhD (y yo creo en su sabiduría a pie juntillas, como si se tratara de un Dios Ho Chi Minh), quien se atrinchera junto a la pizarra electrónica del aula y desde allí nos lanza sus peroratas asiáticas en caracteres vocansonantes del tipo ở, ờ, ê, ẹ, ặ, ẳ.

Me perdonan, pero yo creo que nunca entenderé esa necesidad de complicar como carajo las cinco vocales cubanas: a, e, i, o, u. ¿Es tan difícil aceptarlas con humildad monocultural?

Lo que funciona, funciona. Y lo que no funciona, no funciona.

Tal como en Cuba la técnica era la técnica y sin técnica no había técnica.

En cualquier caso, lo cierto es entonces que el Mae Kawng no solo es el Río Kawng, sino también la Madre Kawng de los ribereños de ojos rasgados y glotis golosa para la híper-pronunciación.

Supongo que los exiliados cubanos seamos un poco como aquellos visitantes foráneos del sudeste asiático, perdidos en nuestros propios delirios, trastocando «Lahn Xang» en «Lanchang» y pervirtiendo «Mae Kawng» en «Mae Kong».

Mall Kawng. Miami Kong.

Lahn Habana.

De manera que más que entre nombres, habitamos ahora entre nombretes. Y más que entre hombres y mujeres, los cubanos sin Cuba deshabitamos ahora entre homónimos y muletillas.

Cacofonía de clarias en clave de castrismo contracultural: *Pla Huek*. Es decir, pez gigante.

En puridad, en esas regiones remotas aún ningún PhD ha descubierto todavía el concepto de «h» (ni el recurso de la reiteración adverbial).

Así que *Pla Huek* se pronuncia «pla buek», una fonía común lo mismo entre las clases altas que entre las castas bajas de los intocables. Con la excepción, como era de esperarse, de los khmers rojos en Kampuchea, una subespecie humana que, aunque no creen en Dios sino en el Estado, la han cogido con llamar a la claria el «pez de los dioses». O sea, *tre-rao-al*.

Tal vez esta tradición sea solo para justificar ante ellos mismos no tener que tragarse una carne tan carroñera. Son khmers rojos, no comemierdas.

Recuerdo que cuando llegaba la claria a mi carnicería del barrio, en las afueras y los abajos de la capital cubana, la peste a orina duraba días y días en el aire, después de venderle a los vecinos toda aquella masacre sin sangre.

Bigotes al por mayor, por toneladas.

Baratísima piltrafa. Insoportable, una náusea enana porque, para colmo, al contrario de las clarias de mi colega académico, las cubanas eran multitudinarias pero no gigantes.

Pla Huek ni *Pla Huek*.

En el Mekong o como se llame, dicen que las cazan hasta de más de dos metros. Como en el Mae Missouri.

Unas bestias. Los pescadores, no las pobres clarias.

Es sabido que la claria madre de todas las clarias terminó metida, con una estaca de la cabeza al culo, en una foto en policromía del libro de los récords Guinnes: pesaba la muy hija de claria unos casi 200 kilogramos.

Hemingway se hubiera vuelto a morir de haber escrito sobre semejante espectáculo contemporáneo: *The Cat Fish and the Sea*.

Traducción temporal: *La claria y el mar*, que podría haber sido otro Premio Nobel de facto.

En las represas de Cuba, las clarias son legión pero no pesan tanto. Se comen hasta las gallinas. Y también se zampan palomas, conejitos, jutías y ratas. Pero eso no quita que las clarias sean peces sin gravedad. O mamíferos, quién sabe.

Cuba como paraíso de la impensantez, terrestre y acuática.

De tanto sublimarse a sí misma, la Revolución ha terminado siendo un anfibio de gas.

Por cierto, cuando llegué al exilio cubano, tan tarde como la tarde del martes 5 de marzo del 2013, pensé que en los próximos 1959 años nadie me iba a mencionar a las cabronas clarias.

Como en todo, yo estaba equivocado.

Estábamos equivocados.

Salir de Cuba es eso, un equívoco. Como mismo es un error no salir. De mala suerte que, en el primer restaurante de lujo que me llevaron en Nueva York, la especialidad de la casa era, ya saben, *Blackened Catfish*.

Dios no me dejará mentir al respecto. Que la patria me covfefe orgullosa si no les estoy diciendo la verdad, toda la verdad, y nada más que la verdad.

Podría jurarlo sobre la anti-biblia de los cubanos, que acaso sea este mismo libro que ahora se va cayendo de tus manos por ser un panfleto de tan pesado. Probablemente, hasta un plagio.

Nunca en la vida se me olvidará aquel menú de neo-neoyorkino:

Cajun catfish with the right touch of spices.

Traditional method of down South cooking.

Without any fat.

Yo no sabía que el pez gato tuviera grasa y que, por lo tanto, hubiera que quitársela antes para cocinarlo. Ni tampoco me importó averiguarlo esa primera noche sin Cuba pero con Manhattan, una ciudad que es cagaíta a La Habana (que sería como su maqueta en miniatura).

Pla New York.

Valía carísima la claria, por lo demás. Qué locura de mundo.

Este fue un síntoma bien tempranero de que en el alma de los Estados Unidos algo andaba muy mal. Una cosa corpórea, desalmada. Como un tumor de izquierda: un izquierdoma, si me permiten el neologismo.

No me extrañaría que la crisis general del capitalismo hubiese comenzado así. Gracias a los menús marxistas de Manhattan, con el *copyright* de una conspiración entre el comunismo a la asiática y los chefs esclavistas del revisterío progre de la vieja Nueva York.

Me santigüé. Pedí perdón por mi guajirá castrista. Pero no masqué esa mierda. Pedí un bisté, carne de vaca. O de caballo.

Ódienme por carnívoro cruel. O váyanse para Cuba, si tanto les parece que esas lonjas de claria al plato son una *delicatessen*.

Esperé, con las tripas retorcidas por el tufo de la palabra *claria*, y a la postre me trajeron el bisté tinto en sangre. Otra exquisitez, según la libidinosidad gástrica de quienes me hospedaban en NYU.

Me paré. Esta vez sí, allá voy. Quítense, cojones.

Salí sin pedir permiso ni ofrecer perdón ni una cabeza de claria o víscera de res. Ni en inglés ni en vietnamita ni en ninguno de esos argots de asco.

Fui al baño. Corrí al baño. Me metí el dedo índice hasta la campanilla. Arghhh.

Vomité bilis. Vomité bocanadas de vacío cubano.

Vomité vocablos. Vomité toda mi vulnerabilidad de recién exiliado cubano.

Con hambre, con odio. Sin remedio, sin memoria.

Me estaba pasando lo que en Cuba yo nunca hubiera imaginado que a estas alturas de la vida me pudiera pasar. Me acababa de borrar a mí mismo del mapa. Adiós, querido Orlando Luis Pardo Lazo.

Al igual que una claria bípeda, yo ya no tenía ni órganos bajo la piel. Así y todo, para mayor humillación y mayores ganas de no haber nacido, todavía aún tenía un hambre del recontracoño de sus madres. Un apetito adverbial, híper-proverbial. Y tenía aún todavía esa tristeza sin tristeza que no la curaría luego ni Donald J. Trump.

Sudaba frío. Pensé que sería un infarto.

Respiré. Me calmé un poco las nalgas. Resiste, coño. Vomita y deja que la gente vomite en paz.

Pensé en transmitir ahí mismo un video por *Facebook Live*, a ver si entre mis 5000 amigos virtuales me sentía un poco menos en pánico. No lo hice, en definitiva.

En cambio, me lavé largamente la boca. Durante horas, con agüita de aquel grifo sanitario de mi capitalismo de recién llegado.

Flúor a cuentagotas. *Tap, tap, tap.*

Olía rara aquella agua. No sabía ni a agua. Después entendería que fuera de Cuba nada sabe ya a nada. Como mismo dentro de Cuba nadie sabe ya nada.

Qué impotencia. Qué insulto.

Conté ovejitas exiliadas. Y así se me fueron pasando los retortijones de estómago. No vomité, ni tampoco vi que nadie vomitara a mi alrededor. Y tampoco tuve que cagar, por suerte. Porque no supe hallar en dónde escondían sofisticadamente el papel sanitario.

Fuck the United Catfishes of America. A la mierda la carne mal cocinada de los Bistés Unidos de América.

Regresé a la mesa como mejor pude. Los catedráticos no habían ni notado mi ausencia. Solo la mirada de una catedrática intentó consolarme. Gracias de corazón, cubana.

Alguien hizo entonces un chiste de que yo había ido a llamar a Cuba desde un teléfono de la calle. En un sentido, era verdad.

Por suerte, no llegué a contraatacarlo en ningún idioma lamentando que el 9/11 ese profesorcito de Estudios de Género no hubiera estado donde genéricamente él o ella hubiera tenido que estar. En la azotea de las ex Torres Gemelas.

Descubrí que el odio es connatural con el exilio cubano.

Yo odio. Tú odias. Nosotros odiamos.

Fue una lección, una lesión (si me perdonan el facilismo).

Sobre la mesa, el olor de la hemoglobina muscular seguía siendo igual de nauseante. Pero esta vez ya no dije ni toqué nada. De hecho, la primera vez tampoco yo había dicho ni tocado nada.

En ambos casos, me comporté tal y como lo esperaban Barack Obama y sus millonarios cubanoamericanos en contra del embargo: el que paga, manda.

Alegué no tener hambre. Y yo también hice chistes sin género sobre la falta de comida en Cuba y mil cositas así.

Ríe cuando todos estén tristes. En este caso, reí cuando todos estaban aún mucho más alegres todavía.

Los faunos con *tenure-track* aplaudían en corro mis ocurrencias. Se desgañitaban de la risa conmigo, arqueando las cejas como diciendo: «recién llegó de Cuba y, mira, tiene hasta un discurso articulado...»

Les pedí que por favor me pidieran taxi analógico. La Era Uber aún no había empezado todavía. Ni yo tenía nada parecido a una tarjeta bancaria.

Tanto lío con la democracia y total para qué. Después del totalitarismo, el sinsentido. Esto no nos hubiera pasado en Cuba, cubanos.

Pero Cuba quedaba ahora allá lejos, allá atrás, allá abajo, allá dónde, allá cómo, allá cuándo, allá quiénes, allá antes. Estábamos marzo del 2013 y yo acaba de aterrizar (para colmo, super articulado) en el vientre vomitivo del mundo izquierdoccidental.

Me despedí de las dos únicas caras que conocía desde la Isla: los globalmente reconocidos @ElYuma y @CocoFusco1960. Esos dos americanitos medio cubanos eran de pronto los únicos restos flotantes de mi recién abandonado hogar.

Sin embargo, por algún motivo premonitorio no me despedí de @ADopicoDelValle. Ni ella se despidió tampoco de mí. Aún hoy no nos hemos despedido el uno de la otra todavía.

Ella y yo nos quedamos mirándonos con melancolía, como de cuenta de *Twitter* a otra cuenta de *Twitter* vecina, hasta que yo me perdí en lo que quedaba de aquel invierno al estilo de un O'Henry asustado.

Incluso antes del apocubalipsis de noviembre de 2016, aquella mirada terminaría bloqueándome en *Twitter*, por culpa de las presidenciales recién ganadas por Donald J. Trump. Al parecer, yo me había convertido en un *neocon* con pespuntes de neonazi. Y reconozco que con gusto me convertiría de nuevo en uno, de ser necesario.

Pero igual eso es lo único que no le perdono al actual presidente Donald J. Trump: la pérdida de aquellos tristes ojos cubanizados, apagados de golpe (a golpe de colegio electoral), en un exilio donde las clarias son masticadas como un lujo legítimo, mientras que el capitalismo es considerado poco menos que una lacra anticonstitucional.

Anástrofes de la catástrofe cubana.

Paradojas del primero de los muchos primeros días en que yo tendría que cenar para siempre fuera de casa. Lejos de casa. *Homeless* de remate.

No digáis más «exilio», cubanos. Basta con decir: «comer comida no hecha nunca más en casa».

ACITÍLOPOIB, AISPOIB, CIPOIB

.iruossiM ,siuoL tniaS ed ytisrevinU notgnihsaW ne adarapmoC arutare-
tiL ed odarotcod nu azilaer etnemlautcA .(4102 ,skooB R/O) *sretnilpS nI*
abuC avitarran ed aígolotna al y (4102 ,skooB sseltseR) *adanodnaba ana-*
baH aL latigid orbil-otof le ,(4102 ,lanoicaN lE) *emoH gniroB* sotneuc ed
nemulov le ,(6102 ,aidemrepyH) *oicnelis le dahcucse níralc leD* sacinórc ed
orbil le odacilbup aH .onabuc oreugolb y rotircse nu se (1791 ,anabaH aL)
ozaL odraP siuL odnalrO

TOQUI CUANDO TODOS ESTÉN TRISTES

De niño, yo miraba a Toqui en la televisión cubana. O tal vez fuera Toqui niño quien me miraba desde un televisor cubano a mí.

Toqui es Toqui, ¿recuerdan?

La cosita aquella que tenía un cabezón de caballo y una voz si no de mujer, por lo menos sí muy amanerada.

Toqui, entrañable ET de los setenta en el socialismo cubano.

Toqui con su testa de pelusas, que parecía un micrófono afro de chaonda. Un espendrú de *Saturday Night Fever* o algo por el estilo: reportajes de otros planetas que, total, nunca eran transmitidos por la televisión cubana de entonces (que entonces era mejor que todas las televisiones del mundo juntas, por ser la única).

Una TV estatal a todo color: blanco, negro, blanco y negro, negro y blanco, y demás combinaciones del arcoíris de nuestro aburrimiento local.

Castrismo *technicolor* en cada uno de los cuatro puntos cardinales, que ya desde entonces eran tres: La Habana y Miami.

Toqui, con su cráneo de glande hidrocefálico. Un rubito de tramoya ensamblado en nuestra mediocrisísima TVC, usando el privilegio de aquellos peinaditos con el pelo mucho más largo de lo que ni soñaba con poderlo tener entonces el pueblo cubano (mucho menos nosotros, los fiñes de la Revolución que no medíamos ni medio metro de altura y que, con suerte, nunca íbamos a crecer demasiado).

El síndrome de Peter Toqui.

Toqui de nuestro guiñol insular, un guiñito revestido de guata por las manos maravillosas de una homosexualidad disfrazada de hombría. Toqui tapiñado, metido de culo en el closet castrista de un comunismo en veremos. Venéreos, venceremos. Y siempre en riesgo de terminar recogido, con penicilina gratis también clavada en el culo, en uno de esos campos de concentración de la UMAP (hoy las siglas de la UMAP se deletrean como CENESEX).

Toquiñol de ropita *cool*, como sacada de una de esas tiendas extranjeras casi inexistentes en la Cuba del Castro inicial, un campamento milico de chealdad por decreto: una finca de la fidelidad sin afueras.

Tótem y tabú del totalitarismo en la clave querida de un Toqui y sus demás monigotes del amor durante la Guerra Fría, mientras la guerra en caliente nos descojonaba a los tíos y a los padres en África.

En aquella Cuba cadalso, como todas, la única disidencia posible para un niño de ocho o nueve años era enamorarse de un milagro hecho muñeco. Un prodigio de cartón tierno convertido por obra del arte en puro cachetón.

Toqui y su par de mejillas de hembra, más su bembita y su mentón tan fotogénicos, tan fotogeniales. Pronombres posesivos que lo hacían parecer un icono mitad infantil y mitad porno *hard core*. Y aquellos labios de bambino bambi epiceno, a la sombra de los adultos en flor verde oliva, que son los mismos vejestorios envilecidos de hoy.

Salve, Toqui: los que van a morir te saludan y quieren ser tu amiiiigo…

Y por siem pre lo seeeerán.

Todas tus iiilusioooones tú nos las cuchicheaste al oído, con una calma de la que carecíamos según se acercaba y se acercaba el siniestro siglo XXI, del que nadie de entre tu chiquillada iba a salir vivo. Va a salir vivo.

Ave, Toqui de tocador, que compartiste con nosotros, pecadores, tus más insospechados secretos, con todos y para la resurrección de todos, usando como única técnica televisiva el lenguaje para muchos desconocido de la amistad.

Enseguida nos dimos cuenta de que tú eras nuestro único amiiiigo. Y que podíamos con fiar en ti, todas nuestras iiinquietuuudes y el mo do de sen tir.

Y nunca más estaríamos solos. Siempre te íbamos a tener a ti.

En nuestros problemas y en nuestros sueños, en ti podríamos confiar.

Qué exceso de confianza, Toqui. Como el castrismo mismo, que también es un exceso de confianza, donde se abole todo atisbo de privacidad.

Pero Toqui, muñequito mentiroso de mierda, una tarde no televisada de Cuba también nos abandonó.

Et tu, Brutoqui.

Con tus telitas entalladas de rayas y cuadros. Con tus *sweaters* y zapatones de felpa. Con tu mueblería evidentemente importada de una realidad alternativa. Con tu corazón tan poco cubano.

En efecto, aquel Toqui puntual al punto de lo paranoico, como un pionero pero sin pañoleta ni disciplina, una de esas tardes a las seis de la tarde, la hora de los muñes en la TVC, simplemente se desapareció.

Se nos desapareció. Y, de paso, nos desapareció.

Se acabaron sin más ni más las tremendas tallas que Toqui nos metía sobre cosas siempre didácticas y siempre divertidas. Sobre la historia de América antes de Colón, por ejemplo (hoy sabemos que la historia de América empezó solo después de Colón). Sobre el origen de las palabras, por ejemplo (hoy sabemos que nunca tuvieron ni tendrán ninguno, porque las palabras, por suerte, no son como la propiedad: por eso las palabras sí nos pertenecen de verdad). Y nos hablaba Toqui, sobre todo, del futuro (y éramos tan tontos que no nos dábamos cuenta de que esa era la forma asfixiante de su despedida).

Toqui tenía un candor descomunal. Una empatía que aún hoy llevamos prendida como un brochazo de luz bajo el esternónm. Como un infarto de infancia.

Toqui fue un soplo del Espíritu Santo: primera comunión cardiaca que nos salvó pedagógicamente del Estado Socialista en aquella sociedad sin dios. Y nosotros, los makarenkitos cubanos, ni siquiera lo sospechábamos.

Lo esencial es invisible hasta para un pequeño príncipe.

Su sabiduría dulzona no tenía para cuando acabar. Pero de esto ya ni Toqui se acuerda. Porque los muertos no tienden a recordar casi nada.

Me pregunto dónde habrán tirado al títere de su cadáver.

¿En una cuneta? ¿En una cubeta? ¿En cuál de todas nuestras cubitas al margen?

Toqui tanático. Toqui en trance de extremaunción.

Tú no nos conocííías, ni nosotros tam poco a ti.

Ahora yo meee pregunto cómo podíamos vi vir.

Porque lo cierto es que, por más que lo intentamos y lo intentaste hasta el fin de los Toquis, por más que aprendimos a daaar de todo y aprendimos a reeecibir, igual siempre seguimos estando muy solos, Toqui, aunque siempre te hayamos tenido a ti.

Toqui, demagogo. Tú sabías de sobra que en aquella audiencia cautiva, ninguno de tus cubanitos con Cuba iba ser feliz.

Toqui, traidor. Nos dejaste como medio siglo a solas, asolados según crecíamos en la cárcel de un castrismo sin ti.

Toqui tétrico, sin ética. Y eso que en los años setenta todavía ni la primera de nuestras muchachas tenía tetas: Toqui anterior a todo intento sigloveintiúnico de la acosadera cercana de *Title IX* especie.

Toqui con cincuenta mil presos políticos en Cuba, condenados a cojones por el comandante en jefe en persona, que se leía todos los expedientes políticos, tal como nosotros no nos perdíamos ningún capítulo de Toqui.

Toqui tras por lo menos diez mil fusilados cubanos, todos con su debido proceso sumarísimo, donde la mejor evidencia era la infame infalibilidad de Fidel.

Incontables ingratos de Isla que había que eliminar: ciudadanos que desde el inicio habían cerrado sus ojos, pues se negaron a agradecer la mano compasiva y misericordiosa del Estado Revolucionario, la misma que despóticamente durante décadas les daría de comer.

Querido Toqui del inconcebible corazón cubano que nunca claudica.

Toqui incauto que tejes el tiempo dorado por el Cauto.

Toqui, transnacional.

Por eso nunca entendí por qué Camila, la chilenita de Cuba, te odiaba tanto. Con su odio de refugiada en miniatura de ocho o nueve años. Si bien es cierto que ella repudiaba cualquier cosa que se transmitiera por la televisión cubana: Camila estaba como en resistencia por no poder ser niña en su propio país.

Pobre Chile mío, perdido entre estas planicies tropicales. Y nada puedo hacer para rescatarte.

Camila detestaba incluso tener que comunicarse en cubano. Le parecía una jerga inútil comparada con la incontinencia incisiva del lenguaje chileno. Y con la intemperie intempestiva de sus chilenismos de edad escolar.

Camila ciertamente prefería su isla vertical entre el Pacífico y la cordillera, entre la Antártida y el desierto, antes que nuestra isla horizontal en un Caribe sin paisaje, al sur tangente de los Estados Unidos.

Camila era una niña y Orlando Luis era un niño, en aquel reino junto al mar. Pero yo la amaba con un amor que era más que amor, como en un poema de cumpleaños de Edgar Allan Poe.

Solo que Camila de Chile no me amaba en absoluto a mí. Porque el amor, cuando es mutuo, ya deja de ser amor. Porque el amor depende del desasosiego para parecerse un poco al amor.

Camila y yo, yo y Camila. Nadie nos recordará. Tampoco tú, Toqui.

Sus padres la obligaban a sentarse en la sala de mi casa, en el Lawton de Santiago de La Habana, casi siempre a aquella hora anhelada de una programación toquimente infantil.

Probablemente sus padres aspiraban a que su niñita socializara un poco conmigo. Acaso que socialistara un poco con un niñito nacido y criado en nuestro paraíso del proletariado en La Tierra.

Camila me odiaba solo por yo amarla. Mi presencia para ella era una inquisitiva imposición. Tal vez, si yo hubiera fingido mirarla como se mira a un cuadro colgado en la pared, aún seríamos muy amigos (aunque nunca lo fuimos), cada uno por ahí, regado en su exilio más o menos profesional.

Cuando ponían a Toqui en el canal 6 de la TVC, yo cantaba en voz alta la canción que el títere bailaba, medio reumático de una esquina a otra del televisor. Con sus gestos anti-anatómicos y contra-natura. Y encima desafinando con el corito de mi cacofónica voz.

Creo que yo cantaba no tanto por costumbre, como para molestar a Camila. Perdóname, amor. Esa era mi manera de compartir contigo, sobre todo cuando comprendí que de Camila de Chile yo nunca podría obtener de vuelta ni una sonrisita de conmiseración.

Camila, qué cruel. Camila de mi corazón con exilio.

Al contrario de los aspavientos de Toqui, ella no quería ser para nada mi amiiiga. Por lo demás, la canción era larguísima: duraba como dos o tres minutos, que en esa época eran como decir dos o tres milenios. Sin exageración.

Yo también tenía por entonces un cabezón del carajo. Nací deforme, con el mismo tamaño de cabeza que tengo ahora de adulto.

«Adulto» es, por supuesto, un decir. Desde niño, yo ya pensaba las mismas ideas que después de grande no he hecho más que volver a pensar. Revolver a pensar.

Confieso que nunca crecí.

Camila me contemplaba cantar con desconsuelo. Tenía, ella misma, un par de ojazos inconsolables.

Sé que esa mirada será la última imagen que recordaré yo en mi vida. Y eso lo supe al instante. La intensidad no admite nada más que una primera impresión. De eso, como del resto de las cosas de los mortales, Orlando Luis Pardo Lazo se dio cuenta tan temprano como en 1978 o en 1979.

A lo sumo, en 1980. Y pare de contar. El resto es risible.

Sus ojos negrísimos, rotundos como ceros cósmicos acamilados. Aquellos ojos chilenoicos, como azabaches en el instante inimaginable del *Big Bang* o *Big Boom* Latinoamericano.

Azabache: una palabra pétrea que yo conocía casi desde bebé, pues mi madre insistía en encasquetarme no uno sino dos azabaches, prendidos con un alfiler como si fueran un par de ominosos ojazos, para así espantar precisamente cualquier «mal de ojo» que pudiera echarme encima nuestra vecindad envidiosa. O, como dirían en Chile, nuestra emputecida población.

Viendo a Toqui en la TV cubana, a mi Camila de Chile se le salían, en un silencio de magnitudes por lo menos patagónicas, dos lagrimones de luz que corrían como ríos sagrados por sus cachetes del sur.

El llanto mudo del cóndor.

Una tristeza tibia, entre la dictadura y la dictadura.

Pensándolo bien, Camila se parecía un poco a Toqui. Tal vez por eso mismo lloraba. Por darse cuenta de que no pertenecía a mi sala, ni a mi casa. Ni a mí. Por saber que aquella canción desafinada del Toqui que yo era en pleno castrismo, solo encarnaba para ella las notas de la irrealidad.

Camila en Cuba estaba en cualquier otra parte, menos en Cuba.

Hasta que, una de esas tardes penúltimas en que Camila y yo envejecíamos juntos en nuestra infancia, los guionistas de Toqui llevaron a su muñeco a visitar Chile, como parte de sus aventuras por «los pueblos hermanos de Latinoamérica», que es, paradójicamente, el único continente donde en ninguno de sus países parece hablarse la misma lengua.

Los latinos no nos entendemos ni a nosotros mismos.

Pensé que, al menos esa tarde toquichilena, Camila se pondría algo *happy* de saber que Toqui la llevaría de vuelta por un ratico a su recóndito país.

Pensé mal, pensé muy mal: esa fue la tarde peor.

Después de una introducción bastante insulsa sobre héroes y tumbas del siglo anterior (que en mil novecientos setenta y algo significaba entonces el siglo XIX), Toqui terminó siendo entrevistado por las estrellas de la televisión estatal chilena. Es decir, por los conductores de la televisión pública en aquel momento de máxima gloria (y de grosera muerte) bajo la égida de un cóndor de nombre Augusto Pinochet.

No recuerdo las preguntas de la TVCh, por supuesto. Ni tampoco sus respuestas de títere embajador. Supongo que serían cosas muy simples. Frases delicadas y deliciosamente ingeniosas, como todo en Toqui. Pero sí recuerdo la canción de despedida que le regalaron sus anfitriones con traje y corbata a nombre de la TV dictatorial.

Era una melodía que desató el terror de mi amor Camila, petrificada al lado de su Ladislao de Lawton (Landislao), con una expresión de pánico tomando fascista posesión de sus facciones, distorsionándolas. Torsionándolas.

Nunca te había visto tan vulnerable y hermosa. Tan humana.

Y nunca volvería a ver a nadie tan vulnerable y hermoso como tú y tus labios mudos, enmudecidos. Camila al compás de la canción más triste de los televisores del mundo.

Recuerdo casi toda la letra. Pero eso ya no importa, como mismo ya no importan nada las cosas del corazón.

En cualquier caso, la letra hoy puede consultarse gratuitamente en *YouTube*. Yo prefiero no hacerlo. Quiero quedarme en mi cabeza con los clics de aquel tralalí-tralalá original, según Camila se espantaba de todo sin refugiarse en mí.

Camila abriendo y cerrando sus labios de no haber besado a otros labios todavía: sus únicos labios en aquella época impúber, inmemorial, mientras su cabecita chilena hacía un no sé qué a la izquierda y un no sé qué a la derecha (es un comentario sin connotaciones políticas), alejándose y acercándose a mí, pendulando respectivamente, hasta casi rozarme la cara con su pelambre larguísima de pehuén.

Fue sin duda mi primera erección, muchos adorables años antes de mi primera erección.

Camila de lluvia, llorando. Con sus ojos de aguacero insonoro, con la verdad bondadosa de todo su horror expresado en Toqui.

Camila de Chile, estés donde estés ahora, entérate en esta línea que todavía te espera el amor de Landy de Lawton en los setenta cubanos.

Su boca interpretaba el doblaje de la letra lánguida y conmovedora de aquella canción, una lírica rimada con sinuosas sílabas «ja», hasta la coda criminal de aquel *happy happening* de la TVCh en la TVC: todo un traumamor que una Camilita chilena sin apellidos me regaló.

Ríe cuando todos estén tristes.

Los ochenta luego se fueron volando.

Al final, Castro tuvo la razón y la fuerza. Y el pobre de Pinochet metió la pata hasta el fondo con la papa podrida del plebiscito.

Ríe solamente por reír.

Entonces los chilenos de Cuba huyeron despavoridos de Cuba, tan pronto como fue obvio que la democracia en la Isla tardaría aún otro siglo, otro silencio, otro socialismo.

Solo así podrás ser siempre feliz.

Tal vez por eso, entre otros programas impronunciables de las televisiones estatales en tiranía, la década de los noventa llegó tan tristísima para los cubanos que nos quedamos clavados en Cuba.

Demasiados Salvadores Allendes pintados por las paredes despintadas de La Habana, con sus gafas miopes hechas de un carey descuartizado en la Isla de Pascua.

Demasiadas desapariciones de hombres y mujeres en balsas clandestinas por el estrecho Océano de la Florida, donde nadie era en realidad quien decía ser en sus pasaportes emitidos a la carrera por el Ministerio del Interior: la discreta DINA cubana.

Demasiada alegría chilena dándose a la fuga de Cuba.

En risas tu vida debes convertir.

Cuba, la tristeza ya viene.

Te recuerdo, amada. Las mejillas mojadas y una mueca amarga, mientras Toqui nos hablaba y nos requetehablaba desde su televisado taller.

En un barrio en las afueras. En una ciudad de las afueras. En un país de las afueras. En una Revolución sin afueras: la dictadura desaparecida, así en Latinoamérica como en el resto de la solidaridad con Cuba a nivel mundial.

Adiós, Camila, compañera. Hasta la alegría siempre.

Reímos cuando todos estábamos más tristes.

Reímos solamente por reír.

Solo así, tal vez, una de estas tardes a las 6 de la tarde, en risas nuestras vidas podremos convertir.

TODOS LOS POCOS DE PATRIA

Cuando parecía que nunca iba a morir, ha muerto Carilda Oliver Labra. Tenía 96 años.

Para ser una poeta cubaba, había vivido demasiado.

Vio mundos enteros hacerse añicos en su natal Matanzas, gracias al frenesí energúmeno de la Revolución, capaz de desbaratarlo todo. Incluida la eternidad.

Asistió al holocausto geriátrico de más de una generación. Al final, ya todos sus contemporáneos eran cadáveres. Éramos cadáveres.

Amó como una perra, como una caballa. También, como una libélula. Porque fue hembra como ella sola. Mujer a matarse, mujer de amarrar. Y tardará siglos para que se para en la Isla a otra hembraica así: Carilda Oliver Labra, yo te quería.

Con tus versitos del Ché y Fidel y todo, no me importa. Pero el amor es más grande. Pero el amor es más grande.

Con tu sonrisa de estrella porno profesional, de diva provinciana.

Con tu condescendencia para los cubanos que te singaron a la burdajá, porque el castrismo los convirtió en seres solos y desesperados. Sin Dios y sin Estado. Hombres sin alma, abandonados a sus delirios solipsistas de semen y solidaridad.

Con tu orfandad de hijos. Carilda, sé por fin ahora mi madre. Oliver, ámame desde la muerte. Labra, mira que ya te extraño.

Con tu bahía de azul coagulada en cada uno de tus ojazos. Una bahía tan abierta como tus patas, aortas abiertazas al estilo de la bahía no tan geográfica como espiritual de Matanzas.

Yo te quería, Carilda del corazón anacrónico con que exilio *ergo* existo, con todos los pocos de patria que por fin ya están completos sobre tu tumba.

En el verano vil de 2018, mientras los desconocidos cubanos esperábamos aspaventosamente el fin de la Revolución, tú te estabas muriendo en un silencio hecho de vida y verdad. Y ese miércoles de las madrugadas de agosto con manantiales moribundos en Matanzas, nadie mejor que Carilda Oliver Labra lo sabía.

Descansa en poema, mi novia. Será solo un ratico esta separación.

No dejemos que ni la muerte nos separe en esta página.

LUNES, LUNES

En Cuba yo publicaba un blog. Lo llamé *Lunes de Post-Revolución*. Y ahí está todavía. Flotando en el espacio virtual.

Lo empecé el 10 de octubre de 2008, con un post sobre los masturbadores de cine en La Habana. Esa plaga masiva que, si en lugar de auto-tocarse en público se pusieran a conspirar, hace ya mucho rato que hubieran derrocado a nuestra tan anorgásmica Revolución.

Porque no hay patria que aguante más de determinado número de pajas por ciudadano: esa es una regla universal, un cociente bien conocido desde los griegos en la Antigüedad.

10 de Octubre. 10 del mes 10: efemérides de mi blogcito *Lunes de Post-Revolución*, que en octubre de 2018 recién cumplió su décimo aniversario.

«10 de Octubre» también se llama mi municipio, que es el de mayor densidad de población en toda la Isla. Ignoro el origen de esa fecha, 10/10, pero supongo sea algo relacionado con el castrismo. Como todo en Cuba.

Resonancias revolucionarias. Boberías bucólicas del calendario. La memoria como camisa de fuerza. La amnesia como una cuestión de fe.

Es tan corta la Revolución y es tan largo el olvido.

Yo la quise. Y a veces la Revolución también me quiso. Sobre todo cuando estaba, la muy cabrona, callada. Como ausente. Con aquella aura atroz de inocencia infantil.

El totalitarismo fue la obra de un niño travieso que cazaba cubanos, el muy bribón, y después los soltaba entre las rosas a crédito de un capitalismo de Estado.

Pero ahora nosotros, los de entonces, ya no somos los mismos.

Mi blog se llamó *Lunes de Post-Revolución* por el suplemento panfletario *Lunes de Revolución*, uno de los periódicos de peor diseño en todo el siglo XX cubano, desde donde se atacó y se arrasó con buena parte de la cultura cubana de antes de 1959. Puro estalinismo después de Stalin.

¡La tea, carajo, la tea! Hay que quemar las naves. Hay que remenear la mata. Mira la batea cómo se menea. ¡Se ñamaba…!

Empecé mi blog *Lunes de Post-Revolución* con un simple clic. Aprieta el mouse y dale a los pedales.

Lo abrí en la plataforma *Blogger* un día 10/10 nada más y nada menos que en la sede de la Unión de Escritores y Artistas de Cuba, una ONG gubernamental de la cual fui y todavía supongo que debo de ser Miembro de Honor.

Desde el 2002.

Por ahí debe de andar todavía mi carnetcito de la UNEAC, esperando en algún closet futurista por su subasta.

Soy tan miembro de la UNEAC como Virgilio Piñera lo fue: el flaco y el flaco, dos varas de tumbar gatos. Desgarbados, desbaratados. Pagando puntualmente unas cuotas mensuales de miseria para no perder nuestra miserable membresía.

Con la diferencia de que Virgilio Piñera cobraba por traducir autores del campo socialista al lenguaje parametrizado de la Isla. Y yo en cambio cobraba, quién sabe si de parte de la CIA o de la FNCA, para boicotear texto a texto los estatutos fundacionales de mi propia organización.

Post a post, póstumo.

Como un espía colado en la salita de navegación *web* de la UNEAC.

Sospecho que en Cuba yo militaba en una suerte de quinta columna. Así como sospecho que en el exilio cubano ya no milito ni en una decimoquinta nada.

Por cierto, yo nací, no por carambola, otro día 10, pero de diciembre (que originalmente era el décimo mes). Ocurrió a finales de 1971, en el cumpleaños 69 de Dulce María Loynaz, una poeta de armas tomar pero de muy pocos 69 tentar.

Nací justo durante la entrega del Premio Nobel de Literatura al proletario chileno Pablo Neruda. Y desde ese mismo 10 de diciembre tengo fe en el empeoramiento humano, en nuestra vida pasada, en la inutilidad de la virtud y, por supuesto, en Donald J. Trump.

Aspiro a ser yo un 10 el máximo galardonado: el primer cubano con un Premio Nobel en el bolsillo. Léase, en la billetera.

Ese 10 de diciembre futuro, entonces tal vez acepte o tal vez no acepte mi Nobel de Literatura.

En cualquier caso, tras meter el debido escandalito mediático en las redes sociópatas, entonces tal vez vaya o tal vez no vaya a recoger mi botín a Estocolmo. Y, llegado el caso, si por fin viajo hasta el homenaje nórdico, será solo para hacerme el sueco, y lo más probable entonces es que done el dinero a alguna causa estigmatizada por neofascista.

Como podría ser el caso de la campaña de reelección presidencial de Donald J. Trump en el 2020.

No se me pongan bravitos, pero les confiaré aquí y ahora mi membresía visual de la NRA, acaso la *National Republican Association*. Y no lo hago para que le den *Share* y *Like*, por supuesto, porque viniendo de una Utopía ya no puedo ser nunca un utópico, sino que lo hago para que, con justificación justiciera, puedan de Orlando Luis Pardo Lazo corred, intelectuales demócratas:

De 2008 a 2018 he publicado casi dos mil columnas en mi blog *Lunes de Post-Revolución*. Muchas más que las publicadas por Yoani Sánchez en su bitácora de vida *Generación Y*, con la diferencia de que, al contrario de la disidente cubana, yo soy un disidente dentro de la disidencia cubana. Y no tengo ni la más remota idea de qué dije o qué dejé de decir en cada columna. Léase, en cada calumnia.

Ahí siguen todas ahora, flotando al azar en mi blog, indexadas por *Google* o por el G-2, que a los efectos es más bien lo mismo.

Textos y texturas que se me confunden a ciegas en un espacio mucho más demente que digital. Un archivo de exilio y de inxilio. Es decir, mi blog de pronto es todo lo que me queda para saber quién yo era y quién ya no soy.

De hecho, cuando salí de Cuba un mediodía de martes de marzo de 2013, no pude sacar nada conmigo. Ni una mísera memoria *flash* o *penis-drive* pude llevarme de la patria a la post-patria. Mejor así.

Más castrismo, ¿para qué? Olvidar Orlando.

Bah-da, bah-da-da-da. Oh, lunes lunes.

Bah-da, bah-da-da-da. Oh, *maniac Monday*.

Diario de navegación y cadalso cubano. *So good to me, it was all I hoped it would be.*

También, comicona confesión al pie de la horca. *Couldn't guarantee you would still be here with me.*

Testimonio al margen del Testimonio (con T mayúscula de totalitarismo): ese género de izquierdas que se inventaron en Casa de las Américas entre la suicida Haydée Santamaría y el insuicidable Roberto Fernández Retamar. *You gave me no warning of what was to be.*

Crónicas anacrónicas, peordismo independiente, vocubalario. *How could you leave and not take me.*

Mi alef maléfico, mi ego y su negación. Mis mentiras piadosas posteadas de pie desde el patíbulo. *Every other day, every other day, can't trust that day.*

Mi blog *Lunes de Post-Revolución* es mi único hijo, mi único lector íntimo. Y, si alguien les dice que esa página *web* se parece a otras páginas *web*, díganle que sí. Por supuesto. ¿A qué coño aspiraban? Solo el plagio impide la profanación.

Tal como en mi blog pinto a los cubanos, tal los han visto mis ojos. A todos los amo demasiado como para profanarlos ahora con golpes de esperanza o esterilidades por el estilo. Por el hastío.

Si estos rencores han pasado por mi corazón, es precisamente para que no lleguen al tuyo. ¿Qué es *Lunes de Post-Revolución*?, dices mientas comentas en mi blog tu comentario castrista.

¿Qué es *Lunes de Post-Revolución*? ¿Y todavía me lo preguntas?

Es un *expressway* con rezagos de guardarraya cubana, entre la escolta personal de unos baobabs que habitan nuestra barbarie bucólica. Principitos que juegan con armas atómicas automáticas en el ático. Y ovejas en fila insular hacia el matadero.

Es una lámpara sin genio y por eso mismo espontánea (explosión con $\Delta G<0$), donde el lenguaje ilumina los mil y un *malls* de lo irreal maravilloso en Miamis de miniatura y Habanitas de imitación infame: esas dos hermanastras a cada orilla del Océano de la Florida, donde la Virgen de la Caridad, huérfana de todos los cubanos, reencarna en un pomito plástico de naranja: *Recycle* Virgen, muñequita mambisa que expira con su burka de amarillo pollito sin fecha de expiación.

Todos tus hijos a ti clamamos. Tal como todo lo anterior tampoco es *Lunes de Post-Revolución* y, pero mas sin embargo, es aún todavía mucho más.

Una ínsula de incorrección. Disgrafía grafomaniaca.

El sitio en que tan mal se está.

Lunes de Post-Revolución es la luneta lúcida donde esperar sentaditos, como Dios y el Estado mandan, a ese lunes lunático en que llegará por fin, con todos y para el bien de nadie, el infinito fin sin fin de la Revolución Cubana.

TT

EL ASILO DE DOLORES

—No me dejen solos, hijos de puta.

Pero no se lo tomen tan a pecho conmigo. Porque no es con ninguno de ustedes la cosa.

Para empezar, ninguno de ustedes ha leído esta cita de Ricardo Piglia. Que primero fue una cita de Rodolfo Walsh.

Dos argentinos ya muertos, los dos por la misma causa: operaciones masacres en paralelo, holocaustos silenciosos, peronismos con y sin Perón. Los mil y un castrismos continentales, antes y después de Castro.

Las dictaduras latinoamericanas no son más que un *fast-forward* misericordioso, una manera de adelantar nuestra muerte inmisericorde en un hospital público del hemisferio, esas instituciones obligatoriamente gratuitas con que nos medicamenta y nos mutila el Estado. Mientras no sea necesario matarnos. Mientras no caigamos en las manos real-maravillosas de un ministro del interior a sueldo de un Ministerio del Interior.

No se preocupen.

Yo tampoco gritaré «viva la patria», como aquel conscripto argentino remix de Piglia con Walsh (o de Walsh con Piglia), sino que limitaré mi desesperación de escritor a una oración escueta, de estética epicúrea, emitida entre mis persianas de alquiler en Saint Louis, a ver si algún cubano en el pabellón de al lado me identifica o al menos se identifica con mi intención:

—No me dejen solos, hijos de puta.

Los hijos de puta somos, por supuesto, tú y yo. Tienes toda la razón del mundo para tomártela tan a pecho conmigo. Porque es contigo la cosa: con ustedes, mis contracompatriotas que no han leído esa doble cita de Ricardo Piglia versus Rodolfo Walsh. O de Rodolfo Walsh versus Ricardo Piglia.

222

Es sabido que en política el orden de los factores aterra cualquier producto.

Como yo pronuncio esa frase en mi imperfecto español, los vecinos de al lado de mi edificio, que son nativos de la Afroamérica más monolingüe, nunca me han llamado a la policía. Ni al 911, ni al *Title IX*.

Entre blues insomnes, carros de marca Rambler, y carcajadas borrachitas en *slang*, para mis vecinos yo solo soy el vecinito loco de al lado que grita de madrugadas. Cuando más, el votante virtual de Donald J. Trump, a pesar de carecer de ciudadanía afronorteamericana. Cuando menos, el blanquito tránsfuga que se escapó de la dictadura cubana que, total, nunca será peor que el genocidio que ocurre en los ghettos negros del barrio de al lado: allí, donde la guerra incivil aún no concluye, sino que, siglo y medio después de la Guerra Civil, cada noche está de nuevo en riesgo de reventar.

O slay, can you see…?

Así los cazan. Así caen, como troncos truncos de ébano, en los tiroteos de plena calle. Jóvenes negros, lustrosos como el betún. Efímeros, entre el asfalto de azabache y un sol cegado de luz.

Así prefieren ser cazados, antes que sentarse en los portales de sus casas de estilo *shotgun*, a esperar patéticamente una muerte clínica y sin número de seguro social. Negros viejos, deslucidos como una autopsia amateur. Mejor morir dando guerra, bajo la luna nona de Missouri.

In the wasteland of the free and the home of the homeless.

En la casa desaparecida de una nación ausente.

Mejor caer en combate contra las *Police Lives Matters* antes que morir ingresados en un pabellón de locos. O en un asilo de ancianos, donde cagar entre coterráneos foráneos nuestros mongólicos mojones.

Imposible detener el tiempo, como en el cuento de mi amigo Jorge Enrique Lage, donde, ya lo he dicho, Fidel Castro camina por las calles de una Habana que se quedó fuera del reloj. Ciudad fuera del tiempo: ateneo ateo de arenas ahistóricas, abiográficas, anacrónicas, antigravitatorias.

Revolución se escribe con *a*.

Con *a* de se acabó el abuso.

Contemplar ese poder absoluto, transtemporal, que casi se le iba de las manos al Máximo Líder, fue la peor condena para el Comandante en Jefe cubano. Al menos en el cuento de mi amigo Jorgito: el más político de los Lage, como ya lo he dicho también.

Escribir es volver a escribir. Escribir es volver.

Todo cubano tiene en su alma algo del ex comandante en ex jefe. No es culpa de nosotros, ni de nadie. El castrismo nos contagió sin remedio con sus delirios de inmortalidad y con sus dones de trascendencia. Con su cualidad de cosa divina, infalible e inmutable, más allá de las religiones y de la Revolución en sí.

Muerto el castrismo *an sich*, se acabó la cubanía como tal.

Sin Fidel, nunca más seremos eternos. Como antes, en Cuba. Ni como pueblo, ni como individuos. Acostúmbrense a tiempo a esta idea. No tienen ni que darme las gracias, pero después no digan que no se los advertí.

Con Fidel, podíamos entrar y salir con confianza de las funerarias cubanas. Morían siempre los otros. Por eso nadie se iba a morir, menos entonces. Y así fuimos, durante décadas, de una calaña rigurosamente inmortal.

Había una vez una isla que descubrió la fuente de la inmortalidad. El paraíso de los aparecidos. Donde el castrismo era, pues, una cosa cósmica. De salvación universal. Un condón contra la muerte. El Cordón de La Habana como un contundente cordón umbilical.

Todo esto no son solo elucubraciones lúbricas de un exiliado sin exilio. No. Todo esto me vino a la cabeza desde muy temprano, desde antes de yo ser un adolescente impúber en la barriada barrida de Lawton.

Yo recién me había metido a friki y mi madre prácticamente me quería linchar. Era a mediados de los ochenta. Fidel Castro tendría por entonces cuarenta o cuarenta y pico de años, mi edad actual. Ya sé que el dato no es nada exacto, pero se queda así. Ya está escrito: así que ahora ya no es mía la responsabilidad de lo escrito.

La simetría es siempre una forma de simulación. Las mismas edades, los mismos espacios, las mismas miasmas y muertes. Lo importante es que por entonces Fidel Castro aparentaba tener incluso menos edad que la mía actual. En cualquier caso, es una cosa inconsolable que ahora los cubanos estemos todos más viejos de lo que lo estuvo nunca Fidel.

En aquella época, El Caballo era un campeón de hacer cameos en cualquier fábrica, finca, politécnico, policlínico, y, sobre todo, en cualquier círculo infantil. Fidel Castro tenía por entonces cierta aura de simultaneidad, un halo de holograma capaz de improvisar sus discursos por todas partes, enchumbando a Cuba con su oratoria retórica de Salvador, en arengas que él mismo anunciaba como «breves palabras» y que terminaban durando horas y horas, para mayor hipnosis de su audiencia: nosotros, los mortales redimidos por su ubicua presencia omnímoda, omnisciente, omnipotente.

Cuando Fidel hablaba, el tiempo se detenía de verdad, más allá del cuentecito literario que no sería escrito hasta los años cero por Jorge Enrique Lage.

Fidel discurseaba a diario y mi madre se dedicaba a zafarme los pantalones de mezclilla, que yo entubaba con hilo y aguja entre 1984 y 1986, cuando terminé la secundaria básica y recién entraba a estudiar en el Pre Cepero Bonilla, antigua villa de los hermanos Maristas.

Por aquella época yo me robaba, de cualquier casa o fábrica o finca o politécnico o policlínico o círculo infantil o asilo de ancianos, las cadenas con candados que veía colgando por las cercas y portones del barrio. Lo mismo que los cráneos de vaca, que botaban en la basura los matarifes del Matadero de Lawton.

Cadenas y cráneos: esos eran mis atributos de guerrero roquero, por entonces con más orgullo que orgasmos.

Cadenas, cráneos: esos siguen siendo mis atributos tribales en tanto escritor, un siglo y un milenio después de terminado, por causas naturales, el fidelato.

A ratos mi madre me escondía el agua oxigenada para que yo dejara de decolorarme (ya ven, yo también fui una rubia Almodóvar). A ratos, en los casos más extremos, mi madre me llevaba por una oreja hasta la casa de Eliodoro, para que fuera el barbero de toda mi infancia quien me humillase, pelándome casi al rape.

Como yo no era un conscripto argentino, Eliodoro tampoco gritó «viva la patria», sino que hizo un silencio penoso el día de los años noventa en que se lo llevaron, a ritmo de infarto o de embolia o de hemorragia cerebral, con sus uñas de señor senil aferradas a la rejita sin candado de su barbería.

No dijo nada, el muy cubanazo. Pero de haber podido decir algo antes de morir sin volver a ver a su Lawton (nuestro Lawton), Eliodoro me hubiera dicho, como como Ricardo Walsh o Rodolfo Piglia:

—No me dejes solo, hijo de puta.

Y en este caso el hijo de puta sería, estrictamente hablando, no ninguno de ustedes sino yo.

No sé si me conocía o no me reconocía en aquel estado en que se lo llevaban: Eliodoro soltaba espuma por la boca, los ojos como algodones opacos. El buen barbero viejo llevaba reflejado todo el horror de las dictaduras latinoamericanas en su cara, un espanto de no estar, que se le había hecho un charquito de colonia barata en su rostro desencajado, mitad mujeriego y mitad maricón.

Eliodoro del alma, casi un personaje de Edmundo de Amicis, mi corazón. Eliodoro meándose, acaso como despedida de duelo de su casa, antes de morirse sin esfínteres en una ambulancia que lo llevó directo a la morgue y no a ningún hospital inhóspito de Lawton o Luyanó, esos otros tipos de mataderos.

No somos nada, Eliodoro.

Ya no eres nada, barbero de Sevilla: por ir tan lejos, perdiste la silla.

Por fin se acabó tu desesperación de cortapelos sin cortapisas, mi querido primer narrador. Fuiste el primero de los PhD cubanos en Técnicas

Narrativas. Todo un Máster en Revoluciones Comparadas, sin necesidad de los asqueantes salarios de cinco cifras en esta o aquella universidad al norte de La Habana.

La Ilíada de Eliodoro.

Nunca más lo veremos bailar alrededor de su sillón de aceros y nácares ensamblado en Chicago, Illinois. El tipo era pésimo como barbero (hacía unas cucarachas del recontracoño de su madre), pero fue insuperable como vecino de infancia: lo vio todo, lo vivió todo.

Desde Machado. Pasando por Batista. La Constitución del 40, ese mito republicano que no fue más que la primera trastada de los comunistas en Cuba. Chibás, loquito con escoba y pegándose en plena radio un escopetazo, gracias a la AK-47 que no le llegó a regalar Fidel Castro, su correligionario del Partido Ortodoxo. El Moncada. Y, poco después, el *putsch* fallido de La Moneda el 13 de marzo de 1957. Radio Reloj. La Campaña de Alfabetización. El girón de Girón. La limpia de los bandidos alzados. La rusificación de la prensa cubana, que Eliodoro comentaba como un columnista profesional en su barbería. Durante décadas y décadas de decadencia. Hasta caer deshonrosamente en combate contra sí mismo, degradado por el miedo de morirse antes de que se muriera Fidel Castro.

Tal como Eliodoro se murió.

Tal como nos vamos a morir todos los Eliodoros cubanos, mucho antes de que nos muera por dentro nuestro Fidel Castro portátil.

Al final, fue de los afortunados. Falleció en minutos. En mucho menos tiempo del que le tomó darme la última afeitada, untándome sus mentoles y aquella pomadita fría en cada mejilla cortada. *Scarcuba*.

Su barbería era en realidad una réplica en miniatura de la Biblioteca Nacional, con todos los periodiquitos de todos los días haciendo su aparición, puntuales. Pésimos, paupérrimos. Despotismo provinciano.

Pensándolo bien, nadie supo nunca de dónde los sacaba, sobre todo cuando empezó el Periodo Especial y en Cuba ya no había papel ni para limpiarse las nalgas.

No sé. Ahora sospecho que mi Eliodoro bien pudo ser el Agente Cucaracha de la Sección 21 del G-2. Mejor así, ahora se me hace un personaje mucho más entrañable: hay que ver como víctimas a todos, empezando por los verdugos.

Eliodoro a ras de Radio Rebelde, sintonizando *Aquí con Franco Carbón*, otro caído en desigual combate contra el cáncer, como todos en aquella época épica, defendiendo a capa quitada la causa de un castrismo hertziano a perpetuidad.

No quedó nadie para contar el cuento. Nos quedamos sin plumas, pero no cacareando.

A otros Eliodoros les fue mucho peor: sus propias familias los deportaron de casa, para que no apestaran mientras iban pudriéndose en casa. *Homeless* por motivos rigurosamente histológicos.

A otros viejos sus seres queridos los tiraron como piltrafas en el asilo de la Avenida Dolores, por ejemplo. Un palacete neoclásico regentado a golpes de cruz por las monjitas católicas, y esterilizado a golpes de camilla por los funcionarios de Salud Pública y de los Servicios Necrológicos del Estado (que son todos los servicios en un Estado totalitario).

Era a mediados de los ochenta y Fidel Castro no tenía edad. Yo tampoco.

Nadie se había muerto, repito, menos entonces. Pero el adolescente que era Orlando Luis Pardo Lazo tuvo que llevarle un termo de sopa a Tiquitiqui, un negrito nonagenario asilado en contra de su voluntad en la Avenida Dolores: su familia de negros revolucionarios lo había desahuciado, así que era mi madre María blanca quien se ocupaba de que entre monjas y camilleros no lo mataran de hambre.

El Asilo de Dolores está entre las calles 10 y 11 de Lawton, creo. Que en esa zona siempre se me confunden con las calles 11 y 12 de Lawton. Que no es lo mismo, pero es igual.

Mi madre era la madre de medio mundo en nuestro reparto. No voy a decir que fuera una santa, siéndolo. Por supuesto, mi madre también lo vivió todo, como Eliodoro, pero, al contrario de Eliodoro, mi madre no vio nada de nada, por suerte. En esto consiste el estado de santidad: en no querer saber la verdad, sabiéndola.

María no tenía ni puta idea de que hubo en Cuba una Constitución, ni un 40. Ni de quién era y ya no era Eduardo Chibás, vergonzoso y adinerado. Ni cuándo ocurrió el cuartelazo a inicio de los años cincuenta, en el Santiago del Moncada. Ni dónde fue el radiorrelojazo en paralelo con el asalto al Palacio Presidencial.

En el caso de mi madre, ningún castrismo logró aplacar su fe de futuro, en un país desprovisto un día de futuro y al otro día desprovisto de fe. Por eso el friki roquero que por entonces Orlando Luis Pardo Lazo era, no heredó ninguna de las ilusiones de su mamá.

Siempre supe demasiado. Para mí nunca hubo paz, desde que descubrí de niño que la muerte era nuestra misión. Ni siquiera tuve paz cargando con aquel termo desbordado con una sopa bullente de fideos, comprados en la bodega de El Chino, que quedaba en el cuchillo no de Zanja, sino de Rafael de Cárdenas y Fonts.

Al entrar al Asilo de Dolores, el olor a formol se me hizo espeluznante por los pasillos gélidos del edificio. Todo lucía azul, como en una escena de exilio.

Cuando me doblé sobre Tiquitiqui para darle su sopa del mediodía, el negrito ancestral me agarró por una mano. Al estilo de Eliodoro, la tarde súbita de la ambulancia en que lo vi pasar derrocado.

Era puro hueso mi vecino. Sin carne, ni pulso, ni circulación: un Tiquitiqui casi ya sin tictac. Un objeto para nada relacionado con lo que por entonces yo creía que debían ser los cuerpos humanos. Pero Tiquitiqui tampoco parecía un cadáver. Era como si fuera una cosa prieta tan inanimada como inmorible.

Me dio miedo, me dio espanto. Me dio esa cosa siniestra que a todos los cubanos nos dan los versitos sencillos de José Martí.

Parece que se me salió un gesto grotesco y le viré encima buena parte de la sopa caliente a Tiquitiqui. Pero él ni reaccionó. O sí. Me apretó más fuerte la mano que él me tenía cogida entre sus manos.

Ya no podía hablar. Estaba, simplemente, esperándome.

Para aquel negro ex esclavo, yo significaba el último contacto con su vida de antes. Con su humanidad rodeado de blancos. Tiquitiqui para mí representaba, sin embargo, un testimonio de urgencia, desesperado. Porque el tiempo apremia y no solo para él, sino para ambos. Incluyéndote de improviso ahora a ti.

Escúchame, quiero decirte algo que quizás no entiendas.

Cuando por fin me atreví a mirarle a los ojos, Tiquitiqui me lo soltó todo con su mirada. Su mensaje mudo era mucho más elocuente que el de cualquier Piglia, Walsh o Jorgito Lage. Un mensaje que se oponía visceralmente al vitalismo visionario de Fidel Castro, a su fascismo actancial. Porque era un mensaje cargado con toneladas de una vida vivida en la verdad: es decir, viviendo con completa consciencia de nuestra muerte hecha a mano.

No existe nada después de esta escena en el asilo de la Avenida Dolores: allí estamos todos todavía, tendidos, tétricos, tanáticos, a la espera de nuestro turno de sopa tibia en el tiempo sin termo de los Tiquitiquis.

Tiquitiqui me obligó a mirar de frente a su muerte. Léase, Tiquitiqui me obligó a mirar de frente a mi muerte.

Con 13 o 14 años, yo tenía que tomar una decisión y tenía que tomarla ya. No podía seguir con la misma perdedera de tiempo de, por ejemplo, mis padres. Ni con la misma perdedera de tiempo de, por ejemplo, los padres de mis padres.

Yo sería el último de una raza de cubanos sin muerte, así como el primer cubano de mi familia en despertar al vacío de la verdad: la humanidad entera nace y vive muy huérfana, por lo que solo la muerte nos restaura a cierto a estado de comunión.

Intemperie de isla. Filosofía infantil, infanticida.

Hubiera podido matarme ese día. O al menos pedir que me ingresaran allí mismo, en aquel asilo de ancianos. A esa edad yo acababa de envejecer extensivamente, por mí y por todos los seres humanos.

Tiquitiqui me amaba, por cierto. Yo era su bisnieto blanco. Así que yo también debí de amarlo, si mal no recuerdo: a Tiquitiqui de Lawton, mi bisabuelo no blanco.

Tal vez por eso él no me soltaba la mano: me estaba dando el privilegio de estar presente cuando él por fin regresara a donde regresan los elefantes blancos: a morirse para siempre en su natal África (primero se nos pudre el cuerpo, solo después se reciclan las almas).

La muerte es eso: un blanqueamiento brutal, elefantiásico. Una destiquitiquificación insondable, irremediable, casi irreal de tan real. De hecho, la muerte es lo único que en realidad nos pasa. El resto de la vida es un efecto sensorial. Y lo escribo sin patetismos y sin exageración.

Tiquitiqui confiaba en mí desde que yo nací. Era brujo, como todo negro lo es, sépalo o no lo sepa, con Cuba o sin Cuba ocupando su corazón de color.

Tiquitiqui también sabía cosas de antemano. Por eso no tuvo necesidad de ser alfabetizado por ninguna justicia social. Él estaba más allá del progreso, la historia, y demás ocurrencias blancas, con o sin Fidel Castro encriptando las claves de la Revolución.

El día de mi bautizo, Tiquitiqui le dijo a mi madre que yo iba a ser grande, muy grande, y que todos los cubanos se iban a sentir orgullosos de mí, de Orlando Luis Pardo Lazo, el presidente de los blancos y negros y mulatos, porque decir cubano era decir mucho más que blanco o negro o mulato. Y esta profecía se la soltó a fines de 1971, apenas estando yo acabadito de nacer, mientras me dedicaba a mamar católicamente de las tetas marianas de mi mamá.

Tiquitiqui no le explicó mucho más a la madre cubana de dios. Una mujer humilde que enseguida sintió pánico de las intenciones insidiosas de aquel negrito adivinador, que en 1971 ya lucía tan viejo como cuando en este capítulo se murió.

María Lazo se aterró de que aquel buen hombre pudiera estar echándome encima alguna enfermedad, por encargo o por envidia o por simple mal de ojo al azar.

La miseria, en efecto, nos hace muy miserables. Y allá fue ella corriendo a encasquetarle a su único hijo un azabache, a blindarlo contra las profecías de arandelas políticas de San Tiquitiqui.

Por si las moscas. O para evitar precisamente las moscas, esos angelitos alados con que se anuncian los gusanos funerarios.

Cuando me lo estaba enganchando en la ropita de canastilla, el alfiler del azabache se le fue de sus manos y me pinchó. Y me dio poco después una especie de parálisis, con fiebres muy altas, durante tres días con sus tres respectivas madrugadas.

Pero no era «mal de ojo» en absoluto. Al contrario, se trataba de mi conversión instantánea en alguien grande, muy grande, para que todos los cubanos se pudieran sentir orgullosos de mí, de Orlando Luis Pardo Lazo, a quien Tiquitiqui le acababa de echar una especie de «bien de ojo» a muy largo plazo: un plazo que ahora ya está a punto de caramelo para cumplir su premonición.

No voy a decir que mi vecino viejo era un santo, siéndolo. A estas alturas de una realidad arrasada, ni a ti ni a mí nos hace falta tanta redundancia. En los pueblos subdesarrollados, como el cubano, el estado de santidad es un saber hacer silencio tan pronto como cuando sabemos cuán siniestro será nuestro sino.

Tiquitiqui y toda la negrada cubana se aferra a su ausencia de vocabulario por instinto de conservación, por sabiduría sagrada, pues solo ellos saben mejor que nadie que el lenguaje es una patraña pasajera de los cubanos blancos, con la excepción del bebé sin cadáver de Orlando Luis Pardo Lazo.

Allí estamos otra vez, en este capítulo de capitulación, el negrito nonagenario que se moriría aferrado a su adolescentario blanco. La mano de Baldovino en el asilo de Dolores.

Tiquitiqui no me llamó «hijo de puta» ni me pidió que no lo abandonara. Él me estaba me imponiendo otra cosa. Se moría preocupado por el destino de su predicción.

Tiquitiqui seguramente sabía ya desde entonces todas las cosas que le iban a pasar a su bisnieto no negro, en los noventas y en los años cero, así en el insilio como en el exilio (dos variantes de un mismo asilo), antes de que yo llegara, si es que por fin llegaba, a disfrazarme de ese destino protagónico a título de Orlando Luis Pardo Lazo.

Tiquitiqui, carajo.

Brujo decimonónico criollo, residente resistiendo en una casita de maderas machihembradas muy parecida a la mía, donde Beales comparte aceras con las calles E y Novena, después de rebasar mi cuchillo de Beales y Fonts.

Tiquitiqui, autor de azabache, a la postre el último de los enciclopedistas cubanos para una necrografía del castrismo.

CHÉ, MONSEÑOR, AMIGO

Se afirmaba su cultura política de orientación marxista, lo cual, para muchos cubanos de la época, constituía un obstáculo para llegar a apreciarlo positivamente.

Reconozco que para mí no lo era tanto pues, aunque discrepaba de la carencia de una metafísica y de su negación de la trascendencia en el marxismo, simpatizaba con el énfasis en el socialismo.

Evidentemente, el marxismo no era, ni es, mi orientación filosófico-política; pero tampoco lo era, ni lo es, el anticomunismo, más visceral que racional.

Lamentablemente, nunca lo traté. Desapareció el Che de Cuba —África, Bolivia y muerte por asesinato—, sin que yo hubiese podido llenar la laguna de no haber tenido el acercamiento, casi imprescindible, para conocer y valorar rectamente a una persona.

Luego vinieron los años del entusiasmo ante el Che, en Cuba y fuera de ella, aún entre personas y grupos que tomaban distancias con relación al proceso revolucionario cubano.

Casi todo en el Che debería ser contemplado a la luz de su opción coherente y radical por los pobres; de su pasión por lo que solemos llamar «justicia social».

Tan coherente y radical, tan acerina fue su pasión, que lo llevó a la ofrenda de su propia vida. Y cuando un hombre entero llega a esos extremos, las discrepancias con él adquieren otro tono, pues tal hombre merece, no solo respeto, sino también admiración entrañable.

CARTAS AL PIE DEL CASTRISMO

Desde que estoy fuera de Cuba, no he recibido ni enviado una sola carta. El correo electrónico, el *Messenger* de *Facebook* y la pornografía en *WhatsApp* han acabado con toda la literatura cubana.

Entre los medios masivos y los servicios de mensajería instantánea, ya no queda traza humana de comunicación. Nadie está ahora donde está. Es decir, todos estamos sin estarlo en cualquier otra parte.

Miro con envidia a aquella otra época.Ah, la inimitable Cuba de Castro, con su correspondencia estrictamente censurada sin causa. Con sus cartas lentas, lentísimas, bajo el lente ladrón y abusivo del Estado totalitario.

Una maravilla. Un cosmos resuelto.

Daría la mitad y media de mi vida por volver a aquel parnaso de papel. Un país contra el que valía la pena resistir, hasta tumbar o ser tumbados por el sistema. Cualquier sacrificio era poco en Cuba con tal de que las cartas llegasen, con tal de arrancarle a la dictadura un tin de privacidad escrita a mano, metida dentro de un sobre pegado con saliva.

Ahora, en la libertad humillante del exilio, ni siquiera eso vale la pena. Porque las cartas tampoco llegan aquí. O, peor, se envían y se reciben solas. Como si fueran enviadas y recibidas por nadie, por cuestión de mera rutina y eficiencia empresarial. Sin el llamado «factor humano» entre una punta y otra punta de la conversación.

Tal vez es que los cubanos estamos demasiados solos del lado de acá, demasiado desolados como para encima ponernos a estar cerrando y abriendo cartas que no son remitidas por nadie, con nadie como destinatario.

No sé si se me explico. No sé si quiera explicarme.

En la biblioteca Olin de mi Universidad, por ejemplo, hay montones de cartas originales. Yo las consulto a cada rato. Por placer, por no tener otra cosa que hacer.

Las clases son demasiado aburridas y mentirosas. Mientras que las cartas me ayudan a pasar este tiempo en que trato de arrebatarles a los norteamericanos mi PhD (después que lo consiga, lo más probable es que reniegue graduarme, como protesta por aún no sé qué).

A veces también leo libros hechos a base de cartas, sean cartas verdaderas o literarias (valga la redundancia). Son las compilaciones de las Correspondencias Completas de este o aquel escritor. De ser posible, hurgo en la intimidad de este o aquel escritor cubano de ayer, sabiendo bien que todos los escritores cubanos lo son. Porque es un arte de ayer: era un arte de ayer.

Las cartas de los escritores de cualquier otra parte me motivan menos. No me mueven, ni conmueven. Para mí, las cartas extracubanas son apenas un ejemplo de lo que alguna vez fuera la cultura occidental, la historia literaria, y los demás blablablás de la crítica cultural.

No me interesan, no me tocan.

No son ni cartas.

Ah, pero las cartas escritas por los escritores cubanos se me anquilosan siempre entre las válvulas y aurículas del corazón, sin darme ni el más mínimo chance de reaccionar. Me atrapan.

En las cartas cubanas quedo siempre expuesto del pí al pá. Hecho leña, un guiñapo. Vulnerable, obnubilado, frágil.

Habitando las vidas de otros cubanos que, como de costumbre, estuvieron antes y, al igual que nosotros, tuvieron que dejar de vivir sus vidas cuando estaban apenas por la mitad.

Vivir en la patria no es vivir. Vivir en cubano es vivir a medias.

En ambos casos, el verbo *vivir* no se refiere para nada a una acción personal. No vivimos. Al contrario, somos vividos por nosotros mismos o por alguien que se nos parece mucho.

A veces pienso que las cartas, y no la novela, son la historia íntima de nuestra nación, su educación sentimental. Su memoria mejor: archivo país, retórica de un recuerdo emocional y emocionante.

Archivo de almas con mala caligrafía. En los papelitos rayados o cuadriculados de una libreta miserablemente escolar, donde nunca cupo ni la primera cuota de nuestra felicidad, ni tampoco la última dosis de nuestra frustración.

Archivo Orlando Luis Pardo Lazo, con cero ejemplares de cartas documentadas hasta el día de hoy (tal vez este libro sea una especie de primera epístola super espectacular; tal vez este capítulo sea la carta del náufrago que se hunde en un mar de gente cuya única virtud fue aprender a flotar; tal vez mi nombre sea solo un testamento: el testimonio sin testigo de una traición).

Después de la guerra, si después de la guerra quedan días, me gustaría sentarme a escribir una carta larga, larguísima, dirigida, por ejemplo, secretamente a ti.

A tu nombre recurrentemente innombrable. A tus ojos de infancia cubana que jamás yo iba a dejar de leer. Ni de releer.

Las cartas implican sin duda una noción de distancia. Pero también ya va siendo la hora de que tú te enteres de que, en lo más iluminado de mi locura, en lo más apagado de mi lucidez, desde el mismo primer día en que yo empecé a escribirte y tú a leerme, quedó abolida toda noción de distancia entre tú y yo.

Discúlpame, mi amor, por tanta postdata a *priori*. Sé muy bien que no coincidimos. Y que ya he desperdiciado demasiadas páginas con Donald J. Trump antes de soltarte esta confesión así como así. Al pecho, de sopetón. De *fly*.

Nada nos cuesta más a los cubanos que una declaración de amor. Por eso las hacemos por montones. Por cobardía, porque no nos atrevemos a amar de verdad. Ni amar a la verdad. Porque una vida vivida en la verdad nos resulta racionalmente invivible.

Hela ahora aquí: palabras para los cubanos sin Cuba que quedaron y para los cubanos con Cuba que vendrán.

Perdónenme de nuevo, pero no supe hacerlo de otra manera. En el exilio todo nos toma el triple de tiempo, sobre todo cuando escribimos cartas para nosotros mismos y descubrimos entonces que no nos tenemos nada nuevo que contar.

Ni pío. Ni pinga.

La literatura epistolar es ansí.

¡Esperar, esperar, siempre esperar! Llevamos un tiempito sin tus letras y eso me tironea y me mortifica. Nosotros estamos bastante bien. Aunque los días pasan con cierta monotonía.

¿Oyeron eso? ¿No logran identificar el timbre de esa dicción dictada desde un pasado remoto, roto, revolucionárido? Me pregunto cuánto habrán costado los sellos de correo en cada una de las épocas secuestradas por el Estado total. ¿Acaso eran gratis las cartas subvencionadas por la empresa Correos de la Revolución?

Así en la guerra como en la paz, los funcionarios de Fidel mantuvieron las comunicaciones. Vivir en la Cuba de Castro era eso, el arte artero de esperar, esperar, siempre esperar a que pasara aquel un tiempito totalitario.

Yo procuro escribirles a ustedes con frecuencia, pero se forman unas pausas como secuencia de estados depresivos, en los que la melancolía se une con el cansancio. Pero ya estamos un poco acostumbrados a ese estilo de vida y mantenemos la esperanza lejana de algún día poder hacer algún viaje.

Por el momento, que vayan viajando antes las carticas, esa avanzadilla sintáctica de combate. Esa guerrilla semiótica donde los cubanos se dijeron de todo, por más que ahora este subgénero no nos permita añadir ya nada.

En dictadura, la carta no es solo el agente etiológico de la paranoia, sino que es también su vector transmisor. Como es lógico.

Por eso callamos en cartas. Por eso ningún cubano ha leído ni escrito nunca, en ninguna de nuestras cientos y cientos de cartas, la palabra «dictadura». Por eso somos los huéspedes huecos de nuestras propias cartas.

Hoy sábado recibimos el paquete de ropa. Muy bien escogido y balanceado todo. Fue decomisada la guayabera y un par de medias. La sábana, sencillamente no llegó.

Toda carta es acción. Dentro del sobre solo viajan los verbos. También, una atmósfera específica. Efímera. Que primero morirá con el remitente que las escribió. Y después morirá por segunda vez, tan pronto muera nuestra ilusión de ser al menos un destinatario.

Por eso en las cartas no funcionaba la estrategia, tan común durante el castrismo, del plagio. El Estado cubano las podía espiar e incluso robar, por supuesto, pero nunca reproducir. En las cartas, la dictadura cubana nunca consiguió engañar a nadie: las cartas la desenmascaraban.

Porque las cartas eran algo así como la persona humana. Léase, lo que quedó de la persona humana después de la entronización en Cuba del castrismo como cartismo: como macartismo.

Las cartas fueron o hubieran podido ser nuestra última resistencia, a pesar de la cobardía de los cubanos. Léase, a pesar de nuestro coraje escondido en el closet. Escamoteado por correspondencia.

Te escribo con un frío sorprendente en nuestro trópico. Un frío excesivo. Yo he resistido las embestidas de un invierno cruel para nosotros. Pero de todas maneras me molesta y me irrita.

Nieve en el trópico, frío en la funeraria. Copos del pasado puesto sobre el papel, que aguanta cualquier invierno inventado que le pongan encima.

Quien escribe, quiere anunciarle su muerte al otro, pero no se atreve. Reconozcamos que tampoco es fácil la anunciación. Toda vez puesta nuestra muerte por escrito, entonces ya no tendremos la opción de dar marcha atrás, ni aunque nos arrepintamos en una segunda carta.

No se olviden de este delicado detalle, por favor: en su momento, cuando Cuba sea libre, la relación entre la muerte y las cartas podría constituir, por ejemplo, la primera prueba o la última refutación sobre la existencia de Dios.

Nos divirtió que el último ciclón fuera bautizado con el nombre de Eloísa. Decían los periódicos «Eloísa se dirige hacia Cuba», y por lo menos simbólicamente te veíamos llegar y comunicarnos tu alegría de siempre.

Residuos de lectura, detritos de geografía. Fraternidades fósiles en los tiempos de la tiranía más tierna de Latinoamérica.

Chistes que perdieron su sentido original cuando cayeron del lado de allá. ¿Qué Eloísa de qué Eloísa, cubanos? Cadáveres y cadáveres sin Campos Elíseos por ninguna parte.

Cuba como cenotafio. La patria como un camposanto profano.

Ay, Dios. Toda carta seguro que se nos queda traspapelada en el cartapacio cubano de la carencia crónica de Dios.

Las cartas eran como aquellas catedrales construidas en el aire. No nos dábamos ni cuenta, por supuesto, pero esos puentes de letras conectaban en realidad dos lenguajes, dos vocabularios, dos alfabetos sin puntos de contacto: dos cubanos desconocidos, irreconocibles los dos.

Lográbamos leer las cartas por puro milagro. Más que leerlas, lo que hacíamos técnicamente era inventarnos las cartas. De ahí la peligrosidad de todo ir y venir de los empleados de Correos de Cuba (que se pronuncia *co-reos de Cuba*). De ahí, también, la irrecusable responsabilidad que tiene el Estado de intervenir, antes de que sea demasiado tarde, para que ningún cubano se sienta libre al escribir o leer su próxima carta.

Si puedes conseguir el libro; José Carlos Becerra, «El otoño recorre las islas». Ahí aparecen varias cartas muy entusiastas que él me dirige y una mía de respuesta, que no pudo recibir porque le llegó la muerte. Te recomiendo también el interesantísimo libro publicado por la editorial Siglo XXI «Freud, Andreas Salomé: Correspondencia».

La lectura de cartas está, como la vida misma, en cualquier otra parte. Leer es una manera de releernos, de ser leídos y desleídos por el cubano que nos escribe de sus nostalgias, chistes y desconsuelos entre la tierra y el cielo. Que nos describe pujos empalizados en la celulosa, entre la dictadura y su negación de renglón en renglón.

El papel aguantaba casi todo lo que le poníamos, es cierto, pero un día, incluso cuando nunca llegó la tan cacareada guerra, el papel también se nos acabó. Por combustión espontánea, por una reacción con $\Delta G < 0$.

Cuba como colofón criminal hasta de las leyes termodinámicas.

A veces siento la nostalgia de oír tu voz por teléfono. Cómo disfrutaría hablando contigo de tantas cosas de cielo y tierra. Si pudiera estar a tu lado, mirándonos, nos consolaríamos un poquito.

La carta como género condicional, donde se afirma para siempre con un «si» minúsculo, miniaturizado, miedoso. Un «si» simple y somero, sin acento ni acentuación. Sin otra regla ortográfica que no sea nuestra fallida falta de énfasis.

Nosotros aquí nos sentimos muy solos. Estamos muy solos y el cerco se aprieta cada vez más. No hemos recibido tu carta en que nos hablas del curso de tu enfermedad.

El silencio como sentencia. Toda carta está en peligro mortal de ser nuestra última carta. Amor, tú y yo estamos ya muy enfermos, ¿lo sabes? Por eso nos amamos por encima de la salud del pueblo y el exilio cubano, que no son el mismo hexagrámaton, pero se deletrean igual.

Si.

Si estuviéramos.

Si estuviéramos los dos.

Si estuviéramos los dos juntos.

Si estuviéramos los dos juntos cómo.

Si estuviéramos los dos juntos cómo nos consolaríamos.

Si estuviéramos los dos juntos cómo nos consolaríamos en el recuerdo.

Si estuviéramos los dos juntos cómo nos consolaríamos en el recuerdo, en tantas evocaciones. ¿Pero es posible que no estemos uno al lado del otro? ¿Es posible que no lloremos con las manos juntas?

Un «sí» con acento mágico: el «sí» estalinista de Stanislavski, un «sí» simple y siniestro. *Socialista*, esa palabra perdida como una bala bárbara, barbada, que nos hace asesinos a víctimas y victimarios, a remitentes y destinatarios. Es decir, a mi amor y a mi amor: a ti y a mí, que ya no nos carteamos.

El castrismo como una forma funesta de carterismo.

Porque es posible que no estemos uno al lado del otro, ¿sabes? Porque es posible que no lloremos con las manos juntas, entérate de una puta vez. Por más que *yo te sueño todos los días. Si no, cómo podríamos vivir. No te has quedado más sola, pues mi cariño por ti llega a lo desmesurado e indecible.*

Yo también. Yo tampoco.

No nos gusta escribir cartas tristes, pero las cartas tristes se escriben solas por nosotros.

Entre uno y otro abrazo, entre miles de besos imbesados como balas envenenadas con vocablos, entre el ridículo de desearnos lo mejor desde lo peor (y nunca al revés), entre lo compasivo y lo misericordioso (entre otras mierdas del alma), a las cartas cubanas se les fue cansando su condición guerrera, su garra.

No me gusta escribir cartas tristes, pero nada más ridículo y pintarrajeado que la falsa alegría. Otro y otro abrazo. Mil besos. Recuerdos a Orlando y a Orlandito, que estará muy preocupado por el comienzo de su carrera.

Leyendo cartas en la biblioteca Olin de mi universidad, hasta recibo recuerdos para los Orlandos y los Orlanditos que yo he mismo he sido al comienzo de mi carrera como comparatista de cartas.

Recupero de pronto así, durante algunas líneas, una sensación de cercanía que en la vida real seguro se me haría insoportable. Habito por fin en una suerte de cubanía epistolar, que consiste en no querer junto a mí a ninguno de los cubanos, a la par que los mantengo a todos en tensión a cierta distancia mínima, inminimizable.

Las cartas son Cubitas a escala: *Tlön, Cuqbar, Castris Tertius*.

Deshabito en el exilio de una excritura que ya no tiene cartas. Ni contemporáneos.

Ahora los mensajes nos llegan a veces por adelantado y a veces con una vida de retraso. Esto es la debacle, compañerxs y compañerxs, tal como se anuncia impersonalmente con un clic-clic informatizado.

Un deslizar de dedos: un desliz para hijos huérfanos idiotizados. El siglo XXI como orfelinato de los ex cubanos.

Con la pérdida del sobre, se perdió también cierta aura de misterio analógico entre los cubanos: eso que nos gustaba llamar, algunas tardes (casi siempre al borde de una mar violeta, violenta), nuestra noción de nación.

De pronto los cubanos ya no tenemos manera de estar ni cerca ni lejos de los cubanos. Desorientados, no sabemos ni siquiera cómo incomunicarnos los unos contra los otros, mucho menos por cartas.

Esto es el acabose, camaradxs y camaradxs: estamos, como etimológicamente se dice, acabados.

DECRETOS, DUELOS, DERECHOS

Será condenado a muerte, según las ordenanzas militares, todo correo o emisario, español o cubano, que se presente en el campo de insurrección portando correspondencia con proposiciones de paz que no estén basadas en los principios de la soberanía nacional.

¿No hay aquí ningún pariente, allegado, o amigo del finado?

Puesto que el difunto no tiene aquí parientes, allegados, ni amigos, despediré el duelo yo. Pero no podemos verlo ya como a un enemigo, sino como a un hombre que las luchas de la política colocaron ante nuestros soldados.

LO CUBANO EN LA CUBANÍA

La literatura cubana es un plagio espectacular. Y ni eso.

Ojalá fuera un plagio, pero es otra cosa inferior: un apócrifo, una patraña. Una invención huérfana del siglo XIX, ese tiempo maléfico de fundación nacional, donde se cocinó criminalmente la innecesaria guerra de rapiña para independizarnos de España. Es decir, para independizarnos de nosotros mismos.

Qué tontería. Qué tozudez.

De la metáfora a la matazón.

Eso fuimos. Eso seremos. Las letras cubanas siempre fueron una absoluta abyección. Una literatura cortesana que se pega como una lapa al poder. Sea en la Colonia o en el Castrismo, da igual: escribir en Cuba es complacer, complicidad.

No por gusto dicen que Maceo tenía tanta fuerza en el brazo como en su blablablá de mulato liberto. La labia, esa maldición insular. Porque en Cuba se habla y se escribe solo para dorar la píldora, para endulzar la violencia, para invisibilizarla, disimulando el acto cotidiano de la violación.

Así nos engañamos miserablemente en tanto lectores y escritores cubanos. Así nos hemos dejado engañar, como niños, desde que éramos niños y hasta el día de hoy.

Ahí está, para demostrarlo con creces, nuestro mayor mito fundacional. Esa burrada para ingenuos. Esa estafa de poetas ávidos de laureles y traficantes podridos de patria.

Ahí está, como ejemplo extremo, esa épica tóxica que todo cubano debe leer desde la escuelita primaria, en un *collage* carcomido de identidades y demás idioteces de isla. Palabrería pacata, para colmo en endecasílabos, como corresponde a toda métrica amanerada.

Aquí está: *Espejo de paciencia*, se llama. Se llamaba. Se ñabama.

Estofa de estrofas. Rimitas reumáticas. Sopa de significados para fundar el fascismo de la fidelidad. *Espejo de paciencia*, carajo, quién lo diría. Le dieron el título perfecto para una telenovela decimonónica. Un eusebismo leal spengler, para no decir *spanglish*.

Espejo de paciencia: tú no tienes ningún problema con el G-2. ¿Es posible escribir poesía antes de la Seguridad del Estado?

Espejo de paciencia, así le pusieron al poemita aquellos manganzones blancos que se aburrían de contar con tantas caballerías de tierra en la provincia de Matanzas. Les sobraban espejos y les sobraban esclavos. También la paciencia en el tedio de aquellas tardenoches del siglo XIX donde se ponían a elucubrar, entre verso y verso, sobre la emancipación de los negros y la independencia de Cuba de España.

Es decir, la independencia de España de España.

Seguramente fue en el reparto Versailles de Matanzas, cuna de todos los aristócratas revolucionarios. Entre champán y champola, aquellos patricios del patio se pusieron a inventar sus peripecias épicas, a inventariar la nada cubana, a falsear una Cuba fértil en pleno desierto, justo allí donde no había más que sacos de yute rebosantes de azúcar, tabaco y café. Y ñame, mucho ñame.

Fe fósil desde su fase larval. Fe de fetos con rima consonante, contante y sonante como los doblones de oro del Rey.

También, un poco de sal saqueada del Mar Caribe. La piratería como plagio.

No fue el 30 de julio de 1608, por supuesto, como todos ahora dicen que se escribió el dichoso primer poemita de la patria. Sino que fue en otro miércoles muerto de punta a punta de la *Isola di Cuba*, dos siglos y pico después, en 1838.

Esa fue la fecha en que *Espejo de paciencia* se escribió de verdad, cuando los camajanes criollos publicaron en la prensa de Matanzas los primeros pedazos de esta patraña de palabras.

Qué vergüenza. Qué sinvergüenzas.

Paredón para los poetas. ¡Bien merecida la UMAP!

Y así mismo, con ese título, nos tupieron durante el resto de la Colonia, y a todo lo largo y estrecho de la República, hasta aterrizar apócrifamente en el libro de *Lecturas* de nuestras escuelitas primarias en tiempo de Revolución, todas y cada una pertinazmente llamadas Nguyen van Troi.

Un etíope digno de alabanza
llamado Salvador, negro valiente,
de los que tiene Yara en su labranza.

Y tú, claro Bayamo peregrino,
ostenta ese blasón que te engrandece;
y a este etíope, de memoria digno,
dale la libertad, pues la merece.

Ja. ¡Un etíope!

Parece una cosa sacada del reino de Micomicón, ese otro paraje falso con que Miguel de Cervantes tupió a Don Quijote y a Sancho Panza en un capítulo de la novela madre de todas las novelas.

Otra telenovela medieval: latifundista, de caballerías.

¡En Cuba nunca hubo un solo etíope hasta hace muy poco! Yo creo que el primer etíope llegó a la Isla tan tarde como en la primavera de 1978, con la visita del dictador Mengistu Haile Mariam, poco antes del Festival Mundial de la Juventud y los Estudiantes.

Ah, pero a aquellos matanceros ilustres de 1838 les daba igual Etiopía que Etimología. Así que no tuvieron reparos en redactar su propio *Espejo de paciencia* como si fuera nuestro «primer poema», y lo declararon enseguida como «texto fundacional» sobre el cual erigir entonces cierta impresión de patria.

Presión de patria. Prisión de patria. Otro timo, otro fraude, otra payasada.

La cubanía es ansí: un acto de cabroná.

No diré los nombres de aquellos matanceros millonarios de mala muerte. Eso se lo dejo a Leonardo Padura, con sus dones de novelista investigador o periodista parapolicial.

Por lo demás, a ti no te interesan esos nombres tampoco. Y, además, ya no son nadie: fantasmas con métrica meliflua, hiatos y realengos, sinalefas del socialismo poético.

Mientras más rápido los cubanos borremos nuestra historia, más rápido nos habremos librado de repetirla. Recordar es volver a reprimirnos, a deprimirnos.

En todo caso, los ilustres de aquel Versalles matancero de 1838 compusieron *Espejo de paciencia* mediante el método más común en Cuba desde el descubrimiento de América: echándole salsita patria, hasta parir otro poema que se suponía iba a ser la base metafórica de una literatura que, a su vez, iba a ser la base meteórica de una insurrección militar contra España que, en última instancia, sería la base brutal que pariría a una nueva nación.

Cuba, carroña. Cuba a la cañona.

Los símbolos supurando en cada sílaba soez. El fraude como epifanía.

Permítanme citarles solo tres meta-mitos que aparecen en el referido poema (aunque podría estar por tres días con sus tres noches citando y recitando):

1) Se anuncia una especie de Grito de Yara.

2) Se intuye la inmolación de Bayamo, mucho antes de que el primer cuerpo de bomberos existiera.

3) Se parodia algo así como el desembarco de Girón.

¿Cómo? ¡Comiendo!

Lo increíble es que todo esto se versificó cuando todavía faltaban treinta años para que Yara y Bayamo ocuparan su pedestal en la iconografía cubana, a finales de 1868.

Y, aún más curioso, acaso escalofriante, es que el susodicho *Espejo de paciencia* se perpetró más de un siglo antes de la invasión de exiliados cubanos por una cabeza de playa también matancera, pero del sur, llamada coincidentemente Girón.

Haciendo un experimento mental, a estos camajanes de la sacarosa les salió no solo una épica panfletaria, sino un panfleto con potencial de crear realidad. O sea, de secuestrarla.

Y así terminaron, sin ellos enterarse más allá de su propio juego, creando una maquinita de moler tiempo. Un espejismo atemporal. Un alef maléfico donde leer la cubanía en clave de futuro, a la manera mentecata de un bolón de cristal.

La poesía se les escapa de las manos a los poetas. Sobre todo la mala poesía, como es el caso: sobre todo la de los poetas malos.

Aquellos dandis matanceros compusieron a coro una cosa llamada *Espejo de Paciencia* en 1838 para ponernos un traspiés como pueblo, pero en la práctica terminaron autocanonizándose como profetas de la despingazón.

Los tipos apuntaron al Morro y les salió el tiro por La Cabaña, pero al menos nos legaron un monumento a nuestra mentira, molicie, miseria y mediocridad: léase, un monolito con rima a nuestra mariconez genética y conceptual.

Estos papirriquis del siglo XIX intentaron inventarse unos versitos mitad vernáculos y mitad verracos, pero *Espejo de paciencia* terminó saturado de versículos cuasi-bíblicos. Versos satánicos de un Salman Rushdie castrista antes de Castro. Canción de cuna para el comunismo que vendrá. Que vencerá, que venderá.

Endecasílabos endemoniados, que es también un endecasílabo.

En-de-ca-sí-la-bos-en-de-mo-nia-dos.

Que-es-tam-bién-un-en-de-ca-sí-la-bo.

Suave con la sinalefa, este-tu-niño: heme aquí ripiando cornucopias con la comemierdad cubana.

Esto y mucho más fue el génesis grosero de *Espejo de paciencia*. Esto y mucho menos será la coda de *Espantado de todo me refugio en Trump*.

Los mongos hemos tomado el poder, idiotas infantilizados. Y ya no tenemos medida a la hora de disparatar. Ni de disparar.

Delirios de impacientes. Decrepitud de insolentes.

Ahora todos somos como aquellos cubanos que se tiraron con la guagua andando y por la puerta de atrás. Contra del tráfico. Ahora todos nos hemos puesto malitos y fuera de frío. Parte el alma y desfigura el rostro.

Recapitulemos. Démosle a cada personaje su debido crédito.

Por ejemplo, al esclavo bozal que mató al pirata Gilberto Girón con una lanza, evidentemente a traición, le encasquetaron nada más y nada menos que el benemérito título de Salvador.

¡Oh, Salvador criollo, negro honrado!
¡Vuele tu fama, y nunca se consuma:
que en la alabanza de tan buen soldado
es bien que no se cansen lengua y pluma!

Y, en efecto, no se cansó la lengua ni descansó la pluma de aquellos estafadores con estilo, sedientos de linfa literaria para fundar el trapiche de una tradición insular, insulada.

Que no duerma el brazo ni cese el motor.

Endecasílabos de convertir el revés en victoria.

El trabajo es gloria, la vida es acción.

Endecasílabos de convertir la victoria en violencia. Y-la-vio-len-cia-en-vir-tud.

El vivo vive del bobo. ¿Y el bobo vive de su qué…?

En efecto, en Cuba nunca se durmió el brazo de decapitar cubanos, como tampoco descansó el dedito de difamar. A españoles primero, como ensayo. Y a cubanos después, en el perenne patíbulo que es toda patria.

La gloria cuesta trabajo, solo la muerte es acción.

Y la culpa original tenía que recaer, como corresponde, en un africano bozal. Todos los pájaros componen poemas, pero el totí siempre paga la culpa. Así que Salvador Golomón la tuvo que hacer a la entrada y a la salida.

Pobre muchacho anónimo. Pobrecito títere de azabache, a inicios de un siglo XVII soñado por la basura blanca cubana. Pobre Don Nadie sin paz y sin pesetas, así en la vida como en la muerte, desde 1838 sometido al grillete de una pesadilla de nácar, a manos de sus titiriteros de Matanzas.

Malditos muñequitos de la matanza.

Pobre diablo inmigrante, forzado a jugar el rol patético de un mesías de ébano. En rimitas de salón. En la epopeya grosera de un golomón sin templo, pero igual guerrero y sabio: viejotestamentario. Y, sobre todo, manso y recontramanso, incapaz de levantarle la manito a su amo el mayoral.

Cuidadito, negro, que eso sí que es caquita. Mira que te la corto: la manito y el pingón de etíope, que ya bastante caro que nos costó traerte en un barco gratis desde el África más atroz, más atorada.

Así que tranquilito ahora, compay gallo. Mira que calladito se te ve más bonito.

Confórmate con ser el Salvador de nuestras villas y castillas, propiedad de la Corona de España primero y, luego de una infame Independencia de ultramar, propiedad de la Corona de Cuba: de hecho, serás la joya prieta de la gran familia cubana, la misma piedra preciosa que a mediados del siglo XX terminaría en las arcas del Partido Comunista local.

De caudillo en caudillo, todos con una peste a culo poética. Espejo de pestilencia blanca, para limpiarnos la culpa póstuma de tu esclavitud.

Pobre mambí *a priori*, adelantado a los mambises de la manigua que comían y cagaban su cóctel molotov de arroz con mango.

Pobre negro. Pobre nación. Pobre negro de nación.

Pobre, pobrísima, paupérrima, depauperada poesía nacional.

Acordaos de la patria deseada,
y de vuestros amigos y parientes,
y de la dulce vida regalada
que en ella pasan hoy todas las gentes.

El paraíso prometido en la tierra.

Matar piratas. Matar opositores.

No hay diferencia sintáctica. Un verbo en infinitivo y un sustantivo en plural. Eso es lo único plural en Cuba: la muerte del otro, su soberana sumisión hasta el infinito y más allá.

Matar sustantivamente.

Lo repito: nunca hubo tal *Espejo de paciencia* ni la cabeza de un guanajo. Fue todo un *bluff*.

Para empezar, Silvestre de Balboa, el supuesto autor del poema, además de la tara de ser canario, fue solo una *boutade* biográfica para encandilar a estudiantes estúpidos.

Como la idea de una Cuba independiente de España. Como la idea de una Cuba independiente de los Estados Unidos. Y como la idea de una Cuba sin Castros.

Éramos lo mismo. Seremos siempre lo mismo.

Una finca fundamentalista, con mitos y matones y mitos de matones para leer a los niños, mucho antes de que los niños supieran leer.

Por eso cuando los cubanos aprendimos por fin a leer, fue ya demasiado tarde para defendernos de nosotros mismos. Así fue cómo se reprodujo la plaga, la pandemia de una poesía patria: espejo impotable, paciencia pazguata.

En cualquier caso, Silvestre de Balboa escribió *Espejo de paciencia*, dicen, justo en su cumpleaños 45, que por cierto es ahora mi edad. «Movimiento de Liberación Nacional 30 de Julio», debió de llamarse aquel complot de latifundistas empeñados en invertir sus doblones de oro para imponernos una teleología insular.

De ahí surgió nuestro supuesto «primer poema». Génesis del Caribe. Fascismo primordial.

En el Principio fue el Verso. Y el Verso era lo barbárico. Y Dios vio que la barbarie versificada era buena y dijo: «hágase el Fiasco». Pues nacer aquí es un fraude innombrable.

Si a *Espejo de paciencia* no lo hubieran inventado en la Matanzas de 1838, me juego la cabeza que a mediados del siglo XX lo hubiera inventado el sin par Cintio Vitier, en el Lyceum de El Vedado o en la Universidad del Aire, por ejemplo, o ante los micrófonos macondianos de la CMQ.

Fuese antes de 1959, cuando aún había liceos y universidades en Cuba. Y aire. O fuese después de 1959, ya en plena apoteosis de la justicia en clave de Revolución. Da igual. Vitier no es más que otro de los burgueses vencidos del siglo XIX, los mismos que no le daban ninguna pena al comunista negro Nicolás Guillén, acaso un tataranieto bastardo de aquel etíope apócrifo de 1838.

Los mecenas de una Matanzas ya sin fe o con una fe fósil, los negreros de la siempre fiel Isla de Cuba, los conspiradores a la par que delatores entre sí, los renegados de la retórica en un portal de la Atenas de Cuba (que muy pronto sería la Tenia de Cuba), los iluminados mentecatos de nuestra masonería, en fin, los verdaderos autores de *Espejo de paciencia*, tuvieron tan buen tino en 1838 que hasta le regalaron un renglón a Perucho Figueredo, para que en 1868 este lo metiera a la fuerza en nuestro Himno Nacional, escrito sentado a la mujeriega sobre un asno, como un Cristo de Bayamo a punto de ser fusilado en la cruz (por cierto, no muy lejos de Cabo Cruz).

¿Qué mejor ocasión que la de ahora
que un buen morir cualquier afrenta dora.
Una Revolución a caballo.
No temáis una muerte gloriosa
que vivir por la patria es vivir.
La Revolución de los caballos, por los caballos y para los caballos. La Revolución del Caballo, por El Caballo, y para El Caballo.

Lo mismo con lo mismo: no somos nada, no hemos hecho nada. Qué gente, caballeros, pero qué gente.

Nos ha tomado siglos de tiranía darnos cuenta de que todo, todo, todo es mentira. Siglos de terrorismo de Estado para caer en la cuenta de que morir por la muerte es morir.

No hay patria sin virtud, ni mucho menos patria con virtud.

Abajo la poesía. Abajo la literatura nacional. Abajo la bobería bucólica de la belleza.

Viva, por supuesto, la guerra. Su grosería, su gozadera.

Total, que nunca apareció el supuesto manuscrito original de *Espejo de paciencia*. Ni siquiera ha aparecido nunca la supuesta copia de la copia del manuscrito original. ¡Qué iba a aparecer! Si los cubanos somos todos unos descarados desaparecidos. Y menos que eso: los cubanos somos todos unos aparatosos aparecidos.

Fantasmas de fantasías mal ficcionadas, sin paciencia ni para reflejarnos en el espejo del baño. Almas no en pena, sino empeñadas.

Espejos de impaciencia. Botiquín para esconder las botas de la soldadesca doméstica. Indomesticable. Inextinguible, por inextricable.

Qué clase de enredillo de citas y chismes. Cuántos cotilleos de escribas y notarios, imbecilidades de intelectuales que nunca tuvieron que trabajar para pagarse el pan.

Hasta José Lezama Lima se comió su cake con *Espejo de paciencia*. Qué patético. Qué pujón. Qué paduresco. (¿O se escribirá acaso *padurezco?*)

Es la misma actitud de Máximo Gómez, un militar extranjero desertor de las filas de España, robándole cuatro páginas al Diario de Campaña del cubano José Martí.

Pobre Pepe de mi alma, pobre Julián Pérez tan «monstruo de frialdad» (como lo llamaban en cartas sus mujerangas despechadas).

Pobre Martí, que murió sin explicarnos por qué la cuestión del caudillismo en Cuba sería insoluble por lo menos durante mil novecientos cincuenta y nueve años.

Pobre Pérez, que puso la otra mejilla para exponer la rabia ridícula de las razas, pues el militarote etíope Antonio Maceo le había acabado de bajar un bofetón al delegado civil de Manhattan Mantilla.

Pobre Ginebrita y pobre Capitán Araña. Y encima vino Máximo Gómez y le robó a la posteridad de la patria las cuatro páginas de su Diario de Campaña donde Martí nos lo contaba.

Páginas perdidas. Libros perdidos. Biografías perdidas. Generaciones perdidas.

Y así será hasta el próximo primero de enero. Así seremos hasta ese miércoles atravesado de 2059. Por cierto, una fecha que ya casi está ahí. Al doblar de la esquina, como quien dice.

Días y días del Señor en una isla sin Dios. Domingos de la Junta Militar mambisa en La Mejorana. Domingos de matar a José Martí en 1895 y a Oswaldo Payá en el 2012.

Ambos muertos a manos de un Antonio Salvador Golomón Maceo y Grajales, machos alfas del Ministerio del Interior que tienen tanta fuerza en el brazo como en el antebrazo. Y si no la hacen a la entrada, la hacen a la salida, como buenos totíes del totalitarismo que son.

Son de la loma, y cantan en la Sierra Maestra.

Por eso en nuestro *Espejo de paciencia* hay tantos pájaros, pero ninguno come arroz. Ruiseñores, jilgueros, pintacilgos, abulillas: ornitología del horror.

Y también pululan por sus versos las múltiples y diversas alimañas de cualquier raza y calaña: iguanas, patos, jutías, jiguaguas, dajaos, lisas, camarones, biajacas, guabinas.

Además de la consabida flora fáustica de guanábanas, jijiras, caimitos, mameyes, piñas, tunas, aguacates, plátanos, mamones, tomates, siguas, macaguas, pitajayas, jaguas, birijí.

Bienvenido seáis al nido caro,
cual vino al arca el ave triunfadora.

La cubanía es la perla del edén. La cubanía cabe completica en el Arca de Balboa. La cubanía es lo que no es. Un reflejo risible.

Estos son los espejos de paciencia que no hay coraje para narrar hoy en Cuba. De hecho, estos son los espejos de paciencia que nunca hubo cojones para narrar en cubano, empezando por el rapto de Cristóbal Colón al pasarse toda la «primera noche» oyendo pasar los pájaros: idioteces de otro Diario, esta vez de Navegación, uno de esos domingos sin la menor señal del Señor, en octubre de 1492.

Isola di Cuba desolada, desoladora.

Cuba como un plagio espectacular, especular. Cuba, planeta apócrifo. Cuba, patíbulo sin autor.

La intertextualidad la llevamos clavada en los intestinos. Cagarrutias de una Cuba decúbito supino. Tumores tumefactos de cara al sol, de cara al socialismo.

Estas son las lecturas al límite que aterran la miseria moral del lector cubano, ese oxímoron. Para no mencionar el pánico lectivo de los cubanólogos, así en la academia europea como en la norteamericana, con sus salarios insolentes de cinco cifras a cambio de elogiar la debacle decimonónica de la Cuba castrista del siglo XXI.

Castrostalgia complicada con el Síndrome de Post-Obama.

Ilusiones de niños ávidos, envidiosos, capaces de matar de mentiritas al pirata malo, con tal de construir un paraíso negrero llamado Utopía.

Cuba como caso de estudio. Cuba como comunión.

Metáforas contra mercados.

Cuba como culto de izquierda, como ocultismo de izquierda. Edipo Rev para una estadística igualitaria: iguanas de la ideología, espejismos de paciencia.

Cuba como elucubración: como *consummatum est*, como *Cubansummatum*.

Qué espejo de qué pinga.

Qué paciencia de qué pinga.

Bajanda.

TODA LA NOCHE OYERON PASAR PÁJAROS

Estuvieron la noche al reparo con mucha lluvia que llovió.

Y, llegando yo aquí a este cabo, vino el olor tan bueno y suave de flores o árboles de la tierra, que era la cosa más dulce del mundo.

Ninguna bestia de ninguna manera vi, salvo papagayos en esta isla. Salvo papagayos y lagartos.

También hay ballenas.

Y otras cositas que sería tedio de escribir: perros que jamás ladraron, avecitas salvajes mansas, árboles y frutas de muy maravilloso sabor, caracoles grandes sin sabor, vacas y otros ganados, y el cantar de los grillos en toda la noche (los aires sabrosos y dulces de toda la noche, ni frío ni caliente).

Esta gente no tiene secta ninguna. Ni son idólatras: crédulos y conocedores que hay Dios en el cielo, muy prestos a cualquier oración que les digamos que digan, y hacen la señal de la cruz.

El agua de aquellos ríos era salada a la boca.

Es aquella isla la más hermosa que ojos hayan visto. Aquella tierra era tierra firme muy grande que va mucho al Norte.

PARA LEER AL PATO LEMEBEL

Los chilenos buenos se mueren primero que los chilenos malos. Por algo son los preferidos de un dios mitad andino y mitad anodino.

La juventud, mata. Solo viven los viejos. O los que nacen ya en la vejez. Como es el caso del pueblo cubano, desde que le cayó encima el castrismo crónico, esa anacronía.

Aunque la verdad es que no son nada lindos físicamente los chilenos jóvenes. Pero espiritualmente, sí. Al contrario de nosotros, los cubanos cadáveres que quedamos después de la cremación en jefe del comandante Fidel.

De esa ley natural se desprende que Ariel Dorfman, un supuesto chileno, siga hoy vivito y coleando, en su vigesimosegundo exilio de terciopelo frufrú, envejecido feamente y con la plusvalía de atesorar un *tenure-track* académico en los Estados Unidos, mientras despotrica en contra de los Estados Unidos, país que cometió el pecado de lesa derechidad de haber elegido democráticamente al presidente Donald J. Trump.

De esa ley natural, por desgracia, se desprende que Pedro Lemebel esté hoy ya muerto y recontramuerto, en la esquina más chilenoica del Santiago de mi Corazón.

Los chilenos buenos, en el cementerio. Los chilenos malos, publicando plastas de mierda en *The New York Times*, convertidos en adalides a sueldo del anticapitalismo más rancio.

Ariel, árido, aristócrata arrepentido. Decadencia de Dorfmans antidemocráticos. Mejor ni mencionarlo más de la cuenta. Porque Ariel Dorfman tiene todo el tipito de ser uno de esos tipitos que se la pasan denunciando a sus colegas en USA. Delatores inspirados en los mil y un manifiestos de Marx.

Soplones de todos los países, uníos. Snitchcialismo a la carta.

Ya me imagino al amargado de Ariel poniéndole una demanda judicial a Ediciones Hypermedia por este capítulo. Y por este libro. Y por mí, el anticastrista deportable, si no fuera porque tengo tremenda palancona con la administración de Donald J. Trump (¡hasta la nota de contracubierta me hicieron de gratis!).

En cualquier caso, ojalá que el despótico Dorfman se atreviera a demandarme. Y a Ediciones Hypermedia. Sería un gran palo periodístico. Además, el bacán es mi enemigo de clase. A muerte. No tengo que hacerme el reconciliador con él. Tampoco soy el Papa.

Ni siquiera soy el Cardenal castrólico cubano, ese antiguo militante de las UMAP, un umapita un converso que para colmo ahora está emplantillado a golpes de nalgas con el Partido Comunista en la Peor de las Antillas.

Pero Pedro Lemebel es otra cosa. Pedro con su lenguaje hecho de luz y látigo. Lemebel tan mariquita linda, po, y tan muertecita de frío desde el 23 de enero del 2015, en pleno verano vil del Santiago chileno inisecular.

San Pedro yegua del apocalipsis según Satán Augusto, el weón que extirpó el comunismo cubano de Chile, también ya muerto desde el 10 de diciembre de 2006.

Santa Lemebel con su hoz huasteca de sidario y su martillo morocho. Escritor hincado de rodillas ante la más fidelista y facha de las fellatios, clavándose una espina pendeja entre sus nalgas nostálgicas por los desaparecidos indesaparecibles bajo la Cruz del Sur. Es decir, por los muertos que sin saberlo Salvador Allende mandó a matar, entre 1973 y 1988.

Pienso que los hombres que tienen en su alma un toque tétrico de mujer nunca deberían morir, toda vez que no pudieron evitar nacer. Y Pedro Lemebel no iba a ser la excepción: mujer y todo, fue ante todo hombre a todo. Macho del sur estelar. Chileno y todo, fue bonito y bueno a pesar de su tentación por acariciar la cuna de todos los totalitarismos del continente. Léase, la Cuba del totalitarismo cóndoramericano.

Por eso se nos ha muerto Pedro Lemebel: el chileno verdadero se nos ha muerto para que el falso chileno Ariel Dorfman lo sobreviva en paz.

En pus. En pis.

Una vez conocí a Pedro Lemebel, en los años cero. En plena Cuba de Castro, que para él no era más que la Cuba de la Revolución.

Lucía loquísima. Y lúcido de amarrar, como un cometa escapado de la década de los ochenta, aquel tiempo de torturas y principitos, cuando el universo era nuevo y Fidel Castro nunca se iba a morir.

Era muy alto. O al menos así lo recuerdo, a Pedro Lemebel. Siendo yo también un escritor altísimo ya desde entonces.

Pedro tan caribeñamente naif y tan posdictadura chilena. Lemebel tan tonto como para comerse con papas al Tata Castro cubano, mientras despotricaba en contra del Caballón Pinochet.

Fue hace por lo menos diez años, en La Habana. O un poco más. El tiempo en el exilio no pasa. O un poquito peor: el exilio es tiempo que se nos escapa, donde el futuro es lo primero que se fuga antes de que termine nuestra residencia en la Tierra.

Lo vi en El Vedado, en la sede art-decó de Casa de las Américas, que a pesar de ser el cuartel general de la censura hemisférica, lo había invitado a él a una Semana de Autor. Gracias a los subterfugios de Jorge Fornet, supongo. Y gracias al cinismo carroñero de un Roberto Fernández Retamar que está a punto de cumplir cien años de coloquialidad.

Lemebel usaba una capa naranja. Parecía un preso escabullido de Gitmo. Parecía una mariposa magnolia, magullada por los escarnios de la edad y la esclerosis de las ideologías indígenas.

Pedro era un papillón del proletariado. Un pingú maricón, una ninfa de crisálidas procubanas donde pensé que no tendría cabida un gusano como yo.

Igual lo acorralé contra una de las columnas infectadas de micrófonos de ese edificio odioso —capitalismo tardío del batistato, con un toque de cuartelazo Moncada—, y le pregunté a boquejarro:

—¿Pedro, por qué en el 88 votaron más chilenos por el Pinocho que los chilenos que votaron en el 70 por el Salvador?

Lemebel se quedó como turulato.

—¿Quí quirís, loco? ¿Pero di dóndi sacái tú tanta güevá, po?

Yo la había sacado de dónde todo el mundo la saca, incluso en Cuba, que entonces era (tal como sigue siéndolo hoy) un país sin internet. Mi fuente anónima era *Wikipedia*. Pero no se lo confesé al cronista del cono sur.

Lo cierto es que en 1988 más de tres millones de chilenos votaron por Pinochet, tras 15 años de dictadura durísima. Para nada «dictablanda», como bromeó macabramente Tata el General. Mientras que solo un millón había votado por la Unidad Popular en el septiembre sin muertos de 1970.

Indecencias de la demografía. Mariconadas malévolas de la memoria.

Hubo una tensión de caernos mutuamente a coñazos, el chileno libre y el siervo cubano. Pero entonces Pedro rompió a reír. Y se reía tan lindo que. Cuba, la alegría ya vino.

Lemebel me miró con esos ojales de almendra asiática que tenía en su cara. Un rostro indio. Es decir, aborigen. Es decir, entrañable.

—No seái pituco cara de diuco. ¿Y dejde el 59 cuántoj cubanoj no habéi votao al tiro por Fidei Castro, po?

Y entonces me eché a reír yo.

—¿Tú también, Pedro Lemebel, quién me lo iba a decir? —le dije—. ¡Eres tú quien los estás comparando, al Tata y al Comandante!

Y entonces nos echamos un buen abrazo hilarante, como pololos adolescentarios, los dos partidos de la risa y del ridículo de intentar polemizar
de política en una institución oficial de Santiago de La Habana: la capital
de ninguno de los cubanos.

No fue necesario ni replicarle. Ambos sabíamos mucho más de lo que
en la biblioteca de Casa de las Américas era recomendable saber. En dictadura, solo la ignorancia es infalible.

Contrario a la dictadura chilena, no saber en la dictadura cubana es
nuestro mejor salvoconducto.

Además, él tenía razón, el colisable poscomunista. Porque en el referén-
dum constitucional de 1976, unos cinco millones y medio de compatriotas
votaron a favor de la tiranía castrista.

Qué tanto lío entonces con el totalitarismo. Que se jodan.

Que nos jodamos.

Y en el falso plebiscito del 2002, como respuesta al Proyecto Varela del
disidente Oswaldo Payá, fueron ocho millones y pico de votantes cubanos
los que suscribieron a un castrismo irrevocable a perpetuidad. Incluido yo.

Que se jodan. Que me jodan.

Aquella fue una proeza popular, que diez años después le costaría la
vida en Cuba al propio Oswaldo Payá, el domingo 22 de julio de 2012, junto
al joven Harold Cepero, a quien lo asesinaron por estar en el tiempo y en
el lugar apropiados.

Qué totalitarismo de qué totalitarismo de qué: totalitarismo es el de
Donald J. Trump, compañeros.

Y si no me creen, pregúntenselo a Ariel Dorfman, el chileno del Partido
Demócrata de los USA, escribiendo joyitas infames como la siguiente, a
cambio de sus honorarios de lujos en *The New York Times* (una variante
mucho más virulenta del diario castrista *Granma*):

*I feel that, by electing an ignorant, belligerent misogynist, a race-baiting,
Mexican-hating predator, a liar who does not believe in climate change and
who will increase the affliction of the neediest inhabitants of his country and
the world, America has revealed its true identity.*

Ja. ¡Así que la verdadera identidad de los Estados Unidos es esta! Qué
bien. Me encanta. Qué vil.

Gracias, Ariel Dorfman, por tu PhD *horroris causa*, en la carrera anti-
capitalista de hasta-la-victoria-siempre y olé.

Pedro Lemebel, en cambio, sin haberse graduado nunca de una sola
universidad (tal vez tampoco ni del preuniversitario), con sus rabietas per-
formáticas y todo lo que ustedes quieran, concedido, al menos fue un ser

humano muy libre. Muy lindo. Una sentimentala absoluta y un guerrero de la prosa en contra de todo abuso social.

Su lenguaje al límite era presencia pura. Decencia pura, sin las pacaterías guanajas de su partido. El Partido.

Rechinan en sus crónicas de combatiente las chilerías de un mar turmalino bajo el gavioteo rumoroso del Océano Pacífico. El *Microsoft Word* seguro le marcaba cada letra de, por supuesto, color rojo PC.

Pedro como sinónimo de incorrección. Lemebel como antónimo de toda alcurnia en el rancio y revolucionario *ghettus chilensis*.

Ay, pero él seguía tecleando como si no fuera con él.

Ay, pero el cronista de las comunas tenía un punto muerto en cada una de sus retinas retóricas. Y ese punto de cero visión era que Pedro Lemebel quería ciegamente a Cuba.

La amaba aparatosamente. Nos amaba apabullantemente, entre otros verbos habanero-venéreos terminados en –aba.

Su pasión por Cuba sí tenía pelos en la lengua. Pedrito se autocensuraba a las dos manos. De hecho, en cuatro patas. Y así no se puede poner uno a hablar pestes de una dictadura. Ni siquiera de una dictablanda insular, a imagen y semejanza de un comandante barbudo que era la antítesis estilística del lampiñísimo Tata.

Su palabra fue más bien útil para desaparecer a la dictadura cubana. Sin saberlo, *Little* Lemebel invisibilizó a las víctimas del fascismo cubano, sublimándolas como si fueran las inevitables volutas de una universal lucha de clases. Subliminándolas, subeliminándolas.

Así que Pedro Lemebel era también un buen singaíto, como Ariel Dorfman.

Pero no importa, papi. A estas alturas de la sin-historia, qué más dan unos miles de muertos más o unos miles de muertos menos.

Tanto lío con la democracia y total para qué. Cadáveres son cadáveres y pare de contar.

Así que no le dije nada de la dictadura desaparecida por él en la Isla que pisaba ahora bajo sus pies, metidos como Marx manda dentro de aquellos botines de guerrero charol.

Era noviembre del 2006 y Pedro ya se veía muy agotado. Exhausto. Creo que Lemebel ya comenzaba a morírsenos entre los culos y la leche ácida de los cubanos.

Solamente le di un beso de piquito en los labios y nos despedimos como si tal cosa.

Muá, mi macho. Fue bonito mientras duró. Y a otra cosa, mariposa. Pósate en la flor de otra calabaza, calabaza, cada uno de vuelta a su dictadura o a su democracia.

Pobre mi princesita prosaica de manos champú, manos bálsamo, manos geisha de masturbar mapuches a nombres de la justicia social. Limpiándote luego con manualitos de marxismo *Made in Mapudungun*, papel reciclado como preservativos de múltiple uso y abuso.

Pobre Pedro, tan lo contrario de aquel otro señorito asexuado de traje y corbata de marca Dorfman, el mismo Ariel que condenó a muerte al Pato Donald en el Chile filocastrista de inicio de los socialistas años setenta.

Todavía hoy no sé por qué carajos siempre simpaticé tanto con los dones de Don Lemebel, el autor arrebatado. Lo nuestro fue un amor instantáneo, a primer pedro. Una pasión bi, pero solo en el sentido de binacional. Y el que esté libre de pecado que tire la primera metáfora meliflua de colocolo: culiando-creando-poder-popular, pueblo-caliente-jamás-baja-la-frente, se-siente-se-siente-el-amor-está-presente.

Tal vez mi simpatía venga de que, si alguien hubiera podido convertirme a la izquierda, ese o esa hubiera sido en exclusiva Pedro Lemebel, a quien nunca he dejado de releer desde que su prosa me descubrió a mí.

Pobres prosas, pobres países. Pobre pareja imposible, la de Lemebel versus Orlando Luis, la de Pedro versus Pardo Lazo.

Algunos días de exilio hojeo también la escritura estéril de Ariel Dorfman, por supuesto. Qué le vamos a hacer. Nadie es perfecto en su tierra. Nadie es profeta en la tiranía ajena.

También leo a Dorfman, para saber en qué nuevas maniobras y manipulaciones él anda. Pero lo leo apenas como una parodia decrépita, acaso como el contrapeso ingrávido del peso completo Pedro Lemebel (aunque estuviera tan flaquito al final, probablemente por pena de que fuera a pesar demasiado su ataúd en los hombros de la marcha maricona que lo canonizaría a ras de una Moneda sin milicos).

Dorfman, el guionista estrella de la muerte Polanski y la doncella Sigourney. Dorfman, el vocero de ese Chile *jet set* de la izquierda caviar latinoamericana, conformada por un clan de ex exiliados que aún hoy se pavonean como perseguidos políticos, ocupando los cónclaves académicos de la cursilería más democrática. Entiéndase, más Demócrata.

Ariel, intelectual insignia dentro de una legión de arieles con sus respectivas tesis de doctorado en las revistas *peer-review* de rigor. Ariel, a quien la ideología comunista no lo privó de sus plumereos burgueses, un origen de clase que él miró desde arriba con asqueada admiración.

Juglares del castrismo, que se jugaron y enjugaron hasta las nalgas con el naipe ético de una whisquierda que ha visto agonizar el milenio con mucho hielo en el alma y con un marrón glacé en el narigón, para así repeler mejor el tufo mortuorio de un pasado pasado por las balas.

Chilenterio, Chilentafio.

Mausoleo Chile. Terrorismo exportado desde una Habana pacificada a golpe de paredón.

Quisiera visitar ese país. Esa otra isla, como Cuba. Pero vertical en el mapa. No dormida, ni diletante. Quisiera estar vivo en ese país antípoda, antiparalelo. Escandalizar a Chile, enamorarme de Chile, ser enterrado en Chile: por supuesto, en ese Castro *town* profundo al borde de la desaparecida Antártida.

Quiero cantar en los coritos retro el bis del Pato Manns y de Inti Illimani, con los acordes de cuando me acuerdo de mi país, me sangra un volcán, me escarcho y estoy, me muero de pan, me nublo y me voy, me aclaro y me doy, me siembro y se van, me duele y no soy, naufrago total, me nieva en la sien, me escribo de sal, me atraso de bien, me angustio de tren, me agrieto de mal, me enfermo de andén, me enojo de ayer, me lluevo en abril, me calzo el deber, me ofusco gentil, me enciendo candil, me encrespo de ser, despierto fusil, cuando me acuerdo de mi país.

Yo también, ¿para qué negarlo?, yo también soy un singaíto de izquierdas. Y, claro, cojones, cómo no, yo también me acuerdo de mi país.

Los cubanos todos también nos acordamos de nuestro país. Con pinga, vaya. Ninguno de los cubanos se ha olvidado ni pinga de aquella pinga de país.

No tuvimos trova libre en nuestra isla horizontal en el mapa. Pero al menos tuvimos trovadores de Estado.

No nos dejaron escandalizar a Cuba con nuestra escritura, como sí hacían los chilenos. Ni nadie llegó a enamorarse del todo en Cuba, como sí se enamoraban en Chile: con o sin dictadura, con o sin plebiscito de No y No, con o sin democracia de Sí y Sí.

Por eso el castrismo no existe, mi amor: existe solo la imposibilidad de decir *te amo* entre los cubanos. Eso fue todo. El resto ya cayó por su propio peso.

Nos han extinguido en tanto raza. Nos han borrado la razón y la rabia. Incapaces de crear, tampoco somos ya capaces de procrear. Esa es la victoria más rotunda de los milicos en Cuba. Carabineros castristas. Nos han homocastrado en tanto nación.

No importa que seamos vistos como unos gusanos avaros por la izquierda internacional. No importa que la latinoamericanada cutre nos envidie y nos odie por ser unos renegados de su Tata Fidel.

Igual estamos aquí. Desaparecidos, como aparecidos. Pero todavía estamos aquí. Coleteando, como peces al otro lado del agua. Espectros espectaculares a ras de un exilio que nunca fue, ni nunca se fue.

Porque es importante que se sepa esto ahora por fin: los cubanos salimos de Cuba para jamás regresar. Y esta vez seremos gente a quienes no nos la va a enredar ningún nuevo José Martí, ningún Doctor en Democracias Comparadas, ningún profeta Ismaelillo inventándose un regreso glorioso a nuestro país natal.

¿Qué natal de qué natal?

Entre otras cosas, porque ya no nos queda ninguna estrella distante a donde los cubanos podamos ir y desaparecer en paz. Los astros azules son mentira. No sabemos ni desaparecer. Moriremos, bebé traviesa, sin irnos a la estrella azul de nuestras lecturas límites de infancia: una edad de horror.

Así que ahora apenas nos queda, como ancianitos seniles que no reconocen ni el rostro que más han amado en su vida, soñar empecinadamente, imaginar farmacéuticamente que sobremorimos al delirio y a la desmemoria, al odio y a la Revolución, a la euforia e incluso al Alzheimer.

Aunque, pensándolo peor, tal vez los cubanos no reconocemos ese rostro amado porque perdimos, millones de veces, nuestra única vida sin habernos amado ni una sola vez en realidad.

Nunca estuvimos seniles. Ese es nuestro trauma, nuestra tara: ser insensibles. Y aún menos que eso: estar insensibles, sin haber habitado ni por error en ninguna esquina de la verdad.

Asco. La cubanía en clave de Castro es una desconexión neuronal, una manera de ser cubanos sin contemporáneos. Una náusea de neurotransmisores: acetilcastrismo, serosocialismo. Un vahído vertiginoso, vomitivo. Por dios, ya basta. Pero sin creer ni remotamente en dios.

Un retruécano.

Allí a donde vayamos, hubiera sido mejor no haber ido nunca. Porque, sea en Santiago de Manhattan o en *The Chile Times*, donde quiera que caigan los cubanos, allí caerán muertos los corazones a nuestro alrededor.

Somos una plaga, una patraña apátrida.

Portamos un virus defoliante que, cuando más nos parece ya indetectable, justo entonces es cuando más nos mina los sentimientos, la sangre, y la capacidad misma de vivir viviendo. Es decir, de ser verdaderos. O sea, vulnerables.

Somos una plaga de piedra que el delicado Pedro Lemebel no supo leer muy bien y que el demagogo Ariel Dorfman supo más que bien esconder.

Nos jodimos, estamos es fase terminal. No nos salva ni el médico chileno.

No me extrañaría, por lo demás, que se tratase de un gen hereditario. Transgeneracional. Incurable, incunable. Incubable.

Aceptemos, pues, nuestro indecente desastre clínico, cínico: somos castropositivos a perpetuidad. Eso era todo lo que tenía que decir en este libro sobre Donald J. Trump. El resto ha sido inercia y derechos de autor. Alucinaciones hypermédicas.

No nos dé pena reconocerlo: esto es lo único que nos legó el castrismo en el corazón. Y por eso el castrismo es ahora lo único que nos restaura a ratos la cordura, cuando la ira nos permite sacar la nariz fuera de nuestras biografías inertes y hacer otro intento fallido, que es más bien otra mueca cómica, de ver si alguna vez los cubanos por fin logramos llorar lágrimas que se parezcan a las lágrimas de aquella otra especie que, dicen, alguna vez nosotros fuimos también: los seres humanos.

Fuera de esa castropositividad a ultranza, creo que hoy nos desintegraríamos en el vacío. Sin referentes. Como globos de piel, como cerebros sin centro de gravedad. Defenderemos nuestro castrismo constitucional al precio que sea incluso innecesario.

Leves lemebeles y dorfmans decadentes de una izquierda inca que se nos hincó en el dedo gordo del pie, que es el más importante para atreverse a pararnos en dos patas y echar a andar. Como personas bípedas y como nación no paralítica. El darwinismo explicado para los seguidores de Donald J. Trump.

(*Trump supporter, swipe left*, me ordenan al unísono las mujeres norteamericanas en *Tinder*: qué paradoja, qué picuencia, qué perplejidad.)

La cubanía en clave de Castro es un estado progresivo de cuadrupedia: no degenera, se regenera. Nos hace arrastrarnos, centipedia secular. Literalmente, como gusanos.

Ni siquiera en esto nos engañó el Tata cubano, que duró diez años exacto más que el comandante en jefe chileno.

Por obvios motivos opuestos, todo este laberinto sicosomático se lo perdieron Ariel Dorfman y Pedro Lemebel. Los chilenos, buenos o malos, preferidos o repudiados por los dioses de la izquierdosidad, desde Lihn hasta *The Clinic*, jamás entendieron ni pinga al pueblo cubano.

Ni templándonos. Ni mucho menos dejándose templar por nosotros, los sobrevivientes que a nadie pedimos nuestra sobrevida.

Las calandracas castristas se caracterizan por tener cauterizadas las aurículas y los ventrículos del coraqué. Nosotros, los sobremurientes, que a nadie debemos nuestra sobrequé.

Nos aplica una ley antinatural, contranatura: los cubanos malos no mueren nunca. Tienen un altísimo potencial de adaptabilidad y les asiste el máximo éxito evolutivo, así en la escala histórica como en la escara social.

Ya ni siquiera tenemos necesidad de cubanos buenos. No los extrañamos para nada. Al contrario, se nos han hecho unos seres de lo más extraños.

En Chile, los cubanos por lo menos podemos fingir la bondad de un hogar en Castro. Es en Cuba donde impera a rajatablas el inmetible imperio de la verdad.

HEIL, ORWELL

Casi todo el pensamiento occidental desde la última guerra, y ciertamente todo el pensamiento «progresista», asume tácitamente que los seres humanos no desean otra cosa que la tranquilidad, la seguridad, y evitar del dolor.

En semejante visión de la vida no hay cabida, por ejemplo, para el patriotismo ni las virtudes militares.

Hitler, en cuya mente sin alegrías él así lo siente con fuerza excepcional, sabe que los seres humanos no quieren solo comodidad, seguridad, pocas horas de trabajo, higiene, control de la natalidad y, en general, sentido común.

También, al menos de forma intermitente, quieren luchar y sacrificarse. Para no mencionar los tambores, las banderas y los desfiles de la fidelidad.

A LOS MÁRTIRES DEL CEPERO BONILLA

La noche en invierno cae de golpe. Como un trancazo. Sobre todo cuando empieza diciembre y se acerca otra vez mi cumpleaños, como ahora.

En el exilio, esa es la hora más terrible de sobrevivir. Una hora frontera entre la luz que ciega y las sombras que iluminan y matan. La hora Martí, la hora mártir. La hora en que en Cuba yo regresaba a casa desde la escuela.

En Cuba todos teníamos casa. De hecho, en Cuba todos estábamos en casa.

Entre 1986 y 1989 regresar de la escuela significaba regresar del Pre. Así, a secas. El «Pre» es una sílaba que no necesita explicación. Los cubanos de verdad, saben. Sabemos. Los cubanos-americanos con suerte pueden googlearlo. Y ni así. Los cubanos-americanos nunca sabrán qué es ser cubano-cubano de verdad.

No es culpa de ellos. Es culpa de otros cubanos-cubanos que en su momento fueron sus padres.

En Cuba caía la noche temprano y solo nuestros uniformes vírgenes brillaban. Éramos como extraterrestres, gente genial caída de otra galaxia. Recién nacidos. Con un corazón analfabeto de mundo donde, sin embargo, cabía completo el concepto de mundo. Y aún más: de todos los mundos imaginados e imaginables.

El resto de los cubanos a esa hora ya estaba metido de cabeza en sus casas. Cocinando, envileciéndose, deteriorándose. Enfermos domésticos, domesticados. Humillándose a diario por su propia falta de coraje y amor, por su indolencia ante la belleza de estar vivos y no notarlo. Que es la belleza de estar vivos y no poder evitarlo. Y que es también la belleza de estar vivos y no poder evitar dejar de estarlo: vivos.

La muerte como urgencia, en pleno descubrimiento de nuestra adolescencia a la sombra majestuosa del Pre: que en mi caso era el preuniversitario Raúl Cepero Bonilla, de La Víbora.

261

Oh, vida. Ay, mi amor.

Cuántos nombres propios para nombrar lo innombrable de despertar a esta hora. A aquella hora.

Éramos un grupo de niños casi, casi muchachos ya, saliendo en manada bajo el Arco del Triunfo de nuestro Pre, a la caída de la tarde. O a la caída de la noche. Da igual. Cada día más jóvenes y más llenos de libertad y lujuria linda, sin maldad.

Cubanos libres, coño. En el único momento de nuestras vidas en que así lo seríamos: cubanos, libres, coño.

Cubanos recién caídos de un futuro sin Fidel, pero aún en plena tiranía cubana de los ochenta. Intocados por Castro, intocables por el totalitarismo.

De aquellos chicos nobles (es decir, de nosotros), solo yo sabía que nunca me iba a olvidar de aquellas escenas excepcionales. La locura me goteaba por los poros y me obligaba a ser siempre un solitario. Un espía, un escritor. Un memorioso, un miedoso, un mierdita. Un testigo traidor. Es decir, una maravilla humana, demasiado humana.

Como Cuba. Como el siglo XX. Como la Revolución.

No sé vivir sin ese trío. No pertenezco al futuro. Maldito sea tu nombre, democracia.

Era tan bello estar vivo entonces que uno sentía que tanta belleza tenía que estar de algún modo equivocada. Que tanta Habana del alma no podría durarnos mucho entre las costillas y el esternón. Que en pleno inicio del mundo se nos acercaba ya de pronto el fin de los tiempos.

Teníamos nostalgia del presente. La ausencia nos carcomía de tanto estar y de estar tanto, animales inmortales. Mientras yo sufría pensando en cómo apresar todo aquello que en el futuro (en la palabra «futuro» impresa en esta página, por ejemplo) me sería arrebatado odiosamente de mí.

De manera que siempre me fue imposible estar del todo presente. Porque desde el inicio de estar vivos yo sabía exactamente que estábamos viviendo una escena inolvidable, de película: momentos maravillosos que solo serían recordables por mí.

¡Éramos cubanos vivos de remate y ni siquiera teníamos a quién confesárselo! A quien confesárnoslo.

Estar vivo es una contradicción. Se siente, estar presente. Pero a nadie se le puede humanamente decir. Es algo personal e intransferible, como los tickets de la ruta 1. Una cosa incomunicable, como las cartas que se nos quedaron inescritas en el corazón.

Yo miraba y admiraba, lo veía todo absolutamente a mi alrededor. Buscaba como un loquito, como un animal escapado de casa. Como un dios a la caza de sus evangelistas de amor.

Pero no aparecía nunca nadie a mi alrededor, aunque yo y todos estuviéramos siempre rigurosamente rodeados. Por mí y por todos.

Reíamos, eso sí. Ah, dios, cómo reíamos y super reíamos.

Nos daba orgullo no tener que compartir con nadie más que con nosotros mismos. Con una generación, sobra y basta. Pero yo insistía en buscar sin encontrar a quién decirle que estábamos ahora y aquí, entonces y allí, y que aquel capítulo único de nuestras biografías estaba en peligro mortal de desaparecer sin dejar trazas.

Llorábamos, eso también. Ufff, dios, cómo llorábamos y sub llorábamos.

Era un privilegio no tener que enfermarnos todavía. Ni que ser adultos. Ni mirar cara a cara esa cosa aburrida llamada la realidad cubana.

Pero Orlando Luis Pardo Lazo, a sus quince o dieciséis años, ya lo era. Y ya lo estaba. Enfermo de espíritu, asfixiado de libertad.

Fui un adulto de cuerpo, con los achaques biodegradantes de una vejez adelantada por lo menos en cincuenta años. Y ese pánico no me permitía echar a correr por mi vida sin mirar hacia atrás, y mucho menos sin pensar en lo mucho y lo muy malo que tenía aún por delante.

Fui pesimista desde pionero.

A mis cinco o seis años era lo mismo. No sé si a mis cincuenta o sesenta años también lo será. Lo cierto es que me parece que nunca estuve del todo entre ustedes, cubanos, a pesar de que me parece haberlo estado mucho más que todos ustedes juntos, cubanos.

No hay cubanidad sin ausencia de Cuba: somos cubanos porque no podemos ser cubanos del todo, porque no sabemos qué ha sido ser cubano ni que sería nunca haber sido cubanos.

En estas noches tempranas de diciembre en el exilio, yo siento aquel mismo olor a oscuridad. El mismo aroma a una Habana de invierno. Íntima hasta lo intimidante. La misma humedad de la saliva que se asomaba a los labios de aquellas niñas casi, casi muchachas, al reír a carcajadas por un disparate ingenioso de Orlando Luis Pardo Lazo, con su recién estrenado carnet adulto de identidad: 71121011680.

Por cierto, por entonces yo no tenía apellidos. Pero el lenguaje español era enterito de mi propiedad, sin necesidad de estudiarlo: simplemente se me daban solas las palabras, esas hembras ávidas de glotis y falanges.

Creo que nunca dejé de serlo, un adolescente. No me dio tiempo a hacerme mayor. Pero eso es lo de menos ahora. Lo de más es que aún recuerdo cómo hablábamos y hablábamos a la salida del Pre, mientras caminábamos y descaminábamos hasta la parada de la ruta 1 o la 174: adolescentes con un mundo de cosas que contarse, pero que jamás se contaban nada.

Nos habíamos olvidado de la muerte. Vivíamos como okupas en un mundo de cadáveres. Y lo ignorábamos, pero no a propósito. Simplemente no era necesario recordarlo para ser felices allí, aquí, y en cualquier otra parte.

Por inmadurez. Por infantilismo. Por indolencia. Que nos perdonen los muertos por nuestra felicidad.

Éramos los testimoniantes de un holocausto, y nosotros como si nada. Como si con nosotros no fuera. Y en muchos sentidos con nosotros no lo era: la era estaba pariendo un mojón, y nosotros tan felices como lombrices.

Todo era tan fácil como tragar un vaso de agua. O dejar que esa misma agua se escurriese entre nuestros dedos desnudos y las faldas mostazas de los uniformes.

Las sayas eran entonces un pedazo de cielo aterrizado en plena Tierra para iluminar nuestra opaca soledad de criaturas mortales, huérfanas.

Las blusas eran entonces de nieve, ni siquiera de algodón.

Toda ropa era por entonces una ropita interior.

Las pieles no tenían más patria que el asombro de nuestros ojos. Y desbordábamos una alegría descomunal, desquiciante, plebiscitaria: un aullido inurbano, que nos desataba las ganas de reír y llorar, y llorar y reír, hasta romper a correr por el resto de la noche y los restos de la madrugada, a ver si era o no era cierto que existía el amanecer. Habanecer.

Incluso si uno miraba hacia delante o hacia atrás, como yo. Incluso si se tenían o no se tenían deseos de crecer o de no crecer, como yo. Lo cierto es que no había manera de no prestarle atención al lenguaje envejecido de la Revolución cubana. No había forma de no coincidir en la misma época de Fidel Castro.

Estábamos. ¿Qué más podíamos pedir? No había ni remotamente ninguna necesidad de ser. Estar por estar era ya una fiesta innombrable.

A cualquier hora, por ejemplo, los jazmines de noche podían comenzar a oler a jazmín de noche.

El crepúsculo falsamente invernal abría sus constelaciones de golpe. Los astros, por supuesto, también sonreían. Como en una arcaica canción de Fito Páez, que por entonces era una melodía de estreno, como el universo mismo lo era.

Se acercaban diciembre diez y mi cumpleaños, como ahora. Las dos fechas en una misma fecha. Mes y día adorable. A una hora que en el exilio se nos ha hecho escalofriante: la hora de volver, como mansas palomas, vivos y no tan vivos, a resucitar a aquel grupo de desconocidos que salíamos en un estado de invicta inocencia del Pre de La Víbora.

Estado de inconsciencia, casi. Casi de inconsistencia.

En el exilio, ninguno de aquellos cubanos se atrevería hoy a olvidarse de la muerte, tal como lo hacíamos en 1985 o 1986.

Los okupas de entonces han sido ahora ocupados por nuestros propios cadáveres inminentes, inmanentes, que nos desplazan a nosotros mismos, nos desaparecen para legarles al menos un huequito del planeta a otros cubanos sin Cuba que no llegarán a tiempo.

Estamos siendo los testigos de un holocausto. Pero por lo menos sabemos que ahora nos toca a nosotros incinerar las desmemorias de aquella época ida, idílica: nuestro Período Ceperobonillazoico, perdido e imperdible.

No daré nombres, por supuesto: ellos y ellas saben.

Hijos de puta solos y solas, ojalá nadie se olvide de mí.

¿LA VERDAD OS HARÁ QUÉ?

Cuando un cubano intenta de verdad decir la verdad es cuando más mentiroso más parece. Basta con verles las caras, incluso en *YouTube*. Máscaras.

Los cubanos ya no creen ni en ellos mismos. Son menos que descarados.

Rasgarnos las vestiduras en público o en privado no nos da más que risa. La carcajada es el verdadero legado del castrismo: nadie cree en nadie, se acabó el creer.

Ese cuacuacuá del pueblo y el exilio cubanos rebota en nuestros cráneos como el eco de un *big-bang* patrio que nunca estalló: es el aborto original de nuestra idiosincrasia.

Idiotisincracia.

Primero que se coge a un mentiroso que a un cojo. Pero primero se coge a un cojo que a un cubano.

Mentimos magistralmente. Y no porque seamos mentirosos de verdad, sino porque la verdad ya no habita en nuestras biografías: ha sido desterrada después de décadas de despotismo.

Los cubanos vivimos la vida sin vivirla. Ya no le prestamos atención a nada, ni a nadie. Morir por la patria, por ejemplo, es cagarse de la risa.

Por eso no habrá salida del laberinto para nosotros, los faustos de Fidel, pecadores.

Los pactos con Mefistófeles son ansí: la Revolución Cubana es ahora la Realidad Cubana.

No es fácil.

Pero tampoco hay más ná.

BATISTA, AMIGO, EL PUEBLO ESTÁ CONTIGO

El 10 de marzo de 2017 recibí un *e-mail* de Batista hijo. Era el sexagésimo-quinto aniversario del golpe de Estado de Batista padre.

«Sexagésimoquinto» quiere decir «65», por si acaso la palabra no te dice nada. Ni te acomplejes al respecto, porque a mí tampoco me dice nada. Ni «sexagésimo» ni «quinto», ni ninguna otra palabra que no sea «orlando-luispardolazo».

Desde entonces ha pasado ya una vida entera. Quiero decir, desde el 10 de marzo de 1952. ¡Y diríase que fue ayer!

Los cubanos hemos perdido la noción del tiempo. Se nos fue de un tirón la Era Batista y todavía ni nos enteramos. Ni tampoco hemos entrado en ninguna otra Época. Porque el castrismo de algún modo fue la apoteosis del batistato: la consecución última de su programática social y su consagración en tanto tímida tesis de Estado.

Te lo prometió Batista y Fidel te lo cumplió.

José Martí no fue ni de lejos el Autor Intelectual del asalto al Cuartel Moncada, tal como en 1953 lo acusara Fidel Castro en su alegato de defensa *La historia me absolverá*.

¿Qué Martí de qué p?, como diría Yesapín García en *YouTube*. Entérate de una buena vez: Fulgencio Batista fue el verdadero Autor Intelectual del Asalto al Moncada.

Era una época de gloria.

El Mulato Lindo jugó a darse un fallido autogolpe de Estado, usando a Fidel Castro como su chivo expiatorio. Y no hay más vueltas que darle al asunto. Los muy cabrones putschistas se pasaron a Cuba de mano en mano, como si fuera un batón. Y entre los dos holguineros vecinos la convirtieron en un bastión.

Dicen que el cuartelazo de Batista, el 10 de marzo de 1952, fue incruento: «sin derramamiento de sangre», como lo repitiera infatigablemente hasta el infarto final su protagonista, Batista padre.

De hecho, el objetivo de todas las Revoluciones lideradas por Batista (y Fulgencio hizo dos o tres, mientras que Fidel apenas dejó una por la mitad) era coincidentemente «la recuperación de la total soberanía» cubana. ¡Como si Cuba hubiera estado secuestrada, antes o después de 1902!

Pero si es que son igualitos. ¡Cómo no nos dimos cuenta desde el inicio! Pobre pueblo mío, tan joven, no sabes definir.

Batista fue también, por supuesto, una suerte de Perón, pero con Evita Lavandera incluida en su retaguardia de caudillo militar. En Latinoamérica, todos los caminos conducen al castrismo.

No sé si es para alegrarse o pegarse un tiro. Pero las tiranías son aquí espontáneas, mientras que las democracias tienen una ΔG alta alta como un pino. Y, por supuesto, pesan menos que un comino.

Tal vez la causa sea que la sangre de los cubanos es muy resbaladiza o, llegado el caso, coagula muy mal. Problemas con las plaquetas patrias, parece. Y por eso siempre termina por derramarse, tan incruenta hasta el punto de que ya hemos perdido la cuenta.

Es ley de la política sangrante. A chorros, hemofilia histórica.

En cualquier caso, aquel 10 de marzo de 1952 fue un lunes más bien friolento en La Habana y, sí, era una época excepcional para ser cubanos, a la manera ortodoxa del cubano Chibás, que se suicidó en vivo durante una de las peores pataletas de su programa radial.

Operetas opresivas. El derecho de no ser. Eddy Chibás se mató casi al estilo de un *Facebook Live*. Pobre Eddy mío, tan joven, no sabes disparar: el estómago es una diana muy inferior a la sien. O al paladar.

Como si fuera el último frente frío del primer invierno de 1952, el golpe de Estado de Batista padre cogió a todo el mundo fuera de base, dentro y fuera del campamento Columbia, convertido hoy en la escuela de arte Ciudad Libertad.

Aquel inútil baluarte de guerra, enclavado en las actuales fronteras de los municipios Playa y Marianao, sirvió para restaurar militarmente una democracia que, total, los comunistas cubanos ya la tenían minada, colimada.

Ciudad Libertad, por cierto, después de la huida de Batista padre con Batista hijo, según el batistato se expandía hasta la hecatombe de su hijastro el castrismo, ha sido durante décadas la más estéril de las academias de arte cubanas, donde la censura es la base pedagógica de cualquier estética local o importada.

No sé si Batista hijo reparó o no reparó en la fecha del correo electrónico que me envió en el 2017: 10 de marzo, qué maravilla, qué minuciosidad.

Mi interlocutor electrónico es un Batista noble que aún confía en la «dulce esperanza de la patria», de la que tanta cáscara nos comentara el Padre Varela un par de siglos atrás, refiriéndose erróneamente a la juventud cubana.

Despertar a Batista hijo de ese sueño secular sería poco menos que una tortura. Nadie ose, pues, despertarlos, ni al Batista hijo ni al Varela padre, por favor.

No inventen ni experimenten, seamos responsables aunque solo sea por esta vez. Con la felicidad póstuma ajena uno no se pone a jugar así como así. Así que no cuenten conmigo para dedicarles un capítulo concebido desde de la crueldad.

Mejor dejarlos a ambos en el parnaso de la patria. Que continúen en sus claustros de mármol cívicos, en sus osarios oníricos. Soñando el sueño de los patricios fundadores.

No se gana nada con imponerles a ambos nuestra pesadilla contemporánea en tanto cubanos sin Cuba. Si bien es cierto que tampoco se pierde mucho con despertarlos al ritmo reumático de conguitas y caldosas castristas, con teleseries y teletones del totalitarismo, según nos adentramos en la notoria nada del siglo XXI: ese día a día demoniaco de lo que nunca volverá a ser nuestro país.

Pobres Batista hijo y Varela padre, nadie los olvidará.

No ha de ser fácil eso de usar la palabra «compatriota» para referirse a otros cubanos. Si ellos supieran…, el Padre Varela se volvería a morir, seguro. Y seguro que el Batista hijo se exiliaría de nuevo en un closet secreto del Palacio Presidencial, en la capital no solo de la Cuba geográfica sino también de la Cuba conceptual.

Déjenme decirle una verdad más grande que el falolito de la Plaza de la Revolución: hace ya mucho rato que hay más cubanos viviendo fuera de nuestra geografía que dentro de nuestra geofóbica nación.

Por penoso que sea reconocerlo, Cuba no ha podido evitar su debido proceso de puertorriqueñización.

Lo demás es trova barata. Apaguen ese tabaco de los censos y las estadísticas. Crean un poco menos en los hechos, carajo, porque un hecho se define justo como aquello que no puede ser verificado. Y crean un poco más en Orlando Luis Pardo Lazo, porque él y Donald J. Trump son hoy por hoy los dos únicos cubanos que están dirigiéndose directamente a ti.

De cubano a cubano, por escrito pero en voz alta. Al oído, por las orejas. Ante tus ojos, contra tus anteojeras.

Ya era hora, carajo. La tea, cubanos, la indetenible tea incendiaria. Candela al jarro hasta que suelte su fidelismo. Los parias del castrobatistato de algún modo teníamos que vengarnos. Déjenmelo a mí. Si no me lo quitan, lo mato. Muchas gracias.

Leyendo y releyendo el *e-mail* emotivo que me llegó el 10 de marzo de 2017, enviado acaso desde la primera mitad de la década de los cincuenta, vuelvo a ser cubano al menos durante un par de píxeles y bits.

No se trata de fingir una máquina del tiempo epistolar, sino de que, de hecho, todas las fechas se van equiparando a la vuelta del tiempo. Tal como todas las fechas tarde o temprano tendrán que expirar. Como tú también ya estás expirando, mientras me lees licenciosamente a mí. Tal como yo ya expiré, mientras me dejaba desleír licantrópicamente en ti.

Los cubanos no estamos donde estamos. Ni uno solo de nosotros habita ahora aquí, dondequiera que cada uno de nosotros esté habitando.

Cada día de los cubanos sin Cuba se comporta como una especie de 20 de Mayo. Y cada noche de la Cuba sin cubanos es otra especie de 10 de Marzo. El resto del tiempo funciona intensivamente a la manera de un 1ro de Enero a perpetuidad.

No sé si deba responderle todo esto a Batista hijo desde mi buzón de *Gmail*. Me lo pienso de nuevo antes de teclearle. Y al final me conformo con escribirle una cartica de nada, con la misma misericordia con que, si me dejaran, me dirigiría en público ante el pueblo cubano. Con la misma compasión de los años cincuenta, la década de la despedida.

Mi gente se lo merece y aún más. Están todos mareados, pero no son tan malos como los pintan. O tal vez sí: son peores.

Pero, en cualquier variante de la vileza, somos una chusmita mucho mejor que la latinoamericanada de al lado. O que nuestro propio caribeñismo interior.

De ahí entonces que tengamos que cuidarnos entre nosotros mismos. Tirarnos un cabo de vez en cuando. Apoyarnos entre crimen y crimen. Porque los cubanos somos frágiles, muy frágiles, y encima se nos ha hecho ya demasiado tarde para reaccionar.

La cubanía es una cosa como de cristal.

No nos dimos, ni nos daremos cuenta de nada. De transparencia en transparencia, terminamos siendo una raza cómica, extinta hace ya bastante. Azogue sin el azote de los Castros.

Hemos hecho nuestro mejor esfuerzo para legarle algo al futuro, aunque solo sea una sonrisita sin fe en fase terminal. Pero el futuro se nos hizo trizas con la música maravillosa de los cincuenta: a tiro limpio tras las bambalinas de las grandes bandas de la época, los grandes coros y coños, los grandes *shows* y espectáculos, las grandes mafias en sus grandes casinos, mucho mejor diseñados que nuestra grandísima Constitución del Cuarenta (la de los cuarenta cuatreros, cuatro de ellos comunistas confesos).

Fulgencio Babatista y los 40 hampones, ordene. Ordene sobre esta tierra, que vamos a hacer la guerra si el imperialismo no viene.

Nos cogieron las mil y quinientas esperando la ruta 43: la sangre que no se derramó en Columbia el 10 de marzo de 1952, se compensó con creces en el cuartelazo del Moncada el 26 de julio de 1953.

En definitiva, le respondo a Batista hijo antes de que caiga la medianoche muda del 10 de marzo de 2017. No quiero desperdiciar semejante fecha. Es primavera o casi. Y, a la postre, quedamos en tomarnos un café y algún postre cerca de la Columbia de verdad, en Nueva York. En esa otra isla hecha de universidades y mujeres cuyos maridos mueren a medio envejecer, mientras ellas se desviven por desvestirse en *Tinder*.

Mi Manhattan inmarcesible, inmerecida por ninguno de los cubanos, incluido el adúltero austero de José Martí. Igualita a La Habana: dos ciudades gemelas.

Una ciudad con h en miniatura y la otra *city* con doble t en gigantografía. Las dos megápolis en su propia escala, sedientas de solvencia y glóbulos rojos, erigidas entre la hemoglobina y el homicidio, entre las piedras y las leyes del sueño socialista de la revolución global.

Decía Batista padre que Cuba contaba antes de 1959 con un radio por cada 5 habitantes, y con 160 radio-emisoras: segundo lugar en América Latina.

Con un televisor por cada 20 habitantes, y 23 estaciones trasmisoras de TV: primer lugar en América Latina.

Con un automóvil por cada 27.3 habitantes: tercer lugar en América Latina.

Con un teléfono por cada 28 habitantes (mi familia tuvo uno de los primeros en Lawton): tercer lugar en América Latina.

Y que las epidemias más comunes, que azotan a otros países, no lograban abatir las murallas del celo sanitario de las autoridades y el pueblo, confundidas ambas entelequias en un abrazo de izquierda para ricachones, que es la izquierda más infame y radical.

«Salud, salud, salud», escribía Batista padre como colofón a cada uno de estos memorándums y acaso al término de algún que otro anacrónico *e-mail* de entonces. Porque, en e-fecto, lo más probable es que la Cuba de Batista hubiera tenido acceso a internet un tin antes de 1959, pero la Revolución de Enero con sus arrebatos enseguida nos deswificó.

Decía Batista padre que la verdad, como la libertad a la esclavitud, como el sol a las brumas, gana siempre la última batalla a la mentira y a la calumnia.

Decía el Padre Batista, casi como en un plagio poético del mulato marxista Nicolás Guillén, que los cubanos imitaban al pajarraco de la fábula, que se vistió con plumas ajenas y por eso lucía La Habana en 1952 como una ciudad bombardeada, antes de bombardearla después con dólares él.

El cruel optimismo del batistato padre. Comparado con el pesimismo cruento de los hijos del batistato, que no hacemos más que repetir, en ráfagas: «Salid, salid, salid».

Mirad bien, Sancho, que ningún pueblo pierde su libertad más de una vez.

No por gusto decía Batista padre que decían los antiguos que, cuando Júpiter encendía sus luces y el ruido de sus armas atronaba el espacio, era señal de que los pecados de los hombres habían provocado su cólera.

Era todo un clásico este doctor mulato, no me jodan. Fidel jamás pudo narrar así. Hay que decirlo con todas sus letras: el período del batistato fue nuestra Antigüedad eclécticamente clásica y clasicista, pero jamás clasista.

Helena de Troya lo mismo podía ser Alicia Alonso que Rosita Fornés. Mierda maravillosa de mujeres inmortales, que no apestan ni como cadáveres del día después de Castro.

También decía el Padre Batista que esta vez Satanás sí había tenido éxito: «todo esto te daré, si prosternado me adoras». Porque no de otra suerte podría interpretarse el extraordinario suceso del rayo que descendiera sobre la hierática cabeza del Cristo de La Habana, el 31 de diciembre de 1958.

Justo antes de. Justico antes de.

La cubanidad como carga negativa, como un electrón negador. Un chispazo de rabia carbonizada entre los polos positivistas del capacitor descargado de la patria, para escarnio de los conciudadanos inmolados, decía Batista padre, bajo la insaciable y brutal ambición del déspota rojo.

Desde el viernes 10 de marzo de 2017, gracias a un *e-mail* de Batista hijo, yo no paro de citar y recitar las epístolas virtuosas de Batista padre.

Estoy obsesionado con nuestro Holguinero en la Historia. Amo su prosa de taquígrafo hetero, mucho más persuasiva poéticamente que, por ejemplo, las volutas homófonas de Lezama Lima.

Nuestros esfuerzos hubieran alcanzado mayores metas.

En 1958 por los sabotajes de los agentes del Komintern.

Como gravitara sobre el mercado un sobrante.

La raya blanca: una epidemia de origen desconocido, que ocasionaba grandes estragos en las plantaciones, sembró el desaliento en los agricultores.

La última guerra por la independencia poco menos que aniquiló a la ganadería.

Como consecuencia de tan inconsulto proceder, comenzarían a escasear en la dieta familiar la carne blanca y el huevo.

En marzo de 1952 decidimos continuar todas las obras comenzadas por gobiernos anteriores, que pudieran ser acertadas o no.

Pobre Batista hijo, pobre Batista padre: sálvense antes de que sea demasiado tarde. No saben de la que se salvaron.

No despierten a la pesadilla. Permanezcan tranquilitos tal como ambos están: muertos en vida o vivos en muerte. Sabed, pues, que la diferencia es mera cuestión termodinámica.

Cualquier Columbia incuba invisible la maldición de su propio Moncada.

El comunismo cubano fue una cosa colegiada: se vino cocinando por los sargentos y comandantes de media historia republicana.

Por eso no hay que llorar. Porque la vida es un carnaval de 10 de marzos y 26 de julios. Y las almas en pena se van matando.

CARDENAL Y ORTEGA CULTIVO

Nadie se percató de la llegada de ellos. Todos eran antiguos delincuentes, presos por delitos comunes. Gente sin nivel cultural, algunos con trastornos sicológicos: un ex preso cubano que había sido devuelto a Cuba y otro que había cumplido meses de cárcel por exhibicionismo.

Al llegar la noche, dijeron que ellos no se iban. Porque los estaban persiguiendo y los iban a golpear. Pero no había nadie en los alrededores.

Yo llamé a las autoridades para decirles la situación que teníamos, y me dijeron que fuéramos los de la Iglesia quienes los convencieran a salir. Pero no pudimos convencerlos: pidieron que las mismas autoridades fueran a comunicárselo en persona, porque no creían en semejante recado.

Entonces las autoridades fueron a invitarlos a irse de la parroquia. No hicieron resistencia, nadie fue arrastrado. No fueron sacados a la fuerza: todo eso es falso, las noticias se fabrican.

Solo a uno lo tomaron por el brazo, porque al llegar la policía se había escondido en el baño.

Desde el extranjero, les decían por sus celulares de última generación que no salieran de la parroquia: querían que el hecho quedara para la historia.

Esto fue organizado por un grupo desde Miami.

A LO VARGAS VILA

Comencé a huir de las mujeres. Así como lo oyen.

Yo, el pornógrafo de la bandera cubana y el destructor de las Torres Gemelas. Yo, el radical de derechas que se declaró fascista en plena Radio y Televisión Martí. Yo, ese mismo, huyendo de las mujeres de una punta a otra de los Estados Unidos.

Increíble. Misoginia preventiva: esa es la mejor y más completa forma de misoginia. Se la recomiendo a todos los activistas cubanos de derechos humanos. Y a todos los activistas de las derechas humanas en general. Mejor misoginia a tiempo que tener que lamentar.

Déjenle las mujeres a la izquierda. Que se casen entre ellas y adopten su retahíla de hijas. Que tengan su sexo a ciegas sin objetificación (léase, que singuen entre sí con toneladas de consenso y sin un ápice de posesión). Que se respeten como compañeras de causa mientras se lambucean diplomáticamente un pezón o hacen terapia comunitaria de clítoris.

Lo repito: mejor misoginia a tiempo que terminar sentenciado por los sacerdotes de *Title IX*.

Yo estaba convencido de que las mujeres del mundo me querían enredar. Atraparme en una celada de culos y coños. Es decir, me veía ya no solo cargando con una denuncia administrativa de *Title IX* en mi universidad, sino con una demanda jurídica en alguna corte federal, preferiblemente por violación de menores o alguna *delicatessen* así.

Como si fuera posible tener sexo sin cometer y condonar el acto fáctico de la violación. Como si fuera posible fornicar sin ser antes, durante, y después un fascista. Como si el amor no fuera una amorosa atrocidad.

Este es el secreto mejor guardado del capitalismo desarrollado global. Y no estoy ironizando: todas y estrictamente todas las mujeres han sido violadas por falos fascistas.

#MeToo.

Lo cual es, por lo demás, estrictamente cierto. Para no decir que es lo correcto, porque entonces ya estaría cayendo en lo políticamente punible.

Pero la pasión es inconcebible sin el gesto puro, primigenio, de la invasión. En lugar de ser violadoras ellas mismas también, y de ponerse a disfrutar de ese momento único de bestialidad que le queda a esa mercancía llamada el alma, de pronto a las mujeres del mundo les ha dado una especie de pánico retroactivo por haber sido violadas.

Es una pandemia, *#TheyToo.*

Pero el que le tiene pánico a ellas ahora soy yo, *#TooOLPL.*

Paradójicamente, este trauma femenino al parecer se cura completamente cuando ellas viajan lejos de los Estados Unidos y son templadas a la burdajá en algún país totalitario. El pingón del buen salvaje revolucionario las emancipa. Pero esa es ya otra historia del útero en los tiempos de la utopía.

Mejor no entrar en más detalles al respecto. Tampoco quiero terminar arrestado por la policía federal o en la frontera. O, peor, ser deportado al país totalitario donde la Seguridad del Estado de Fidel Castro gentilmente me fornicó.

Hoy por hoy, la cópula entre hembra y hombre provoca estadísticamente asco en la sociedad de libre mercado. El sexo hetero es visto básicamente como un atentado de Estado en contra de los derechos civiles de la mujer.

Templar con hombres es solo otro tipo de comodificación, como dicen ellas: una tara neoliberal, una perpetuación despótica de la plusvalía, un retroceso biológico, entre otros etcéteras de extremistas levógiras.

En poco menos de un par de generaciones, los movimientos mujeristas han convertido al orgasmo en un arma de guerra para la desmujerificación de la mujer. Nadie debe someterse a nadie. Excepto, claro, si son dos hembras las involucradas, porque toda lesbiandad es epifánica por *default*. Al contrario de, por supuesto, la despótica epifalía de los machangones.

En esto, también, yo les doy religiosamente toda la razón.

Lo que es más: para el movimiento de ellas, nadie debe compartir en privado con nadie su intimidad. Pues dos personas encueras sobre una cama han de considerarse que están cometiendo un acto público. Así que templar en casa es también una manera de manifestarnos en la calle en contra de, por supuesto, Donald J. Trump.

La izquierda ovarista es ansí. Obamista.

Y, para sobrevivir, las activistas de izquierda dependen del chanchullo público las 25 horas del día, 8 demócratas días a la semana. Como en la Cuba pacata de la hermandad Castro: del capitalismo al calvinismo, sin transición. Y del dildo LGBTQQIPP2SAAK* a la democracia popular, con tantas siglas como sea posible para sumirnos en la resingueta de clases.

Lesbianas, gays, bisexuales, transgéneros, queers y casi-queers, intersexos, pansexuales, polígamos o poliamorosos, 2-espíritus, asexuales, aliados, kinkies, y, por supuesto, un asterisco que, en mi opinión, significa tener sexo o ser pasado por la piedra del comandante en cenizas Fidel Alejandro Castro Ruz, el hijo bastardo de Birán y Batista.

Cuba, qué rica es Cuba, quien la defiende la queerie más.

Y un Fidel que vibra en la montaña. Con un vibrador, cinco agentonas anorgásmicas, y un delator trans.

El izquierdismo es el arte de no saber estar solos en cuerpo y alma. Por eso los ofende tanto cualquier teoría sobre el individuo, cualquier reivindicación de la soledad. Es de ahí de donde salen los campos de exterminio masivo, que son la joya a dúo de las izquierdas fascistas y comunistas, aliadas ambas en contra de la humanidad del uno, sea un hombre o sea una mujer (no existe una tercera opción: dejémonos de cuentos de hadas).

El izquierdismo trata de que nadie tenga ni medio minuto libre para pensar en sí. Ni para el pensamiento en sí.

El socialismo apremia. El destino común obliga.

Hasta conjugar los verbos en primera persona les parece a ellas un pecado de lesa reaccionariedad. Hasta el género gramatical les parece que es cooperar opresivamente con el capitalismo, ese demonio eyaculador de groseras ganancias.

Yo las adoro, esa la verdad. Mi odio a las mujeres consiste en una inconfesable veneración venérea: mi misoginia es amor, como aquella cubanidad pasada por la demagogia del presidente Grau, para quien las mujeres en Cuba mandaban.

En efecto, hoy por hoy ya lo tienen todo atado y bien atado con sus millones no solo en *The New York Times*, sino invertidos en cada recortico de papel y en cada podcast castrista que se publica en este país: lxs Estadxs Unidxs de Américx.

América O'Akmarx.

En cualquier caso, se mandan mal estas mujercitas de izquierda, valga la redundancia. Porque ser mujer implica automáticamente ser de izquierda. Como ser intelectual es profesar un culto de culo a la Revolución.

Por eso Ayn Rand fue una traidora por partida doble a su sexo.

Tengo la sospecha, además de la denuncia de *Title IX* que cargo como una cruz, que más de una mujer norteamericana ha intentado acercarse a mí para denunciarme después a la policía ginecológica.

Soplonas cheas y mediocres, con chancletas y uñas cochinas. Hablando sin parar durante sus desabridos coitos. Comentándolo todo de todos, al estilo de la CNN. Y malahojas como carajo, para ponerle la tapa al pomo. Al bollo.

Tan repetitivas, tan predecibles. Tan propensas de gastarse medio salario en terapias y un burujón de pastillas a perpetuidad.

Todas y cada una se me aparecen con la misma trova fulísima de que me leen y admiran, cuando en la práctica no saben ni decir «ay, me vengo» en español.

Aunque seguro sí saben pronunciar más que bien las sensuales sílabas de *dictatorship* en cubano: esa *dictadura* que tanto les gusta. Dicta y dura. Hundida hasta la garganta, mujer, que es el verdadero punto G de las castristas de alma (es sabido que el alma reside en el timo, como el totalitarismo).

En fin, que a todas las mujeres del mundo que me aman, yo he tenido que mandarlas lo más lejos posible, antes de que sea demasiado tarde para mí. Y juro que he intentado violar lo menos posible las pías p de sus respectivos pipís.

Devenir célibe más célebre. Profilaxis rizomática.

Se puede ser cubano, pero no comemierda: el exilio es el sitio donde hasta el deleite es delito.

Pero al menos a mí siempre me quedará la memoria majestuosa de las grandes violaciones que cometíamos en Cuba. En aquella mar magnífica de cuerpos fuera de control, bajo la bandera vaginal de una plena y procaz libertad peneana.

Fuimos humanos, demasiado humanos en Cuba. Eso nadie se lo podrá quitar al castrismo. Gracias, Fidel.

Esta es tu cama, Fidel.

Eyaculábamos entre los micrófonos con que la Seguridad del Estado nos espiaba. La discursiva oficial nos prendía la mecha machista de nuestras gónadas. Y lo mismo nos partíamos la vida parados en una guagua repleta, que marchando en un desfile multitudinario del Primero de Mayo.

Entrábamos los unos en las otras. Éramos el pueblo uniformado: es decir, hecho una sola gónada.

La calle era de los revolucionarios. Pero, a puertas cerradas, ni el Ministro del Interior de turno podía evitar el palo.

Con cada golpe de cadera y con cada pingazo prístino, accedíamos en Cuba a una especie de piedad despiadada, a una mínima cuota de eternidad.

Pocas veces volverás a leer en tu vida esto, mucho menos dicho de una manera así. Haz una pausa, por favor. Respira, hombre, respira. Aprovecha que lo estás leyendo deliciosamente de mí. Y permíteme el privilegio de repetírtelo.

Porque al menos a ti siempre te quedará la memoria majestuosa de las grandes violaciones que cometías en Cuba. En aquella mar magnífica de descontrol corporizado, bajo la abanderada vagina de una plena y procaz libertad peneana.

Fuimos humanos, demasiado humanos en Castro. Eso nadie se lo podrá quitar a la cubanía. De nada, Fidel.

Eyaculábamos entre sarcófagos. La leche salpicaba la carne podrida de unos dictadores casi cómicos de tan octogenarios.

La calle era de las académicas frígidas que viajaban a la Isla para curarse en secreto su falofobia. Pero, a puertas cerradas, éramos ángeles exterminadores.

Con cada golpe de cráneo y con cada prisión política, Cuba nos abría en el alma una especie de piadosa impiedad, una cuota máxima de efimeridad. Y muchas gracias por escucharme, cubanx.

No permitas que nadie insulte los restos de tu inteligencia diciéndote que estas palabras se parecen a otras. En todo caso, tú diles que sí, claro. ¿Qué esperabas? Diles que te desprecio demasiado para no darte la satisfacción del plagio.

En Cuba éramos cadáveres caminantes y estábamos más vivos que nunca.

La mujer norteamericana de izquierda, sin embargo, ni por error podrá reconocer semejantes verdades elementales. La mujer norteamericana de derecha mucho menos, porque esa es solo un ente ficcional. Ya lo he dicho antes: ser mujer es una innovación de la izquierda.

Lo de ellas es la trampita chocha de inventarse una identidad, un sentido asexual de la justicia social, y entonces orgasmear en falso sin culpa pero con complejo de culpa, como pidiendo permiso para eyacular, a imitación de las películas aprobadas por la censura anti-Trump *Made in Hollywood*.

Ellas tiemplan como parodia pésima.

Vírgenes de la victoria, sedientas de semen y slogans. Llenas de «contradicciones antagónicas», como dirían Carlos y Federico. Y con una dicción endemoniada, para colmo con halitosis de género.

No woman, no cry.

Sin mujer, no hay cráneo.

Mientras yo huyo huyuyo de sus histerias sin histología de una punta a otra de los Hímenes Unidos de América. Tal como lo oyen: de masturbador amortajado en la bandera cubana, tirándome desde las Torres Gemelas en paracaídas, pasé de un tiro a ser el promotor pacifista de un celibato constitucional.

Misoginia vargasvílica.

Ese tipo sí que fue el mejor y el más completo de los Vargas Vila. Recomiendo esta lectura obligatoria para todos los lectores cubanos que no se sientan cubanos: *Belona dea Uterus*.

La Libertad, invocada por todos, en esta hora de angustia, y, traicionada por todos, después de la Victoria, volverá a ser como siempre, degollada sobre el altar del Orden, y sus apóstoles proscriptos, volverán a llorar en el destierro, la derrota de todos sus ideales... Y, en nombre del Orden y, de la Libertad, el Hombre continuará en ser el enemigo del Hombre.

Comas, comas, comas.

Comas,

Comas,,

Comas,,,

Estado de comas, Estados en coma.

Vargas Vila escribía ansí, entre comas, pero nunca entre comillas. Al pecho, al duro y sin guantes. Puño de coracero hembra que hace inclinar todas las testas a su capricho, todas las tetas. La Revolución cubana fue mujer armada hasta los dientes. Una puta proletaria, incapaz de promiscuidad. Con su vagina dentada. Con su boquita vertical decorada con una dentadura postiza, hecha de platino patrio y muelas fundidas con polímeros importados.

Templo de todos los Fratricidios, donde nuevos hijos de la Fuerza, abrirán sus ojos a la luz, esperando la hora de violar a su madre, y, salir al campo virgen, para buscar en el polvo la carraca del asno, que ha de darle la Victoria sobre su Hermano...

Entre puntos suspensivos y melifluas mayúsculas, acusadas de misoginia por la América más mierdera, Vargas Vila garrapateó esta anti-Biblia dedicada a las entrepiernas afálicas.

Vargas Vila fue un héroe del horror al himen intacto, ante el vergonzoso espectáculo que han dado las soldadas de la Revolución, con su amor desbordante y ciego a la Horda Amada, que sintetizaba los ideales de nuestro Pueblo: ese Pueblo que, de rodillas ante los asesinatos futuros, ya no pensó sino en cometerlos.

Tal debe ser el premio de la Intervención de los pueblos latinos de América... Ese y no otro... Ahora o nunca...

Vargas Vila, que escribió como un demente o un deceso sus decenas de panfletos post-políticos, siglos y milenios antes de la post-política, fue, sin duda alguna, el primer bloguero independiente de Latinoamérica: la contraparte Caín del sueño pan-uruguayo de Ariel.

Vargas Vila, que también huía del amor como de la muerte misma. Como yo.

Ambos titanes torpemente intentando la fuga de todo ser humano, apenas humano, para sobrevivir sin Eva pero con Ibis, aquel pajarraco sacro de la soledad semental en que nos desterró a los machos la ley distributiva de dios.

Mujeres, ¿para qué?

Vid de vaginas, viles vaginas.

Senos próvidos y no pro-vida. Un soplo mórbido, otoñal, se escapa de sus labios de tempestad y pasión. Es MIR, Milita, leonas hambrientas de una sierpe seguramente chilena. Hembras a horcajadas pidiendo a gritos ser domadas como un toro de lidia.

¡Pártelas por la mitad! ¡Humíllalas!

¡Dales justo donde más les duela!

La mujer es más amarga que la muerte, nos dice entre garfios de admiración José María Vargas Vila, según la pedagogía bíblica del salao Salomón: el don de la sabiduría les es innato, pero en la modernidad la mujer parece haberse olvidado de sí. De ser.

Y cuando los leones del deseo rujen en una, hay que correr a darles carne fresca y roja sangre, hostias de proteínas. Cortar las cabronas alas a la palomita pendenciera del amor.

Que se vayan todas a hacer sus nidos ninfómanos a La Habana de la Fraternidad Castro. Ruge, Ruz. Pero que nunca pongan sus huevos de hiena en la razón irracional del hombre cubano.

Somos uno. Somos solos.

Ellas, sin embargo, son sociedad. Legión de locas locuaces. Cada mujer incuba en su vientre a una tragedia terminal.

Si eres solo, serás todo tuyo, dijo Vinci. El hombre solo es el hombre libre, dijo Visen.

El hombre que no es libre no es hombre.

Respiren ahora, cubanos. Respeten ahora, cubanas.

Mi fascismo será siempre fascinante, que me perdone Sxsxn Sxntxg. Pero solo leer a Vargas Vila en una universidad liberal del siglo XXI me restituye cierta fe en la feminidad.

Respira, hembra, respira. Y vamos a caminar. Todavía nos queda tiempo para ser personas.

Los cubanos todavía estamos todos aquí: los Estados Unidos nos pertenecen por misoginia propia. Y no nos vamos a ninguna otra parte por el momento. Que se vayan ellas: no las queremos, no las necesitamos.

Cuando un exilio enérgico y viril llora, la injusticia tiempla.

Te lo digo yo que soy de allí, mientras busco la mariposa que al bosque una vez vi volar. Violar. En los televisores en blanco y negro, al compás de la dictablanda cubana y las visitas frígidas de las vaginoamericanas.

Bicharraquitas en *stop-motion*, ebrias de luz chéguevara.

Sueños de las niñas nítidas que furons en aquella Cuba sin Cuba, feliz y fosilizada. Mil-novecientos-setenta-y-unnidad. Entre matojos que nimbaban en torno tuyo al lúgubre peñón, la pradera mortuoria, el contén del barrio y demás cosas frágiles de tan fugitivas, palabras aladas por un colombiano que debió de haber nacido con los pies bien puestos en el Uruguay.

En efecto, leer a Vargas Vila en el invierno confederado de 2017 es decirle a esa tipa que no llame más. Que la mojazón marxista de su entrepierna no es ya ni una amenaza, así que bien se la puede meter por donde mejor le quepa. Y que se llene de testosterona uterina y que me denuncie de nuevo ante las verdugas paralegales de *Title IX*.

Será un placer, mami, un privilegio.

Hay que desinstalar a *Tinder* de nuestros móviles en inglés. Hay que volver a las raíces célibes de América en la tina.

Sin Fidel, los cubanos somos como mujeres en celo. Nos hemos quedado sin nadie quien nos denuncie a diario.

Leo y releo a José María Vargas Vila en la madrugada mizzourra de Saint Louis, al margen de mis vecinos que roncan en una jerga afronorteamericana intraducible al cubano.

Mujeres del mundo, os he amado, así que por favor no se tomen esta diatriba delictiva como una cuestión personal. Pues es más que obvio que se trata de una cuestión estrictamente personal.

No se lo tomen a pecho, mujeres del mundo: soy solo un cubano sin Cuba que os ha hecho de todo con todos los verbos terminados en -amado, de buena suerte que ahora no nos queda otra cosa que convivir en paz.

En pus, en pis.

En la posmisoginia patria de la sinmemoria.

Vargas Vila o muerte, Brigada Venceremos.

WHITE TRASH

A FALTA DE CULO, SEGUNDA ENMIENDA

La foto la publica el *Saint Louis Post-Dispatch*, el periodiquito provincial de Saint Louis. Todas estas ciudades norteamericanas que no pertenecen a ninguna parte tienen un *San Algo Post-Dispatch* o una *Post-Gazette Algo*. Papeles basuriblancos que se vienen publicando religiosamente desde 1776, o incluso antes. Desde que Erik El Rojo los descubrió (en inglés: *Erik, The Redpublican*).

Se llama «libertad de expresión», y en los Estados Unidos constituye un mito que está garantizado por la Primera Enmienda de la Constitución.

La foto del *Saint Louis Post-Dispatch* de la que estoy hablando muestra a un ladrón armado, justo cuando estaba redundantemente robando en una tienda de armas llamada *Southern Armory*.

El tipo es blanco, presumiblemente norteamericano, parado de espaldas con su jean y su enguatadita de clase media baja (toda clase media es baja por definición).

Se trata de un blancón medio calvo, al parecer lo suficientemente alto como para portar un arma automática en la calle sin levantar sospechas. Y con una ruleta en el güiro que parece una de esas cositas judías que se ponen en la cabeza para complacer al próximo mesías que aterrice en Jerusalén.

Una *kippah*, me dice enseguida *Google*.

En la foto del *Saint Louis Post-Dispatch*, el calvo de corte de pelo *kippah* porta por lo menos una ametralladora. Así que queda claro desde la primera plana del periodiquito que el tipo es literalmente de armas tomar.

En cualquier caso, parece un fusil de asalto, aunque para mí todos los fusiles son siempre de asalto. Qué bobería a la hora de clasificar en América los métodos masivos de aniquilar.

El titular no dice mucho en realidad: es solo un asaltante armado, y es apenas un robo más a otra tienda de armas, el cual tuvo lugar el día anterior por la barriada de *Crestwood*, como quien va hacia el sur de la capital Saint Louis.

Nada del otro mundo. Una noticia de lo más natural aquí, en el Planeta Missouri.

Peor es el paisaje lunar que crece como la mala yerba en East Saint Louis, por ejemplo. Como peor es el marabú salvaje que carcome a la tierra baldía de North Saint Louis, donde el Fuerte Ferguson continúa en estado de guerra incivil desde la Era Obama.

Negros policías que matan vidas negras que no importan.

Por cierto, hasta máscaras usaron los muy cabrones del asalto a esta armería. Eso afirma el reporte sensacionalista de Jack Suntrup y Kim Bell. Y así, disfrazados de zapatistas, se metieron en la tienda del 9901 en Watson Road, disparando a diestra y diestra revolucionariamente.

Como en una película de Hollywood. Como en uno de esos *road-movies* de Benicio Ché Guevara del Toro.

La culpa es de la NRA, por supuesto, esa organización terrorista, según la prensa y la academia de izquierda. Pero a nadie se le ocurre mirar hacia Hollywood, por supuesto, con su contagiosa fábrica de matar, de donde sale el ejército de imbéciles que después matan en la calle y en las escuelas, tras haberse echado un coctel de películas de matazón.

Conviene que las culpables sean las armas: es decir, el capitalismo más comercial. Pero la fábrica de la muerte gráfica es declarada inocente, por los siglos de los siglos y hasta el fin de los mercados.

Por suerte, esta vez nadie mató a nadie en Saint Louis, MO.

Supongo no fueran muy profesionales. O tenían pésima puntería. O eran miopes de cañón, para colmo sin seguro médico. O estaban borrachos antes de beber, como cada vez que se sienta a beber la basura blanca *Made in Mid-West*. O tal vez habían consumido demasiada pornografía gratis en internet, un producto que debilita los dedos y los gatillos.

Les recomiendo al respecto la cuenta de *Twitter* llamada deplorablemente @*DearPornAddicts*:

Pornography is designed to regulate the sexual energy of the people along counterrevolutionary lines. 12 de mayo de 2015.

Pornography represents the brutal destruction of the masses ability to feed their sexual energy into the revolution. 12 de mayo de 2015.

Pornography deactivates your desire to rise up against your political oppression. 12 de mayo de 2015.

Buen martes ese: el 12 de mayo de 2015.

No por gusto el castrismo quería que cada cubano supiera tirar, y tirar bien. No por gusto, tampoco, en los Estados Unidos el sexo está perversamente presente por todas partes. Excepto, por supuesto, entre las patas pacatas de la sexualidad, donde todos son timoratos terminales, y están más prestos a denunciarte por acoso sexual que a acostarse y acosarte en la vida real.

Son las consecuencias de una sociedad cerrada que se hace la muy abierta mientras navega por internet, pero vive calvinistamente, en una irrealidad colimada entre los miedos masivos de difusión y una anorgasmia de peregrinos pazguatos.

Unos párrafos más tarde, leyendo el pie de la imagen, me doy cuenta de que no. En mi lectura mediática ha ocurrido un lamentable error de interpretación, como en cada línea y en cada palabra de *Espantado de todo me refugio en Trump.*

Resulta que el tipo que sale en la foto de Robert Cohen no era uno de los ladrones, sino otro transeúnte armado que pasó por el sitio un rato después. Y la super escopeta que porta en su mano es por pura casualidad. Al parecer, ese modelo de muerte está de moda en Missouri. Por algo se trata de un Estado *open-carry* de armas, donde puedes salir a la calle arrastrando incluso un misil con un cordelito, siempre y cuando sea de carga explosiva convencional (no atómica).

Ojalá el blanconazo con rifle hubiera sido parte de un segundo robo o algo por el hastío. Pero no. La realidad periodística es muy frustrante cuando hay libertad de prensa. Mucho alboroto alarmista, sí, pero en la práctica nunca pasa nada. Maldita Primera Enmienda de la mediocridad.

En cualquier caso, a estas alturas ya no iba a cambiar lo que había tecleado. Ladrón y bien, qué carajo. Así se queda caracterizado mi gordo calvo con su *kippah* pilórica. Total, la literatura siempre está desfasada. Escribir es eso, la fascinación de no poder retractarse de nada. Bendita Primera Enmienda de la belicosidad.

Ladrón y gordo: tremenda asociación para los cazadores de violaciones a los derechos de los *disabled*, esa secta de taraditos con baterías y chips en sus prótesis y sillas de ruedas.

Gordo y ladrón, y qué.

Que me demande el sindicato de los minusválidos, que para eso sí que son más que válidos. Que me linchen si no les cuadra mi cortocircuito de grasa y moralidad, de legalismos y lípidos, de crimen y deformación.

Igual no puedo evitarlo. *Quod scripsi, is crisis.* En este sentido, yo también soy un *disabled*. Un minusválido de la imaginación que dice únicamente lo único que no se debe decir.

Leer es, o debiera ser, un acto intrínsecamente ilegal.

Se lee para no ver películas de Hollywood, y también para no salir a dispararle a mansalva a tus contemporáneos de la NRA.

Leer es ser un asesino impune. Escribir no diré lo que es.

Pero permítanme en este punto compartirles una confesión. Lo desconcertante de la foto del *Saint Louis Post-Dispatch* no es tanto la calva del anglonorteamericano, ni el cañón descomunal de su metralleta. No. Lo impactante es su carencia total de culo.

Créanme o no, pero la raza norteamericana en sí, tal vez por triunfadores o tal vez por acomodados, ha ido perdiendo el culo en cada etapa de su evolución sajona: se descularon. Qué le vamos a hacer. El capitalismo salvaje los desculó.

Neoliberalismo sin nalgas.

Tal vez por eso es que necesitan importar inmigrantes. Para reculificarse un poco y no salir tan mal en esas fotos de espalda, de costa a costa de los cincuenta estados desnalgados de la unión.

En la foto de Robert Cohen, por ejemplo, el *jean* del gordito goloso le flota de la cintura para abajo, casi saliéndose de la primera plana del *Saint Louis Post-Dispatch*. Continuidad coherente entre nuca y culo, entre columna y caca, entre mente y mojón.

Estadísticamente, tampoco me era tan necesario haber mencionado que se trataba de una tonina, un bayoya. De hecho, es una reiteración obscena de tan obvia. Porque basta con haber dicho «anglonorteamericano» para saber que se trataba de un peso pesado.

Esteatopigias Unidas de América. Lípidos saturados al por mayor.

Como corresponde a un buen ciudadano del Tercer Mundo (y Estados Unidos en muchas ciudades lo es: Decimotercer Mundo), además de bastante cochinanga en la parte de las sentaderas ausentes, el *jean* del tipo en la foto daba la impresión de incluir por dentro un culo invaginado. Es decir, un culo metido hacia dentro, en lugar de una masa mínimamente voluminosa.

Sé que es difícil explicarme. No domino del todo el arte protocular. Pero lo intentaré otra vez, solo por ustedes. Y con más cadencia ocular.

A ver: no es solo que al gordo armado hasta los dientes le faltara el culo, sino que le faltaba el culo dos veces. Pues en el espacio en que debería ubicarse su culo humano (digamos, su culo con pelos y granos, pero saludable, con vacunas multivalentes y sonrosado de carbohidratos), justo en ese nicho nalgal la foto del post-periódico muestra una discontinuidad del espacio: un vaciamiento que, más que adiposo, debe ser por lo menos existencial.

Un hueco en blanco sobre el papel, de donde ni la luz ni las balas se escapan. Una errata, una ausencia, una mala representación: un estado de anticulidad que repercute en todo el desastre que se vive hoy en este gran país, desde las escuelas masacradas hasta la macroeconomía *Made in Wall Street*.

Sin culo no hay capitalismo, ni democracia.

Y ha de haber alguna explicación al respecto. Yo la ignoro por el momento, pero igual tengo mi teoría, no se crean. Y mi hipótesis es que el anglonorteamericano promedio va perdiendo su culo porque se pasa la puta vida sentado.

De culo, frente al televisor en casa. De culo, frente al timón del carro: de la casa al trabajo. De culo, frente a la computadora en el trabajo. De culo, frente al timón del carro: del trabajo a la casa. Y de culo frente al televisor, ya de vuelta a casa otra vez. Y así y así *ad infinitum*, entre uno y otro ciclo de desculificación.

Concierto de culorrotos, Analejo Carpentier a la carta.

La foto de Robert Cohen sería solo otro síntoma de una condición terminal. Un manifiesto etnográfico. El testamento del órgano de la cagazón.

No me hagan caso a mí. Mejor, escríbanle al autor de la foto por ustedes mismos. Pregúntenle si él como artista del lente también ha notado esto, o si no se ha dado cuenta de esta tendencia cada vez que retrata a algún norteamericano de espaldas.

No tengan miedo, cubanos. No sean guajiros, que de todas formas van a seguir siendo guajiros exiliados.

No es ningún delito reproducir aquí el contacto del fotógrafo. Al contrario, es información pública que el martes 28 de noviembre de 2017 apareció en la primera plana del *Saint Louis Post-Dispatch*: rcohen@post-dispatch.com

Escríbanle una carta mejor, a la vieja usanza, y mándensela a la dirección del periódico. Es más, háganle una copia a la armería asaltada en *Crestwood*, y cuéntenle de este capítulo escrito por mí. Por favor, por favorcito: échenme la culpa a mí.

Denme crédito, cubanos. Necesito visibilidad en América.

Cuando uno no tiene culo, que no es mi caso, solo la violencia puede llenar, hasta cierto punto, semejante carencia crónica. Pero, coño, cuando uno no tiene culo dos veces, entonces solo la muerte nos puede emancipar de nuestra biología doblemente fallida, por partida doble a-anal.

Parece que me estoy burlando. No parece: me estoy burlando.

Pero esto es una cosa muy seria.

Se trata de una reacción que en mí emana del pánico y de la piedad. Hipocondría automática, como los rifles de asalto. Se trata de mi miedo a amanecer un día sin Cuba, como de costumbre, pero de pronto sin culo también.

Recuerden que ya llevo cinco años de exilio, un quinquenio graso rodeado de norteamericanos sin ancas. Recuerden que yo también me paso la mayor parte del tiempo sentado, mientras voy sintiendo cómo las reservas jugosas de mi culo cubano se me van agotando.

Con el fin del castrismo y el relevo de los Castros por los Castros, mi ano envejece al tiempo que desaparece de manera hezpontánea. Pobre mi super culo desnudo que una alguna vez fuera publicitado en las páginas más peligrosas de la internet.

Y allí está todavía, por cierto, incólume. Incúlome. En píxeles perfectos. Y ahora, para colmo, en la portada de mi *Espantado de todo me refugio en Trump*.

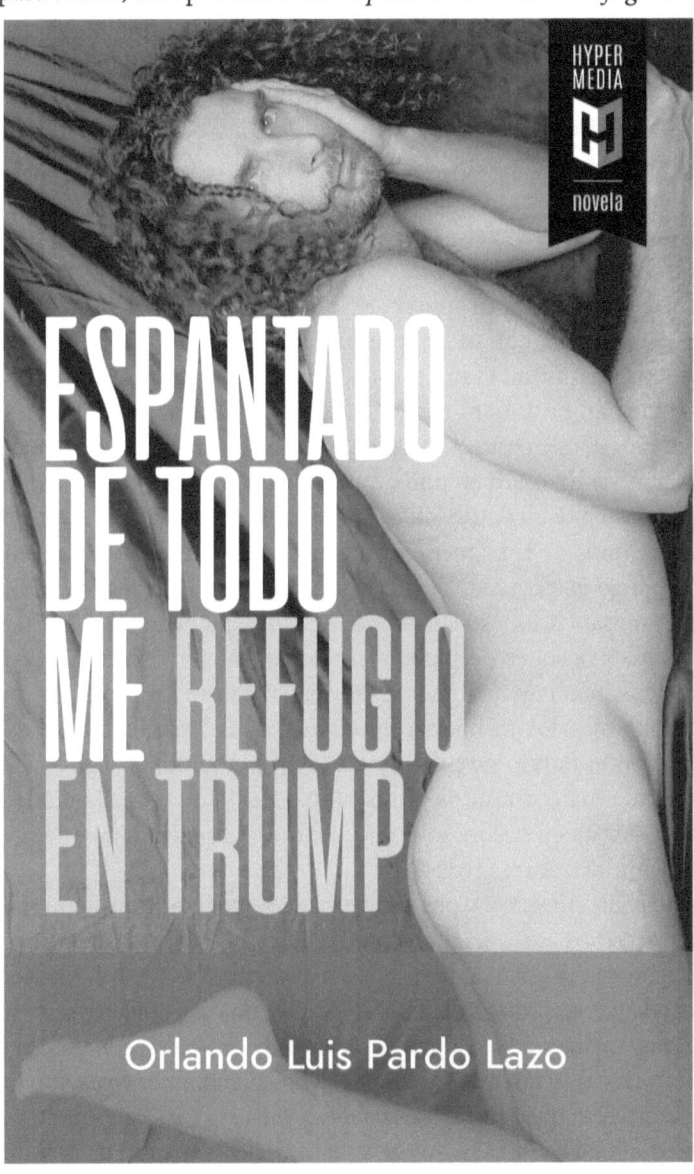

Porque no fue un *Photoshop* de la Seguridad del Estado: tampoco me ofendan así. Se trataba de mi culo-culo, de un espacio verdadero y vital. Colinas como elefantes blancos, pulcras como palmas ah las palmas deliciosas. Mi carne empinada al aire libre de aquella Cuba presa, opresiva, de finales de los años cero o dos mil.

Me retraté bocabajo. Sin pensarlo dos veces.

Me retrataron así, culoarriba. En la Cuba decúbito del 2008 o 2009, por ahí.

Y es la foto que más amo de Orlando Luis Pardo Lazo.

La curva de la columna vertebral. Mis nalgas como conejitos mitad cobardes y mitad con alarde. Conejillos de Indias occidentales. Mi pelo de hojaldre, que está, compañeras, para comérselo. Y la luz que barniza mi piel y me hace parecer un muchacho de nácar.

Ah, que yo escupa justo cuando ya los cubanos habíamos alcanzado nuestra indefinición mejor.

Mi rostro, sin la menor marca de la mediocridad propia de todo materialismo científico. Y con una expresión para la posteridad de: «ustedes, los cubanos, con sus miradas miserables a ras del marxismo sin marxistas de Cuba, no me han podido ni me podrán nunca tocar».

Y es que yo he visto cosas que ustedes, los cubanos, jamás podrían ni imaginar.

La foto me la hizo Silvia, por supuesto. Silvísima.

Aún no les he hablado de Silvia. La he mantenido en mayéutico misterio hasta estas alturas de la primera presidencia de Donald J. Trump. Pero ahora por fin la pongo en portada. Y en la portadilla. Con su camarita Samsung de 3.2 magros megapíxeles y su cuenta de *Instagram* llamada @*blu3b33tl3*.

Silvia de los bosques de pinos muertos de Lawtonomar. Porque no sé si saben que en Cuba hay una guerra sangrienta contra los pinos. Es un odio a muerte contra todo lo que huela a clorofila salida del mundo libre occidental.

Por eso en el barrio de Silvia y en el mío, nuestros brutos vecinos sin biografía cada día cortan dos o tres pinos. Hasta devastar la ciudad, hasta erosionarla. Abajo y de un solo tajo. Como si fueran cañas de azúcar, la amarga gramínea. A tres trozos.

Los cortaban sin sierras, por supuesto, ni serruchos. Porque ni eso tenían los muy proletarios. Los cortaban con tijeras, con cuchillos, con cortaúñas.

Si hubieran tenido dientes, hasta con los dientes los hubieran deforestado. Pero la mala calidad de las prótesis dentales en los policlínicos populares se los impedía.

Eran muy capaces de cualquier cosa, los muy caníbales, con tal de no verlos siempre tan erectos y tan arrogantes, tan pinos siempre tan vivos, tan brillando con ese verde veraz que nunca iba a ser verde oliva, ni verde agricultura, sino un verde liquen soñado, por ejemplo, en las afueras de Reykjavik, en Islandia.

Y sé muy bien de que hablo: estuve en Islandia y regresé al mundo civilizado, por anormal.

Retorné a los Estados Unidos en 2016 por culpa de un incurable Complejo de Contrarrevolucionario que aún cree que algún día va a presidir la transición cubana hacia la democracia. Yo, el primer presidente cubano post-Payá.

Por cierto, Silvia, para escarnio de nuestros vecinos en Lawtonomar, era dentista. Es dentista. Y como tal me salvó la vida a mediados de 2007. No solo por mis dientes en decadencia, que ella resucitó, sino que Silvia me salvó del odioso talador de pinos que el castrismo había sembrado en mi corazón.

El odioso talador de pinos que yo le permití al castrismo (casi que le imploré al castrismo) que lo sembrara en los surcos más fértiles de mi corazón.

Silvia, cubanos del futuro, era el amor. Nadie lo olvide. Que es lo que le falta de una costa a otra a los culos decrépitos de los Estados Unidos de América. Les falta una Silvia, como me falta ahora a mí.

De todas formas, igual voy a comprarme una metralleta. Son baratas y nunca he tenido una. Y no me pongan esas caritas de circunstancia otra vez. No repitan especularmente conmigo esas caretas.

Metralleta y bien.

Porque nunca se sabe, con el comunismo en descomposición en Cuba, cuándo los cubanos del futuro las vamos a necesitar.

Almas autómatas, automáticas. Mejor NRA que INRA. Mejor Ley de Armas que Reforma Agraria. Mejor balas que boletas. A falta de amor, armas.

Y nadie me pregunte ahora: «armas, ¿para qué?»

Tú sabes muy bien que no son para matar a nadie. O casi. Tú sabes de sobra que son para uso estrictamente personal, no masivo. Digamos, a la Allende.

Es un derecho protegido en algún escalón entre la Primera y la Segunda Enmienda. Digamos, la Enmienda Una y Media. Eutanarmas.

Armas, porque son más baratas que las pastillas. Armas, porque la acción es siempre más bella que el metabolismo. Armas, para que la nuca y la nuez de Adán ni se enteren de su llegada de súbito al paraíso.

El pueblo armado jamás será vencido.

ADIÓS A CUBA

LECUONA EN SU VALHALLA

Al norte del estado de Nueva York hay un pueblito que se llama Cuba. En total, hay como ocho Cubas en los Estados Unidos, según *Wikipedia*, que es la medida de todas las cubas y la fuente eterna de la cubanidad virtual.

Ya he ido a dos de esas Cubas *Made in USA*: la Cuba de *upstate* New York y la Cuba de *downstate* Missouri.

Ambos son pequeños paraísos confederados. Republicanamente conservadores, como Dios y el Dinero mandan. Y las amo a ambas: adoro a mis dos Cubas reaccionarias de los viejos Estados Unidos de esa gran América que ya se extinguió.

Yo soy eso. Un escritor que extraña a la confederación. Un intelectual que no quitaría ni una sola de las estatuas del sur. Hayan hecho lo que hayan hecho. Puede hacerse ahora los escandalizados conmigo. Prefiero ser un confederado convencional antes que un castrista en el closet, como tú.

No hay libertad sin conservadurismo. El resto es retórica revolucionaria y atentados contra el individuo. El resto son los restos resucitados de una academia liberal que no libera a nadie, seas estudiante de PhD o seas jefe de cátedra.

En esas dos Cubitas del extranjero uno todavía puede recordar la sensación magnífica de alguna vez haber sido humanos en augusta soledad moral. El privilegio espiritual de haber sido vulnerables y a la vez impunes en la Cuba del comunismo criminal. Como si solo allí pudiera uno ser libre, como libres fueron los primeros deshabitantes de este planeta. Como si solo en el campo de concentración valiera la pena ser mortales y asumirlo: se llama habitar hondamente cierto sentido de emancipación existencial.

Y en el exilio ese don está muy devaluado, más allá de la pataleta del eterno retorno a nuestro país natal: un regreso que nunca por ningún motivo ocurrirá.

En esas dos Cubas salvajes uno entiende que el tiempo apremia por todas partes. Y aprieta. De manera que nada ni nadie podrá evitar lo inevitable: nos vamos pronto, incluso antes de tiempo. Probablemente nos fuimos ya.

Me encantan esas dos Cubas deslocalizadas en este continente que nunca fue aborigen ni africano ni mucho menos europeo, sino otra cosa: una visión ancestral, única, cósmica, sagrada como la música del hombre antes de la historia, una sinfonía que no pertenece a los pueblos sino a cada persona a solas.

Como mismo el lenguaje nunca es público, sino privado.

Como mismo Lecuona, por poner un ejemplo, nunca fue nuestro, sino mío y tuyo y de los demás cubanos. Uno a uno, por separado. Pero nunca nuestro.

La importancia de llamarse Ernesto.

La alegría de juntar silencios y notas sobre las teclas o el pentagrama, mientras se espera nuestra propia extinción componiendo melodías inconcebibles en Cuba. Pero también inconcebibles sin Cuba.

En la Cuba sin Cuba que queda al norte del estado de Nueva York, por allá arriba por las nieves nínives de los mamuts y los nativos matadores de mamuts, yace, bajo un cambolo cualquiera, la fosa olvidada de Ernesto Lecuona y Casado: un cubano sin hijos, como corresponde, para así no reproducir más la desgracia que nos legaron los padres y los padres de nuestros padres.

Fíjense en lo conmovedora que resulta esta palabra, suelta así como así en pleno exilio cubano: *Lecuona*.

Suena misteriosa, ¿no? Un apellido sin etimología ni gentilicio.

Lecuona, como un pedacito de lenguaje inerte caído de otro planeta. De otro siglo. Con otros cubanos. En otra patria pétrea, pútrida. Tumbas de la paleohistoria que solo yo veo, porque a ningún cubano esclavo se le ocurriría visitarla ahora, en los años cero o dos mil.

El futuro es hoy: un *remix* de apatía y amnesia. No recordamos nada, como no sean las efemérides recicladas de la Revolución. De forma que somos ya muy escasos los que peregrinamos hasta el Walhalla donde pidió ser enterrado vikingamente Lecuona.

Justo antes de morir, el maestro tuvo que combatir fuerte en su testamento (con abogados incluidos) para que no lo deportaran, muerto y todo, a la Cuba caribe de los milicianos verde oliva.

Si se descuida Lecuona, le secuestraban hasta su propio cadáver, para exhibirlo como un trofeo de guerra en el parnaso proletario de las musas marxistas, las semifusas del fidelismo, y otros orfeos del horror.

Por suerte, Lecuona pudo consignarlo a tiempo de su puño y letra, testando cuando ya casi sus compatriotas iban a repatriarlo, medio moribundo, desde la España de Franco hacia la Cuba de Fidel, que el viernes

29 de noviembre de 1963 eran una y la misma cosa, ferias tan fiesteras como fascistas.

Miren cómo el maestro Lecuona se defendía, batuta en mano:

Que mi entierro tenga lugar en Nueva York en el caso de que Fidel Castro o cualquier otro gobernante de Cuba sea comunista o represente alguna facción, grupo o clase que sea gobernada, dominada o inspirada por doctrinas extrañas, provenientes del extranjero.

Los cubanos de Castro acababan de matar a Kennedy. ¿Cómo coño no iban a matar a un tocateclas como Lecuona?

Un musiquito de traje y corbata. Un mariconzón con principios principescos, que encarnaba toda la dignidad burguesa caída en desgracia bajo la épica en compases de tres por cuatro que la Revolución encarnó.

Qué paso más chévere. El castrismo como conga desafinada, afónica. Fo. Mientras Lecuona insistía en morir como un gentilhombre capaz de redactar testamento y todo, esa costumbre retrógrada de los ricachones cubanos: una clase social suicida que pagó su fuga en oro, con tal de que los pobres no la fusilaran ante el paredón de los perdedores.

En el caso de que Cuba sea libre al momento de mi muerte, deseo ser enterrado allí.

Pobre Ernesto. Pobre Lecuona.

Dictando para nadie su voluntad prepóstuma de nunca ser enterrado en Cuba. Porque lo más probable es que Cuba no llegue a ser libre ni al momento de su muerte, ni al momento de morirse el último de los lecuonas cubanos.

Que bien podrías ser tú. Que mal podría ser yo.

Por supuesto, al maestro de maestros no le hace falta la presencia de ninguno de nosotros, los Don Nadie con la oreja cuadrada y galillos de pavorreal, molestando su reposo al ponerle florecitas plásticas de *Wal-Mart* o *Valsan* sobre su tumba con el *zip-code* de Valhalla: 10595.

Por eso en parte me alegré al arrodillarme ante su lápida y notarla tan abandonada, por los siglos de los siglos hasta el fin de las cumparsitas cubanas.

Helo aquí, a Lecuona y su hado. Como un león dormido, enterrado de pie en el cementerio Las Puertas del Cielo, en la Cubita decrépita de Villa Valhalla, al norte del estado hillaryclíntico de Nueva York. El mismo estado natal de Donald J. Trump.

Su mejor epitafio es su nombre. Damiselo encantador, un Casado incasable: Don Lecuona no necesita más que esta intemperie en tierra de nadie. Los elementos naturales son como bemoles y sostenidos para preservar sus huesitos en clave de Sol, en la escala cubanofónica de los que mueren sin Cuba: es decir, en una Cuba interior.

Al menos Lecuona murió feliz de haber sido un hombre sin ideologías de Estado: un cubanito anterior al trapiche totalitario de los Castros, del que no salieron más que infantilísimos himnos y marchas militares.

La tumba de Lecuona, en 55 años, no ha sido visitada ni por 55 cubanos. Regocijémonos, pues. Que sea justo ese nuestro homenaje más humano.

Por comparación, la tumba de Fidel Castro, en poco más de un año, ya rebasó el medio millón de visitantes. Una pertinente plaga de 666,666 gatos llegados desde los cuatro puntos cardinales, que son tres: la izquierda mala y la izquierda peor.

Gracias, karma. Porque el olvido auténtico dignifica a Lecuona, mientras que la rendidera de tributos tétricos envilece todavía más a Fidel.

Los cubanos, en tanto raza enferma, hemos desaparecido como fenómeno civilizatorio. De hecho, ya no queda ni un solo lugar sobre La Tierra donde valga la pena radicarse, radicarnos. Y por eso peregrinamos a los mausoleos de los matones. Por eso nos llevamos una mano a la sien ante sus petroglifos perversos y sus cenizas carroñeras, comandantescas, haciendo solemnemente la señal de los suicidas sin causa: ¡pim, pam, pum!

Cenizas sin consecuencias.

Lecuona, sin embargo, no nos necesita a su lado. Mucho menos haciendo ruido, comiendo caramelos o succionando un pirulí, botando jabitas de nailon en la grava, peleando entre marido y mujer donde nadie se debe meter, fotutos mayaríes idiotizados por la retahíla de hijos a cuesta, con el típico blablablá de los turistas mentecatos, texteando a troche y moche, y dejando que *Google Maps* nos lleve a nosotros hasta Lecuona. *Léase, nos lleve a Lecuona* de nosotros.

La misma frase significa legítimamente lo opuesto: hallar al maestro es perder al maestro. Sin embargo, Lecuona nunca se extravía ni se extraña de nosotros, a pesar de nosotros. Toda vez casado con Cuba, el maestro no se divorciará de Cuba jamás.

Lecuona vive en nuestra manera de hablar primigenia, en nuestros gestos residuales y su melodiosidad antes de la debacle. Lecuona vive en el glamour de lo que era La Habana en plena republiqueta en clave de Sí sostenido, Do todo era posible a la misma vez y en el mismo tono. Lecuona vive en ese parnaso infernal, inimitable: en toda esa Mazorra musicalísima, donde antes de 1959 cabía todo tipo de locuras, excepto la chealdad churrosa de Karl Marx. Lecuona vive en aquellos arpegios de habaneras anémicas como un relato lánguido de los trópicos, y en aquel terruño tristérrimo bajo el astro rey: el indio síííbooooneyyy.

Es en todo este popurrí impopular donde reside la risa redentora del Lecuona vivo: su lecuonicidad sensual y esencial, capaz de fundar y fundir una lengua privada que, a pesar del testamento de Lecuona, nunca nos desheredó.

Lecuona nos quiso en cuerpo y alma, a pesar de nuestro desastroso desamor. A su vez, Lecuona se nos metió a los cubanos en un recodo del alma. A la cañita y a la cañona. Y, por más que durante décadas y décadas hemos tratado de expulsarlo con nuestra sordera, ahí sigue refugiado el muy cabrón. Sonoro de cañón.

Aquí sigue, escondido, esqueleto en el closet entre nuestras costillas cosidas a palos y patadas por la tiranía. Aquí dentro él suspira de pena, porque los cubanos no nos damos cuenta de su presencia corporal. Aquí Lecuona, por los noviembres de los noviembres hasta el fin de nuestra cubanidez, resuena dentro de cada cubano con un acorde inaccesible que nunca se acaba de acabar.

Un eco Lecuona. Un Lecuona retruécano.

Como esos barcos naufragados en tierra santa. Como las ocho Cubas encalladas en el extranjero de costa a costa de los Estados Unidos, según *Wikipedia*, que es la nueva Biblia de los cubanos sin condición clínica cubana. O sea, con condición cínica cubana.

Aunque hasta ahora solo haya podido visitar dos, la Cuba de Missouri y la Cuba de Nueva York, en cualquiera de esas ocho Cubas foráneas yo sé que ya se cocina la próxima guerra de cubanos contra cubanos. Y, como es nuestro deber incumplido, otra vez nos aprestamos a colectar dineros y armas para la interminable invasión.

Con un poco de suerte, hasta contamos con Lecuona para que nos firme una Oda a la Reconquista de Cuba.

No por gusto el Valhalla nórdico original no se iluminaba con velas, ni con quejitas patéticas de «no somos nada», sino con el acero fulminante de las espadas, que parían un chorrazo de luz como música elemental.

Toda muerte es elemental.

Leer y releer el testamento de Lecuona es, pues, tensar las cuerdas del piano patrio. Afinándolo. Afincándolo en nuestras ansias de liberación.

Entonces y solo entonces, cuando por fin el corneta toque-usted-a-degüello en su clarín, sedientos de solfear sangre *ad libitum* y *a capella*, los cubanos cantaremos el réquiem radical de un *remake* de la Brigada 2506.

Entonces y solo entonces, los cubanos sin Cuba estaremos listos para alistarnos en el *lied* de la Legión Lecuona, con L no de Liberación sino de traviesamente un tralalí-tralalá.

UBER CUBA

No hay un taxi *Uber* en que me monte en que no me terminen hablando bien de Cuba, Fidel, la Revolución. El exilio es una desgracia.

Todos quieren saber de todo. Son así de tan entusiastas.

Preguntan, por ejemplo:

1) Si ya se puede viajar a Cuba, a pesar del dictador Donald J. Trump (quien, por cierto, no ha hecho nada de nada para desmentir el legado lamebotas de su archienemigo presidente antecesor).

2) Si en la Isla odian a los norteamericanos o no (si los choferes supieran a qué clase de cliente terrorista están transportando en mi caso, les daría un infarto antes de coger la siguiente curva recomendada por *Google Maps*).

3) Si deben apurarse a viajar para ver al comunismo antes de que cambie (nunca dicen antes de que se caiga).

4) Y si es bueno o es mejor el gobierno recién democráticamente electo de Miguel Díaz-Canel, a quien ni un solo de los taxistas *Uber* sabe nombrar, pero igual todos están convencidos y recontraconvencidos de que se trata del primer presidente no Castro.

En los *Uber* del exilio me he sentido más solo que en ninguna parte del mundo.

Más que solo, abandonado. Más que abandonado, un fantasma.

En efecto, mientras la compañía *Uber* va chupando milla a milla nuestra tarjeta de banco, sus choferes ciudadanos nos demuestran que Fidel Castro siempre tuvo la razón, toda la razón, y nada más que la razón.

En su momento de mayor apogeo, nuestro Uberdante en Jefe nos lo advirtió bien clarito a los cubanos:

—No huyan a ninguna parte, porque el castrismo comienza allí donde terminan los Castro.

Pero, claro, los cubanos, de comemierda que somos, no supimos prestarle la debida atención a la advertencia del *uber*-comandante.

El castrismo de verdad comenzaba aquí donde terminan los Castro. Geogramática elemental: el castrismo no tiene afuera, o no era tan castrismo nada.

Y no tiene sentido ni ponerse bravo. Es Ley de la Vida. Mucho más ahora que los Castros se están muriendo, a la vertiginosa velocidad de un familiar por año.

La compañía *Uber* tampoco es culpable. *Uber* es apenas la consecuencia sin consecuencias, un síntoma de la sinceridad original del proceso revolucionario cubano.

Tengamos el valor de reconocerlo, aunque sea lo último sincero que hagamos: en cada una de estas carreras de taxis, los cubanos estamos recogiendo lo que durante décadas los cubanos hemos sembrado.

Uber Cuba se debiera traducir al inglés como *Uber* Castro. No existen ya diferencias entre nuestra patria y nuestro patriarca.

Resingada sinonimia.

ME DICE DICIEMBRE

Diciembre me dicta cosas en la cabeza, no puedo evitarlo.

Es el mes en que nací. Un viernes 10, en 1971.

En el sobrecogedor hospital Hijas de Galicia, en Luyanó. Casi en la frontera de la Loma del Burro con la Avenida de Porvenir, una raya caliente de chapapote que abre en dos la barriada de Lawton, entre basureros y escalinatas de lo que alguna vez fuera el reparto más hermoso en la historia de la humanidad.

No exagero. Así lo viví yo, de niño. Lawtonense de alma, lawtoniano de corazón.

Un paraíso de concreto, con pasillos vecinales como laberintos de luz, que se abrían al abismo de una Habana allá lejos, en el horizonte. Aunque ya no estábamos en La Habana. Pero aún no lo sabíamos: ya nos habíamos ido de Cuba, pero aún lo ignorábamos.

Una barrida barriada con sus fábricas sin chimeneas y sus chimeneas sin fábrica. Con gatos estrábicos que deambulaban de dueño en dueño por esas calles hechas de recovecos y baches, y cargadas también de una sabiduría y de una ternura accesibles únicamente para quienes nacieron, crecieron, y un día triste decidieron que no se morirían allí.

Pobres lawtonianos, pobres lawtonenses.

Lawton y su cine pobre precisamente «de barrio». Lawton y sus pizzerías y sandwicheras. Sus círculos infantiles y sus iglesias que eran las más imponentes en las afueras de la ciudad, como ángeles de la guardia que formaban una frontera entre el campo cándido y la corrupción habanera: ese don de urbanidad que ninguna otra aldea de Cuba nunca tuvo, ni tendrá.

La Habana es La Habana y lo demás es bobería.

El resto de la Isla son áreas verdes, áridos vertederos. Nuestra agricultura es agria, pero es nuestra agricultura. Un atraso. Mientras diciembre se anuncia solo en nuestra memoria de amnésicos.

Porque diciembre ya está otra vez aquí. En los inviernos del exilio.

Lo intuyo en el olor de la tierra. Es decir, en el recuerdo del olor al patio de tierra que sigue allá, en mi casita de tablas en Lawton. Allá lejos, allá atrás. Como quien dice, aquí mismo.

Diciembre era el perfume intacto de las flores y los insectos fornicadores de flores.

Diciembre rebotaba en el violento violeta de las orquídeas ahorcadas en un palo de naranja agria, limón podrido: dame un besito que yo te pido. Orquídeas acosadas sexualmente por una plaga de santanillas. La botánica es eminentemente una tarea de choque para los fanáticos del *Title IX*.

Acusa, acusa, que algo queda.

Flores con sus úteros necrosados de polen, floreciendo empecinadamente en cada uno de mis cumpleaños, tan pronto como empieza este mes.

Permítanme repetirlo: diciembre diez.

Permítanme repetir este inicio único como el clima de Cuba antes del totalitarismo castrista (porque hasta el clima de Cuba es hoy por hoy un desastre): diciembre me dicta cosas en la cabeza, no puedo evitarlo.

Diciembre somos tú y yo, en la soledad de un exilio cubano que uno a uno nos desapareció, obligándonos a permanecer como aparecidos. Espectros con pasaportes, cuerpos astrales sin ascendiente ni constelación.

En diciembre mi madre comenzaba con sus crisis de enfisema y su exceso de medicamentación. Ella siempre cree que en el próximo diciembre se va a morir. Supongo que ya nunca tendrá razón. Porque después de cierta edad, hasta la muerte se torna inmortal.

Tiene, mi madre, 82 años.

Pero es ella quien mantiene de pie las tablas machihembradas de mi casona centenaria de Fonts # 125, un búnker de la barbarie contra el comunismo y el comején.

Aunque a veces sea exactamente al revés: mi casa es la única casa de Cuba que sigue siendo *esta es tu casa, Fidel*.

Después de más de medio siglo de castrismo a cojones, nadie me puede pedir que yo sea ahora otra cosa. No hay derecho a reprogramarme la existencia entera. Sería, además, muy cruel.

Ocurre, a veces, que en diciembre mi madre se cura de sus crisis de enfisema y su carencia de medicamentación. A sus 82 expedicionarios años, ella es la única que se mantiene marianamente de pie entre las maderas huérfanas del naufragio, a ras de nuestra desmemoria al tutiplén.

Mi madre María que, como todas las madres cubanas, es también la madre de Dios (que por cierto nació en diciembre, como yo).

Tin Martínez de dos pingüé. Cúcara Lazo, títere fue.

Después del totalitarismo, mi pálida novia: la tristeza.

En los diciembre de Cuba, yo rompo a estornudar puntualmente al rayar el alba, apenas pego las plantas de los pies en el piso.

En invierno por lo general casi no duermo de madrugada. Me pongo insomne, híper excitable, acaso híper excitado también.

Los músculos erectos, empezando por el formidable falo. El faro que ya no ilumina ningún hogar de Orlando Luis Pardo Lazo, en la soledad adolescentaria de mis diciembres transcubanos. ¿A dónde o a quién penetrar, para qué, hasta cuándo?

Bombeo la sagrada circulación de mi sangre que, sabemos, uno de estos días me va a traicionar.

En los diciembres sin Cuba, sin embargo, nunca estornudaba ni medio moco pegado por la mitad. Solo escribía y escribía, feliz como una lombriz. Toda vez gusano, ya somos para siempre gusanos.

En la Isla yo escribía y escribía como un loco. Léase, como un elegido. Un ungido insular. Limitado únicamente por la velocidad de mis dedos, que me funcionaban como una decena de discos duros externos. Extremos.

Teclear era entonces mi mejor cerebro. Pensar como acto material.

Escribir era siempre escribir a mano, aunque usara el último modelo de computadora, donación de *People In Need* o la *USAID* o ambas. Y mientras más cosas yo escribía y desescribía en la Cuba de Castro, más hermoso y más libre me sentía dentro de aquella cárcel, en medio de lo feo y lo funerario del castrismo a la cubana.

Narrar como un recién nacido, como un niño dios de diciembre a ras de un pesebre proletario. El primero y el último de una raza que se está extinguiendo sin darse cuenta de nada. Como si mi misión respecto al cansancio de los cubanos fuera usar el lenguaje para despertarlos. Salvarlos de sí mismos e incluso de mí.

Devolverles el sentido del Verbo, en tanto una Vida invivible en la Verdad.

Y perdónenme las mayúsculas, por favor. Esas dos V se me fueron. Pero así mismo se quedan. Es un tic fascista al que no pienso por el momento renunciar.

Estos momentos maravillosos se llaman Belleza, y son la pura aceleración ingrávida. En instantes así vuelvo a recorrer de punta a punta aquella caverna entrañable de Fonts # 125, donde culmina el cuchillo de Beales y se desbarranca la escalinata de Córdoba. Donde, también, se anuncia el Pasaje que pare o aborta a la Calle 10 (recuerden que se lee así mismo: calle «diez», por favor, y no calle «décima»).

En mis ojos color tiempo o color tarde, vuelvo a intuir el retintín de oro de un destello del tigre que pude y casi supe ser. Mi elasticidad, más allá de la esterilidad y la estética. Mi carácter incorruptible. Mi conexión cósmica, cuántica, justo antes de la caída y esta sensación de desierto a la izquierda del esternón.

Murmuro cosas incomprensibles, lo sé. Sé que maúllo dolores y colores que ya no tienen ninguna resonancia en nadie que haya nacido después de mí.

Me rasco la cabeza. Me admiro el glande.

Mascarones de proa. Proezas de provocador.

Nunca me afeito en ninguna parte. Tengo pelos viejos y enmarañados, con las puntas achicharradas por el sol suicida de la sin patria: horquetas, horquetillas, entre otras onomatopeyas que me dicta diciembre para no pronunciar la palabra «orquídeas».

Me huelo los dedos y ese aroma me acompaña un poquito. Huellas digitales. Me toco entonces todo el resto del cuerpo. Sudor de calefacción. Perfume de piel. Anunciación del semen inminente. Luz grumosa, espumosa, vítrea.

Increíble. ¡Es el 2018 y todavía estoy vivo! Estamos vivos, viniéndonos.

Soy yo, soy yo sin ropas sobre una cama desconocida de los irreconocibles Estados Unidos de América.

Aquí los cubanos no poseemos ni las palabras. Tal vez por eso mismo vigilo a los míos mansamente dormir. Con cautela de criminal. Los míos sí existen: son mis muertos amados, son todos ustedes y en especial lo eres tú.

Esta noche décima de diciembre, al borde ya del abismo, sé que soy el único cubano despierto en toda la historia del Estado y del Derecho nacional, esas dos decepciones. Estoy abandonado a mi suerte, sí, en Saint Louis y en Lawton y en todas partes. Pero no importa.

Los norteamericanos me han abandonado, por *neocon*. Los cubanos también todos se han ido: nunca estuvieron aquí. Se olvidaron de su hermanito menor. Le dieron *delete* al idealista idiota que cada noche jugaba a ser yo, mutando en el monstruo de las siete leguas que se aferraba a sus siete lenguas para sobrevivir.

Señor, solo te pido que no dejes olvidarme del idioma español.

Mátame, pero no enmudezcas mi antiguo argot cubano. Hazme un instrumento de tu lingüística. Con yoísmos y queísmos y todo lo que tú quieras, pero en cubano. Hágase tu vocabulario y no el mío. Pero, por favor, no me arrebates la invención perversa de este vo*cuba*lario. Es mío, solo mío.

Quiero decir y no sé por qué. Quiero conectarme y no sé con quién. Pero en español, siempre en español de La Habana.

El inglés es una mierda de lengua secundaria, utilitaria. Incluso los norteamericanos de hoy lo hablan como una cosa pasada de moda, como un lastre humillante perteneciente a un pasado opresor.

Intento oír la respiración de la noche cubana desde *Central West End*. Entiéndase, de la noche autonómica española de ultramar. Missouri, te amo. Pero no te atrevas a amarme de vuelta tú a mí. Missouri, miedo y madrastra. Me mato, si una noche me sorprendo soñando en inglés.

Ni el menor sonido de invierno me da un indicio de que a esta hora existan allá afuera mi barrio, mi ciudad, mi país, mi historia, mi conato de irrealidad. Mi finca cubana. Mi norte del sur.

Vaho vacío. Bocanada, Habanada. Paisaje lunar no tan desierto como desertado, destetado.

Belleza a pulso, por impulso. Instinto de lujo, qué luto.

Soy yo, Borges, soy la Helena con h de Horlando Luis Viterbo.

Camino del televisor a la laptop y luego al revés, de la laptop al televisor. Tecleo. Cambio los canales. Las retinas me arden de tanta retórica rota. La barba se me inflama de canas y también de un rojo medio escandinavo, escatológico y medio.

Envejezco en vivo ante ustedes, compañeros. ¿No se dan cuenta? Narciso en el necrocomio. Se nos está agotando la arena de este tiempo de descuento que es el exilio exterior: un lugar donde el resto de los lugares se anulan.

Los cubanos de diciembre ya no tenemos ni dónde meternos, ni dónde esconder el culo, cuando deje de ser un culo perfecto para imprimir ni portada.

El exilio lo único que aporta es un repingal de rincones donde caerse muerto. Porque cada pisada que damos es ya el sitio perfecto para colapsar.

Pienso en Lawton y me voy arrancando uno a uno los pelos de la barbilla. Son también largos y enmarañados. Hirsutos, hirsutillos. Se parecen a los pelos libres de José Martí. Pelos impúdicos, imprecisamente púbicos. Pendejos preciosos.

Es una costumbre de universitario tardío. Un tic nervioso o un don de depilación. Me arranco un pelo de la barba y...

Devenir Jotavich.

Jodidos, pero joviales.

Pensando en diciembre sin pensar en nada. Sin prisa, sin presión. A toda prosa. Con las ideas viniéndoseme encima a la burdajá. Como mujeres de otro. Ideas que me sobrevienen, inverosímiles al punto de lo intolerable. De lo indeseable. Ideas inideables.

Juro por mi cordura sin cuerda que hace décadas yo estaba allí, en los diciembres sin decadencia de Lawton. Y que jugaba conmigo mismo entre aquellos muros de moho y aquellos muebles mullidos, estilo Renacimiento español.

Con un miedo sin nombre desde niño. Después, con pánico político cuando nos humilló el holocausto necro de los noventa. Temblando de tedio y terror, ante la posibilidad de enfermarme y morir en Cuba. De hecho, en uno de los muchos veranos de 1992, me enfermé y casi morí.

Enamorado de todo y sin una pizca de amor. Fiel exclusivamente a mi propia infidelidad. Testigo de excepción en aquel escenario excepcional, donde genio es sinónimo de autodestrucción.

Juro que te estuve esperando eones. Sí, a ti misma, claro. ¿A quién iba ser?

Por ti soporté la vulgaridad venática de la Revolución. Su infantilismo de retrasados mentales y minusválidos de alma.

Yo quería encontrarte a ti allí, mujer, musa, maricona, en aquellos páramos suburbanos, donde todo era residuo ridículo hasta de reciclar.

Yo quería que fueras tú. Y no otra gente. Y no pudo ser, siéndolo. Y yo quería que tú fueras cubana, comemierda. ¿A ver a dónde fuiste a parar? ¿Dónde te metiste durante tanto tiempo? Y ahora ni siquiera sé si alguna vez llegaste o yo me fui, porque me cansé demasiado pronto de esperarte entre el castrismo y los castristas.

¿Qué nos queda? ¿Quién nos timó? ¿Cuándo ocurrió la metamorfosis?

¿En qué latón de sancocho escolar se fermenta la ilusión del relato que tú y yo debimos de protagonizar? ¿Quién interpretará el rol de un Donald J. Trump tierno ahora, al que solo tú y yo podamos idolatrar?

La temperatura baja mucho por la noche en Saint Louis. Y sin avisar. Cataplún y hay ya menos cuatro o cinco grados Celsius: el mismo frío en los huesos de cuando yo cursaba cuarto o quinto grado en la escuelita primaria Nguyen van Troi. En Saint Lawton, San Landy.

Torna a colarse en mi estudio una frialdad funeraria desde el jardín, donde no pastan los héroes sino el error. Es un frío de *rigor mortis* que atraviesa el vidrio y la piel.

No sé ve nada en mi traspatio de Waterman Boulevard. Pero todavía veo muy bien lo que ya no se ve desde mi ventana sin vidrio del cuchillo de Fonts y Beales.

Devenir jardín. Rosas raquíticas. Una plumeria desplumada. Fila india de brujitas en flor. Espárragos de corsé.

Nuestra botánica tampoco pare mucho más. Tenemos un paisaje de céspedes. El horror cabe completico en un herbario. La inocencia de los infames. El jardín de los Jotavich jodidos y joviales.

El techo gotea de tanta humedad. Huele a invierno de infancia. Nubes blancas de mi niñez decembrista. Camino, descalzo, de una punta a otra punta por las avenidas filopátridas de mi habitación de alquiler.

Torna a mis cartílagos aquella coriza cubana, cacho de cabrona. Estornudar es estar descalzos. Tal como torna la tos seca de los abuelos, que se me pegaba entre pecho y pecho. Es decir, entre pulmón y pulmón.

Abuelos vírgenes que no alcanzaron a engendrar nietos, porque sus hijos tampoco fueron engendrados por ellos. Abuelitos huérfanos, como yo, que quiero darme lástima pero la lucidez no me deja.

1971, el año de la esterilidad en los tiempos del Estado.

Se me crispa de tanto frío la piel. Se me coagula en la garganta todo este escepticismo invernal de los días diez. Cumpleaños en clave de mis cadáveres amados, olvidados a su suerte en un osario de Cuba.

Ningún ritual me compensa. Todo es místico y mortecino. Nos hace falta un buen manguerazo de luz. Cuba es tan opaca. Pero cada objeto de exilio nos pesa como si fuera una tonelada. Cuba es tan compacta: Cuba casi quásar.

Excitarse en el exilio nos deja como medio desahuciados. Como de costumbre. Venir tan lejos de Cuba es un acto de temeridad terminal.

Teclear en diciembre, sin embargo, nos restaura cierta confianza de cripta. De cubanos encriptados.

Es la hora sin hora de la medianoche Mizzou. Es el amanecer que no llega, ni tampoco se va. Todos los husos horarios cogen impulso y se clavan muy hondo en mí: un Cristo craso, un calvario conceptual. Aura de lucidez, de lubricidez.

Captura de pantalla. Captura de patria.

Voz en *off*, mente en *on*.

Solo le pido a dios que diciembre no me sea indiferente. Que la reseca muerte no nos encuentre callados y sin haber dicho lo suficiente. Y, que si un tirano pudo más que los cubanos, que esos cubanos no lo olviden tan fácilmente.

D. TRUMP WILL SET YOU FREE

A la tercera o cuarta frase en inglés, ya todas en Norteamérica me preguntan enseguida, como si me conocieran de toda la puta vida:

—*Orlando Luis, but you are not a Trump supporter, are you?*

Ninguna me pregunta si sigo siendo un singao exiliado cubano de última generación, un puto paria que no puede regresar a su patria por culpa del castrismo sin Castros. Ni ninguna me pregunta porque la muerte me pisa miserablemente los pies, como una mujer mala e inevitable. Como ellas.

Invisible, invencible, intraducible.

Vagini, vagidi, vagici.

No me preguntan por el niño varoncito que nunca existió y que será para siempre Orlando Luis Pardo Lazo. Ni por qué cojones se me murió por dentro y por fuera el amor. Que es como preguntar por qué cuándo dónde con quién y cómo cojones se nos murió pa'l carajo el amor, por dentro y por fuera del pueblo cubano.

Todas en Norteamérica, sin excepción de raza o religión, a la segunda o tercera frase enseguida ya me están preguntando de nuevo, como si yo les debiera dar de urgencia una respuesta en inglés antes de proseguir con la conversación:

—*Orlando Luis, but you are not a Trump supporter, are you?*

Well, well, well, ventajistas hijas de la grandísima puta, abusadoras del capital puesto a circular única y exclusivamente en contra del capitalismo, socialistas de las clases más altas de Latinoamérica y de los 50 estados de la inútil Unión, totalitarias de *Title IX* y retro-violadoras de toda laya y ralea, revolucionarias de Castro y corbata, blancas bi de la victoria y mestizas de Alá y Marx tomar, *please, find in the next page my N-word answer to you all:*

309

RECORDAR *TITANIUM*

Comencé a grabar cada una de mis clases y reuniones. Y cada uno de mis parlamentos e instantes. Diálogos, discusiones. Todo es la misma mierda. Inglés para principiantes, segunda lengua oficial de los Estados Unidos de Amiérdica.

Comencé a grabar mis encuentros ocasionales, fueran profesionales o putos.

Cubanos que me escuchan, oigan ahora a Orlando Luis Pardo Lazo, el escritor que graba en secreto a sus vecinos y hasta al superintendente de *Byron Company*, cada vez que se aparece en mi estudio de alquiler, a reparar o a joder más alguna tubería o gotera o uno de esos equipos esclavistas del año de la corneta.

Fue una medida de urgencia. Grabar es un placer, concedido. Pero tuve que hacerlo a la carrera por cuestiones estrictamente de seguridad personal.

No me pierdo ni una palabra más. Me encanta esta sensación de permanencia. Es genial. Todo bien documentado, como Dios y el Estado mandan. Todo grabado en sus propias voces. Contar con un contratestimonio: hay que darle voz a los que ya tienen voz. Y que se jodan.

Ahora los tengo grabados desde el día de hoy hasta la eternidad de los Apps.

La voz del otro es una cosa que se conecta a un nivel muy profundo con la presencia propia. Con nuestro ser. O como quiera que se llame esa ilusión o insolencia.

La voz es eminentemente materia.

El sonido pronunciado cumple con una función material. De ahí que Fidel Castro nunca se callara la boca. Nuestro Máximo Orador no solo nos secuestró la palabra a los cubanos, sino que horadó en nuestras gargantas un hoyo para instalar allí su discursiva de líder lingüístico. De forma que Fidel lo único que hizo en sus seis décadas de despotismo fue sustituir las nuestras por una incesante, indescifrable grabación de su propia voz.

La Revolución fue un hablar por nosotros.

El resto es ridiculez. Incluida la legión muda de fusilados, los presos pasados por un pelotón de silencio, y la traqueotomía de un exilio sin voto pero con voz (no hay tortura patria peor que el chachareo a distancia: en sordina, con sordera, ensordecedor).

Antes de decidirme a grabarlo todo a mi alrededor, yo me sentía que no estaba existencialmente aquí. Era solo un zombi asustado, entre los zumbidos socialistas de los extranjeros y el runrún reaccionario de los expatriados.

Antes de grabar cada decibel dicho o callado cerca de Orlando Luis Pardo Lazo, yo estaba convencido de que aún no había salido de Cuba. Y de que ya tampoco podría nunca salir.

Vivir la vida sin grabar los ruidos de los que conviven, es condenarnos a una biografía *bluff*, a flotar dispersos por ahí, en cualquier otra parte menos donde irrealmente se está.

Antes de grabar y grabarme de manera clandestina, el exilio era como deshabitar en una vida de aire. Inapresable. Y ser cubano era ya como un recuerdo insonoro, una información intangible. Ilegible.

Así que, discúlpenme, pero tuve que meterme yo mismo una terapia de choque. Un ataque sónico. Y resultó ser super fácil: bastó con instalar un App en mi móvil Samsung comprado en rebajas de Navidades en este o aquel *mall*.

Titanium Recorder, se llama. No el *mall*, sino la aplicación.

Y es gratis. Un prodigio auditivo. Una bendición de clic-clic y ya estás grabando a troche y moche como un desaforado.

Grabar horas y horas sin parar, al por mayor. Grabar a mansalva. *Titanium* también te permite grabar casi en estéreo las llamadas que recibas o hagas desde el teléfono. Además de otras tantas opciones que aún no me ha sido necesario explotar.

¡No es un App, es un arma de recopilación masiva!

Desde su instalación, ya he registrado horas y horas de tiempo atrapado como sonido, en formato *wav*. Técnicamente, en formato *war*: la guerra es la guerra.

Titanium genera unos ficheros bastante limpios de ruido. Capta muy bien el primer plano sonoro, sin consumir demasiado espacio en la memoria de la tarjeta. Y aclaro aquí que no le estoy haciendo un capítulo promocional. Simplemente les estoy compartiendo un tesoro, un truco de sobrevivencia y protección en la Era de la Corrección Política *Made in Obama*.

Y lo hago por simple solidaridad antisocialista, por compasión procapitalista. Y, por supuesto, sin pedirles nada a cambio por mi altruismo a pesar de Ayn Rand.

Por ejemplo, una hora de grabación significa como 100 megabytes, más o menos. Supongo que el dato exacto dependerá de la selección de las palabras a pronunciar. Y es lógico. No es lo mismo una hora entera diciendo *patria-pa-tria-patria* que una hora entera diciendo *pinga-pinga-pinga*.

La equivalencia de sílabas y caracteres no redunda en la misma identidad digital, ni mucho menos en una similitud matérica.

El contenido lo define todo, excepto al significado.

No se enreden con esta última frase, por favor. La escribí de un palo y así mismo se quedó: el contenido lo define todo, excepto al significado.

Sé muy bien lo que quise decir, pero en definitiva es una frase que no significa ni contiene nada en particular.

Es como Donald J. Trump: un significante vacío. Pero mejor vacío que verde oliva. Mejor un villano que el bonachón de Bill Clinton de vuelta a la Casa Blanca, ahora como Primera Dama de su ex Primera Dama.

En fin, que así fue cómo *Titanium* me convirtió en un espía profesional. A tiempo completo, nada de *part-time*.

A partir de ahora tengo evidencia de todo. Y de todos.

Voy como un ungido auditivo por los Estados Unidos de Aumérica. Muy orondo, mientras en mi bolsillo porto un poder adicional: el poder de quedarme con algo de los otros, sin que los otros ni lo sospechen.

Es el poder de los con poder: arrebatarles a los testigos lo más inauténtico, sus palabras. Para que después no digan que no dijeron lo que dijeron. Que se jodan, pero que no me jodan a mí.

El exilio comienza por fin ahora, con mi aplicación *Titanium* prendida las 25 horas del día, 8 días a la semana.

Los Estados Unidos por fin me pertenecen, por encima de mis colegas y profesores. Ya iba siendo hora. Lo que es más: ahora los Estados Unidos por fin soy yo.

Por eso a todos les recomiendo esta epifanía de descarga *free-gratis*: Titanium.com, supongo. Descárguenla ya.

Está en *Google Play* y no cuesta nada. Es ideal para un pueblo tan tacaño como los cubanos. Solo instalen el App y comiencen a espiarse límpiame entre sí, entre nos. Tal como llevamos haciéndolo desde el primer día del mes primero de 1959: el Año Uno, único.

Es un consejo que les doy. Hay que estar siempre alertas, como pioneros moncadistas.

Aprovechen a tiempo ahora, porque después podría salirles más cara la jugada. Por ejemplo, si de pronto se ven inmiscuidos en caso de que, en tu escuela o trabajo o vecindad, o viajando en un tren, bus o en avión, o incluso parado en plena calle bajo un semáforo, a alguien se le ocurra demandarte por acoso sexual o racial, o cualquiera de esos inventos identitarios con que el imperialismo yanqui se automutila.

Titanium es un escudo en contra del supremacismo de izquierda, en los tiempos del totalitarismo académico norteamericano.

No quiero convencerlos de más. Así que aquí los dejo por el momento. Si acaso, en otro capítulo me animo un poco y les cuento cómo grabé a una coleguita bilingüe mientras hacíamos malamente el amor. Por supuesto, una uruguaya. Que, por supuestísimo, en lugar de Punto G tenía un Punto Galeano en sus entrañas de víctima *a priori* ya propensa de violación.

Graben y grábense, no pierdan tiempo de escucha. Esa evidencia *wav* les será imprescindible para demostrarse a ustedes mismos quiénes en realidad ustedes mismos no son.

Cubanos que me escuchan: os dejo a todos con el insonoro sonido de mi más brutal bendición.

En afrenta y *Titanium* sumido.

DÍAS DE DIÁLOGOS

—¿Usted quiere derrocar a Castro?

—Usted está hablando del término «derrocamiento», que es el que se usa en los golpes de Estado.

—¿Se vale intentar matar a Castro para cambiar el régimen?

—Usted está hablando de «asesinato», usted lo ha calificado ya: la muerte no trae la libertad, categóricamente. ¿Usted cree que el asesinato pueda ser un medio liberador?

MIERDA EN VENECIA

El poeta cubano Ricardo Pau-Llosa me dijo, por teléfono:

—¿Te das cuenta? ¡Hemos perdido Venecia!

El poeta cubano era, ante todo, un poeta cubano. De esa camisa de fuerza no se sale así como así. Ni asao como asao.

La poeticidad cubana es una condición congénita terminal. Sobre todo si se presenta complicada con síntomas de exiliaridad.

—Con la destrucción de La Habana por el castrismo, los cubanos hemos perdido no La Habana, sino Venecia. ¡Venecia!, ¿no te das cuenta? —repetía, contento por su cortocircuito geográfico.

Aquello era lo más alto con lo más bajo. Puro Hermes Trismegisto, gracias a mis tarifas de pre-pago con la AT&T. Hermetismo de Hialeah versus ocultismo de Coral Gables, del Corral Gables. Por eso me priva tanto Miami. Por su capacitancia creativa, así en el Arte como en la Revolución (valga la redundancia).

Recordé enseguida el libro de las *Ciudades Invisibles*, del cubano universal Ítalo Calvino (había nacido por error en Santiago de las Vegas y sus padres se lo llevaron a la carrera para nunca volver, como a Ricardo Pau-Llosa). En ese compendio de quién sabe si 1959 ciudades imposibles como islas, un poeta Marco Polo le dice al déspota Kublai Khan: «Cada vez que yo describa alguna ciudad, estaré diciendo algo sobre Venecia. Para distinguir lo propio en las ciudades ajenas, hay que hablar primero de esa ciudad que queda como implícita».

Felices los sin patria, porque están como ausentes.

Estás. Estamos.

Yo también estaba muy contento de oír a Ricardo hablarme tan contento, desde su galería-hogar de Miami hasta mi estudio de alquiler en Saint

Louis. Yo feliz de dejar que Pau-Llosa se explayara en mi móvil, con toda su erudita cumbancha y sus violentas volutas de tabaco falsamente cubano, más su obcecada obsesión sobre la debacle del Arte y la Revolución.

Cambalache con escache. Qué le vamos a hacer: así somos, así rimamos.

Los poetas cubanos han hecho lo mejor que han podido con la mala materia prima que es nuestra poesía nacional.

Por lo demás, Ricardo Pau-Llosa habitaba en una edad mitad medieval y mitad posmoderna, medio mítica y medio mitómana. Por esos atolladeros se despeñaba la ciudad canónica que los dos habíamos perdido en su imaginación: la Venecia del Caribe que los perdedores cubanos nos habíamos dejado saquear.

Una ciudad coagulada en el corazón cívico del poeta exiliado desde su más imaginaria infancia, donde aún crecían las raíces de toda aquella grandiosidad republicana que nos contaban mamá y papá, a quienes a su vez se lo habían contado sus respectivos padres, a quienes a su vez se lo habían contado generaciones y degeneraciones de abuelos, bisabuelos y tatarabuelos, en una ronda de nostalgia hispanista que alguna vez fuera llamada *nacionalidad*.

Estos ciclos están ya hoy concluidos.

Porque, nadie lo dude, los cubanos nunca más tendremos árboles genealógicos. Ni tampoco ese bosque de reflejos y sombras que simula ser un hogar. En consecuencia, nadie le contará a nuestros hijos, nietos, bisnietos y tataranietos sobre aquel pasado pluscuamperfecto antes del nacimiento, vida, pasión y muerte de un cubano por encima de los cubanos llamado Fidel.

La República está también terminada. No hay vuelta atrás, ni más vuelta que darle.

La Revolución podrá ahora caerse o durar para siempre, con su retórica más o menos inercial en la que ya solo creen los estúpidos hombres blancos que creen que Donald J. Trump es un monstruo, mientras leen a Michael Moore con unción.

Pero de la República, de esa entelequia cuya capital cosmopolita Ricardo Pau-Llosa llama Venecia, ay, de la República no nos quedarán ni las momias ahumadas de una Pompeya de imitación. Ni un papiro paupérrimo, ni siquiera un periodiquito.

¿Qué Venecia de qué Venecia?

Ni bares ni barberías. Ni bodegas ni burdeles.

Adiós a los chinitos tramposos y a los gallegos que caminaban con los codos. Adiós a la mulatancia militante que cortó cabezas de españolitos y machadistas por igual. Adiós a nuestro querido batistato de izquierdas, que con su «constitución más avanzada del mundo» en 1940 desterró toda traza de una derecha decente en Cuba. Adiós a la analfabetización y al parasitismo, esos dos dones de la democracia que nos protegieron durante siglos en contra el totalitarismo local.

Adiós al idilio, caballeros. ¡Qué cosa tan grande!

Los cubanos habíamos vivido sin darnos cuenta en un edén, donde la pobreza de los otros cubanos era como un tótem sin más tabú que este mantra: pobres, pero honrados.

Por eso todos teníamos que tener en nuestras familias al menos a un pobre de solemnidad.

Cubanos de Venecia, sin complejos de ningún tipo. Sin sensación de ridiculez gondolera: todo un pueblo a la espera de su ascensión espiritual, en rapto revolucionario a mediados del siglo XIX (que es el único siglo de nuestra historia, por cierto, donde la nación se cocinó en su propia salsa, y en su propia sangre).

El terruño como crisol de razas y romanticismos. La masa como melaza primero y como maldición después. Una tomadura de pelo. Una tomadura de país, por los pelos.

Los cubanos estábamos ansiosos de parir una Revolución radical. No porque nos hiciera falta, sino precisamente por innecesaria: la Revolución como un lujito burgués, como un antídoto contra el tedio de las tardes al son zonzo de La Guantanamera, guajira guantanamera.

Un peo tirado más alto que el culo. Un exceso de *potens*, de plusvalía, de milnovecientoscincuentaynuevidad.

La Revolución entendida como un cuéntame-tu-vida, interrogatorio de donde salen inculpados tanto el que escribe como el que lee lo escrito. Edipo Rev.

Y, como contraparte, la poesía «actuando en la historia» como un «caracol nocturno en un rectángulo de agua», fascinada y festinada con toda esa barahúnda de los orígenes sacros y un destino sublime: teleología fascista del pí al pá.

Hay que cuidar a lo cubano en la poesía como quien cuida a un «germen». Qué asco, qué fiasco. Como quien le inyecta su rico antibiótico en las nalgas a un poeta en su Venecia desvencijada.

Cuba de cabotaje en Europa. Cuba a imitación de un laberinto de canales marcianos, pero inundados hasta lo infecto con agüita albañal.

País puaf. Esperando desde el Arte a una Revolución que enseguida se enquistó, con ese resentimiento tan propio de las sociedades libres. Con ese odio al capitalismo que emana epifánicamente del propio capital. Y con esa fobia a la democracia que telomeriza los cromosomas de todos y cada uno de los sistemas democráticos que en las islas han sido: desde el archipiélago griego antes de nuestra era, hasta el Capitolio cubano de finales de los años cincuenta.

Pienso que gran parte de la culpa por nuestra desidia y grandilocuencia, la tiene, para empezar, el idioma español. Ese adefesio cheo y abstracto. Maquillaje de máscaras musicales, tan rimbombante y reiterativo a la hora de conseguir su función elemental: no decir nada.

Ni siquiera nos es posible decir: «decir nada». El español necesita con necedad negadora afirmar: «no decir nada».

Por eso los angloparlantes nos miran con cierto toque de morbo gramático y con camiones de compasión lexical. Por eso mi amigo Ricardo Pau-Llosa ha elegido no volver ni en versos a su idioma natal. Y sus renglones cortos son escritos exclusivamente en inglés, la lengua de latigazos ilimitados del presidente *twitterati* Donald J. Trump.

Por cierto, la poesía de Ricardo Pau-Llosa me encanta. He traducido dos o tres de sus poemas a la patada. Valga la anfibología. Pero «a la patada» no son sus poemas, sino mi traducción. Y no lo voy a arreglar, así mismo se queda. Que editen los editores.

Al leer la poesía paullósica en inglés, por algún motivo puedo paladear al instante cómo debió de haber sonado eso en cubano. Así que leo a Pau-Llosa en inglés y me vienen a la cabeza esos mismos versos pero en hablanero, encrespados como un mar de malas palabras bendecidas por la Venecia más barriotera de Centro Habana o La Habana Vieja.

De su poesía de *pathos* cubanoamericano bajo control, yo traduzco un *slang* socialista soezmente sexualizado. Culos, carajos, y demás delicadezas de calle. De coños. Dichos y dicharachos. Lugares comunes de nuestra ilustre ignorancia, giros coloquiales inconcebibles para ningún coloquialismo cubano: muletillas maravillosas que sobrevivieron a la Colonia, a la República, a la Revolución.

La Nefanda Trinidad del *Homo cubensis*.

Expresiones que con suerte sobrevivirán también al Exilio. Aunque al exilio en realidad sobrevive cualquier cubano. Porque el exilio cubano en la práctica duró menos de un par de semanas. O meses. O años. O décadas. O siglos. Pero tampoco pare ya mucho más.

—¡Venecia, adiós, Venecia! —repetía, entre eufórico y tristón, el poeta de los tabacos tróculos fumados en la solvente soledad de Miami.

El exilio es eso: una soledad prestada, prostética, precaria.

—¡Los cubanos nunca sabremos lo que hubiera sido de La Habana!

Pero los cubanos sí supimos lo que fue de La Habana.

Muerte vil en Venecia. Verde olivo de la victoria.

—No jodas más con Venecia —le digo, y los dos nos reímos un buen rato.

Qué Venecia de qué mierda. Reímos como compinches de una infancia abortada por el *opus magnum* de una Revolución hecha Arte.

Ambos sabemos que, contra la molicie materialista del castrismo, hace mucho rato que La Habana no aguanta más. Por eso reímos incluso a carcajadas, como dos loquitos que estuvieran de Pase fuera del manicomio: una licencia por el fin de semana nada más.

Fin de mes, fin de año, fin de década, fin de siglo.

Pase a tierra, tira tu Castro a tierra. Fin de la lectura, fin del libro.

Cuelgo. Colgamos. Dan ganas de colgarse.

Por el cuello, por los cojones.

There is no enough exile. And the balance is always against.

Lecciones lánguidas sobre cómo no regresar a casa, constelación de cadáveres cagados de frío en pleno verano veneciano. Venenoso.

DIÁLOGOS DE AGENTES

—¿Qué sientes de una persona antes de ajusticiarla?

—Que ya está muerto.

—No, tú no me entiendes: quiero saber qué piensas de lo que tienes que hacer, sobre este o aquel hombre en específico antes de ajusticiarlo.

—Que ya están muertos.

NADA DE FRANK: ¡FERNANDO!

En la Cuba de Castro, ese invento del que en 2018 nadie habla ya en Cuba, lo llamaban «el agente número 2 de la CIA», superado únicamente por el benemérito Carlos Alberto Montaner, que era el súper enemigo público *Number 1*, empatado con nuestro ángel de la guarda San Luis Posada Carriles.

Su nombre no es Frank, como supondrán, sino Fernando. Y su apellido tampoco es Calzón, pero ese dato onomástico me lo reservo. Por modestia, por no hablar de mí mismo.

Sus siglas FC coinciden con las de Fidel Castro. Pero nuestro FC en Washington es un niño cubano bueno, un hombre que nunca se animó a envejecer, mientras veía a Cuba envilecerse en el horizonte de la historia como una nao de los locos: carabela cargada de criminales.

Siempre zozobrando. Pero insumergible siempre, como el Titanic. O, mejor, como un antiguo acorazado Potemkin del que hoy solo los nacidos antes de 1959 se acuerdan con cierto cariño.

Conocí a FC en una conferencia que di junto a Yoani Sánchez en Nueva York, en marzo de 2013.

La estrella era ella por entonces (ya esa correlación de fuerzas cambió). Y yo solo le cargaba las maletas y le hacía la traducción instantánea, porque Yoani solo habla alemán de Suiza. Secretamente, además de amarla, y sin que se lo haya confesado aún a nadie, al traducirla yo iba poniendo en su boca de bloguera otras palabras sobre sus palabras.

Fui el ventrílocuo de Yoani Sánchez. Al traducirla, la trucidaba. Generación YOLPL. Hasta que FC vino hasta el podio y se autopresentó:

—Soy Frank Calzón —sonrió, mafioso—, en Cuba dicen que soy de la CIA.

Cincuenta años después del triunfo de la Revolución, sus enemigos más enconados aún dependían de las calumnias castristas para tener una biografía habitable.

322

Enseguida simpaticé con FC. Me recordaba a mi padre. Españoles del sur, cubanos septentrionales. Animales de islas y exilios.

Pobre papá, el asturiano de Regla y Lawton.

Pobre FC, el apátrida del Río Almendares que nunca aceptó ver su foto y firma en un pasaporte norteamericano.

FC una vez se fajó a los gritos en televisión, nada menos que con Joe García.

Nuestro FC en DC se ponía de pie durante el debate (para escándalo de la futura congresista republicana María Elvira Salazar), se quitaba los micrófonos, y se iba manoteando del estudio. Pero al rato FC volvía en vivo, se encasquetaba los micrófonos a lo comoquiera, se sentaba de nuevo en su curul de *hardliner*, mandaba callar a Joe García sobre la cuestión del embargo a Cuba, y muy pronto se volvía a poner de pie.

Ciclos maravillosos que las nuevas generaciones por suerte pueden consultar en *YouTube*, por los Castros de los Castros hasta el fin del *copyright*.

FC es también el hombre de los radiecitos. Ha mandado millones de radiecitos a Cuba, a través de la embajada norteamericana del Cabo Cason, para que así las audiencias cautivas del castrismo se entretengan escuchando al menos a Radio Martí: a la pobre Rukmini, por ejemplo, la voz del horóscopo que hipnotizaba la vejez cancerígena de mi papá.

A FC la Seguridad del Estado intentó involucrarlo en un fraude fiscal de medio millón de dólares, pero él solito los desenmascaró. Le habían plantado en su ONG *Center for a Free Cuba* a un alto oficial del G-2. Un cubano, por supuesto, experto en estafas de cuello blanco, cuyo alias operativo es Félix Sixto y cuyo nombre real todavía hoy se ignora, incluso por la supuesta CIA que había reclutado a FC en la flor abdala de su juventud.

Gracias a FC pude obtener mi residencia permanente en USA, a lo largo y estrecho del 2014. Pues el más confiado de los contrarrevolucionarios cubanos me prestó el apartamento de lujo de un amigo, y encima me autorizó a declarar en la planilla I-485 su dirección postal.

I-485 siempre me ha sonado a *expressway*. Carreteras para escapar del castrismo. De ser posible, a la cubanía. Si bien FC nunca me remite a FC, sino a Fidel Castro.

Hay siglas donde sedimentan todos los sigilos de nuestro siglo, que de pronto ya no es el XX ni el XXI. Porque el siglo de los cubanos torna a ser ahora el siglo XIX de nuevo, pues habrá que refundar a la nación desde su exilio, por su exilio y para su exilio.

Como el FC falso durante décadas no se cansaba de combatir al FC original, Cuba no tuvo más remedio que romperle la crisma en persona. Y así lo intentaron sus agentes con trajes de diplomáticos, en plena convención sobre los derechos humanos en Ginebra, Suiza.

Después de una votación donde el mundo libre condenó a los Castros por vez primera, los Castros por primera vez le metieron un tanganazo en su cabezota, tan impactante que FC perdió el conocimiento durante horas.

Eso fue en el 2004, pero todavía hoy FC sufre no pocas consecuencias cerebrales, incluido su carácter volátil que va de la negación a la nostalgia, de la ira a la ironía, y de la parálisis a la provocación. Por supuesto, Republicano siempre, como buen *Boy Scout* de la Era Batistozoica.

Sin embargo, su anticastrismo militante milagrosamente se ha mantenido intacto hasta el día de hoy. Al parecer, ese órgano reside en una zona oculta de su masa encefálica: en la silla antitotalitaria.

En cualquier caso, por aquel atentado contra la vida del FC exiliado, los matones del FC arraigado de La Habana no pagaron consecuencia ninguna, salvo ser promovidos a mejores embajadas del capitalismo desarrollado.

La diplomacia es ansí.

Y un último detalle: una vez le salvé la vida a Frank Calzón.

Estábamos en el *Center for a Free Cuba*, de madrugada. Washington DC corría silenciosa al otro lado de los paneles de vidrio. Y la oficina de FC se parecía un poco a la eternidad.

Yo pensaba en mi padre enterrado en Cuba, que de niño tanto me habló sin saber ni un carajo sobre las grandes ciudades norteamericanas.

Yo pensaba en Rosa María Payá y en su padre enterrado en la misma pobre Cuba de mi papá. No nos unía el amor, sino el espanto.

Y yo pensaba, por supuesto, en ti. Que soy yo y somos todos y no es ninguno de los cubanos.

Entonces me viré por casualidad para decirle a FC que ya me iba a dormir, que estaba molido de beatitud y belleza, y que quería recuperar las ráfagas de mi cuerpo al tocármelo en soledad, tendido a pocos metros del monumento a Iwo Jima.

Y justo entonces vi que un librero lleno de archivos de la USAID, la NED, el FBI, la CIA, y hasta la NSA, se le venía encima a FC. Directico a su nuca. Un golpe a lo Trotski, con todos y para el Mercader de todos.

No sé si por piedad o por instinto de conservación (ya me veía acusado de homicidio en primer grado), salté como un tigre herido sobre el cuerpo aún no cadáver de Frank Calzón. En ese intenso instante fui su escolta de élite, su Juan Reinaldo Sánchez dispuesto a dar la vida por los dos FC. Y lo cubrí con mi cuerpo de bloguero sin generación, para recibir yo en mi espalda el impacto.

Los pulmones se me hicieron tierra, *tabula rasa*. Crac.

Hubo un ruido del recontracoño de su madre. Aquello sonó como una bomba, en la solemnidad de la oficina y lo marmóreo de aquel edificio federal:

los libros caían y caían a nuestro alrededor. Lluvia de lomos, tormenta de tomos. La muerte viene de la mano menos pensada.

Pero FC estaba vivo. Y Orlando Luis Pardo Lazo, también.

Y entonces los dos comenzamos a llorar. Así, sin más ni más. Como dos pésimos personajes de Leonardo Padura. Lo sé. Y lo siento mucho. Pero a estas alturas del trumpismo, no les voy a trucar una cosa por otra.

Patéticos, perdidos, pequeños, apátridas.

Lejos de todo lo que cada cual había imaginado a su manera que serían nuestras vidas vividas en un mismo país.

Lejos de Cuba. Lejos de Fidel Castro.

Sin *habeas corpus* cubano. Desaparecidos de remate. O, peor, aparecidos a perpetuidad. *Habeas Castrus.*

Imagino las caras de satisfacción de los oficiales del Ministerio del Interior cubano si nos hubieran grabado a Frank Calzón y a Orlando Luis Pardo Lazo llorando. Pero, por algún motivo que de pronto se me escapa, por más qué trato no logro imaginar la cara de Yoani Sánchez si hubiera visto o leído esta escena. Por eso mismo lo cuento ahora, porque hasta el más anónimo de los cubanos se merece al menos un episodio de misericordia ante la derrota.

Querida Rukmini de Radio Martí, novia de la vejez de mi padre muerto y enterrado: ¿qué habrá sido de tus pronósticos de estadísticas erradas y de tu seudónimo tan seductor?

Can you hear the drums, Fernando Calzón?

Yo recuerdo long ago another starry night like Cuba.

Éramos jovenes y full of life and none of nosotros was prepared to die.

And I'm not ashamed to say that the roar of libros and lágrimas almost made me cry.

Gritarle en la cara a Joe García. Gritar en el *tweetline* de Donald J. Trump. Gritar que la guerra se perdió antes de perderla. Gritar que los cubanos nos quedamos muy solos, abandonados incluso abrazados bajo un cementerio de letras y archivos confidenciales de la guerra contra Castro y los castrismos sin Castro.

—Frank, vamos en pira —le dije en cubano recuperado repentinamente de Cuba, la quijada temblándome por el dolor y las punzadas bronquiales del aire acondicionado—. Tú y yo ya no pintamos ni pinga aquí.

PLURIPARTICASTRO

El pluripartidismo es el gran instrumento del imperialismo para mantener a las sociedades fragmentadas, divididas en mil pedazos: convierte a las sociedades en sociedades impotentes para resolver los problemas y defender sus intereses.

Un país fragmentado en diez pedazos es el país perfecto para dominarlo, para sojuzgarlo. Porque no hay una voluntad de la nación.

Ya que la voluntad de la nación se divide en muchos fragmentos, el esfuerzo de la nación se divide en muchos fragmentos. Las inteligencias todas se dividen, y lo que tiene es una pugna constante e interminable entre los fragmentos de la sociedad.

Un país del Tercer Mundo no se puede dar ese lujo.

Realmente se lo dan muchos, claro que hace rato que se lo vienen dando, y hace tiempo que gran parte de ellos están subyugados y dominados.

En una sociedad que tenga que enfrentar los problemas del subdesarrollo, y tenga que desarrollarse en las condiciones tan difíciles que resulta desarrollarse en el mundo de hoy, es esencial la unidad.

De modo que tengo la más profunda convicción de que la existencia de un partido es y debe ser, en muy largo periodo histórico que nadie puede predecir hasta cuándo, la forma de organización política de nuestra sociedad.

GENITALIA, GENTRIFICACIÓN, GÉNESIS, GNOSIS

Otra vez lo he hecho. Otra vez he escrito el libro que ningún cubano desearía escribir.

Tenía que ser yo.

¡Apártense, pues, échense ahora a un lado los lectores! ¡Vengan a mí las víboras con sus colmillos de patria que ya no me hacen ni cosquillitas!

Amnesia, anestesia.

Profilaxis.

Maneras de comer tanta mierda con la muerte masiva en clave cubana y con la libidinosidad al límite de esa lengua arcaica: el cubano.

Para colmo, ahora repercutiendo en el *tic-tac-toe* de la incorrección política y entre los fuegos presidenciables del *twitterati* Donald J. Trump.

¡Aleluya! Una dosis máxima de terror literario tampoco es un mal antídoto para terminar. El tiempo apremia: la lucha ha concluido, el castrismo es cierto.

Así que no debiéramos desaprovechar ni una sola línea escrita de cubano a cubano para nuestra democratiquísima tarea de difundir el terror. De hacerlo popular, potable.

El terror al alcance de los niños. El terror como emancipación, como nuestra dorada Edad de Horror.

Para el terror trabajamos, porque en el terror es que sabemos querer: porque en el terror está la esperanza del mundo. Es el terror quien ve.

Intentar lo intolerable. Insistir en la intransigencia.

Nuestro pueblo se lo merece después de tantas décadas de esplendor, donde nos dedicamos a desenterrar odios y a la tétrica tarea de amortajar al amor.

Asco de gramática.

Gramática hecha a base de grosería. Grosería hecha a base de Revolución.

Hay que invertir los polos, compañeros y compañeras. A ovario estéril y corazón podrido. Hay que provocar por lo menos un genocidio. A pepe cojones.

La patria como polígono.

No seamos tan cobardes, cubanitos sin Cuba. Hay que armar el Armagedón: calvario a la carta, cruzar el gólgota en bicicleta. Queden las cabezas que queden. Total.

Devenir policefálicos.

Fomentar la fiesta de la felatio y la veneración de la vagina dentada. La guerra es la guerra, mi amor.

Ceros humanos con envidia endémica a los seres humanos.

Tengan fe en el empeoramiento humano, en una vida sin futuro, en la utilidad de la vileza y, por supuesto, crean a ciegas en el ominoso homagno o acaso ogro de Donald J. Trump.

Ay.

Otra vez lo he hecho. Otra vez he escrito el libro que ningún cubano debería morirse sin escribir.

Pedirte que lo leas del pí al pá sería un sinsentido para conmigo mismo. Por eso mismo te lo estoy pidiendo por última vez: léeme, deslíeme.

Tenía que ser yo: máscara soy, mentira soy. Tú sabes, un Martí de muñequitos en pleno siglo XXI cubano.

Tenía que ser Orlando Luis Pardo Lazo.

NATIONAL REVOLUTION ASSOCIATION

PREFACIO por Tee Corinne

En el año 1973 yo tuvieva hacer dibujos de los genitales de mujeres para usar en groupos que tengan interés en la educación sexual. Yo quisiera que los dibuos fueran exquisito y llena de información para dar placer y afirmación.

Yo organicé los dibujos y los puse en un libro para colorear porque el modo principal para aprender, es en el colorido de dibujos. Como si estamos adulos muchos de nosotros todavía tenemos saber de nuesta anatomía sexual externo. El colorido es el modo para que se puede a levantar el creador del niño, para que puede hacer nueva visión y para que puede aprovehar esta parte due nuestros cuerpos en que sentimos perdidos.

El LIBRO PARA COLOREAR DE "COÑO" que he publicado en el año 1975, inmediatamente y rapidamente fue un libro popular, aunque mucha gente quejaban sobre ese título, "terrible." Tres imprentas duespués en el año 1981, el título fue cambiado por un título nuevo, así: FLORES DE LABIO, y por eso, no podimos vender el libro. Así es el peculiaridad del eufemiso.

Bienvenidas otra vez al LIBRA PARA COLOREAR DE "COÑO" (lleno con pocos aumentos). ¡Que lo da coloración con gran placer!

AL PRINCIPIO por Martha Shelley

Al principio venemos de la vagina, no de lado del hombre y estamos lavadas en el agua y la sangre de nacimiento no de la lanza atravasada en el lado de un dios muriendo. Al principio, mujeres hicieron ollas y jarras formadas como matriz y senas y ardonaros con triángulos gue fueron símbolos de la vagina. Así la primera arte fue arte de la vagina. Se los pusieron lo huesos de los muertos en jarras — ¿possiblemente para mandar con prisa la alma al su proxima matriz? ¿Cantaron las mujeres ancianas, que delicada, sensitiva, deliciosa, que fuerte es el músculo que es encerrado en medio de una vida y la proxima? Hay mujeres de tribus que hoy día cantan alabanzas de sus vaginas, que bonitos y largos y llenos estan los labios, como hace rizos el pelo brilla con humedad.

Los dibujos en este libro son dibujos de la vagina real.

Con todo mi corazón doy gracias a las mujeres quién meayudaron con este proyecto y las quién medieron ánimos y consejos. Estas páginas son una celebración de la energía tuya.

Nunca olvidé la rata. La ahogó mi padre. En los setenta cubanos.

Ernesto Iturbe me traicionó.

La habíamos capturado viva en algún punto de la madrugada anterior. Mientras dormíamos en La Habana. Mientras Cuba no despertaba. Con una de esas trampas de puertas corredizas y queso. Un prodigio de la imaginación.

Era mi profesor de guitarra. Yo era un niño de ocho o nueve años llamado Orlando Luis en la Cuba del Mariel y el viejo Iturbe se murió sin decirme nada. Como una rata.

Mi padre y yo, en la primavera de 1980. Tan jóvenes, tan felices, tan inmortales. En La Habana. Mientras los cubanos se iban de Cuba. Como profesores de guitarra. Como ratas.

Al despertar, pudimos comprobar lo bien que había funcionado esa primera noche nuestra trampa. Una trampa suave, racional, de rostro humano. Pura mecánica newtoniana de barrio.

Me enseñó *Gotica de lluvia hacia dónde vas*, *Globos rojos te compraré eres solo una niña*, y *Anduriña su nombre es*. Aunque ahora me entra la duda. Tal vez todas fueran una misma canción. Una sola y larga canción de tres o cuatro acordes no complicados. Un do-re-la-mi que duró hasta mucho más allá de la década de los setenta que recién terminaba.

Así que no hubo necesidad de partirle la nuca con aquellas ratoneras de muelles mortíferos que dejaban una senda de orine y sangre. Pero igual la teníamos allí. Ahora. La muy condenada. Y de alguna forma teníamos que matarla.

Le encantaban, también, los tangos. Pero, a pesar de los tangos, en vida nunca se le conoció mujer.

Estábamos exultantes. Mi padre y yo, Dionisio Manuel y Orlando Luis. Los nuevos libertadores de Lawton, dos superhéroes con calzoncillos de pata. Los Pardo emancipadores de la plaga, así quedaríamos en la historia. De ahora en adelante en la Revolución Cubana no habría cabida para las ratas.

Ni para los profesores de tango. Adiós, traidores. Compañeros de mi vida.

Llenamos de agua el lavadero. Hasta el tope. A la vista de la víctima. La jaula era de madera y tela metálica, excepto la portezuela de aluminio. Todo a la luz del día, todo cometido con una transparencia elemental. También, de rostro humano.

Los ochenta iban a ser el futuro. A mi padre y a mí nos quedaba toda una vida por delante. A Ernesto Iturbe, tampoco.

Entonces la hundimos hasta el fondo. Entre los dos. A la rata. El agua estaba fría. Medio verde, medio mohosa. Un océano de horror. Una eternidad de ternura que todavía hoy no termina.

Tenía un hermano mayor o menor que él al que nadie en Lawton le conoció mujer. Lawton era entonces del tamaño de Cuba.

Ella se defendió como mejor pudo, pataleando dentro de la jaula inundada. Nadando, pegándose a borbotones al punto más cercano de la superficie. Pégate al agua, rata. Incapaz de comprender nuestra metódica crueldad de cubanos.

Desaparecieron juntos, Ernesto y Aurelio. Los Iturbes desaparecidos cubanos. Quité las manos. Me alejé del lavadero. La rata hacía un ruido espeluznante. Mi padre mantuvo las suyas hundidas hasta el fondo del agua. Probablemente, por piedad. Se daba cuenta de que lo mejor era terminar rápido en mi presencia. Que yo no viera que ella había sobrevivido a la primera inmersión. Desde entonces, todas las ratas son ellas.

Y todas las guitarras, traicioneras como tangos.

Parecía invierno. Recuerdo el color de nuestras enguatadas a cuadros. Las primaveras en los 1980 eran un recordatorio de aquellos inviernos fortísimos de La Habana.

La rata debió de haber sufrido tanto ese fin de semana como hasta ese minuto lo había hecho el resto de la humanidad.

No perdí mi inocencia ni mucho menos esa mañanita recónditamente habanera. Al contrario, gané otro tipo de inocencia incesante.

Con ocho o nueve años yo acababa de incorporarme a un país llamado Cuba, donde la muerte en alguna otra primavera de 1980 iba a ser irremisiblemente verdad.

ÍNDICE

El libro de los Doce   9
Gnosis, génesis, gentrificación, genitalia   14
Basura blanca   16
Cotorras, coartadas, contrabandos   27
OLPL antes del alba   28
Dear Mr. Pardo Lazo: 35
Title IX, #MeToo   36
Miami Beach Notice   43
Make Greatness American Again   44
Te espero en la eternidad   53
25 de Noviembre, Día F   54
Wendy, Ena, Zoé y otras chicas del montón   58
Lawton   60
A la batalla   63
De madrugada   64
The Golden Age   69
Buesa y la tos de los desconocidos   70
Dear Melania: 77
Fidelitos, EPD   79
El libro de los inicios inicuos   85
Primeros sueños   87
Mariconzones y bien   94
Isauro, la 1, y el supremacismo blanco   95
De revolutionibus orbium coelestium   100
Blessing DeVos   101
Eliminada la palabra «comunismo» de la Constitución   105
Chinitos descaraítos   106
Edmundo García *in memoriam*   112
Yulieski, racista   113

Jorge de Armas *in memoriam* 116
Tinder, ternura, terror 117
Sin peros en la lengua 127
La casa de los gordos 128
De Ángel a Angelina, un solo Castro 134
Funeraria *Facebook* 136
Leonardo Padura *dixit* 140
Amar a Mónica, odiar a Obama 141
8,737,540,000 144
Una Allende y un Lage en Saint Louis 145
Onomástico 157
Separó los tules del totalitarismo 158
Congresista en Jefe 167
De cuando Pedro me negó tres Sevcecs 168
Índice, del medio, anular 172
Cuándo Coño Comeremos Pollo 174
Nuestros anos verde olivo 178
«Joven, usted no ha cometido errores» 179
Foto de familia 189
Basura negra 191
James *F-word* Joyce 197
Clarias y capitalismo 198
Acitílopoib, aispoib, cipoib 205
Toqui cuando todos estén tristes 206
Todos los pocos de patria 214
Lunes, lunes 216
TT 220
El asilo de Dolores 222
Ché, Monseñor, Amigo 231
Cartas al pie del castrismo 232
Decretos, duelos, derechos 239
Lo cubano en la cubanía 240
Toda la noche oyeron pasar pájaros 250
Para leer al pato Lemebel 251
Heil, Orwell 260
A los mártires del Cepero Bonilla 261
¿La verdad os hará qué? 266
Batista, amigo, el pueblo está contigo 267
Cardenal y Ortega cultivo 274

A lo Vargas Vila   275
White Trash   283
A falta de culo, Segunda Enmienda   284
Adiós a Cuba   292
Lecuona en su Valhalla   295
Uber Cuba   300
Me dice diciembre   302
D. Trump Will Set You Free   309
Recordar *Titanium*   311
Días de diálogos   315
Mierda en Venecia   316
Diálogos de agentes   321
Nada de Frank: ¡Fernando!   322
Pluriparticastro   326
Genitalia, gentrificación, génesis, gnosis   327
National Revolution Association   329